mtb

ROSE BLOOM

New HOPE

DER GLANZ DER HOFFNUNG

ROMAN

mtb

1. Auflage 2021
Originalausgabe

Dieses Werk wurde vermittelt durch die Literarische Agentur
Thomas Schlück GmbH, 30161 Hannover.
Gesetzt aus der Stempel Garamond
von GGP Media GmbH, Pößneck
Druck und Bindung von GGP Media GmbH, Pößneck
Printed in Germany
ISBN 978-3-7457-0194-4
www.harpercollins.de

Klimaneutral
Druckprodukt
ClimatePartner.com/15109-2009-1001

MIX
Papier
FSC FSC® C014496

Wer glücklich sein will, braucht Mut!
Mut zur Veränderung, neue Brücken zu bauen,
alte Pfade zu verlassen und neue Wege zu gehen.
Unbekannt

Kapitel 1

Graham

»Ruhe!« Der Bürgermeister schlug mit seinem kleinen ockerfarbenen Hammer auf sein Pult, als würde es irgendetwas bringen. Diese ganze Veranstaltung hier war alberner als die Gesangseinlagen meines jüngeren Bruders Brax in seiner Schreinerei *Woodworker*. Ich verschränkte die Arme und rutschte weiter nach unten. Meine Hoffnung, mich in Luft auflösen zu können, schwand in jeder Sekunde.

»Jetzt geht's gleich los«, flüsterte Brax, und seine Stimme war erfüllt von Vorfreude. Ich verdrehte die Augen und gab ein genervtes Brummen von mir. Als Dank rammte er mir den Ellenbogen in die Seite, und ich schnaubte erneut. Man könnte annehmen, er wäre genauso alt wie seine zehnjährige Tochter Ruby, und nicht neunundzwanzig. »Da!« Mit dem Finger deutete er auf den schwarzhaarigen, schlanken Mann, der sich gerade von seinem Platz erhob. Durch die Menge huschte ein Raunen.

»Archi, können wir bitte sachlich über dieses Thema sprechen, ohne dass du uns unterbrichst!« Antoines französischer Akzent war unverkennbar. Er stand zwischen den Stuhlreihen, die fast komplett belegt von allen Einwohnern New Hopes waren, und hielt in seinem linken Arm seinen kleinen Zwergspitz La Chance, der ganz aufgeregt zu kläffen begann. Großer Gott. Ich rieb mir mit Zeigefinger und Daumen die Nasenwurzel, denn hinter meiner Stirn fing es bereits an, heftig zu pochen. Ich wünschte mich in meine einsame Blockhütte einige Meilen von der Innenstadt New Hopes zurück. Bei dieser sinnlosen Bürgerversammlung waren deutlich zu viele Menschen und deutlich zu viele Meinungen vertreten. Das hier war für mich mein persönlicher Kreis der Hölle.

»Archibald! Mein Name ist Archi-bald!« Der Kopf des Bürgermeisters wurde besorgniserregend rot. Er war bekannt dafür, überzureagieren, aber im Grunde war er harmlos. Seine Vorzimmerdame Mrs. Appleworm, ein noch größerer Fan von Klatsch und Tratsch als Brax, hielt ihn wenigstens ein wenig in Schach. Jetzt tätschelte sie beruhigend den schweißbedeckten Rücken unseres Stadtoberhaupts.

»Was sagst du?«, flüsterte Brax glucksend und lehnte sich ein Stück über mich. »Ich würde sagen eine Sechs.«

»Nein! Der Rotton seines Gesichts geht bereits in seinen Hals über«, erwiderte Lake, unsere jüngere Schwester, auf meiner anderen Seite. »Das ist locker eine Sieben.« Brax lachte leise, und auch Lakes Freund Wyatt neben ihr, der erst vor Kurzem nach New Hope gezogen war, grinste breit. Meine beiden jüngeren Geschwister hatten schon in unserer Kindheit eine riesige Freude daran gehabt, unseren Bürgermeister auf die Palme zu bringen, und erfanden sogar eine Farbskala für die unterschiedlichen Rottöne seines wütenden Gesichts. Ich wandte mich ihnen zu. »Wenn ihr das nächste Mal denkt, ich müsste an dieser Veranstaltung teilnehmen, verwerft diesen Gedanken genauso schnell wieder, wie er aufkommt.« Ich hatte mich freiwillig als Babysitter für Ruby gemeldet, doch unsere Eltern waren eingesprungen, weil meine Teilnahme sich äußerst dringend angehört hatte. Und nun steckte ich in dieser Hölle fest.

»Wir haben dich nur gefragt, weil Mrs. Appleworm gesagt hatte, dass etwas auf der Tagesordnung steht, das dich als Ranger betrifft. Sie hat klargestellt, du müsstest heute dabei sein«, flüsterte Lake entschuldigend, während im Hintergrund der Eisdielenbesitzer Antoine immer noch mit unserem Bürgermeister stritt.

»Um zu besprechen, wer am Tag des Bären in das Bärenkostüm steigt? Euer Ernst?« Ich hatte zumindest angenommen, dass es um das Pfadfindercamp gehen würde, das ich betreute, denn was dieses Thema betraf, hatte ich einige offene Punkte anzusprechen. Doch nicht hier, vor allen.

»Du solltest wenigstens einmal erwägen, diesen wichtigen Part zu spielen. Du wärst perfekt dafür«, sagte sie und verkniff sich ein weiteres Lachen. »Tu es für unsere Stadt. Und auch ein wenig für unseren Spaß.« Ich verkniff mir einen weiteren Kommentar, denn mir war klar, dass Lake und Brax mich mit diesem Versammlungsabend einfach nur quälen wollten und mich reingelegt hatten. Irgendwann würde ich mich dafür revanchieren.

»Würde Familie Campbell sich bitte ebenfalls an unserem Stadtgeschehen beteiligen und nicht in der letzten Reihe schwatzen!«, rügte uns der Bürgermeister.

Brax hob die Hände. »Sorry, Archi!«

Dieser gab einen entnervten Laut von sich. Okay, diesmal musste auch ich fast grinsen. Fast. Die Menge um uns herum begann zu murmeln und zu tuscheln. Mrs. Appleworm gab ein ermahnendes Schhhhh von sich.

»Also können wir bitte noch einmal darüber sprechen,

dass es für den allgemeinen Zusammenhalt äußerst schön wäre, wenn …«

»Nein, Antoine!« Erneut sauste der kleine Hammer auf das Pult. *Tock. Tock. Tock.* Das Geräusch hallte hinter meinen Schläfen wider. »Wir werden das Picknick am 4. Juli nicht durch ein Eiswettessen ersetzen und Schluss!«

Antoine schnaubte, und La Chance kläffte noch einmal laut, ehe die beiden wieder Platz nahmen. Der Eisladen gehörte Antoine, und er versuchte bei jedem Stadtfest, seine abartigen Kreationen unter die Menschen New Hopes zu kriegen. Lake, Wyatt, Brax und seine Tochter Ruby standen auf das Zeug, aber ich, um ehrlich zu sein, konnte dieser kalten Pampe noch nie irgendetwas abgewinnen.

»Hey, Graham«, zischte es hinter uns. Ich drehte mich um und schenkte dem älteren Herrn, der mit seinem besten Freund überall dort war, wo etwas passieren konnte, meine Aufmerksamkeit. Die beiden teilten sich eine Tüte Nüsse und hielten sie mir entgegen.

»Du siehst aus, als würdest du Nervennahrung brauchen«, meinte Mr. Butler und schob sich die Brille mit der anderen Hand zurecht.

»Und wenn es um Nervennahrung geht, weiß mein alter Freund hier ganz genau Bescheid«, scherzte Mr. Douglas. »Du solltest ihn bei den Abendessen mit seiner Frau erleben.«

»Wobei die nicht mal annähernd an die Filmabende mit deiner herankommen!«, konterte Mr. Butler. Für einen Moment herrschte Schweigen, dann brachen beide in leises Gelächter aus.

»Nein, danke«, sagte ich und nickte ihnen knapp zu. Ich würde diesen Abend auch irgendwie so überstehen. Oder ich nahm die Nusspackung, um sie Brax über den Kopf zu ziehen, weil erneut sein Ellenbogen meine Seite traf.

»Kannst du bitte damit aufhören«, raunte ich ihm zu, und das Einzige, was ich erntete, war ein grinsendes Kopfschütteln.

»Auf gar keinen Fall. Pass auf, jetzt geht es wieder los!« Er deutete mit dem Daumen in Richtung Antoine, der wieder aufgestanden war. Es dauerte sicher nur noch einen Moment, dann würde aus Archibalds Ohren weißer Rauch austreten.

»Eine Neun, locker«, sagte Lake.

»Das sehe selbst ich«, stimmte ihr Wyatt zu.

Brax rieb sich die Hände aneinander. »Wollen wir mal sehen, ob wir heute noch die Zehn erreichen. Wenn ich das schaffe, hab ich gewonnen«, erklärte er und schaute Lake an.

Meine Schwester zuckte nur mit den Schultern. »Nicht, wenn ich es eher schaffe.« Als beide sich gleichzeitig erhoben, und Archibalds Kopf in ihre Richtung ruckte, sank ich noch tiefer in meinen Sitz und verschränkte die Arme vor der Brust. Ich liebte unsere Kleinstadt New Hope, die direkt an die wunderschöne Natur des Yosemite-Nationalparks grenzte, doch von solchen Veranstaltungen hielt ich mich in Zukunft um jeden Preis fern und würde nicht mehr auf die billigen Tricks meiner Geschwister reinfallen.

Kapitel 2

Liz

Ein weiteres Kleidungsstück fand den Weg in meine Reisetasche. Sie war jetzt schon randvoll mit Zeug, das ich mitnehmen wollte. Ich hätte meine Mom fragen sollen, ob sie mir ihren großen Koffer lieh, aber wahrscheinlich würde sie mir dann nur mein Vorhaben ausreden wollen. Mal wieder.

Doch ich war fest davon überzeugt, dass der Tapetenwechsel und die Zeit fernab von San Francisco in einem kleinen, beschaulichen Ort mitten in der kalifornischen Wildnis mir helfen konnte. New Hope. War der Name der Kleinstadt nicht schon ein Zeichen? Ich wollte zumindest daran glauben.

Ich zögerte kurz, ehe ich meine alte Kamera ebenfalls noch einpackte. Dann gaben die Zähne des Reißverschlusses ein lautes Ratschen von sich, als ich diesen schloss und von meinem Bett aufstand. Meine Wohnung war nicht sehr groß, aber viel mehr konnte ich mir von meinem Gehalt auch nicht leisten. Was allerdings auch nicht schlimm war, denn ich war nie der Typ gewesen, der mit Geld um sich schmiss, viele Partys feierte oder große Reisen unternahm. Das Abenteuer, das vor mir lag, war wahrscheinlich das aufregendste, das ich je wagen würde. Mit meiner Mutter war ich ständig umgezogen, allerdings hatte ich da auch keine andere Wahl gehabt. Meine bewusste Entscheidung, umzuziehen, würde mir diesmal wirklich helfen. Zumindest hoffte ich das.

Ich hievte die Tasche von der Matratze und zog sie durch den schmalen Flur bis vor meine Haustür. Die drei Stockwerke runter auf die Straße wären eine ziemliche Herausforderung.

Noch einmal lief ich die Räume meines Apartments ab: die Küche, das winzige Bad, das Wohnzimmer mit dem Doppelbett im Schlafbereich. Erinnerungen der letzten fünf Jahre hier überwältigten mich für einen Augenblick. Gute wie schlechte, und ich nahm einen tiefen Atemzug, um mich zu erden. Meine beste Freundin Payton würde sich um meine Blumen kümmern, die ich gestern Abend noch zu ihr gebracht hatte, denn tatsächlich wusste ich nicht, wann ich wieder hier sein würde. Ob ich es jemals wieder sein würde? Oder bereits nach einer Woche? Alles wäre möglich. In dieser Stadt hielt mich noch nicht mal mehr ein Job, der mich ohnehin nicht glücklich gemacht hatte und dessen Kündigung mehr eine Erleichterung als eine Katastrophe gewesen war.

Ich schaute durch die Wohnzimmerfenster hinunter auf die Straße. Fremde Menschen liefen über den Bürgersteig, die ich noch niemals gesehen hatte. Fremde Menschen wohnten in den Wohnungen neben meiner. Fremde Menschen hatten mitbekommen, was mir vor einem Jahr unten in dem angrenzenden Park passiert war, und keiner von ihnen hatte auch nur die Polizei gerufen.

Nein, entgegen der Meinung meiner Mom war der Entschluss, mir einige Zeit Ruhe zu gönnen, richtig und vor allem nötig. Jeden Tag, wenn ich einen Fuß aus meinem sicheren Apartment nach draußen setzte, spürte ich die heranrauschende Panik, die meinen gesamten Körper lähmte. Wenn ich jemals wieder zur Normalität zurückfinden wollte, musste ich diesen heftigen Druck auf meiner Brust loswerden. Und das ging nur mit einem Tapetenwechsel.

Mein Handy gab einen Ton von sich, und ich zog es aus meiner Jeanstasche. Payton hatte mir ein Bild von sich mit einem lächerlichen Katzenfilter geschickt und darunter »Gute Fahrt, melde dich, wenn du da bist, hab dich lieb« geschrieben. Ich musste grinsen. Sie würde ich am allermeisten vermissen. Auch wenn wir uns immer noch im gleichen Staat befanden, lagen etliche Meilen und eine Fahrt von fast fünf Stunden zwischen uns. In den letzten fünf Jahren meines sechsundzwanzigjährigen Lebens hatte ich mich nur in San Francisco aufgehalten. Ja, ich hatte seit langer Zeit sogar den immer gleichen Tagesrhythmus. Um acht Uhr aufstehen, duschen, danach eine Schüssel Haferflocken mit Mandelmilch, Arbeitsbeginn um neun, bis ich um neunzehn Uhr zurück in meine Wohnung kam und den Tag mit einer Serie auf meiner Couch ausklingen ließ. Keine Überraschungen bedeutete zumindest keine schlechten Nachrichten oder Erlebnisse. Eine Ewigkeit hatte ich mich in dieser trügerischen Sicherheit befunden.

An der Eingangstür warf ich noch einen Blick auf das Bild, das auf der Kommode stand, und strich sanft mit dem Finger über das lachende Gesicht meines kleinen Bruders. Die Kälte griff nach mir, begann an meinen Zehen und arbeitete sich langsam mit spitzen Krallen meinen Körper nach oben. Es war lähmend und beraubte mich für einen schweren Herzschlag all meiner Vorsätze. Tief atmete ich durch, schnappte mir meine Reise- und Handtasche und verließ mein Apartment, damit ich mir meine Abreise nicht noch anders überlegte. Nachdem ich abgeschlossen hatte, mühte ich mich mit dem Gepäck nach unten ab und erreichte außer Atem meinen kleinen Fiat, der am Straßenrand einen Block weiter stand. Ich sammelte mich einen Moment, ehe ich den Versuch startete, die schwere Tasche in den Kofferraum zu hieven.

Ein älterer Mann kam auf mich zu, und für einen Moment erstarrte ich. »Kann ich Ihnen helfen, Miss?«

Ich schüttelte den Kopf und versuchte, freundlich zu lächeln, auch wenn ich Fremden gegenüber immer noch misstrauisch war. Er wirkte kurz irritiert, weil ich ihm nicht antwortete. Mittlerweile kannte ich diese Reaktion schon, die ich bei Menschen hervorrief.

»Das Gepäck sieht schwer aus«, versuchte er es erneut, allerdings schüttelte ich wieder den Kopf. Er zog die dunklen Brauen zusammen und musterte mein Gesicht eindringlich. Ich legte die Hand auf den Mund und zuckte danach mit den Schultern, um ihm zu verstehen zu geben, dass ich nicht sprechen konnte. Mir entging nicht der Moment, als die Erkenntnis bei ihm ankam. Plötzlich erschienen rote Flecken auf seinen Wangen, und er wirkte verlegen, als wäre meine Stummheit etwas, das ihm peinlich sein müsste. Ich wandte mich ab, doch er ließ nicht locker.

»Lassen Sie mich doch helfen. Bitte.« Als könnte er dadurch sein zu Unrecht schlechtes Gewissen erleichtern, nahm er einfach meine Tasche und hob sie an. Um ihn schnellstmöglich abwimmeln zu können, öffnete ich meinen Kofferraum und trat einen Schritt zur Seite. »Eine gute Fahrt«, sagte er hastig und eilte den Bürgersteig hinunter; er schien nicht schnell genug mich und diese Situation hinter sich lassen zu können. Ich schloss die Kofferraumklappe und setzte mich auf den Fahrersitz. Aus Gewohnheit drückte ich das Knöpfchen, das sofort die Verriegelung aktivierte. Menschen waren schwierig und kompliziert, und ich zählte mich definitiv dazu. Ich hatte keine Ahnung, ob diese nicht überall auf der Welt so waren und ich nur den Ort wechselte, aber meine Ängste und Dämonen mir ohnehin einfach folgten. Diese Reaktion, dieses Unbehagen auf mich war mir nur allzu bekannt, und seit über einem Jahr lebte ich jeden Tag damit.

Seufzend ließ ich die Stirn auf das Lenkrad sinken. Mein Herz wummerte heftig gegen meinen Brustkorb, als hätte ich einen Marathon hinter mir, und der Knoten in meinem Hals schnürte sich weiter zu. Jedes Mal, wenn ich die Straße betrat, zog er sich noch ein Stück zu, sodass mir das Atmen immer schwerer fiel. Würde ich diesem Gefühl, nie wirklich dazuzugehören, und der Schuld, selbst verantwortlich für mein Schicksal zu sein, überhaupt entfliehen können? Ich hatte keine Ahnung. Doch es war an der Zeit, es endlich herauszufinden.

Kapitel 3

Graham

Das Radio rauschte, als ich bestimmt zum dritten Mal den Sender wechselte. Irgendein Oldie erklang, und ich gab es auf und lehnte mich zurück. Seufzend legte ich den Arm auf dem geöffneten Fenster meines Wagens ab und schaute über die glitzernde Oberfläche des Sees vor mir, an dem meine Blockhütte stand. Sie lag am Rand des Yosemite-Nationalparks mitten im Wald, umgeben von dunkelgrünen Nadelwäldern und in sicherer Entfernung zu der Innenstadt von New Hope und anderen Menschen. Denn ich konnte nicht abstreiten, dass ich die Natur immer einer Stadt vorzog, egal, wie klein sie war. Es war nicht so, dass ich Menschen hasste, ich verstand die meisten von ihnen einfach nur nicht. Sie sagten, sie liebten die Natur und verteilten dann dort ihren Abfall, trampelten Pflanzen nieder oder veranstalteten ein Feuer zwischen trockenem Unterholz, das es nun im Sommer zu Genüge gab. Davon abgesehen, dass eine Menge von ihnen nur auf ihr eigenes Glück aus waren, und sie das Schicksal anderer kaum interessierte. Auch wenn es in unserer Kleinstadt noch recht beschaulich und familiär zuging, war jeder

Besuch eines Touristen in dem umliegenden Nationalpark meiner Meinung nach einer zu viel. Und als Ranger des Parks wusste ich, wovon ich sprach. Ich erinnerte mich nicht nur an einen lebensmüden Besucher, der nur, um das beste Selfie zu bekommen, wilden Bären zu nahe kam, oder so dicht es ging am Abgrund eines ungesicherten Felsvorsprungs posierte.

Ich konzentrierte mich wieder auf das Hier und Jetzt und den Moment, in dem ich immer noch auf dem Parkplatz meiner Blockhütte stand und auf Brax wartete, der wie immer viel zu lange brauchte. Nachdem er mir geholfen hatte, einen Hängeschrank in der Küche zu reparieren, hatte er unbedingt mein Badezimmer benutzen müssen. Und war eine gefühlte Ewigkeit verschwunden, während ich bereits nach draußen gegangen war. Endlich kam er aus der Eingangstür und hob entschuldigend die Hände, während er auf meinen SUV zulief. Allein über sein heutiges Shirt, auf dem ein regenbogenkotzendes Einhorn zu sehen war, musste ich den Kopf schütteln. Doch an jedem anderen hätte es sogar noch lächerlicher ausgesehen. »Sorry, Gray-Gray, in das Badezimmer solltest du wohl bis morgen früh nicht mehr gehen.« Ich verkniff mir ein Augenrollen nicht nur über den Spitznamen aus unserer Kindheit, den ich wohl nie loswerden würde. Er setzte sich auf den Beifahrersitz, schlug die Tür zu, und ich startete den Motor.

»Zu viel Information«, brummte ich.

Lässig schob sich Brax seine Sonnenbrille über die grünen Augen und gluckste.

»Wir sind Brüder, ich dachte, wir können uns alles erzählen.«

Was sollte ich darauf antworten? Am besten nichts, denn jedes Wort würde Brax nur noch anstacheln, um mich weiter zu quälen. Er drehte am Radio herum, als ich den Rückwärtsgang einlegte und auf der schmalen Kieseinfahrt, die zwischen meiner und der Nachbarhütte lag, wendete. Es hätte mir gereicht, wäre meine Blockhütte hier die einzige weit und breit gewesen. Mein Glück, dass seit Wochen glücklicherweise keine Urlauber den Weg in das Haus neben meinem gefunden hatten. Ich hatte versucht, es dem Vermieter abzukaufen, aber für Melvin wogen die Mieteinnahmen mehr als das Mitleid, das er für mich übrig hatte, wenn ich mal wieder deutlich zu laute Nachbarn ertragen musste. Und nicht nur das. Nicht nur einmal hatte mich Melvin, der selbst ein paar Orte weiter in Bear Valley wohnte, als Hausmeister für seine bruchfällige Bude benutzt.

»Lass das«, stieß ich knurrend hervor, weil Brax immer noch keinen Sender gefunden hatte und weiterhin am Radio rumspielte. Ich hasste es, wenn er das tat. Er konnte keine Minute stillsitzen.

»Du solltest mal bei Barney in Crestview vorbeifahren und dir ein Radio aus unserem Jahrhundert besorgen, Bro. Das alte Ding schafft nur Sender, die unsere Großeltern gehört hätten.« Ich spürte Brax' nervtötendes Grinsen, ohne dass ich hinsah. »Und wenn du nur deshalb heute so übellaunig bist, weil du immer noch genervt über die Bürgerversammlung von vor zwei Wochen bist, das war nicht nur meine Idee.«

Mein Schnauben brachte mir nur weiteres Gelächter von meinem kleinen Bruder ein, und ich beschloss, nicht auf seine Aussage einzugehen, in der Hoffnung, dass er es auf sich beruhen ließ. Ich fuhr auf den Waldpfad und steuerte die Hauptstraße an. Wir waren sowieso viel zu spät für unser Treffen in *Yuma's Steakhouse* mit Dad, unserem Freund Josh und Wyatt. Auch wenn Brax behauptete, ich wäre der unpünktlichste Mensch des Planeten, hatte er unrecht, wenn er sagte, es würde mir nichts ausmachen, andere warten zu lassen.

Hier draußen tickten die Uhren einfach ein wenig anders, und in meinem Job kamen unvorhergesehene Dinge, bei denen ich einspringen musste, nicht gerade selten vor.

Plötzlich versperrte ein rostroter Fiat den schmalen Weg. Es war unmöglich mit den hohen, massiven Kiefern am Rand, dass zwei Autos sich aneinander vorbeiquetschten. Also war ich der Erste, der den Rückwärtsgang einlegte und in Richtung See zurückfuhr.

»Wer ist denn das?«

»Hat sich bestimmt verfahren«, antwortete ich knapp und schlug das Lenkrad ein, sodass ich auf meinem Parkplatz stehen bleiben konnte.

»Sieht nicht so aus«, erwiderte Brax trocken.

Die Hoffnung, es würde noch länger in diesem Sommer ruhig an meinem See bleiben, löste sich mit einem Schlag in Luft auf. Der Fiat parkte direkt vor der Nachbarhütte, und ich unterdrückte ein Seufzen. Bitte nicht, flehte ich im Stillen. Melvin hatte mich mal wieder nicht informiert, dass irgendwelche Touristen ihren Urlaub hier verbrachten.

Umgehend wollte ich wieder Gas geben, allerdings hielt Brax mich auf. »Warte doch mal, lass uns schauen, wer ab sofort neben dir wohnt.«

»Sei nicht so neugierig, das geht uns nichts an.«

»Dich sollte es aber etwas angehen.«

Die Abendsonne spiegelte sich auf den Scheiben des Fiats, und immer noch erkannte man nicht, wer oder vor allem wie viele in dem Auto saßen. Hoffentlich keine Gruppe von Teenagern, die laute Partys am See feierten. Ich musste Melvin unbedingt noch mal ein Angebot machen, damit dieser Spuk endlich ein Ende hatte.

Während sich die Fahrertür öffnete, hielt selbst ich die Luft an. Zuerst konnte man nur goldblonde lange Haare und einen

Hinterkopf erkennen. Definitiv den einer Frau. Langsam drehte sie sich um und schlug die Tür zu, wellige Strähnen fielen in ihr Gesicht. Als sie den Kopf hob und gegen die Sonne blinzelte, um die Umgebung zu betrachten, wusste selbst ich nicht, wie ich reagieren sollte. Die Countrymusik, die Brax eingestellt hatte, dudelte immer noch im Hintergrund, aber ich nahm sie kaum wahr. Ich konnte nur die fremde Frau beobachten, wie sie mit vorsichtigen Schritten in Richtung Hütte lief und am Ende stehen blieb. Mit einer Hand strich sie sich die Haare auf eine Schulter zur Seite und hob die Finger als Sonnenschutz über ihre Augen. Sie war durchschnittlich groß, trug ein weites einfarbiges Shirt und eine lockere Jeans, und dennoch konnte ich aus der Ferne erkennen, dass sie attraktiv war. Ein schmales Gesicht, grazile Züge, volle Lippen. Doch vielleicht zog mich eher die Zurückhaltung an, die sie ausstrahlte. Die Vorsicht, die sie nicht drauflosrennen ließ und mit der sie besonnen und nachdenklich wirkte. Außerdem war da noch irgendetwas anderes. Etwas, das ich nicht benennen konnte, das ihren Körper jetzt angespannt und ihren Blick nervös werden ließ und in mir den verrückten Wunsch weckte, herauszufinden, was diesen Ausdruck verursachte. Aber ich mischte mich nicht in Dinge anderer ein. Niemals.

Als erinnerte sie sich nun, dass wir ebenfalls noch da waren, ruckte ihr Blick zu uns und riss mich aus meinen Gedanken zurück. Wir hatten sie viel zu lange beobachtet.

»Oh, wow«, sagte Brax plötzlich. »Wir sollten sie begrüßen.« Seine Hand war bereits am Türgriff, doch ich drückte das Gaspedal durch, als wären wir auf der Flucht. Sprunghafte, überstürzte Handlungen waren normalerweise überhaupt nicht mein Ding, aber ebenso wenig wollte ich etwas mit den Menschen, die für kurze Zeit in Melvins Hütte wohnten, zu tun haben. Ich wollte nur meine Ruhe hier draußen. Mein Stückchen Natur ganz für mich allein.

»Alles klar bei dir?«, fragte Brax, während wir den Weg erneut Richtung Hauptstraße viel zu schnell über Schlaglöcher und unebenen Boden hoppelten.

Ich nickte. »Dad und Josh sind sicherlich schon da. Wir sollten endlich fahren.«

»Wenn du mich mal fahren lassen würdest, dann wären wir vielleicht endlich mal pünktlich.«

Niemals, schoss es mir sofort durch den Kopf. Ich vertraute meinem Bruder und meiner restlichen Familie mehr als einem anderen Menschen, trotzdem fiel es mir schwer, die Kontrolle abzugeben und mich sicher auf der Beifahrerseite eines Autos zu fühlen.

»Und außerdem, kann es sein, dass du deine neue Nachbarin heiß findest?«, fragte Brax. »Oder flüchtest du nur deshalb, damit sie nicht merkt, neben was für einem grummeligen Miesepeter sie ab sofort wohnt?«

Ich konnte förmlich hören, wie herausfordernd er grinste, und war kurz davor, ihn aus meinem SUV zu schmeißen. Wieso hielt ich es noch für eine gute Idee, dass wir heute zusammen zum Steakhouse fuhren? Nur weil ich ausnahmsweise in der Stadt gewesen war und Brax dann aus der Schreinerei mitgenommen hatte, um mir bei den Reparaturmaßnahmen meiner Küche zu helfen. Das nächste Mal musste ich mir unbedingt was einfallen lassen, damit er mit seinem eigenen Wagen fuhr. Sein ständiges Geplapper brachte mich an den Rand meiner Zurückhaltung.

»Komm schon, gib es doch einfach zu.«

»Wir kennen sie doch überhaupt nicht.«

»Seit wann muss man jemanden kennen, um ihn attraktiv zu finden? Das wäre ja was ganz Neues«, sagte Brax, strich sich den Ärmel seines Longsleeves zurück und legte seinen tätowierten Unterarm auf dem geöffneten Fenster ab. In seinen Worten steckte nicht nur seine gesamte Belustigung, sondern ich spürte auch seine Blicke wie spitze Pfeile auf meinem Gesicht. Sie sollten mir egal sein, doch leider waren sie es nicht. Jetzt hatte er etwas, mit dem er mich die nächsten Wochen aufziehen konnte. Jeden Sonntag traf sich unsere Familie auf der Obst- und Gemüsefarm meiner Eltern zum Abendessen. Ich sah es bereits vor mir, wie Brax mich vor allen damit nervte.

»Du tust, als hättest du zum ersten Mal eine Frau gesehen.«

»Ich?« Er lachte laut und nervig. »Ich denke nicht, dass das auf mich zutrifft. Eher auf dich, großer Bruder.«

»Was schenken wir Mom dieses Jahr zum Geburtstag?«

»Oh nein, du kannst nicht einfach das Thema wechseln! Komm schon, lass uns noch ein wenig darüber sprechen! Ruf Melvin an und frag, wer sie ist!« Und wieder lehnte er sich vor und wechselte den Radiosender.

Wenn es ein nächstes Mal geben sollte, würde er definitiv im Kofferraum meines SUVs mitfahren.

»Ich denke nur an dich, Gray-Gray«, redete Brax unbekümmert weiter. »Endlich wohnt mal jemand Interessantes direkt neben dir und du tust so, als würde sie nicht existieren?«

Ich verdrehte die Augen und bog auf die Hauptstraße ein. Wahrscheinlich würde er den ganzen Abend auf dieser Sache herumreiten, und so wie ich ihn kannte, auch noch die gesamten nächsten Wochen.

Doch das Einzige, das bei Brax wirklich half, war, ihn in solchen Situationen zu ignorieren. Er war wie Feuer und jeder Spruch in seine Richtung das Öl, das ihn nur noch mehr zum Lodern brachte. Dennoch konnte ich ihm nicht wirklich böse sein, denn seine Sprüche waren nur ein Mittel zum Zweck. Solange er sich von seinen eigenen Gedanken ablenken konnte, war ihm alles recht, und das war auch der alleinige Grund, weshalb ich ihn gewähren ließ.

Als alleinerziehender Vater einer zehnjährigen Tochter hatte er es nicht gerade einfach, auch wenn er seine Rolle wirklich fantastisch ausfüllte. Er kam klar, auch wenn ich mir sicher war, dass der Verlust seiner Freundin und Highschool-Liebe Annie eine tiefe Wunde in seine Seele gerissen hatte.

»Also, wie gehen wir die Sache an?«, riss er mich aus meinen Gedanken, und ich seufzte tief und genervt.

Als wir endlich das Steakhouse erreichten, hatte Brax mindestens sechs Pläne geschmiedet, wie ich mich der Unbekannten vorstellen konnte. Ich parkte ein und stieg aus dem Auto, während mein kleiner Bruder immer noch plapperte. Ich liebte ihn, aber er kommentierte das ganze Leben wie ein Moderator bei einem Footballspiel. Seine Worte prasselten auf mich ein und prallten an mir ab, während er mir zum Eingang folgte und ich einen Blick über die verwitterte Außenverkleidung aus Holz und das grüne Flachdach warf. *Yuma's Steakhouse* prangte in schiefen Lettern auf der weißen Markise. Eine Renovierung würde dem Laden wirklich guttun.

»Okay, genug jetzt«, sagte ich und drückte die Glastür auf. Der Duft von gebratenem Fleisch und Frittiertem drang uns sofort entgegen und raubte mir für einen Moment die Luft.

»Hallo, Jungs!«, begrüßte uns die Empfangsdame und schenkte besonders Brax ein breites Lächeln. Er liebte es zu flirten und strahlte mit seinem gesamten Aussehen, den Tattoos, den Muskeln und dem schiefen Lächeln, ein Bad-Boy-Image aus. Jedoch war er in Wirklichkeit ganz anders. Diesen Blick hinter diese Fassade schenkte er allerdings nur den wirklichen Vertrauten in seinem Leben.

»Das Thema ist noch nicht abgeschlossen«, raunte er mir zu, ehe wir an den Empfangstresen gingen. »Wunderschönen guten Abend, Leanne.«

Sie errötete und warf schwungvoll ihr braunes Haar zurück. »Euer Dad und die anderen sind schon da. Ihr könnt direkt durchgehen«, hauchte sie, während sie Brax nicht aus den Augen ließ.

»Danke schön, dann bis später.« Er zwinkerte ihr zu, und ich gab mir das Schauspiel nicht weiter und betrat den Innenraum. Brax folgte mir mit ein wenig Abstand.

»Sollten wir nicht lieber über das sprechen, was da draußen vor sich geht?«, fragte ich leise, während wir unseren Stammtisch in einer hinteren Nische ansteuerten.

Brax lachte. »Wieso? Da gibt es nichts.«

»Ein ziemlicher Arschlochmove, wenn du ihr Hoffnungen machst.«

»Sie weiß, dass das zwischen uns nur ein harmloser kleiner Flirt ist.«

»Da bin ich mir nicht so sicher.«

Dad schaute auf und hob die Hand, als er uns erkannte. »Hey, Jungs!«

Josh und der Freund unserer Schwester, Wyatt, saßen bereits am Tisch. Josh kannten wir seit unserer Schulzeit, denn wir hatten die gleiche Highschool besucht. Wyatt war vor einigen Monaten von meiner Tante Andi, die die Musikagentur meines Grandpas nach seinem Tod weiterführte, zu uns geschickt worden, um sich einzukriegen. Es gab Eskapaden in seiner Zeit als Indie-Rockstar, was es mir nicht gerade einfach gemacht hatte, ihn als Freund meiner kleinen Schwester zu akzeptieren. Mittlerweile war er geblieben, nicht nur für sich, sondern auch für Lake, und ich konnte behaupten, dass auch ich ihn tatsächlich mochte. Er war ein guter Kerl, arbeitete hart und vergötterte Lake. Das reichte mir aus, um ihn wie meine Eltern und Brax in der Familie willkommen zu heißen.

Wir begrüßten alle mit einem Handschlag, und Brax rutschte zu Josh auf die Sitzbank. Ich nahm mir einen Stuhl und setzte mich ans Tischende, während sich Wyatt erneut neben Dad setzte.

»Na, Dad, welche Ausrede hast du heute wieder vor Mom erfunden?«, neckte ihn Brax. Meine Mom und Lake lebten ausschließlich vegetarisch, was wir Campbell-Männer leider nur kurz durchgehalten hatten. Heimlich hatten wir als Kinder mit unserem Dad einmal in der Woche hier im *Yuma's Steakhouse* im Nachbarort gegessen und diese Tradition auch noch als Erwachsene beibehalten. Auch wenn Mom und Lake am liebsten gesehen hätten, dass wir durchhielten, waren sie keine Menschen, die andere verurteilten. Sie hatten die unglaubliche Gabe, jeden so zu akzeptieren, wie er war. Deshalb war ich mir auch sicher, dass Mom von Dads Ausflug einmal die Woche wusste, auch wenn er uns vorspielte, es heimlich zu tun. Sie hatten keine Geheimnisse voreinander und waren schon immer unser großes Vorbild einer tollen, respektvollen Partnerschaft gewesen.

»Warum brauche ich eine Ausrede, wenn ich mich mit meinen Jungs treffe?« Er schlug Wyatt leicht auf die Schulter, und der grinste genauso breit wie die anderen.

»Wie geht es euch denn?«, fragte Dad, und ich warf Brax einen bösen Blick zu, den er mit einem Zwinkern in meine Richtung beantwortete.

»Alles gut wie immer. Der neue Auftrag in San Francisco läuft wunderbar, und unser Auftraggeber Mr. Van hat uns grünes Licht für seine anderen Restaurants in Kalifornien gegeben.« Innerlich atmete ich auf, dass er nicht schon wieder mit dem Thema der neuen Nachbarin anfing.

»Oh wow, das ist großartig!«, meinte mein Dad, und auch wir anderen beglückwünschten Brax zu seinem Erfolg. Dann kam die Kellnerin, um die Bestellung aufzunehmen, und glücklicherweise fand sich danach anderer Gesprächsstoff. Und als wir uns über die Schwangerschaft von Joshs Freundin Midge unterhielten, hörte auch Brax endgültig auf, mir zweideutige Blicke zuzuwerfen, was mir ziemlich recht war.

Kapitel 4

Liz

Hatte ich wirklich gedacht, dass die Menschen hier anders wären oder eher, dass ich weniger von ihnen über den Weg lief als in San Francisco?

Nur fünf Minuten hier, und diese Hoffnung war zerstört worden, als ich feststellen musste, nicht allein hier draußen zu wohnen. Durch die Scheiben des Fahrzeugs hatte ich nicht sicher erkennen können, wer darin saß. Zumindest war es definitiv ein Mann auf dem Fahrersitz, und ich war froh, dass er nicht ausgestiegen war und mich gleich überschwänglich begrüßt hatte. Von wegen abgeschiedenes und einsames Grundstück direkt am See. Diesem Melvin würde ich wegen dieser dreisten Lüge eine eindeutige Nachricht schreiben!

Ich legte keinen großen Wert darauf, dass sich jemand vorstellte, und das hatten die Leute im Wagen glücklicherweise auch nicht. Trotzdem hatten sie mich beobachtet, und das war mir ziemlich merkwürdig vorgekommen. Ich verdrängte die Gedanken an diese Begegnung für den Moment und suchte den Holzunterstand neben der Haustür, in dem der Schlüssel für die Hütte hängen sollte.

Von außen sah das Haus nicht gerade so aus wie auf den Bildern. Das Holz war verwittert, an den Fensterläden blätterte bereits die grüne Farbe ab. Doch die Lage direkt im Wald, fernab von der nächsten Stadt New Hope, war perfekt für mich. Ich brauchte keinen Luxus, aber zumindest ein funktionierendes Badezimmer und Strom. Das alles sollte diese Hütte doch bieten.

Mit dem Schlüssel bewaffnet, lief ich über die vordere Veranda zur Eingangstür und schloss auf. Dicker Staub und stickige Luft begrüßten mich. Die Fensterläden waren zugeklappt, und Licht fiel nur durch einige wenige Spalte darin in den Innenraum und über den abgewetzten Holzboden. Der Vermieter hatte geschrieben, dass alles für meine Ankunft bereit war, was auch immer das nun bedeutete. Vorsichtig betrat ich die Hütte, deren Wände ebenfalls vollständig aus Holz bestanden. Ich öffnete zuerst die Läden und die Fenster, damit Licht und frische Luft hineinkam. So wirkte die Einrichtung ganz anders. Gemütlicher. Es gab einen ummauerten Kamin in der Mitte des Raumes, der den Wohn- und Schlafbereich voneinander abtrennte, sowie eine Couch mit kariertem Stoffmuster auf der linken und eine offene Küche auf der rechten Seite. Im hinteren Bereich führte eine Tür in einen weiteren Raum – vermutlich ins Badezimmer –, und ein schmiedeeisernes Bett mit hohen Pfosten befand sich an der linken gegenüberliegenden Wand dazu.

Es hätte schlimmer sein können, hieraus könnte man sicherlich etwas machen. Erneut ging ich auf die Veranda und lief diese ums Haus entlang, an einer Hollywoodschaukel vorbei, bis zu den steinernen Stufen, über die man hinunter zum See gelangte. Von hier oben erkannte ich, dass das Ufer ein Gemisch aus Stein, Sand und Lehm war. Ruhig und still lag das Wasser dahinter. Ich hob den Blick und atmete tief die frische Abendluft ein. Es nutzte nichts, trotz der Idylle hier draußen schnürte etwas meine Brust zu, das ich nicht lösen konnte. Gänsehaut stellte sich wie schon beim ersten flüchtigen Anblick auf diesen See, der Lake Hawk hieß, auf meinen Armen auf, und ich wandte mich schnell ab und ging erneut ins Innere.

Die nächsten Stunden verbrachte ich damit, den Raum von Staub und alten Gerüchen zu befreien, klopfte die abgewetzten Sofakissen aus und schmiss die Decken von der Couch sowie vom Bett in die Waschmaschine im Badezimmer. Stück für Stück räumte ich meine eigenen Sachen aus und richtete mich in der Hütte ein, ehe ich Payton – nach einigen Versuchen, das beste Netz im Zimmer zu finden – ein Foto schickte, das sie mit einem Daumen-hoch-Smiley kommentierte.

Es war bereits dunkel, und ich hatte überhaupt nicht gemerkt, wie die Zeit vergangen war, da hörte ich plötzlich Reifen auf dem Kies draußen. Waren die Bewohner der anderen Hütte zurückgekommen? Ich hatte keine Ahnung, ob ich das gut oder schlecht finden sollte.

Vorsichtig schlich ich zum Küchenfenster, von dem aus ich einen hervorragenden Blick auf die gegenüberliegende Blockhütte hatte. Sie war zweistöckig, deutlich größer und moderner als meine. Hinter dem Haus konnte ich den Teil einer weitläufigen Terrasse erkennen, die auf hohen Pfosten halb über dem See schwebte. Lampions waren am Geländer angebracht, die in der Dämmerung einer nach dem anderen automatisch aufglimmten.

Der weiße SUV mit der grünen Aufschrift *U.S. Park Ranger* hielt auf dem Parkplatz vor der Eingangstür. Jetzt konnte ich den Mann, der gerade ausgestiegen war, auch deutlich erkennen. Sein Körper war riesig und muskulös, er hatte fast schwarzes volles Haar und entsprach dem Bild des Holzfällertypen, den man hier draußen in der Einöde erwartete. Leider musste ich auch zugeben, dass er mir ein wenig Angst einjagte. Seine angespannte Haltung, die dicht zusammengezogenen dunklen Brauen und der Bart, der die Hälfte seines Gesichtes versteckte, als hätte er etwas zu verbergen.

Trotzdem konnte ich den Blick nicht von ihm abwenden, während ich flach atmete, als könnte er mich sonst hören. Zuerst lief er auf seine Eingangstür zu, dann zögerte er. Seine Schultern senkten sich schnell, als käme ein Seufzen über seinen Lippen, und auf einmal wandte er sich meiner Hütte zu. Ich duckte mich hinter die Gardine und fühlte mich wie eine Verrückte, ihn weiter zu beobachten. Doch sagte man nicht, man sollte seine Feinde eher im Blick haben als seine Freunde? Ihn als Feind zu bezeichnen, war sicherlich völlig überzogen, dennoch bedeutete mir irgendetwas an ihm, dass ich mich besser fernhalten sollte.

Aber mein Vorhaben schwankte, da er mit großen Schritten plötzlich auf meine Hütte zukam. Ich trat vom Fenster weg und nagte nervös an meinem Daumennagel. Was sollte ich nun tun? Hier draußen war weit und breit kein Mensch außer ihm und mir. Was ich davon halten sollte, konnte ich zum jetzigen Zeitpunkt nicht sagen, doch was sollte gut daran sein?

Meine Hände fuhren zu meinem Hals, der sich unter dem Gefühl der näher kommenden Schritte des Fremden immer mehr zusammenzog. Im Grunde war es egal, ob Menschen in der Nähe waren oder nicht, man war trotzdem allein auf sich gestellt. Selbst in einer Großstadt.

Ein energisches Hämmern gegen meine Tür ließ mich zusammenzucken. Wollte er sich nur vorstellen und würde danach wieder verschwinden? Was, wenn nicht?

Erneut klopfte es. »Miss?« Seine Stimme war tief und dunkel. Ungeduld schwang darin mit. Mein Blick flog zu dem Kaminbesteck. Okay, das war wirklich übertrieben.

Vorsichtig, als könnte er jeden meiner Schritte hören, schlich ich zur Tür und öffnete sie einen Spalt. Zuerst starrte ich nur gegen seine breite Brust, dann schaute ich langsam an ihm hoch. Ich wartete auf den Moment, in dem er gegen das Türblatt drückte und sie mit seinen Pranken aufdrückte, aber er tat gar nichts. Er stand einfach nur da und sah mich wortlos genauso an wie ich ihn. Das Erste an ihm, was mein wirkliches Interesse weckte, waren seine Augen. Es war nicht unbedingt die Farbe, auch wenn das helle Blau wie das eines Huskys im Kontrast seiner dunklen Haare stand, sondern eher der weiche Ausdruck darin, der widersprüchlich zu seinem Auftreten war und mich verwirrte.

Allerdings besann ich mich auf seine ablehnende Haltung und darauf, dass ich hier im Grunde nur meine Ruhe wollte. Ich hatte keine Lust, mich oder mein Stummsein immer wieder zu erklären, Dinge über meine Vergangenheit preiszugeben oder jemanden hinter meine Schutzmauern schauen zu lassen. Der Typ holte Luft, aber ehe er etwas sagen konnte, schlug ich die Tür vor seiner Nase zu und sprang einen Satz zurück.

Es funktionierte nicht. Es war besser, wenn er gleich verstand, dass ich keine Nähe suchte. Ich nahm an, dass er erneut klopfen würde, doch es dauerte nicht lange und seine leiser werdenden Schritte verrieten mir, dass er abhaute. Wieder schlich ich zum Küchenfenster und erspähte seinen breiten Rücken, der sich von mir entfernte. Vielleicht lag ich falsch, und er wollte genauso wenig Kontakt mit mir wie ich mit ihm. Und über diesen Umstand sollte ich nur mehr als froh sein.

Kapitel 5

Graham

Kühle Wellen schlugen sanft an meine Haut, während meine Arme durch das Wasser pflügten. Links. Rechts. Links. Rechts. Meine Atmung war völlig synchron mit meinen Schwimmbewegungen, während mein Blick sich in dem kurzen Augenblick über der Wasseroberfläche nach vorn richtete. Ein heller Lichtstreifen schimmerte in der Ferne, wo die Kieferkronen sich weit in den Himmel erstreckten. Ich drehte den Kopf, und dieser versank im Wasser. Stille begrüßte mich. Herrliche Stille. Bis ich erneut auftauchte und tief sowie kräftig einatmete.

Meine Muskeln brannten, meine Lunge japste nach frischer Luft, doch diese Erlösung konnte ich meinem Körper noch nicht geben. Wie jeden Morgen genoss ich das belebende Gefühl einer Schwimmrunde in dem See vor meiner Blockhütte. Ich nahm den Kopf hoch, und das Ufer kam in Sicht. Während ich mit den Füßen nach dem steinigen Grund tastete, brandeten kleine Wellen sanft am Rand. Geschafft. Ich erhob mich senkrecht aus dem Wasser und strich mir die Tropfen aus den Haaren. Brax benötigte morgens seinen Kaffee, Lake eine

Yogaeinheit, und ich brauchte zum Wachwerden nur meine Ruhe und diesen See. Das Licht der aufgehenden Sonne brach sich auf der Wasseroberfläche, auf der noch leichter Morgennebel schwebte. Trotz der kühlen Luft fror ich nicht, mein Herz pumpte schnell und kräftig in meiner Brust.

Eine Bewegung in meinem Augenwinkel zog meine Aufmerksamkeit auf sich, und ich unterdrückte ein Seufzen.

Die kleine Gardine am Küchenfenster wackelte noch. Hatte sie mich beobachtet? Schon wieder? Ich streckte mich und straffte die Schultern. Wieso verwirrten mich meine Gefühle seit ihrem Einzug ständig auf eine Art, die ich so nicht kannte? Anderen Menschen war ich meist höflich reserviert gegenüber. Okay, Brax würde behaupten, dass höflich nicht gerade in meinem Repertoire an Gefühlsregungen zu finden war. Aber wer glaubte schon kleinen Brüdern?

Seitdem diese Frau vor einigen Tagen nach New Hope gekommen war, war sie sofort zum Gesprächsthema Nummer eins gekürt worden – und das nicht nur bei unserem gestrigen Familienessen, weil Brax seine vorlaute Klappe nicht hatte halten können. Und das, obwohl der Mittelpunkt eigentlich der Besuch von Wyatts Mom gewesen sein sollte, und nicht eine Frau, die niemand kannte. Doch nicht nur Brax schien den Umstand, dass ich aktuell nicht allein hier draußen wohnte, zu beschäftigen wie nichts anderes, selbst mein Dad hatte ernsthaft interessiert gewirkt. Kein Wunder, dass New Hopes Bewohner dann ebenfalls ihre Ohren weit aufstellten, in dieser Kleinstadt funktionierte der Funk innerhalb der Stadtgrenzen ausgezeichnet. Ich erinnerte mich an Wyatts Ankunft im Frühling und daran, wie verrückt alle gespielt hatten. Auch wenn man den Leuten hier zugutehalten musste, dass die wichtigsten Informationen im Stadtkern blieben. Wyatt hatte erst Ärger mit den Paparazzi bekommen, weil sein ehemaliger Freund Brady seine Finger im Spiel gehabt hatte.

Aber diese mysteriöse Frau, die sich bisher kaum hatte blicken lassen, gab selbst mir Rätsel auf. Ich sollte mich aus ihren Angelegenheiten raushalten und froh über den Umstand sein, dass sie mir genauso wenig auf die Pelle rückte wie ich ihr. Es gab einen Grund, weshalb man sich in einem Haus im Wald versteckte, und dieser ging mich rein gar nichts an.

Also wandte ich mich ab, stieg aus dem Wasser und lief auf das Ufer zu. Dort schnappte ich mir mein Handtuch, das ich mir um meine Hüften band, schlüpfte in meine abgelatschten Schlappen und lief auf meine Blockhütte zu. Zügig erklomm ich die hohen Treppenstufen meiner Veranda mit Blick auf den See und öffnete die Terrassentür. Sofort umfing mich Wärme und der intensive Holzgeruch. Ich ging in mein Badezimmer, damit ich heiß duschen und mich anziehen konnte. Eine Viertelstunde später saß ich an der Theke meiner offenen Küche und schaufelte Rührei auf eine Gabel, während ich mir meinen Dienstplan für die Woche ansah. Im Sommer tummelten sich haufenweise Touristen auf den Campingplätzen in der Umgebung, aber ich wusste aus Erfahrung, dass es trotzdem noch genug gab, die dachten, sie könnten mitten in der Natur übernachten. Ein riesiger Fehler, wenn man sich hier nicht auskannte. Denn so wunderschön es hier mit den Bergen, Wiesen, Wäldern und Wasserfällen war, inmitten des Lebensraumes von Schwarzbären und Luchsen mit Essen im Gepäck zu nächtigen, fiel so ziemlich unter die mieseste Idee aller Zeiten.

Mein Handy klingelte, und ich gab ein Brummen von mir. In diesem Moment wäre es mir lieber gewesen, wenn der Empfang genauso mies wie auf der Farm meiner Eltern gewesen wäre. Melvins Nummer so früh am Morgen auf dem

Display zu sehen, verhieß nichts Gutes und war weit von meiner geliebten Ruhe entfernt.

»Wunderschönen guten Morgen, Graham!«, begrüßte er mich.

Tief seufzte ich. Wenn er so übertrieben freundlich war, hatte das nur einen einzigen Grund. »Was willst du, Melvin?«

»Du kommst immer direkt zum Punkt, das mag ich so an dir, mein Lieber.«

»Ich lege jetzt wieder auf«, murmelte ich.

Melvin atmete geräuschvoll ein. »Nein! Nein! Warte! Du musst mir einen Gefallen tun! Ich stecke hier mitten in Brenton bei meiner Schwester fest und kann erst morgen früh in New Hope sein.«

»Was soll ich tun?«

»Die neue Vermieterin hat mich angeschrieben, es gäbe keinen Strom in dem Haus.«

»Oh, Melvin …« Mein Bauchgefühl hatte mich nicht getäuscht. Melvins Anrufe waren niemals gut. »Wieso verkaufst du mir die alte Hütte nicht endlich, sie macht nur Ärger, den ohnehin ich immer ausbaden muss!«

»Wir sprechen später darüber«, nuschelte er schnell, und ich spürte genau, wie er mich zu dem Thema abwimmeln wollte. »Also gehst du jetzt rüber und schaust dir den alten Generator mal an? Du kennst dich ohnehin am besten mit dem Teil aus.«

Ich kniff die Augen zusammen, auch wenn er es nicht sehen konnte. Eigentlich hätte ich Melvin noch mal deutlicher sagen sollen, dass seine Bruchbude nicht mein Problem war, und er sich jemand anderen suchen sollte. Andererseits war die Frau nun ganz allein drüben in der Hütte ohne Strom. Wenn sie vorher nicht ebenfalls in der Einöde gelebt hatte, hatte sie keine Ahnung, wie so ein Generator funktionierte.

Verdammt. Wenn meine Mom mir eines beigebracht hatte, dann, dass man sich um seine Mitmenschen kümmerte. Auch wenn ich insgeheim überhaupt keine Lust dazu hatte. Sie und meine Schwester Lake quatschten ständig von Karma, und obwohl ich nicht daran glauben wollte, konnte ich diese Frau nicht hängen lassen. Oder Melvin.

»Du bist mir was schuldig.« Mit diesen Worten legte ich auf und unterdrückte damit Melvins Lobrede auf meine Ritterlichkeit. Verdammter Idiot. Und verdammt, dass ich nicht einfach Nein sagen konnte. Als ich mich aufraffte und den benutzten Teller in die Spülmaschine stellte, wusste ich, dass ich schon mit einem Bein in meinem eigenen Verderben stand.

Liz

Ich hasste die Dunkelheit. Zum Glück war es helllichter Tag, was den Umstand etwas besser machte, dass es in der gesamten Hütte seit einigen Stunden keinen Strom gab. Die Nacht ohne das schummrige Küchenlicht war mehr als eine Katastrophe gewesen.

Wieso hatte ich es noch mal für eine gute Idee gehalten, von San Francisco in die kalifornische Wildnis zu ziehen? Es war eine Kurzschlussreaktion, da musste ich meiner Mutter zustimmen. Aber als mir die Anzeige im Internet mit beschaulichen Ferienhäusern in wunderschöner Natur ins Auge gesprungen war, fand ich einen Aufenthalt am Rand eines

Nationalparks mit einer herrlichen Aussicht auf die umliegenden Berge mehr als nötig.

Allerdings hatte mir niemand gesagt, dass die angebliche einsame Hütte nicht ganz so einsam war, wie es den Anschein hatte, und dass ein mürrischer Riese mit Vollbart und Todesblick nebenan wohnen würde, der jeden meiner Schritte beobachtete. Als würde ihm mein Aufenthalt hier gewaltig gegen den Strich gehen, dabei hatte ich ihm weder etwas getan, noch kannten wir uns. Besser, ich hielt mich weiterhin von ihm fern.

Plötzlich riss mich ein dynamisches Klopfen gegen meine Eingangstür aus meinen Gedanken. Ich zog die Decke enger um meinen Körper und drückte mich in die weichen Polster der Couch. Das Haus bestand aus nur einem Raum und einem angrenzenden Badezimmer. Es hatte keine Hintertür. Hier zu entkommen, wäre ein von Anfang an missglücktes Vorhaben. Aber vielleicht war es auch nur der Vermieter, der es doch schon früher geschafft hatte, hier aufzutauchen? Hoffnung verdrängte meine Angst, es könnte jemand anderes sein.

»Miss?« Die dunkle Stimme des Holzfällertypens ließ mich erneut zusammenzucken. Mist. »Melvin schickt mich! Wegen des kaputten Generators!«

Nervös tippte ich mit den Fingerspitzen auf meinen Oberschenkel. Es fröstelte mich. Hier mitten im Wald war es trotz der eigentlichen sommerlichen Temperaturen nicht wirklich warm, schon gar nicht um diese frühe Uhrzeit. Doch ich war eine Frühaufsteherin und konnte, obwohl ich hier keinen Job hatte, nicht bis mittags im Bett bleiben.

Erneut klopfte er an die Tür, diesmal noch energischer, als könnte man dadurch hören, wie angefressen er war. »Ich weiß, dass Sie da sind«, rief er, und es hörte sich eher an wie ein Knurren. Was für ein Problem hatte der Typ?

Die Wut über sein Verhalten verdrängte ein Stück weit meine Angst vor diesem Fremden. Ich schmiss die Decke beiseite und stand sprunghaft auf. Fast vernahm ich seinen schnellen Atem durch die Eingangstür und erinnerte mich an seinen Anblick im See. Jeden Morgen drehte er seine Runden, und es war gleichzeitig anziehend und falsch, zu beobachten, wie sich seine muskulösen Arme durch das Wasser arbeiteten. Sein Rücken hob sich im immer gleichen Rhythmus. Ich erkannte die Kraultechnik, die er nutzte. Mein Trainer hatte sie mich immer und immer wiederholen lassen, bis ich nicht nur die schnellste meines Jahrgangs war, sondern auch die Beste. Brustschwimmen. Delfin. Rückenschwimmen. Kraulen. Niemand machte mir darin etwas vor. Hatte mir etwas darin vorgemacht, korrigierte ich mich im Stillen.

»Miss!«

Ich hatte gar nicht gemerkt, dass ich zur Tür gegangen war, aber in dem Moment, in dem er wahrscheinlich erneut klopfen wollte, riss ich sie auf, und seine Hand schwebte in der Luft. Kurz wirkte sein Gesichtsausdruck überrascht, dann ließ er den Arm sinken und war genauso mürrisch wie eh und je.

»Der Generator«, sagte er, als müsste ich nun wissen, was zu tun ist.

Ich zuckte nur mit den Schultern.

Er zog die dichten Brauen zusammen. »Ich bin hier, um ihn mir anzusehen.« Seine Haltung war angespannt, was mit seiner Größe nicht gerade einladend wirkte. Ich selbst war nicht winzig, eher durchschnittlich, aber selbst wenn er so groß wie ich gewesen wäre, hätte er mir Angst gemacht. Auf einmal wurden meine Hände schwitzig, und mein Herz begann zu rasen. Ich blinzelte schnell, und sofort sah ich vor meinem inneren Auge wie in einer Diashow Bilder, die ich dort nie wieder haben wollte. Panisch riss ich die Lider auf, und bevor mein Gegenüber mir etwas anmerken konnte, knallte ich ihm die Tür erneut vor der Nase zu. Blitzschnell sprang ich einen Schritt zurück, als hätte das Holz auf einmal Feuer gefangen. Ich hörte draußen Geräusche, ein Scharren von seinen Stiefeln, schließlich entfernten sich seine Schritte, bis ich selbst mit den Kniekehlen gegen die Couch stieß und mich auf die weiche Sitzfläche fallen ließ. Mein Atem raste, und ich schaute mich im Raum um, als könnte der Mann jederzeit irgendwo auftauchen. Meine Finger glitten zu meinem Hals. Ich spürte die Male, obwohl diese schon lange nicht mehr sichtbar waren.

Ein Klopfen im hinteren Bereich des Hauses ließ mich zusammenzucken, und ich verfluchte diese verdammte Schreckhaftigkeit. Vielleicht hatte ich mich geirrt. Hier draußen fühlte ich mich nicht frei und sicher, ich fühlte genau das Gegenteil und das lag nur an diesem Nachbarn.

Mein Handy klingelte, und ich atmete tief ein. Schnell griff ich danach und drückte es mir ans Ohr und suchte im Zimmer die Stelle mit dem besten Empfang. »Elizabeth?«

Ich nickte, als könnte meine Mom die Geste sehen. Sie weigerte sich unablässig, sich per Videoanruf bei mir zu melden, sodass wir in Gebärdensprache miteinander kommunizieren konnten. Generell hatte sie diese ohnehin nicht richtig gelernt und sich auch nach einem Jahr nicht wirklich damit auseinandergesetzt, dass ich stumm war, und die Worte niemals wiederkommen würden. Egal, welche Therapie sie mir als Nächstes vorschlug. Es würde nichts bringen. »Elizabeth! Sag doch etwas! Lass diesen Quatsch endlich und komm nach Hause!«

Ich schloss die Augen. Es war nicht so, dass meine Mom eine schlechte Mutter gewesen war, allerdings hatte sie mich noch nie verstanden. Auch wenn ich es gern anders gehabt hätte, wir kamen uns mein gesamtes sechsundzwanzigjähriges Leben nicht näher als am Tag meiner Geburt. Leider hatte sie mir vor meinem Aufenthalt hier vorgeworfen, mehr nach meinem Dad zu geraten, der eines sehr gut konnte: abhauen. Hin und wieder schickte er mir oder meiner Mutter eine Nachricht, aber wirklichen Kontakt oder auch nur eine Ahnung, wo er sich jetzt herumtrieb, hatten wir nicht. Was vielleicht auch besser war.

Ich tippte zweimal gegen den Lautsprecher unten am Handy, damit meine Mutter wusste, dass ich den Anruf beendete. Danach schrieb ich meiner Mom eine Nachricht, dass es mir leidtäte, und es mir gut ging. Es kam nichts zurück.

Im gleichen Moment, in dem ich das Smartphone auf die Polster neben mich legte, piepste der Backofen in der offenen Wohnküche und die elektrische Anzeige darauf begann, zu blinken. Der Storm war wieder da.

Wenigstens eines, das wiedergekommen war.

Ich stand auf und ging vorsichtig zu dem Fenster in der Küche. Der bärtige Mann lief auf seine Blockhütte zu, ohne mich noch eines Blickes zu würdigen. Hatte er sich trotzdem um den Generator gekümmert? Schien wohl ganz so, denn warum war sonst der Strom wieder da.

Schnell wandte ich mich ab und sah mich in dem Raum um. Abgesehen davon, dass es hier an vielen Ecken handwerklich etwas zu tun gab, war sie recht hübsch. Ich mochte das Holz, den runden steinummauerten Kamin inmitten des großen Zimmers, der ihn damit abteilte, und die rustikale, offene Wohnküche. Ein neuer Anstrich, ein paar Lichterketten und kuschelige Kissen; im Handumdrehen wäre die Hütte ziemlich wohnlich, und ich könnte es hier aushalten. Wenn ich nur drinnen bleiben und vor allem um diesen Nachbarn einen großen Bogen machen könnte, den ich ganz und gar nicht einschätzen konnte. Wovon ich in Anbetracht der Leere des Kühlschrankes leider nicht ausgehen konnte. Zwar hatte ich mir ein paar Dinge zum Essen mitgebracht, aber die reichten nicht auf ewig.

Draußen hörte ich das Geräusch von Autoreifen auf Kies und warf noch einen letzten Blick durch das Fenster hinaus. Der SUV war gerade weggefahren. Das war meine Chance einen ersten Rundgang durch die Stadt zu unternehmen.

Kapitel 6

Graham

Wenn mich jemand fragte, was ich in meinem Job als Ranger liebte, dann war die Ruhe das Erste, was mir in den Sinn kam. Umgeben von Berggipfeln, die in den Himmel ragten, rauschenden Wasserfällen und jahrtausendalten Mammutbäumen, die mehr gesehen hatten, als wir in einem Leben jemals nachholen könnten, fühlte ich mich geerdet. Ich brauchte weder ein Smartphone noch irgendetwas anderes, das mich von der Schönheit dieser Natur ablenkte.

Ich brauchte nur diese Stille sowie das sanfte und stetige Flüstern der Wälder.

Natürlich gab es auch in meinem Job Dinge, die ich nicht unbedingt gern tat, wie Führungen für deutlich zu viele Touristen durchzuführen, oder ein und die gleiche Standpauke darüber halten, weshalb ein Spaziergang fern von offiziellen Wanderwegen schlecht war. Aber die meiste Zeit versuchte ich, dieses Gefühl der Ruhe festzuhalten. Nicht nur durch meine Mom, die der naturverbundenste Mensch war, den ich kannte, war es tief in mir verankert. Bereits in meiner Kindheit hatte ich am liebsten mit einem Buch in meinem Baumhaus gesessen, während meine Freunde mit einer Spielkonsole in ihrem Zimmer gehockt hatten. Mein ganz persönlicher Ruhebereich, den niemand anderes betreten durfte und den ich mit zwei jüngeren, ständig aktiven Geschwistern unbedingt gebraucht hatte. Jeder von uns hatte seinen eigenen Rückzugsort gehabt. Brax seinen Schuppen hinter dem Haupthaus, in dem er nichts anderes tat, als stundenlang zu schnitzen, und Lake saß ewig auf ihrer Lichtung, um dem Rauschen des Windes zuzuhören und alle möglichen Tiere zu beobachten. Durch unsere Eltern, die sich aus eigener Kraft eine Obst- und Gemüsefarm aufgebaut und uns gezeigt hatten, wie wichtig es war, im Einklang mit der Natur zu leben, hatten wir drei Geschwister einige elementare Lektionen mitbekommen. Und in meinem Job konnte man diese perfekt an andere Menschen weitergeben. Zumindest probierte ich es, auch wenn das bei den meisten Leuten, die mir begegneten, verschwendete Mühe war. Nach einer Woche in der Wildnis auf komfortablen Campingplätzen fuhren sie mit ihren Spritschleudern zurück in die Großstadt, um ihren Freunden zu erzählen, wie großartig es hier war.

»Guten Morgen, Graham!«

Ich stützte mich auf der Theke ab und nickte Buddy zu, der am Eingang des Parks in dem Touristenzentrum arbeitete. »Morgen, Bud.«

Er erhob sich aus seinem Drehstuhl, ehe er im hinteren Bereich des Raumes verschwand und mit einem dampfenden Becher in der Hand zurück zu mir kam. Breit grinsend schob er ihn mir über den Tresen zu.

»Du bist der Einzige, der sich morgens keinen Kaffee bei mir holt, wenn er hier ist.« Er sah sich um, als teilten wir ein Geheimnis, und senkte die Stimme. »Ich hab ein neues Rezept ausprobiert.«

Stirnrunzelnd nahm ich den Becher und nippte einmal dran. »Zimt.«

Buddy strahlte über das gesamte, rundliche Gesicht. Er war ein Jahr älter als ich, und wir kannten uns seit der Highschool. Außerdem war Buddy wohl der Einzige neben meiner Familie, der mich unangekündigt zu Hause besuchen durfte, und es auch regelmäßig nach Feierabend tat. Er war eine Nervensäge, doch eine von der Art, die ich gut ertragen konnte. Denn tief in seinem Herzen war er ein netter, aufmerksamer Kerl, der in seinem Job genauso aufging wie ich in meinem. Er liebte es, zu reden, am liebsten den ganzen Tag, und allen Touristen, die bei ihm vorbeikamen dieselbe unendlich lange Geschichte über den ersten Mammutbaum im Nationalpark zu erzählen. Fast hätte ich bei dem Gedanken daran lächelnd den Kopf schütteln müssen.

»Gib es zu, dass meine heiße Schokolade immer besser wird!«, sagte er stolz. »Vielleicht richte ich doch hier eine Kaffeebar ein. Was sagst du?«

»Tu, was du nicht lassen kannst.« Erneut trank ich einen Schluck, wobei ich leicht grinsen musste.

»Ich könnte Midge darum bitten, für mich Kuchen zu backen!« Buddy riss seine Augen auf und wirkte auf einmal ganz aufgeregt. »Hier wird es von Menschen wimmeln!«

Vielleicht gab ich einen kleinen gequälten Laut von mir, der Buddy innehalten ließ.

Plötzlich grinste er noch breiter. »Du weißt, dass der Park von den Touristen lebt, Gray?«

»Nicht der Park«, widersprach ich ihm und nippte wieder an der Schokolade, hauptsächlich um Zeit zu schinden, und weil sie tatsächlich ziemlich köstlich war. »Nur die Menschen tun es. Der Park wäre sicherlich glücklicher, wenn weniger Leute ihn bevölkern würden.«

»Komm, seitdem wir die Shuttlebusse mit dem Hybridantrieb haben, wird es besser, und die Autos reihen sich hier nicht mehr dicht an dicht! Das war ein Geniestreich von mir, oder? Und dass ihr Ranger eure schicken neuen Hybrid-SUVs bekommen habt, war doch auch nicht so verkehrt, was?«

Ich erwiderte nichts darauf. Was hätte ich dagegen auch sagen sollen? Ich war schon froh, dass das Touristenzentrum und der Eingang des Parks nicht direkt in meinem Gebiet und auf der anderen Seite des Mammoth Peak lag. Je weiter weg, desto besser.

»Aber warum beehrst du mich heute mit deiner Anwesenheit, Einsiedler?«, fragte er und ließ sich mit einem ungelenken Plumps in seinen Drehstuhl fallen. »Wir haben uns erst vor ein paar Tagen bei mir zu Hause gesehen. Gib es zu, du wolltest einfach nur mein neues Heiße-Schokoladen-Rezept ausprobieren.«

»Ich kann dir nichts vormachen, Bud«, erwiderte ich gespielt gelangweilt. In Wirklichkeit plagte mich tatsächlich mein schlechtes Gewissen, dass ich mich im Gegenzug zu den anderen Rangern so selten hier blicken ließ. »Wenn ich schon mal hier bin, was steht heute noch an?«

»Ich hab John die beiden Führungen gegeben, die reingekommen sind.« Er zwinkerte mir zu.

Es war definitiv ein Vorteil, mit Buddy befreundet zu sein. »Ich stehe auf ewig in deiner Schuld.«

»Oh ja, und wie du das tust! Heute Abend gegen acht bei dir, ich bring Bier mit.«

»Einverstanden, ich gebe Brax Bescheid«, erwiderte ich lächelnd.

Buddy verdrehte die Augen. »Ich hasse es, mit Brax Sheepshead zu spielen. Er ist der schlechteste Verlierer der Welt.«

»Jetzt weißt du, wie es mir ging, als wir Kinder waren.«

»Ja, aber du warst schon damals zwei Meter groß und konntest ihm immer was entgegensetzen! Was hab ich?«

»Wir sind nicht mehr auf der Highschool, Bud, und die Sache mit deiner Unterhose wird nie wieder …«

»Verschon mich mit der Geschichte!«, stoppte mich Buddy.

Diesmal musste ich tatsächlich lachen. Ich räusperte mich und klopfte zweimal auf den Tresen. »Dann bis später.«

»Bye, Gray«, brachte er seufzend hervor.

Kopfschüttelnd ging ich nach draußen zu meinem SUV, um den Tag in der Natur verbringen zu können.

Liz

Abgesehen von meiner derzeitigen Wohnsituation war New Hope genau der Ort, an dem ich sein wollte.

In der beschaulichen Innenstadt spielte sich anscheinend das gesamte Leben der Kleinstadt ab, das wohl nur halb so stressig war wie in San Francisco. Es herrschte geschäftiges Treiben auf dem Canyon Boulevard, der Hauptstraße des Ortes. Menschen pendelten zwischen einem Supermarkt, einem Café mit Namen *Books & Cakes* und diversen winzigen Geschäften mit Schnickschnack hin und her. Mehr hatte ich von der Stadt seit meinem Aufenthalt noch nicht entdecken können. Aber wenn ich ehrlich zu mir selbst war, hatte ich mich die letzten Tage auch eher allein in der Hütte verschanzt. Doch heute schlenderte ich mit offenen Augen durch den Ort.

Vor allem fiel mir auf, dass hier jeder jeden grüßte, die meisten sogar kurz anhielten, um miteinander zu plaudern. Vor einem eingezäunten Park saßen zwei ältere Männer, bei dem so gut wie jeder der Einwohner stehen blieb. Lächelnd beobachtete ich die beiden Herren aus der Ferne. Zwischen hohen Tannen und Kiefern befanden sich verteilt die Häuser, und am Straßenrand war fast jedes Auto ein Geländewagen. Und ich wusste, weshalb. Mit meinem alten Fiat hatte ich schon große Mühe, den hügeligen Weg zu meiner Hütte unbeschadet zu schaffen.

An sich war der Ort, der Blick auf die umliegende Berglandschaft und selbst diese belebte Hauptstraße, beschaulich und ohne jegliche Hektik. Allein das lud meine Energietanks schon langsam wieder auf. Zu Hause in San Francisco brauchte ich nur einen Schritt aus meinem Apartment zu tun, und mich umfing die wuselige Großstadtatmosphäre, die mich kaum noch atmen ließ. Lärm, Gestank und die ständige Ruhelosigkeit der Menschen hatten mir das Gefühl gegeben, nicht sicher sein zu können.

Über der Tür des *Books & Cakes* erklang ein leises Pling, als ich eintrat, und eine junge Frau, die ein sonnengelbes Tuch trug, unter dem schwarze Locken hervorblitzten, begrüßte mich übers ganze Gesicht strahlend. Unter ihrer Schürze erkannte ich einen kleinen Babybauch. »Guten Morgen und willkommen!«, sagte sie fröhlich, während sie einem kleinen Jungen an einem Tisch des Cafés einen Teller mit einem Schokoladenkuchen brachte.

»Dein Dad kommt gleich, und ihr könnt angeln gehen«, sagte sie, woraufhin der Junge die Nase rümpfte. »Du kannst nicht deine gesamten Sommerferien hier sitzen und lesen, und nein, schau mich nicht so vorwurfsvoll an.«

»Aber, Mom …«, versuchte der Junge, sich herauszureden,

doch die Frau schenkte ihm nur einen tadelnden Blick. Allerdings nicht ohne ein kleines Grinsen.

»Tu es für deinen Vater.«

»Okay«, gab er seufzend von sich.

»Guter Junge.« Sie fuhr einmal liebevoll über sein Haar, und er schenkte ihr ein Lächeln, eher er sich wieder seinem Buch widmete und die Frau zurück zur Theke ging. Ich stand immer noch am Eingang. Zwischen den Tischen dominierten hohe dunkle Regale den Innenraum, die von unten bis oben mit Büchern vollgestopft waren. Daher also der Name *Books & Cakes*. Hätte man sich eigentlich denken können.

Nachdem ich mich umgesehen hatte, glitt mein Blick zurück zu der Frau, und endlich löste sich meine Starre. Langsam lief ich auf die Theke und die Auslage zu, dabei vergaß ich erneut vor Staunen das Atmen. Das Wasser sammelte sich in meinem Mund, als ich die verschiedenen Kuchen und Torten betrachtete. Wow, so eine Auswahl hatte ich noch nie irgendwo gesehen. Endlich schaffte ich es, tief den Duft nach Zucker, Kaffee und Glückseligkeit einzusaugen. Meine Mom hätte mir früher auf die Finger gehauen, wenn ich nur daran gedacht hätte, eines der Kuchenstücke zu essen. Heute hatte ich vor, mindestens zwei zu bestellen.

Ich lächelte der Frau zu, und ihr Grinsen wurde noch breiter. Wahrscheinlich bemerkte sie meine Begeisterung für das Essen. Sie sammelte ein paar Zettel von der Theke, auf der, soweit ich das erkennen konnte, wahllose Zutaten notiert waren, und wandte sich an mich.

»Mein Name ist Midge, noch einmal herzlich willkommen in New Hope. Du bist neu hier, oder?«

Ich nickte und legte meine Finger kurz auf meinen Mund, damit sie verstand, dass ich nicht aus Unhöflichkeit nicht antwortete. Man sah sofort den Moment, als die Erkenntnis bei ihr ankam, und ich lächelte vorsichtig.

»Sekunde.« Sie schien überhaupt nicht abgeschreckt, sondern kramte in den Taschen ihrer gelben Schürze, bis sie einen schmalen Block und einen Kugelschreiber fand. Beides schob sie mir zu, und ich nickte dankbar. So war es einfacher, mit jemandem zu kommunizieren, der keine Gebärdensprache konnte. Auch ich beherrschte diese nach über einem Jahr noch nicht fließend.

»Ich bin Liz, dein Café ist wunderschön«, schrieb ich auf und drehte den Zettel, sodass sie ihn lesen konnte.

»Hallo Liz, und vielen Dank! Bist du nur auf der Durchreise oder bleibst du länger?« Sie lachte einmal auf und zwinkerte mir zu. »Entschuldige meine Neugierde, aber so sind wir Kleinstädter einfach. Wenn du länger bleibst, solltest du vorgewarnt sein«, scherzte sie.

Ich lächelte sie an. *»Ich weiß es noch nicht. Vielleicht länger.«*

»Wunderbar, dann hast du genug Zeit, dich durch meine gesamte Auslage zu probieren. Welcher Kuchen darf es zuerst sein? Oder oh, heute habe ich frisch ein paar Cheesecake Muffins gebacken!«

Ich lehnte mich zu der Glasscheibe und deutete auf den gleichen Schokoladenkuchen, den sie dem Jungen gebracht hatte.

»Gute Wahl! Mein Sohn Easton liebt den Double Chocolate Cake.« Sie deutete mit dem Kopf in Richtung Tisch, an dem er saß, und legte danach das Stück auf den Teller.

»Er ist sicherlich fantastisch! Danke!«

»Der geht heute aufs Haus, ein Willkommensgeschenk.«

Ich legte vor Dankbarkeit meine Hand auf mein Herz. »Gern geschehen.«

Sie drapierte eine türkisfarbene Serviette auf den Teller neben den Kuchen sowie eine Kuchengabel und reichte mir alles. »Und falls du mal eine Stadtführung brauchst, melde dich nur! Ich bin hier. Übernachtest du bei Mildred im *Big Mountain Inn*?«

Ich schnappte mir wieder den Zettel. »*Nein, in Melvins Hütte unten bei Lake Hawk.*«

Ihr Grinsen wurde noch breiter, und ich fragte mich, ob das etwas zu bedeuten hatte. Hoffentlich nichts, was meinen Nachbarn betraf, zu dem hin und wieder meine Gedanken zurückflogen.

»Tatsächlich«, murmelte sie, als würde sie über irgendetwas nachdenken.

Ich zog fragend die Augenbrauen hoch.

»Die Hütte ist alt, aber der Blick über den See ist fantastisch, oder?«

Ich nickte und hatte immer noch das Gefühl, dass sie mir eine wichtige Kleinigkeit verschwieg. Aber wir kannten uns noch nicht gut genug, sodass ich nicht nachbohren konnte. Bevor ich mich abwenden konnte, griff Midge schnell nach einem Stück Papier und hielt mich damit auf.

»Und falls du mal auf andere Gedanken kommen oder einfach nur entspannen möchtest, meine beste Freundin Lake hat nicht weit weg von der Innenstadt ein Yogastudio eröffnet! Komm vorbei, ich bin mehrmals die Woche dort zu einem Kurs und würde mich freuen, dich zu sehen.« Ich nahm den Zettel in meine freie Hand. Es war ein stilvoller Flyer in blassem Grün mit einem schwungvollen grauen Mandala-Logo.

Ich nickte Midge noch einmal dankend zu und ging zu dem nächsten freien Tisch, der direkt am Fenster stand. Während ich draußen das Treiben der Stadt beobachtete und die Schokolade auf meiner Zunge schmolz, fühlte es sich hier gerade so an, als würde mir mein Schicksal irgendetwas sagen wollen. Doch zum jetzigen Zeitpunkt hatte ich keine Ahnung, was es war. Ob gut oder schlecht, zum ersten Mal hatte ich das Gefühl, das alles besser werden könnte.

Nach einem ausführlichen Rundgang durch New Hope, bei dem ich mir den kleinen Park, ein Geschäft, in dem es kurioserweise ganzjährig Weihnachtsartikel gab, und einen Blumenladen, der im hinteren Bereich versteckt ein fantastisches Restaurant verbarg, angeschaut hatte, hatte ich noch einige Dinge in dem einzigen Supermarkt hier besorgt. Ein schlanker Mann mit dunklen Haaren und einem bedeutsam aussehenden Klemmbrett unter dem Arm war durch die Gänge gehuscht und hatte einen ziemlich wichtigen Eindruck gemacht. Die Atmosphäre, die überall in der Kleinstadt herrschte, war definitiv einzigartig. Am frühen Abend war ich zurück auf dem Weg zum See. Die Sonne hing tief über den Gipfeln, die die Stadt umsäumten, und die Kraft ihrer Strahlen verabschiedete sich langsam, aber sicher in den Feierabend.

Ich war müde, auch wenn dieses euphorische Gefühl, das mich in Midges Café durchflutet hatte, immer noch nicht abgeflacht war. Seit langer Zeit fühlte ich mich wie eine Waage, die ständig von der einen zur anderen Seite kippte und nicht ihr Gleichgewicht fand. In der einen Sekunde bereute ich meinen spontanen Aufenthalt hier, in der nächsten hielt ich es für die beste Entscheidung meines Lebens.

Als ich auf den Schotterweg durch den Wald einbog, der zum See führte, grollte ein leiser Donner hinter den Bergen auf, und meine Härchen auf dem Arm stellten sich auf. Ich mochte Gewitter nicht, das hatte ich noch nie, doch nach dieser Sache, die zusätzlich der Anstoß für das hier gewesen war, noch viel weniger. Ein Blitz zuckte über den Himmel, und ich drückte das Gaspedal stärker durch. Der Kies knirschte unter den Reifen, sowie ich ruckartig vor der Hütte anhielt und förmlich aus dem Auto sprang. Sollte wirklich ein Gewitter kommen, war es noch weit weg, allerdings war ich mir sicher, dass diese hier draußen nicht auf die leichte Schulter zu nehmen waren. Zwischen all den Bäumen wusste ich nicht, ob ich mich geschützt oder wie auf dem Präsentierteller fühlen sollte. Die Sonne hatte nun fast vollständig den Kampf gegen ihren Untergang aufgegeben, und um mich herum wurde es dämmerig.

Hastig sprang ich aus dem Wagen, lief zum Kofferraum und schnappte mir einige Papiertüten, die ich sofort zum Haus trug und vor der Tür auf dem Boden abstellte. Mein Herz schlug wie wild, während ich meinen Schlüssel aus der Tasche holte und aufschloss. Bevor ich den Raum betrat, spähte ich ins Innere und suchte jede einzelne dunkle Ecke mit meinem Blick ab, ehe ich die Tüten aufnahm und diese in die Küche brachte.

Meine Schritte beschleunigten sich noch weiter, als ich wieder zurück zum Auto lief und einen Moment vor Schreck innehielt. Mein Nachbar stand in der Mitte unserer gemeinsamen Auffahrt und sah genauso wie ich eben Richtung Gebirgskette, hinter der sich das Gewitter zusammenbraute. Er trug ein graues Hemd, das mit seinen kurzen Ärmeln seine breiten Oberarme betonte. Sowie er mich bemerkte, drehte er sich langsam zu mir um, und ich erkannte ein goldenes Emblem auf seiner Brust. Er war ein Ranger, mir war das Logo auf seinem Auto und die Uniform schon vorher aufgefallen, allerdings war ich ihm dabei noch nie so nah gewesen. Die Gänsehaut wurde stärker.

Erneut brandete ein Donner auf, der mich erschrocken zusammenzucken ließ. Nur schwer konnte ich den Drang unterdrücken, meine Lider zuzukneifen und mich irgendwo wie ein Feigling zu verstecken.

»Es zieht vorbei«, murmelte er auf einmal, und mein Blick flog zu ihm. »Das Gewitter«, erklärte er, weil ich wahrscheinlich wie eine Geisteskranke mit aufgerissenen Augen und irrem Blick starrte. Er sagte nichts weiter, sondern ging nur zu meinem Kofferraum, und ehe ich ihn davon abhalten konnte, schnappte er sich die letzten beiden Papiertüten. Ich sog tief die Luft ein und sprintete zu ihm. Er sollte gleich verstehen, dass ich weder seine Hilfe noch die eines anderen hier draußen brauchte. Ich wollte niemandem etwas schuldig sein, auch wenn der Gefallen, den er mir tat, noch so klein war.

Wie ein Beutetier auf der Hut trat ich vorsichtig näher an ihn heran, als gut gewesen wäre. Der Duft nach Wald, frischer Luft und einem herben Deo hafteten an ihm. Unhöflich zog ich ihm die Tüten aus den Armen, und er ließ sie stirnrunzelnd los. Der Blick aus seinen blauen Augen brannte sich förmlich in mein Gesicht, aber bevor er mich etwas fragen konnte, schaute ich schnell weg. Ruckartig wandte ich mich um, knallte ungelenk den Kofferraum zu, indem ich die zweite Tüte auf meinem Oberschenkel balancierte, und lief zurück zu meinem Haus.

Ich brauchte keine Hilfe. Ich wollte keine Hilfe.

Mit dem Fuß kickte ich die Tür hinter mir zu und stellte die restlichen Einkäufe auf die Küchenanrichte. Der Donner wurde lauter, und meine Atmung beschleunigte sich erneut. Das Gewitter zog vorbei, hatte er gemeint. Er war ein Ranger, er musste recht haben und durfte nicht lügen, oder? Schworen diese nicht genauso einen Eid wie Polizisten? Sollte ich mich nicht sicher fühlen mit jemandem wie ihm in der direkten Nachbarschaft? Meine Gefühle sprangen wie ein Ping-Pong-Ball von der einen Seite zur anderen und waren völlig irrational, denn er hatte mir rein gar nichts getan. Doch war das nicht der Grund, weshalb ich hierhergekommen war? Mein Misstrauen, das ich nicht mehr abschütteln konnte?

Abgesehen davon drückte er mit seiner angespannten Körpersprache definitiv Ablehnung aus, vielleicht sogar Wut darüber, dass ich hier war, warum auch immer. Trotzdem musste ich immer wieder an seine Augen denken. Seine sanften Augen sagten etwas völlig anderes aus, was noch viel gefährlicher für mich war als seine bloße Abneigung.

Kapitel 7

Graham

Ruckartig sprang Brax auf und tanzte seinen Siegestanz. Buddy und ich verdrehten gleichzeitig seufzend unsere Augen.

»Kannst du bitte damit aufhören und einfach weiterspielen?«, brummte ich, und Brax riss seine tätowierten Arme noch ein letztes Mal in die Luft, dann ließ er sich auf den Stuhl fallen, den er gebaut hatte. Wie fast alles in meinem Haus. Er war der nervigste kleine Bruder der Welt, ein schlechter Verlierer und riss ständig schlechte Witze, aber er war auch ein Meister in seinem Job. Was Brax aus einem einfachen Stück Holz formen konnte, war unglaublich. Es war nicht verwunderlich, dass Menschen selbst über die Landesgrenzen hinaus auf ihn und seine Schreinerei *Woodworker* in New Hope zukamen. Was allerdings nichts daran änderte, dass ich mir nach jeder einzelnen Kartenrunde mit ihm schwor, ihn nie wieder einzuladen. Denn es war egal, welches Spiel wir spielten, Buddy hatte recht, Brax war nicht gerade die perfekte Wahl für unsere Runde Sheepshead. Und trotzdem saßen wir beim Licht der Lampions auf meiner

Terrasse und sahen dem Gewitter dabei zu, wie es an uns vorbeizog, während wir eine weitere Runde spielten. Mittlerweile zeugte fast nichts mehr davon, dass das Unwetter überhaupt hier in der Nähe gewesen war. Ich sollte einfach nicht mehr über die Begegnung mit meiner neuen Nachbarin, bevor die Männer eingetroffen waren, nachdenken. Über ihre schreckgeweiteten braunen Augen, als der Donner durch den Himmel gefegt war. Sie hatte wie ein ängstliches Tier gewirkt. Aufmerksam und bereit, sofort zu flüchten. Was war ihr passiert?

Brax klatschte mit seiner großen Hand auf den Tisch, und ich zuckte hoffentlich unmerklich zusammen. »Seid ihr bereit, ein nächstes Mal fertiggemacht zu werden?« Er wackelte mit den Augenbrauen, dann ließ er seinen Blick zwischen Buddy und mir hin und her wandern.

Buddy senkte die Stimme und lehnte sich ein Stück zu mir. »Das nächste Mal lädst du ihn nicht ein, sonst bin ich raus.«

»Hey! Das hab ich gehört! Sei nicht so ein schlechter Verlierer.« Brax schob die Karten zusammen und ließ sie durch seine rauen Finger schnellen.

»Ich bin hier der schlechte Verlierer?« Buddy lachte auf und trank einen Schluck aus seiner Bierflasche, anschließend stellte er sie mit einem lauten Knall auf der Tischplatte ab. Während die beiden sich darüber stritten, wer am schlechtesten verlieren konnte, glitt mein Blick zurück zu der Hütte gegenüber. Durch die Fenster und die dünnen Gardinen zuckte ein gedämpftes Licht wie das eines Feuers.

Ich wusste, wie die alte Blockhütte von innen aussah und hatte Melvin oft gesagt, er solle sie einfach abreißen lassen und mir das Stück Land vermachen. Doch er war ein sturer, geldbesessener Esel, der annahm, durch die paar Kröten seiner Mieteinnahmen mehr zu verdienen. Vielleicht sollte ich mein Angebot demnächst erhöhen? Brax verteilte die Karten, und jeder von uns nahm seine auf.

»Also, wie ist deine heiße Nachbarin?«

Brax' Stimme zog meine Aufmerksamkeit wieder auf sich.

»Heiße Nachbarin?« Buddys Neugierde war geweckt.

Brax deutete mit seinen Karten in Richtung der Nachbarhütte.

»Ach, die.« Buddys Grinsen nervte mich. Genauso wie auf einmal die gesamte Unterhaltung.

»Sie war wohl heute in der Stadt unterwegs. Ist natürlich Thema aller Leute in ganz New Hope«, sagte Brax, lachte auf und fuhr sich durch die dunkelblonden Haare. Plötzlich schaute er mich an und runzelte die Stirn, als würde er etwas in meinen Augen erkennen. Doch da war nichts, außer reiner Genervtheit darüber, dass sich auch noch die beiden in Angelegenheiten einmischten, die sie nichts angingen.

»Fang an zu spielen«, sagte ich und hoffte, dass Brax das unterdrückte Knurren in meiner Stimme nicht hörte. Meine Geschwister und ich waren uns sehr nahe, das war schon immer so gewesen, und ich war froh darüber. Zumindest die meiste Zeit. Doch in Momenten wie diesen, in denen Brax direkt in meinen Kopf hineinsehen und mühelos meine Gedanken lesen konnte, war ich einfach nur genervt.

»Und Gray-Gray, hast du sie jetzt endlich mal auf einen Kaffee eingeladen, oder soll ich dir doch zuvorkommen?«, zog mich Brax auf, und sein Grinsen wurde breiter. Buddy sog die Luft ein, als befände er sich in einer Rodeo-Arena zwischen zwei Bullen. Doch ich wollte mich nicht wie letztens bei unserem sonntäglichen Abendessen zu Hause bei unseren Eltern aus der Ruhe bringen lassen. Das stachelte Brax nur noch weiter an.

»Vielleicht geh ich gleich mal rüber, wenn ich schon mal hier bin«, erklärte er süffisant lächelnd.

Ich presste die Kiefer aufeinander und fixierte ihn immer noch, ohne etwas darauf zu erwidern, denn das nahm ihm meistens den Wind aus den Segeln. Langsam hob er eine Karte von dem Stapel in der Tischmitte auf und steckte sie zwischen die aufgefächerten anderen in seiner Hand. Mit der anderen griff er sich eine Handvoll Erdnüsse und warf sie in seinen Mund, ohne unseren Blickkontakt zu lösen.

Früher hatten wir uns oft geprügelt, wie es Halbstarke eben machten, aber mittlerweile waren wir erwachsen und sollten so etwas nicht mehr tun, auch wenn das Jucken meiner Faust immer stärker wurde.

»Warum bist du so gereizt, wenn es um sie geht? Wie lange wohnt sie drüben? Eine Woche? Sei nicht so menschenscheu und heiße sie in der Stadt willkommen.«

»Nicht jeder möchte das.«

»Stimmt, es gibt sehr wahrscheinlich einen Grund, weshalb sie sich hier verschanzt«, lenkte Brax auf einmal ein.

»Der uns immer noch nichts angeht.«

»Außer, an ihren Fersen hängt ein durchgeknallter Ex-Mann, der hier auftaucht und dich auch in Gefahr bringt.«

Ich stieß ein lautes Schnauben aus. »Du schaust zu viele Actionfilme, Brax.«

»Und du zu wenig, wenn du darüber noch nicht nachgedacht hast.«

»Wenn, dann wird Sheriff Mitshell sich drum kümmern«, warf Buddy ein, und diesmal verdrehten Brax und ich gleichzeitig die Augen.

»Mitshell ist eine Luftpumpe. Wenn ich ernsthaft in Schwierigkeiten stecken würde, würde ich ihn als Letzten anrufen«, entgegnete Brax.

Ich nickte, denn ich hielt genauso wenig von unserem Ordnungshüter wie mein Bruder, auch wenn er der Sheriff unserer Stadt war. Und die meisten hier wussten das ebenfalls, denn Mitshell hatte nicht gerade viel zu tun oder selbst große Lust auf Arbeit. Er war ein überheblicher Egomane, der es nicht verdient hatte, seinen Rang zu tragen. Seit vielen Jahren wartete ich auf den Moment, wann er endlich von seinem Thron gestürzt werden würde. Vielleicht würde wenigstens das das lähmende Gefühl, das sich in unregelmäßigen, aber zuverlässigen Abständen zeigte, besser machen.

»Nichtsdestotrotz waren wir gerade bei einem anderen Thema«, ließ mein Bruder von einem Quälgeist nicht locker, doch diesmal war ich fast sogar etwas wie froh, wenn ich dadurch nicht mehr über Mitshell nachdachte.

»Lass es gut sein, Brax …« Ich nahm das Spiel wieder auf und warf drei Karten in einer Reihenfolge auf den Tisch. »Sie ist nicht auf eine Bekanntschaft hier aus, und das kommt mir sehr gelegen.«

»Wieso denkst du das?«

»Du bist doch ein Meister darin, die Signale des anderen Geschlechts zu lesen, oder? Zumindest behauptest du das immer selbst, nicht wahr?«, zog ich ihn auf.

Grinsend lehnte er sich zurück. »Mein Ruf eilt mir voraus.«

Brax war nicht halb so ein Aufreißer, wie er uns gern glauben lassen wollte. Nach dem Verlust seiner Highschool-Liebe Annie war in seinem Herzen nur noch Platz für seine Tochter Ruby.

»Es ist besser, wenn sie ihr Ding macht und ich weiterhin meines.«

»Vielleicht hättest du mal wieder bessere Laune, wenn du auf ein Date gehen würdest. Die Sache mit Sarah ist schon ewig her, und nachdem sie weggezogen ist und ihr deswegen Schluss gemacht habt …«

»Brax«, ermahnte ich ihn. »Spiel weiter und hör auf zu reden, sonst schmeiße ich dich von meiner Terrasse.«

»Du jagst mir keine Angst ein, großer Bruder.«

»Buddy, du bist dran …«, sagte ich genervt.

»Ich schau euch lieber bei dieser Sache hier zu, als noch einmal Brax' verstörenden Gewinnertanz zu sehen, also lasst euch nicht aufhalten«, erwiderte er grinsend.

Ich ließ den Kopf sinken. Dieser Abend würde lang werden, und ich könnte nur hoffen, dass Lake, die heute auf Ruby aufpasste, nicht ewig Zeit hatte.

Kapitel 8

Liz

Die Sonnenstrahlen wärmen mein Gesicht, und ich seufze wohlig auf, während ich fest meine Augen geschlossen halte.

»Lizzie! Lizzie!«

Ich setze mich auf und sehe Lucas. Aufgeregt wedelt er mit seinen schmalen Armen durch die Luft und winkt mir zu. Sein kleiner Körper ist halb vom Wasser verdeckt. Es reicht ihm bis zum Bauchnabel, und winzige Wellen schlagen an seine Haut. Vögel zwitschern und ziehen ihre Kreise über dem Badesee in der Nähe unseres Hauses. Ich liebe es hier. Nicht nur das Wasser, in dem ich mich am wohlsten und sichersten fühle, auch der Wald, der alles umringt, das Lachen der Kinder im Sommer, der Duft des warmen Sandes. Alles.

»Komm Lizzie, wetten, ich bin schneller als du?« Er kichert und zieht dabei seine sommersprossige Stupsnase kraus, so wie er es immer tut. Mit einem Satz springe ich auf, und sein Kichern wird zu einem aufgeregten Lachen.

Plötzlich verdunkelt sich der Himmel und wird fast schwarz. Graue Wolken türmen sich auf, während zwischen ihnen wie aus dem Nichts Blitze zucken, und Donner wie ein mächtiges, böses Tier über unseren Köpfen knurrt.

Lucas und ich sind auf einmal allein. Wo sind all die anderen Menschen hin? Ich schaue zu ihm. Er ist bereits losgeschwommen und peilt das andere Ufer an. Für mich ist die Strecke nicht weit, in meinem Leben habe ich nie etwas anderes getan, als zu schwimmen, aber Lucas ist noch zu jung, zu schwach, zu klein. Er wird es nicht schaffen.

Panik erfasst mich, und ich renne auf das Ufer zu. Ich will nach ihm rufen, doch aus meiner Kehle kommt kein einziger Laut. Lucas! Lucas! Er dreht sich nicht um, als endlich meine Beine das Wasser erreichen und von ihnen verschlungen werden. Lucas! Dreh um!

Er sieht kurz nach oben, das Gewitter über uns wird stärker, und ich fuchtle wie wild mit den Armen. Erneut zuckt ein Blitz über den Himmel, und die Angst erfüllt mich von Kopf bis Fuß, lässt keinen Platz für irgendeine andere Emotion.

Ich zitterte, während ich kopfüber in das Wasser springe und anfange, wie besessen zu kraulen. Ich werde immer schneller. Doch plötzlich wird mir so kalt, dass ich mich kaum noch bewegen kann. Lucas! Meine Arme sind so schwer wie ein Truck, meine Beine ziehen mich nach unten, als hingen an ihnen Betonklötze.

Ich blicke hoch, doch ich kann ihn nirgendwo entdecken. Panisch rudere ich im Kreis, drehe mich um mich selbst, während die ersten Tropfen auf die Wasseroberfläche treffen und darauf dünne Ringe entstehen lassen. Das Wasser unter mir ist schwarz, dunkel, undurchsichtig. Ich schwimme weiter, suche, reiße die Augen auf und ringe nach Luft. Der Regen wird stärker. Ich habe das Gefühl, nur noch von Wasser umgeben zu sein. Nicht mehr atmen zu können. Meine Kehle schnürt sich weiter zu.

Eine Hand bricht durch die Oberfläche nach oben. Lucas! So schnell ich kann, schwimme ich zu der Stelle, doch ich kann nichts erkennen. Ich schaue zurück zum Ufer, will nach Hilfe rufen, aber meine Stimme bleibt weiterhin fort. Hilfe! Ich will schreien, allerdings kann ich das nicht. Die Panik ist zu groß. Ich bin schuld, wenn Lucas etwas passiert. Weil ich nicht auf ihn aufgepasst habe und nicht einmal nach Hilfe rufen kann!

Etwas streift mich am Bein, und meine Atmung beschleunigt sich noch einmal. Ich hyperventiliere, verliere den Halt, falle in das dunkle Wasser unter mir bis in seine tiefste, schwärzeste Seele, aus der es kein Wiederkommen gibt.

Der Traum ließ mich immer noch nicht los, und ich schlang die Decke enger um meine Schultern. Ein warmer Wind umwehte mich auf der Veranda wie ein Föhn. Doch seitdem ich hier war, fror ich. Ich fühlte mich krank und schwach. Noch nie in meinem Leben hatte ich solche Emotionen gehabt, bis zu dem Tag, als ich Lucas nicht mehr helfen konnte. Mein kleiner wunderschöner Bruder Lucas. Es war elf Jahre her, und tat genauso weh wie am ersten Tag. Ich wusste, der Schmerz würde niemals vergehen und war ein Teil von mir geworden.

Ein Schluchzen bahnte sich durch meine Kehle, aber es löste sich in Luft auf. Kein Laut kam über meine Lippen, kein Schreien, kein Weinen.

Es war, als würde ich jeden Ton schlucken, bevor er sich freimachen konnte, bis ich so voll von all den ungesagten Worten war, dass ich platzen müsste. Aber es geschah nichts. Ich wartete vergebens auf den Moment und sehnte ihn mittlerweile herbei.

Das erste Mal hatte ich dieses Gefühl nach Lucas' Tod gehabt. Vier ganze Wochen konnte ich kein einziges Wort sprechen, bis sich der Knoten langsam löste, und ich angenommen hatte, mit der Therapie und aus eigener Kraft wieder normal werden zu können. Normal. Was war schon normal? Der schlimmste Augenblick meines Lebens war nun elf Jahre her, und ich kam mir alles andere als normal vor. Denn vor über einem Jahr machte mir das Schicksal erneut einen Strich durch die Rechnung und forderte mich heraus.

Ich schaute vorsichtig über den See. Ich konnte seinen Anblick kaum ertragen, es reichte nur ein einziger Blick, um die Muskeln in meinem gesamten Körper zusammenkrampfen zu lassen. Wie konnte mich Wasser gleichzeitig so anziehen und abstoßen? Ich hatte mir extra eine Hütte an einem Gewässer herausgesucht, um die Angst davor zu besiegen. Die aufgehende Sonne kämpfte sich durch die Schatten der Berge und Kiefern, ihre Strahlen glitzerten auf der Wasseroberfläche. Die Aussicht war wunderschön und genauso furchterregend. Ich liebte und hasste diesen Anblick. Allein das sanfte Plätschern am Ufer und das Quaken der Frösche bescherte mir eine Gänsehaut.

Schnell senkte ich den Blick und gab der Hollywoodschaukel auf der Veranda mit den Füßen einen Schubs. Die rostige Kette, die das Teil hielt, war nicht sehr vertrauenerweckend und knarrte laut im Takt meines Schaukelns. Nach diesem Traum hatte ich aus der Hütte raus und an die frische Luft gemusst. Meine Finger tasteten wie von selbst zu der Kamera, die neben mir auf dem Sitz lag. Ich schaltete sie an und sah durch den Sucher in Richtung See. Es war ein älteres Spiegelreflexmodell, aber die Kamera hatte mir bereits in meiner Jugend immer gute Dienste geleistet. Als ich die Schönheit um mich herum noch zu schätzen gewusst hatte und sie mit jedem Foto einfangen sowie festhalten wollte. In meinem jugendlichen Leichtsinn hatte ich immer angenommen, dass ich meiner Mom irgendwann sagen könnte, dass ich den Leistungssport Schwimmen nicht als meine Zukunft sah, sondern irgendetwas mit der Fotografie machen wollte. Schon damals hatte sie mich für verrückt erklärt. Bis zu diesem einen Tag im Sommer, der unser aller Leben verändert hatte. Uns gebrochen und gebrandmarkt hatte.

Danach setzte sie keine Hoffnungen mehr auf mich und meine Zukunft. Ich wurde von jeder Verpflichtung erlöst, und war dennoch nicht frei.

Traurig lächelnd setzte ich die Kamera wieder ab.

Im gleichen Moment schlug eine Tür zu, und ich schaute hinüber zu der anderen Hütte. Mein Nachbar ging in Badeshorts bekleidet und mit einem Handtuch auf einer breiten Schulter die Treppenstufe seiner Terrasse nach unten. Er starrte auf den Boden, als wäre er vollständig in Gedanken versunken. Sobald er am Ufer ankam, schlüpfte er aus seinen Schlappen, warf das Handtuch daneben und sprang, ohne zu zögern, in den See. Das Wasser musste eiskalt sein, und plötzlich durchflutete mich Sehnsucht nach dem belebenden Gefühl, das dieses in einem weckte.

Er hatte mir den Rücken zugewandt und begann, gleichmäßig zu kraulen. Das Spiel seiner Muskeln und wie das spiegelklare Wasser sofort seinen großen Körper umschloss, war beeindruckend. Ich hob die Kamera erneut an und zoomte ein wenig an ihn ran. Auch wenn ich mich wie eine verrückte Stalkerin fühlte. Auf diese raue, männliche Holzfällerart war er ein wirklich attraktiver Mann. Er war viel an der frischen Luft, das sagte nicht nur sein gebräunter Teint, sondern selbstverständlich auch seine Rangeruniform, die er oft trug. Und dennoch wurde ich nicht so richtig aus ihm schlau. Einerseits würde er mir unaufgefordert die Tüten bis zur Tür tragen oder den kaputten Generator reparieren, andererseits wirkte er abweisend und zurückhaltend.

Irgendwie erinnerte er mich an mich selbst. Er wollte keinen Kontakt, und das sollte mir nur recht sein. Vielleicht nahm ich seine augenscheinliche grummelige Laune viel zu persönlich.

Glücklicherweise hatte ich den Fotoapparat in dem Moment abgesetzt, indem er sich plötzlich umdrehte und in meine Richtung schwamm. Er hob den Kopf kurz, und ich sah an seiner angespannten Körperhaltung sofort, dass er mich gesehen hatte. Wenn er nicht ohnehin die gesamte Zeit gewusst hatte, dass ich hier saß.

Auf einmal wusste ich nicht mehr, wie ich reagieren sollte. Mein Handy rettete mich, denn ich hörte das Klingeln durch das geöffnete Küchenfenster bis nach draußen. Schnell stand ich auf und zog die Decke enger um meine Schultern, dann ging ich nach drinnen und nahm mein Smartphone von der Küchenanrichte. Es hing immer noch am Ladekabel, aber sollte mittlerweile genug Saft haben. Ein Videoanruf kündigte sich an, und kaum dass ich den Namen auf dem Display las, löste endlich ein wenig Freude die düsteren Wolken in meinem Kopf ab.

»Beth! Wie geht es dir? Du siehst gut aus«, sagte meine beste Freundin Payton, sowie das Bild sich aufgebaut hatte und ich mir im Raum den Platz mit dem besten Empfang gesucht hatte. In ihre nach oben gebundenen schwarzen Haare hatte sie ihre Schutzbrille hochgeschoben, und ich erspähte den Ansatz ihres grauen Kittels, den sie immer in der Schreinerei trug, in der sie arbeitete. Payton war der stärkste Mensch, den ich kannte. Sie hörte nicht auf all die Stimmen, die behaupteten, eine Frau hatte in einem männerdominierten Beruf wie ihrem nichts zu suchen. Sie hatte einen Traum, und diesen zog sie mit all ihrer Kraft durch. Ich bewunderte und liebte sie gleichermaßen, denn sie war die Einzige, die immer an meiner Seite sein würde und ich ebenso an ihrer.

»Gut«, antwortete ich ihr mit einem Zeichen und stellte das Handy gegen eine Wasserflasche, damit Payton mich sehen konnte. Sie war auch die Erste und immer noch Einzige, die mit mir und für mich Gebärdensprache lernte, denn sie akzeptierte mich so, wie ich war. Mit Stimme oder ohne. Denn das war nicht das, was einen Menschen ausmachte.

»Ich vermisse dich hier. Hugo ist kein guter Ersatz bei unseren Tacodates und Mittagessen.« Sie verdrehte die Augen, aber grinste dabei. Ich wusste, sie mochte ihren Kollegen sehr – auf eine platonische Weise. Dennoch hatte sie recht, nichts ersetzte eine beste Freundin.

»Ich vermisse dich auch.«, gebärdete ich.

Payton lehnte sich aus dem Bild und erschien eine Sekunde später wieder mit einem Poptart in der Hand. Ihr absolutes Lieblingsfrühstück. Payton konnte nicht nur fluchen wie ein alter Seebär, sondern auch Unmengen essen.

»Das Zeug ist furchtbar ungesund und hat eintausend Kalorien.«

»Ja, Mom, nicht jeder kann so gesundheitsbewusst sein wie du. Ich hoffe, du gönnst dir in der Kleinstadt wenigstens mal einen Burger mit knusprigen Pommes«, erwiderte Payton und schob sich demonstrativ den halben Poptart in den Mund. »Ich habe immer noch Zweifel, dass du wirklich Spaß hast, wenn ich nicht da bin und dich nicht zu deinem Glück zwingen kann«, nuschelte sie.

»Ich hatte schon zwei Stück Kuchen, aber verrate es keinem.«

»Go Girl!« Paytons Grinsen wurde größer, das ich erwiderte. »Das heißt, du hast dir schon die Stadt angeschaut?«

Ich nickte.

»Das ist gut, wirklich. Beth, auch wenn ich dich vermisse, du weißt, dass ich deine Meinung teile. Abstand wird dir guttun, dir kann dort nichts passieren, du bist sicher, okay?«, sagte sie sanft.

Erneut nickte ich, diesmal schneller, um die Schwere in meiner Brust zu überdecken. Anscheinend spürte sie es, denn sie wechselte sofort das Thema und schenkte mir ihr schönstes Lächeln. »Also zeig mal, wie sieht der Blick heute über die Berge aus?«

Auch wenn Payton eine schöne Loftwohnung direkt in San Francisco hatte und in der Stadt aufgewachsen war, wusste ich, wie naturverbunden sie war. So oft sie es schaffte, verbrachte sie ihre Urlaube bei ihrer Grandma in Oregon, die dort eine kleine Hühnerfarm hatte. Ich stand auf und lief zum Fenster, um ihr die Aussicht auf den See zu zeigen. Dabei achtete ich selbstverständlich darauf, dass sie nicht meinen Nachbarn entdeckte, der immer noch seine Runden zog. Ich hatte beobachtet, dass er jeden Morgen eine Stunde durchgehend schwamm. Eine ziemliche Leistung.

»Wow, das ist wunderschön!«, hörte ich ihre Stimme und sah selbst über die Wipfel der Bäume und die Bergkette in den rot schimmernden Himmel. »Ich beneide dich, wirklich. Moment …«

Oh verdammt. Schnell drehte ich das Display zu mir, damit sie nur mich und das Innere der Hütte sehen konnte.

»Habe ich mich verguckt, oder war da jemand im See? Ich dachte, deine Blockhütte liegt mitten im Wald fernab der Innenstadt?«, fragte sie neugierig.

Ich zuckte mit den Schultern, doch sie erkannte meinen schuldbewussten Ausdruck. Es war nicht so, dass ich sie angelogen hätte, aber bisher hatte mein Nachbar keine Rolle in meiner Auszeit gespielt. Was er auch weiterhin nicht tun sollte, obwohl sich unsere Blicke von Weitem immer öfter kreuzten.

»Du hast doch keinen männlichen Besuch gehabt, der sich nun im See eine Abkühlung verschaffen muss?« Payton zog eine ihrer perfekten, schwarzen Augenbrauen in die Höhe und schaute mich eindringlich an.

Ich musste grinsen. *»Nein.«*

»Du verschweigst mir etwas und hätte ich nicht so viel Arbeit, würde ich Hugo sofort darum bitten, einzuspringen und bei dir vorbeizufahren!«

»Ich muss jetzt Schluss machen, ich habe noch was vor.«

Paytons Augen wurden größer. »Nicht dein Ernst! Was soll das denn heißen?« Ich hob den Flyer des Yogastudios hoch und zeigte auf einen Kurs, der in einer halben Stunde begann.

»Oh, wow, da gibt es sogar ein Yogastudio? Ich liebe diesen Ort jetzt schon. Na gut, deine Ausrede ist nicht schlecht.«

Sie zwinkerte mir zu, und ich schickte ihr einen Luftkuss.

»Wir schieben dieses Thema beiseite, aber es ist noch nicht vom Tisch. Hab dich lieb, melde dich bald wieder!«, verabschiedete sie sich.

»Ja. Ich dich auch.« Ich hob die Hand zum Abschiedsgruß, ehe wir das Gespräch beendeten. Jetzt fühlte ich mich besser. Payton schaffte es immer, mich aus meinem Loch zu holen, und ich vermisste sie sehr. Vielleicht konnte sie mich wirklich bald besuchen, denn wer wusste, wie lange ich noch hierbleiben würde. So wie es aussah, noch eine ganze Weile.

»Schön, dass du gekommen bist!« Midge schenkte mir eine freundschaftliche Umarmung. Sie hatte zufällig vor dem beeindruckenden Gebäude aus grauem Stein, Holz und Glas gewartet, das ein wenig fernab der Innenstadt von New Hope in einem Waldstück lag. Einige Autos parkten in dem Wendekreis, der von Kiefern umwachsen war und in dessen Mitte sich ein rundes Beet mit hübschen bunten Blumen befand. Es war die pure Idylle.

Ich löste mich von Midge und erwiderte ihre Geste mit einem Lächeln. Wenn ich Midges perfekt aufeinander abgestimmtes Sportoutfit so betrachtete, fühlte ich mich in meiner alten Jogginghose und dem weiten Sweatshirt mit dem Aufdruck einer übergewichtigen Katze reichlich deplatziert. Aber es war ewig her, dass ich an einem Sportkurs teilgenommen hatte, und ich war nicht der Typ, der Wert auf modische Details legte. Ich war ein Shirt- und Jeans-Mädchen. Vor allem in letzter Zeit, in der ich unter keinen Umständen auffallen wollte.

»Komm, Lake wartet schon, ich habe ihr ein wenig von dir erzählt.« Sie deutete ins Innere, und wir setzten uns in Bewegung. »Lake hat das Yogastudio nun seit ein paar Monaten, und alle ihre Kurse sind jeden Tag ausgebucht. Nach einer Stunde von ihr wirst du dich so was von relaxt fühlen und wie auf einer flauschigen Wolke.« Sie legte die Hand auf ihren Bauch. »Außerdem soll mein kleines Mädchen gleich entspannt in die Welt starten.«

Ich musste lächeln und unterdrückte einen wehmütigen Anflug, der sich in mir breitmachen wollte. Würde ich irgendwann an einen Punkt kommen, an dem ich glücklich sein und eventuell eine Familie gründen könnte? Ohne das Gefühl, dass ich nicht ausreichend verantwortungsbewusst dafür war? Ich verdrängte die Gedanken, denn ich war hier, um mich von solchen Emotionen freizumachen und nicht, um mich gleich erneut in all ihrer Schwärze zu verlieren.

Wir stiegen ein paar Stufen nach oben und betraten das Innere. Es roch nach Salbei und Lavendel, was augenscheinlich von einigen Räucherstäbchen kam, und leise Musik erklang im Hintergrund. Ich umfasste meine kleine Sporttasche fester, während wir einen kurzen Gang entlangliefen, der auf zwei Türen zuführte. Hinter einer durchbrach wildes Stimmengewirr die Ruhe. Ich war nie der Typ wie Payton gewesen, der in einen Raum kam und gleich alle Menschen auf seiner Seite hatte. Auch früher war ich eher jemand, der zuerst in einer Ecke ganz für sich allein die Lage checkte, ehe er entschied, was zu tun war. Doch als Midge mich in den Umkleideraum führte, waren alle Augen von mindestens zehn Frauen auf mich gerichtet. Großartig.

»Hallo zusammen, unterhaltet euch ruhig weiter, ich bin es nur«, scherzte Midge und hakte sich bei mir unter. Sie erinnerte mich an Payton, denn sie war genauso freundlich und aufmerksam wie sie, und ich fühlte mich ein wenig besser mit ihr an meiner Seite.

»Wer ist deine Freundin?«, fragte eine ältere Frau, die ein pinkfarbenes Stirnband trug und ansonsten auch aussah, als ginge sie in einen Achtzigerjahre-Aerobic-Kurs.

»Das ist Liz, Mrs. Appleworm, und sie ist seit Kurzem in New Hope «, erwiderte Midge, und ich lächelte vorsichtig in die Runde, dankbar, dass Midge das Reden für mich übernahm. Die meisten Frauen nickten mir freundlich, allerdings reserviert zu, nahmen dann wieder ihre eigene Unterhaltung auf, worüber ich mehr als froh war. Midge deutete auf einen freien Platz auf einer Bank, und wir legten unsere Taschen dort ab. Mrs. Aerobic kam zu uns, während wir unsere

Schuhe auszogen und ich ein Handtuch aus meiner Sporttasche zog.

»Mein Kind, erzählen Sie ein wenig von sich, Sie brauchen nicht schüchtern zu sein«, sagte Mrs. Appleworm und wirkte immer noch so, als wäre sie eine Journalistin auf der Suche nach der nächsten Story.

Ich legte die Hand kurz auf den Mund und zuckte mit den Schultern.

»Ich verstehe nicht …«, meinte sie und runzelte die Stirn.

»Liz ist stumm, Mrs. Appleworm.«

Ich nickte Midge dankbar zu, die immer noch keinerlei Berührungsängste oder Hemmungen zu haben schien.

»Also … Sie sprechen gar nicht? Überhaupt nicht?«

Ich hob die Handflächen in ihre Richtung nach oben und zog die Aufmerksamkeit so auf meine Hände. »Nur mit den Händen?«

Erneut nickte ich.

»Das stelle ich mir ziemlich schwierig vor«, bohrte Mrs. Appleworm weiter nach. Es war mir nicht unangenehm, über mein Stummsein zu sprechen, die meisten Menschen reagierten so. Die Neugierde über etwas, das sie nicht kannten, war so groß, dass sie all ihre Scheu verloren und mich Dinge fragten, auf die ich im Leben nicht gekommen wäre. Nach zahlreichen Therapien hatte ich mich mittlerweile an diesen Umstand gewöhnt und auch daran, meine Stimme nie wieder hören zu können. Im Gegensatz zu meiner Mom hatte ich es akzeptiert und suchte Lösungen, wie beispielsweise das Lernen der Gebärdensprache.

Ich zog mein Handy aus der Tasche und tippte darauf, damit Mrs. Appleworm verstand, dass ich auch über Nachrichten kommunizieren konnte.

»Also schreiben können Sie?«

Ich musste grinsen, und auch Midge gab ein Glucksen von sich. Wieder nickte ich.

In dem Moment erklang ein dunkler Gong von draußen, und es herrschte reges Treiben, als alle sich beeilten, um in den Hauptraum zu kommen. Schnell steckte ich mein Handy zurück in meine Tasche.

»Vielleicht führen wir diese Unterhaltung später weiter«, meinte Midge und zog mich von der neugierigen Dame fort. »Sorry, sie ist das größte Klatschweib des Ortes. Aber sie ist harmlos«, flüsterte Midge mir zu.

»Hey, Midge!« Eine andere Frau lief auf uns zu. Sie war groß, hatte dunkelblondes Haar und freundliche, warme Augen.

»Hi!« Midge wirkte sichtlich erfreut, auf jeden Fall mehr, als eben noch bei Mrs. Appleworm.

»Ich bin Becky, freut mich sehr, mal ein neues Gesicht in der Stadt zu sehen«, sagte sie und hielt mir die Hand hin. Ich nahm sie entgegen und lächelte ihr freundlich zu. *»Hallo.«* Becky gebärdete die Begrüßung, und ich hob überrascht die Augenbrauen an.

»Oh wow, du kannst Gebärdensprache? Wusste ich ja gar nicht!«, stieß Midge begeistert hervor.

Becky machte eine wegwerfende Handbewegung. »Können ist übertrieben. Du kennst doch den kleinen Fynn aus unserer Gruppe?«

Midge nickte. »Becky leitet eine Jugend- und Kinderpfadfindergruppe mit Lakes großem Bruder«, erklärte sie mir.

Ich hob den Daumen. *»Wie schön!«*

»Die Kinder sind großartig. Nur der kleine Fynn macht mir Sorgen. Er ist stumm und sehr schüchtern, was die anderen Kinder betrifft, und ich dachte, wenn ich vielleicht Gebärdensprache lerne, macht es ihm das einfacher. Aber abgesehen davon, dass das Lernen deutlich schwieriger ist, als gedacht, zeigt er sich weiterhin desinteressiert. Ich will nicht aufdringlich sein, doch vielleicht könnten wir uns mal auf einen Kaffee treffen und uns unterhalten? Damit ich Fynn helfen kann. Auch seine Mom leidet sehr unter der Situation, dass er sich so zurückgezogen hat.«

»Sehr gerne!«

»Ich schreibe dir nachher meine Nummer auf, dann machen wir etwas aus!«

Der Gong ertönte ein zweites Mal. »Wir müssen los, wenn wir zu spät sind, kriege ich mächtig Ärger von Lake«, scherzte Midge, und wir betraten gemeinsam den Hauptraum.

Die meisten der Frauen hatten sich eine türkisfarbene Yogamatte geschnappt und sich einen Platz auf dem Boden gesucht. Hier hörte man die entspannende Musik besser, und ich ließ einen Blick über die Fensterscheiben wandern, die die gesamte gegenüberliegende Raumseite einnahmen. Ein hübscher Garten war zu sehen, hinter dem ich am Rande einiger Kiefern den Anfang eines kleinen Sees erkennen konnte.

Jeder unterhielt sich an seinem Platz nur noch gedämpft, und sofort durchströmte die entspannte Energie meinen Körper.

»Hi«, flüsterte Midge, da eine weitere junge Frau mit kastanienbraunem Haar und freundlichem Lächeln auf uns zukam. Sie trug eine weite, mit Blumen verzierte Hose, ein dazu passendes senfgelbes Oberteil, und ihr Haar lag ihr in einem dicken Zopf auf einer Schulter. Ihr Strahlen erhellte den gesamten Raum und ließ mich innerlich sehnsüchtig aufatmen. Wann hatte ich mich das letzte Mal so offen glücklich gefühlt?

»Hi«, sagte sie und nickte mir lächelnd zu. »Ich bin Lake, Midge hat schon von dir erzählt. Ich freue mich, dass du es geschafft hast.«

Ich antwortete mit der Gebärde für Danke, und mir fiel auf, dass Midge und sie sich einen flüchtigen Blick zuwarfen, den ich nicht ganz deuten konnte. Doch vielleicht übernahm einfach wieder mein Misstrauen, das ich sofort wegschob.

»Du bist ganz neu in der Stadt und kennst niemanden hier?«

Ich nickte.

»New Hope ist bekannt für seine Gastfreundschaft«, plauderte Lake fröhlich weiter. »Und der Blumenkohlauflauf meiner Mom ist absolut fantastisch, außerdem liebt sie es, Besuch zu haben und neue Menschen kennenzulernen. Wenn du Sonntag noch nichts vorhast, würde ich dich gern zum Abendessen einladen. Sozusagen als ganz persönliche Willkommensparty.«

Ich warf Midge einen Blick zu, und die nickte ermutigend. Verrückt. Ich war keine drei Wochen in der Stadt und wurde schon mit so offenen Armen empfangen. In San Francisco wäre das undenkbar gewesen. Selbst nach zwei Jahren in meiner Wohnung wusste ich nicht, wie jeder Nachbar mit Vornamen hieß.

Ich stimmte zu, und Lake wirkte ehrlich erfreut. »Wie schön, nach der Stunde muss du mir deine Handynummer geben und dann schicke ich dir die Adresse! Jetzt sucht euch schnell einen Platz.« Sie deutete in den Raum und trat selbst zu ihrer Matte, die ganz am Ende vor einer Spiegelfront lag. Eine Ballettstange war davor angebracht, und ich fragte mich, was vorher hier drin gewesen war. Doch ich kam nicht lange zum Nachdenken, denn als Lake uns aufforderte, Platz zu nehmen und die Augen zu schließen, wusste ich, weshalb ihre Stunden immer ausgebucht waren. Mit ihrer ruhigen, warmen Stimme schaffte sie es innerhalb weniger Minuten, dass ich mich vollständig gelöst und angekommen fühlte.

Kapitel 9

Liz

Nach der Stunde kam Becky auf mich zu. Bevor sie heute Mittag ihren Dienst im Camp antreten musste, hatte sie noch Zeit und fragte spontan, ob ich nicht Lust hätte, direkt etwas mit ihr trinken zu gehen. Ich stimmte zu, und wir verteilten uns auf unsere Autos und steuerten die Innenstadt an, die nicht weit entfernt von Lakes Yogastudio war.

Wir parkten in einer breiten Parkbucht gegenüber eines Friseurladens, aus dem Billy Joel über die Straße dröhnte. Hinter den raumhohen Scheiben wippte ein glatzköpfiger Riese im Takt mit, während er einer blonden Frau die Haare schnitt. Jedes Mal, wenn ich die Stadt betrat, entdeckte ich etwas Neues, das mich glücklich lächeln ließ.

»Komm, bis zum *Marcy's* ist es nicht weit.« Becky deutete die Straße hinunter zu dem Blumenladen, der, wie ich bereits herausgefunden hatte, auch ein Restaurant beinhaltete. Eine Handvoll Tische mit schwarzen, verschnörkelten Metallfüßen und Tischplatten aus Eichenholz standen zwischen hohen Kübeln mit bunten Hortensien und saftig grünen Lorbeerbüschen draußen auf dem Gehweg. Als wir näher kamen, entdeckte ich auf den Tischen neben den Speisekarten schmale Vasen mit Wildblumen und Kräutern. Es wirkte fast wie in einem französischen Café, und sofort fühlte ich mich in der Atmosphäre wohl.

Wir suchten uns einen Tisch am Rand, von dem aus man eine direkte Sicht in das Innere des Blumenladens und auf den großen, grauen Vorhang hatte, der den hinteren Restaurantbereich vom Eingangsbereich trennte und heute zur Seite geschoben war. Somit hatte man einen guten Einblick in den hinteren, hellen Essbereich bestehend aus modernen Möbelstücken und den verschiedensten Pflanzen überall.

»Lakes Bruder Brax hat den Laden vor zwei Jahren mit Curtis umgebaut.« Ich wandte meine Aufmerksamkeit Becky zu. »Seine Mom hatte einen Unfall und konnte den Blumenladen nicht mehr weiterführen. Das war eine furchtbare Zeit, aber das Restaurant ist ein großes Geschenk, und mittags bietet Curtis ein fantastisches Mittagsmenü an.« Becky zwinkerte mir zu, und ich nahm mir die Speisekarte. Es dauerte nicht lange, da kam eine Frau auf uns zu, die eine weiße Bluse mit dem Namen des Restaurants trug. Ihre langen lilafarbenen Haare waren in einem hohen Pferdeschwanz zusammengebunden, und ihre bernsteinfarbenen Augen hatte sie mit einem perfekten, filigranen Lidstrich betont. Ein blumiger Duft wehte zu mir, bei dem es so wirkte, als hätte sie ihn von drinnen mitgebracht.

»Hi, Becky«, sagte sie freundlich und lächelte uns zu.

»Hi, Lu, das ist Liz«, stellte mich Becky vor.

»Hallo«, gebärdete ich.

»Willkommen in New Hope«, erwiderte Lu.

Ich schaute sie überrascht an.

»Ich hatte Unterricht auf meiner alten Highschool, ist schon ein paar Jahre her, aber ein paar Dinge kann ich noch«, erklärte sie, als auch Becky sie erstaunt darauf ansprach.

»Was kann ich euch bringen?«, fragte sie dann, und wir gaben unsere Bestellung auf. Eine hausgemachte Erdbeerlimonade sowie einen frischen Pfefferminztee für mich.

Ich nahm mein Handy aus der Tasche, weil es sich damit deutlich leichter kommunizieren ließ. Für solche Gelegenheiten und längere Unterhaltungen nutzte ich eine App, in die ich meine Antworten eintippen und diese dann als Sprachausgabe abspielen konnte. Es war nicht so flüssig wie eine normale Unterhaltung, aber es kam nahe dran.

»Also möchtest du mir ein wenig von dem Camp und dem Jungen erzählen?«, fragte ich.

»Liebend gern! Das Camp war eine Idee von Buddy, der im Touristenzentrum an der Information arbeitet. Ein wirklich netter Kerl, du würdest ihn mögen, und er hat ständig tolle Einfälle, die den Nationalpark und die Gegend drumherum verbessern.« Ihre Augen strahlten. Neben uns schoben sich drei junge Leute an den Tisch. Zwei blonde Mädchen, die eindeutig Zwillinge waren, und ein schmaler, blasser Junge mit rabenschwarzem Haar. Die Mädchen plapperten irgendetwas über die Schule, während der Junge ihnen aufmerksam zuhörte. Ich schätzte, sie waren ungefähr im letzten Highschooljahr.

»Er hat Graham gefragt, Lakes ältesten Bruder, und mich, ob wir nicht Lust hätten, uns als Betreuer zu beteiligen«, sprach Becky weiter, und ich schaute sie erneut an. »Ich war sofort Feuer und Flamme! Als ausgebildete Erzieherin habe ich in Bear Valley gearbeitet, aber der lange Arbeitsweg nach New Hope jeden Tag hat mich doch manchmal genervt. Und Graham liebt Kinder und hat sich sofort für die Idee begeistert! Die Kinder haben in ihm einen großartigen Menschen gefunden, der alles für sie tun würde. Vor einiger Zeit kam Fynn zu uns, seine Mutter ist mit ihm erst vor Kurzem nach New Hope gezogen. Er ist stumm, schon von Geburt an. Es gab wohl ziemlichen Ärger mit seinem Dad, Genaueres weiß ich nicht, nur dass Fynn seitdem nicht mehr kommuniziert. Er fasst schwer Vertrauen zu anderen Menschen. Ich habe gedacht, vielleicht würde es ihm einfacher fallen, sich zu öffnen, wenn es jemanden gebe, mit dem er sich in der Gebärdensprache unterhalten kann, also jemanden außer seiner Mutter. Im Moment sitze ich viel im Büro über Papierkram, und Graham ist nur zweimal die Woche da. Wir suchen ohnehin Betreuer, es wäre ein paarmal in der Woche, und die Arbeit im Camp ist super. Und du machst einen ziemlich netten Eindruck«

»Danke. Das weiß ich sehr zu schätzen.« Immer noch war ich mir nicht sicher, ob ich wirklich die Richtige war, um auf Kinder aufzupassen, die Verantwortung für ein anderes Menschenleben zu tragen und jemandem beizubringen, wie man vertraute, wenn ich selbst so weit davon entfernt war wie der Mond von der Sonne. *»Allerdings weiß ich noch gar nicht, ob ich so lange hierbleibe.«*

»Du kannst es dir ja einmal überlegen.« Becky lächelte mich an, und ich erkannte die Zuversicht und Hoffnung in ihren Augen. Ich wollte nicht schuld daran sein, wenn diese erlosch. »Ich bin gleich wieder da.«

Als Becky aufstand und nach drinnen lief, brachte uns Lu unsere Getränke und ging an den gegenüberliegenden Tisch, nachdem ich mich dafür bedankt hatte.

»Hey, Lu!«, rief das eine Mädchen. Es trug eine Jeanslatzhose mit kurzen Beinen, darunter ein geringeltes Top. Sie saß lässig gegen den Stuhl gelehnt, während ihre Schwester ein wenig angespannter wirkte. Der Rock um ihre Oberschenkel, die sie ständig hin und her bewegte, bauschte sich unter dem Tisch auf, und immer wieder nagte sie an ihrem Daumennagel.

»Hey, Grace«, erwiderte Lu und nickte den anderen beiden zu. »Hi, Hailey und Kenneth. Wie geht's euch?«

»Wie immer gut. Ist unser nerviger Bruder vielleicht auch irgendwo zu finden?«, fragte diese Grace. Es war spannend, den drei zuzusehen und lenkte mich von der Wartezeit ab, während Becky weg war.

Lus Grinsen wurde breiter. »Es kommt drauf an, weshalb ihr hier seid. Wenn es wegen desselben Themas wie die letzten Tage ist, soll ich euch abwimmeln.« Sie stemmte die Hände in die Hüften, und während das Lächeln der anderen beiden kleiner wurde, ließ sich Grace nichts anmerken. Sie wirkte ziemlich taff für ihr Alter.

»Bist du jetzt sein neuer Bodyguard?«

»Willst du etwa sagen, ich hätte den Job nicht drauf?«

»Also ich finde dich ziemlich überzeugend darin«, erwiderte Hailey. Sie zupfte an ihrem gelben Oberteil und wirkte immer noch so, als würde sie sich unwohl fühlen.

»Und du, Kenneth?« Lu stupste den Jungen sanft an der Schulter an, und sofort überzog eine leichte Röte seine blassen Wangen. »Was sagst du?«

»Find ich auch«, erwiderte er leise. Hailey lächelte ihn an, doch Grace gab nur ein Schnauben von sich.

»Soll ich dich von diesen Gören erlösen?«, erklang eine tiefe Stimme, und ein attraktiver Mann mit blondem Haar erschien am Eingang. War das Curtis? Er putzte sich die Finger an einer weißen Schürze ab, die um seine Hüften hing, sein Mundwinkel zuckte, als wäre er amüsiert, trotzdem war seine Miene eisern. Als Lu sich umdrehte, und die beiden sich in die Augen schauten, wurde der strenge Zug um seine

Augen weicher. Bis er sich erneut den anderen am Tisch zuwandte.

Ich nippte an meinem Tee und genoss die Vorstellung.

»Bruderherz!«, rief Grace und lächelte über das gesamte Gesicht.

Der Mann stöhnte laut auf. »Komm mir nicht so. Meine Antwort heißt immer noch Nein.«

»Nein?«, fragte Grace, woraufhin Lu leise lachte. »Du kannst nicht einfach Nein sagen!«

»Wollt ihr jetzt etwas bestellen? Dann macht das endlich.« Seine Stimme klang genervt, doch trotzdem war der Tonfall eher geschwisterliches Geplänkel als wirkliche Gereiztheit.

»Ich dachte, wenigstens du bist auf unserer Seite, Lu. Es enttäuscht mich, dass du genauso wie unser spießiger Bruder bist.«

»Okay, ich gehe jetzt, die richtigen Kunden bedienen«, erklärte Lu grinsend und wandte sich ab. Als sie für einen kurzen Moment Curtis zugewandt war, erschien erneut ein Funken Sehnsucht in ihren Augen.

Lu eilte nach drinnen, und Becky kam heraus. Sie hielt ihr Handy in der Hand und setzte sich erneut auf ihren Platz. »Sorry, dass es so lange gedauert hat. Meine Mom hat noch angerufen. Ich soll ihr später etwas helfen, ehe ich zum Camp fahre.«

»Kein Problem.«

Mein Blick wanderte zu den anderen am Nebentisch, und Becky schaute auch dorthin. »Ah, ich verstehe, weshalb du fasziniert bist.« Sie hob die Hand. »Hey, ihr drei! Hi, Curtis! Nerven sie dich immer noch mit dieser einen Sache?« Verschwörerisch wackelte Becky mit den Augenbrauen.

Tief seufzte Curtis. Er sah kurz zu mir und nickte mir

freundlich zu. Ich schenkte ihm ein vorsichtiges Lächeln, bevor er sich wieder an Becky wandte. »Immer noch«, bestätigte er.

»Hey, eigentlich sind wir jetzt achtzehn und können tun und lassen, was wir wollen«, meckerte Grace.

»Genau!«, stimmte ihr Hailey zu, doch ihre Stimme klang nicht halb so selbstsicher wie die ihrer Schwester.

»Falsch, ihr müsst einundzwanzig dafür sein.«

»Nur für den Alkohol, aber wir trinken bestimmt nichts!«, sagte Grace.

Curtis lachte freudlos auf. »Na klar, ihr geht auf eine Art Spring Break in Los Angeles und trinkt keinen Alkohol? Mal davon abgesehen, dass ich euch immer noch nicht allein dorthin lasse!«

»Dann komm eben mit! Frag Lu, dann könnt ihr alten Leute euch zusammen dort in eine Ecke setzen, über die laute Musik beschweren und uns im Blick behalten.« Grace hob die Brauen, als hätte sie jetzt den Vorschlag gemacht, der ihren Bruder überzeugte. Darum ging es also? Eine Party. Mein Grinsen wurde breiter.

Lu kam erneut heraus und stellte den drei eine Portion Maischips mit Guacamole vor die Nase. Sie zwinkerte Kenneth zu, der schnell den Blick senkte. Ich bemerkte, wie Hailey ihm den Teller näher zuschob, und er sich lustlos einen der Nachos griff. Sie lächelte ermutigend.

»Komm, Curtis, lass sie doch dorthin. Sei kein Spielverderber!«, sagte Becky, und die Mienen der Mädchen hellten sich auf.

»Siehst du, sogar Becky ist dafür!«, stieß Hailey begeistert hervor.

»Das ist sie nicht. Sie veräppelt euch«, erwiderte Curtis trocken. »Und selbst wenn, lasst uns in einem Jahr noch mal drüber sprechen.« Er schürzte die Lippen und tat so, als würde er kurz nachdenken. »Oder eher in drei.«

»Das ist unfair!«

»Das kannst du überhaupt nicht bestimmen!«, riefen sie ihm nach, doch er hatte sich bereits grinsend wieder zum Eingang gewandt. Mit selbstsicheren, kräftigen Schritten verschwand er im Innern des Restaurants.

»Darf es bei euch noch etwas sein?«, fragte Lu uns, und ich schüttelte den Kopf.

»Nein danke«, meinte Becky. »Ich muss leider los, zu Hause duschen und mich umziehen, sonst komme ich zu spät ins Camp. Curtis ist schon ein wenig streng«, flüsterte Becky Lu zu.

Sie zuckte mit den Schultern, und ihr Lächeln verschwand. »Du weißt weshalb«, erwiderte sie kryptisch.

Becky nickte. »Ja, vielleicht hast du recht.« Auch wenn mich nun interessierte, was hinter der Aussage steckte, war ich jedoch zu kurz im Ort, um nachzuhaken. Als Lu ging, ließen wir das Thema fallen, und Becky erzählte mir, was sie dieses Jahr bereits alles mit den Kids veranstaltet hatten. Ich konzentrierte mich ganz auf Becky. Als wir uns eine halbe Stunde später an unseren Autos verabschiedeten, dachte ich ernsthaft über ihren Vorschlag, im Camp zu arbeiten, nach. Denn es hörte sich nach einer wirklich fantastischen Arbeit an. Andererseits pochten die Zweifel und die Angst, dass ich wirklich die Richtige für diesen Job war, heftig in meinem Innern. Konnte ich mich auf die Kinder einlassen, ohne ständig an den schlimmsten Tag in meinem Leben erinnert zu werden? Ich hatte keine Ahnung.

Kapitel 10

Graham

Soll ich …

Ich zerknüllte den Zettel und warf ihn in den Mülleimer unter der Küchentheke. Seufzend starrte ich auf die leeren Kästchen des nächsten Blatt Papiers.

Eigentlich hatte Melvin mich nur noch mal angerufen, um zu sagen, dass er es auch die kommenden Tage nicht hierher schaffen würde. Aus dem Grund wollte ich meiner Nachbarin meine Hilfe anbieten, sollte erneut etwas mit dem alten Generator nicht in Ordnung sein oder es noch andere Probleme mit der Hütte geben. Sie wollte ihre Ruhe, gut, das konnte ich bestens verstehen. Trotzdem war ich kein Typ, der nicht seine Unterstützung anbot, wenn sie gebraucht wurde. Denn augenscheinlich benötigte sie diese zumindest, was diesen Teil ihres Lebens hier betraf.

Melden Sie sich, wenn Sie Hilfe mit dem Generator benötigen oder sonst etwas mit der Hütte sein sollte. Ihr Nachbar

Gut. Das war gut. Oder? Sollte ich doch mit meinem Namen unterschreiben? Aber was, wenn sie dann auf die Idee kam, ich wollte mich ihr vorstellen und sie ebenfalls kennenlernen? Verdammt, das hier war keine Einladung zu einem Date, wieso machte ich mir überhaupt so viele Gedanken. Hatte Brax recht, und die Frau brachte mich mehr durcheinander, als es der Fall sein sollte?

Sie war hübsch, keine Frage, sehr hübsch sogar, aber das war nicht der springende Punkt, weshalb ich so auf sie reagierte. Sie wirkte, als wäre sie ständig auf der Hut, als warte sie auf ein neues Gewitter. Gehetzt war wohl der beste Ausdruck für ihren Blick, misstrauisch und vorsichtig. Und ich musste zugeben, dass ich mich für sie verantwortlich fühlte, weil wir hier die einzigen Menschen im Umkreis von zwei Meilen waren. Außerdem ließ es mein Eid als Ranger nicht zu, nicht zu helfen.

Bevor ich es mir anders überlegen konnte, schnappte ich mir das Papier und ging nach draußen. Ich umrundete mein Haus und klemmte mir ein paar der Holzscheite für ihren Kamin unter den Arm, denn selbst im Hochsommer war es in diesem Teil des Waldes am Abend recht frisch, dann lief ich zu ihrem Blockhaus. Ich ließ das Holz auf ihrem Stapel neben der Veranda fallen und befestigte den Zettel an dem Türspalt. Heute Morgen war sie mit ihrem Wagen weggefahren, was mir nur gelegen kam, denn dann musste ich sie nicht persönlich auf die Sache mit dem Generator ansprechen und mir erneut eine Abfuhr sowie eine zugeknallte Tür vor meiner Nase abholen.

Schnell sah ich zu, dass ich fortkam, und lief zu meinem Auto. Heute war Freitag und einer meiner liebsten Tage in der Woche. Mittwochs und freitags Mittag traf ich die *Flinken Wiesel* zu ihren Pfadfindertreffen im Camp, die mittlerweile aufgrund des Andrangs mehrmals die Woche stattfanden.

Als Buddy mich vor über einem Jahr darum gebeten hatte, mich um die Kinder zu kümmern und ihnen die Natur näherzubringen, hätte ich niemals damit gerechnet, wie sehr mir diese Knirpse ans Herz wachsen würden. Doch so war es, und ich hatte kein Problem, das zuzugeben.

Bevor das Camp startete, hatte ich noch eine Besprechung mit einigen Kollegen in dem nahe gelegenen Rangerbüro. Danach lenkte ich kurz vor Mittag meinen SUV durch die Straßen, bis ich den Canyon Boulevard erreichte, der durch einen Teil der Innenstadt und nach einer Abzweigung zum Camp führte. Die Sonne brach durch die Kiefern, die alles unter sich in gigantische Schatten tauchten, während mein Wagen sich durch den Wald schlängelte. Die Luft war warm und trocken, fast sogar ein wenig staubig, weil die letzten Gewitter jedes Mal vorbeigezogen waren, und kein Regen die Erde wässern konnte. Bald würden wir einiges damit zu tun haben, Camper davon abzuhalten, Feuer zwischen den ausgetrockneten Zweigen zu machen, um keinen Waldbrand zu riskieren, und das Leben der Menschen oder vieler Tiere aufs Spiel zu setzen.

Nach zwanzig Minuten erreichte ich mein Ziel und bog in den Waldweg ein, auf dem ich direkt zum Camp gelangte. Nicht nur Kinder aus New Hope trafen sich hier mehrmals die Woche, sondern ebenfalls einige Kids aus den Nachbarorten sowie Ferienkinder von den Campingplätzen. Die Truppe bestand aus einer bunten Mischung, und ehrlicherweise war ich froh, dass Becky als ausgebildete Erzieherin mir half, diese zusammenzuhalten. Sie war die gute Seele des Camps, und ohne sie wäre ich verloren. Besonders jetzt im Sommer, eine Zeit, in der das Camp am vollsten war. Wobei wir mittlerweile für den kommenden Herbst und Winter ebenfalls genug neue Anmeldungen zu verzeichnen hatten. Zum Glück half uns seit einigen Wochen auch noch Levin, der mit achtzehn seit dem letzten Jahr ganz allein in New Hope lebte und von dem niemand so wirklich wusste, was der Grund dafür war. Becky und ich waren froh, ihm einen Job und eine Perspektive hier bieten zu können und waren sicherlich die Letzten, die in seiner Privatsphäre herumschnüffeln würden. Selbst Mrs. Appleworm hielt sich mittlerweile bei Levin zurück, was ich mehr als nur begrüßte.

Schon von Weitem sah ich die ersten Kinder. Sie saßen auf den Stämmen, die wir als Kreis um die Feuerstelle angeordnet hatten. Beckys Büro befand sich auf der linken Seite neben der größeren Verpflegungshütte, in der wir auch eine kleine Küche hatten, und ich steuerte den Parkplatz davor an. Die Kids erkannten meinen SUV und winkten mir zu. Ich parkte neben Beckys Auto und stieg aus.

»Graham ist da!«, rief Matthew, der Sohn des Holzlieferanten Dan, der schon seit Gründung des Camps dabei war.

»Hi!« Ich begrüßte die Knirpse, die auf mich zustürmten und mir ihre neusten Knotenübungen zeigten. Im Moment besuchten uns fünfundzwanzig Kinder im Alter von acht bis elf Jahren, und alle Anwesenden redeten gerade gleichzeitig auf mich ein. »Oh, wow, der ist wirklich gut«, bewunderte ich die Arbeit von Ruby, Brax' Tochter. Auch sie war von Anfang an dabei, und es tat ihr gut, ihr wildes Temperament in der Natur erden zu können. »Macht noch einen kleinen Moment weiter, ich komme sofort zu euch, okay?« Als ich den Blick hob, winkte mir Levin von der Feuerstelle aus zu, und ich erwiderte den Gruß. Er war ein guter Junge, auch wenn seine Augen immer etwas Trauriges ausstrahlten, und er nicht mehr als nötig über sich selbst sprach. Ich war der Letzte, der ihn dazu drängen würde.

Ich lief an der Verpflegungshütte und den angrenzenden Toiletten vorbei, dann trat ich in die hintere Hütte ein, die neben Beckys Büro auch die Anmeldung beheimatete. Becky saß hinter einem Schreibtisch, der über und über mit Papieren überfüllt war. Ihre Lesebrille hatte sie in ihr dunkelblondes Haar geschoben und runzelte die Stirn.

Überrascht sah sie auf. »Graham, ich war total in Gedanken. Gott, wir haben diese Woche noch drei neue Anmeldungen für das Sommerprogramm erhalten«, murmelte sie. »Aber erstmal Hi.«

»Hey. Wird das etwa zum Problem?«

Becky stieß ein tiefes Seufzen aus. »Wenn es nach uns geht, auf keinen Fall. Aber du weißt, wie sich die hohen Tiere der Parkverwaltung sträuben, wenn sie nur hören, wie jemand finanzielle Mittel sagt.«

Ja, das Camp hatte sich schneller entwickelt, als wir alle gedacht hatten, aber wieso es falsch sein sollte, so vielen Kindern wie möglich die Natur näherzubringen, wollte mir nicht in den Kopf. Wir hatten schließlich nicht nur Ausgaben, doch wenn es um Zahlen und Geld ging, schaltete sich der Verstand bei vielen Menschen aus. Bevor ich mich setzte, schaute ich noch einmal durch das Fenster nach draußen. Die Kinder hatten sich erneut alle um Levin versammelt und hörten ihm gespannt zu, während er ihnen irgendetwas erzählte. Mein Blick fiel auf einen kleinen Jungen, der ganz am Rand saß und ebenfalls mit großen Augen lauschte. In seinen winzigen Händen hielt er ein paar dünne Seile so fest, als würde sie ihm gleich jemand klauen. Der kleine Fynn war vor einigen Wochen in unser Camp gekommen. Seine Mom dachte, es würde ihm guttun, unter anderen Kindern in der Natur zu sein, und tatsächlich hatte ich den Eindruck, er öffnete sich ein Stück und beteiligte sich immer mehr an unseren Aktivitäten. Er erinnerte mich ein wenig an mich selbst und an eine Zeit in meiner Kindheit, in der mir nur die beständige Ruhe der Natur aus einem schwarzen Loch geholfen hatte, dass ich selbst verursacht hatte. Auch wenn die heftige Schuld auch nach vielen Jahren weiterhin schwer auf meinen Schultern lastete und das Brennen des Verlustes nie ganz in mir gelöscht werden konnte, half es mir, mich um diese Kids zu kümmern. Denn wie Fynn fühlten sich viele von ihnen. Diese Treffen brachten jedem Einzelnen von ihnen etwas, das man niemals mit Geld hätte bezahlen können.

Becky riss mich aus meinen Gedanken. »Einerseits müssen wir uns etwas wegen des Mangels an Betreuern anhören, und im nächsten Atemzug heißt es, wir sollen Geld sparen.« Fahrig zog sie ihre Lesebrille aus dem Haar, wodurch einige wilde Strähnen von ihrem Kopf abstanden. Mit einem Gesicht, als hätte sie in eine Zitrone gebissen, legte sie die Brille vor sich auf den Papieren ab. »Das funktioniert doch nicht!« Ich nahm vor ihrem Schreibtisch Platz.

»Du weißt, dass ich alles für das Camp tun würde. Ich finde eine Lösung«, sagte ich.

»Das weiß ich sehr zu schätzen, aber ich weiß auch, wie viel du als Ranger jetzt im Sommer zu tun hast.«

»Das kriege ich schon hin, das Camp ist mir wichtig, und du solltest nicht allein mit dem allen sein!« Ich deutete über das Chaos ihres Schreibtisches.

Plötzlich erhellte ein Strahlen ihr Gesicht, und sie setzte sich aufrechter hin. »Genau deshalb muss ich dir unbedingt etwas erzählen! Ich hatte heute Vormittag eine wundervolle Verabredung! Vielleicht habe ich noch jemanden gefunden, der uns aushelfen kann, damit wäre nicht nur ich entlastet, sondern auch du. Die Parkverwaltung kann uns mal! Unsere Wiesel sind großartig, und unser Konzept noch viel besser. Bald haben wir alle von der Leitung des Nationalparks auf unserer Seite, warte nur ab.« Ich musste über ihren kampfeslustigen Tonfall grinsen. Es fehlte nur noch, dass sie einen

Schlachtausruf brüllte. Und sie hatte recht. Becky brauchte unbedingt Unterstützung, und sollte die Last des Camps nicht allein tragen, später würde ich als Erstes mit Buddy sprechen und mit ihm die Möglichkeiten durchgehen, die wir hatten. Das war allemal besser, als sich erneut auf eine Stadtversammlung zu wagen oder zu versuchen, Archibald mit ins Boot zu holen, der haufenweise, in seinen Augen, dringlichere Themen auf dem Tisch hatte.

»Das ist dein Verdienst«, erwiderte ich.

»Unser Verdienst. Die Kinder lieben dich.«

Plötzlich klopfte es am Fenster, und eine Handvoll kleiner Nasen drückte sich an der Scheibe platt.

»Jetzt geh raus, bevor die Kids noch mein Büro stürmen.«

Ich stand auf. »Yes, Ma'am.«

Als ich draußen angekommen war, umzingelte mich sofort die halbe Meute. »Graham, Graham, wann bauen wir die Zelte für das Übernachtungscamp am Ende des Sommers?«, fragte Matthew aufgeregt und hüpfte neben mir auf und ab. Ich verstrubbelte sein Haar und lief mit den Kindern zurück zur Feuerstelle.

»Bald, zuerst zeigen Levin und ich euch noch, aus was so ein Zelt überhaupt besteht, damit es wind- und wetterfest ist.«

»Und bärenfest?«, fragte ein Junge, der mit seiner Familie Urlaub auf einem der naheliegenden Campingplätze machte.

Die Kinder starrten mich mit aufgerissenen Augen an. Innerlich musste ich lachen. »Und bärenfest«, antwortete ich ruhig. Ein erstauntes Raunen ging durch die Kinderschar. Ich nickte Levin zur Begrüßung zu und setzte mich auf einen der Baumstämme. Wie kleine Vögel auf einer Stange nahmen die Kleinen der Reihe nach Platz. »Aber ich verrate euch ein Geheimnis.« Ich machte eine extra theatralische Pause und senkte die Stimme: »In diesem Teil des Waldes gibt es keine Bären.«

»Mein Vater hat erzählt, vor ein paar Jahren gab es Bären in der Stadt. Sie haben die Mülltonnen leergefressen und wurden von den Rangern eingefangen.«

»Richtig, wir haben sie weit in den Nationalpark gebracht, in einen Teil, in dem keine Menschen leben. Deshalb lautet eine der Regeln hier draußen wie?«

»Lebensmittel niemals offen liegenlassen und die bärensicheren Mülltonnen benutzen!«

»Richtig, Rubs«, lobte ich meine Nichte, die zufrieden grinste.

»Füttert niemals einen Bären mit Menschenessen, auch nicht die kleinen.«

Als ich der Reihe nach in die aufmerksamen Gesichter der Kinder schaute, die jedes noch so winzige Detail über die Natur und ihre Bewohner erfahren wollten, stellte ich wieder einmal fest, dass es fast nichts Besseres gab, als mein Wissen und meine Liebe zum Nationalpark an die Kleinen weitergeben zu können. Wenn ich Glück hatte, traten ein paar davon irgendwann in meine Fußstapfen als Ranger und wenn nicht, wurden sie wenigstens verantwortungsbewusstere Erwachsene als der Großteil der Menschheit.

Kapitel 11

Liz

Als ich bei meiner Hütte ankam, fühlte ich mich tatsächlich ziemlich wohl. Die Entscheidung, zu dieser Yogastunde zu gehen und neue Menschen in mein Leben zu lassen, war gut gewesen. Richtig. Ich wollte raus aus diesem tiefen, dunklen Loch, in dem ich mich befand, also musste ich auch einen ersten Schritt daraus wagen. Vor allem die Sache mit diesem Pfadfindercamp hörte sich neu, aufregend und richtig an. Becky machte einen wirklich netten Eindruck, und mit Kindern zu arbeiten würde mich von meinen kreisenden Gedanken ablenken, die ich hatte, wenn ich tagein tagaus hier herumsitzen würde. Die dunklen Stimmen, ob ich wirklich bereit dafür war, Verantwortung für fremde Kinder zu übernehmen, drängten sich zwar für einen lichten Moment in den Vordergrund, doch das Camp ansehen konnte ich doch wenigstens mal, oder? Zum ersten Mal seit Langem floss positive Energie durch mich, die mich hibbelig und glücklich werden ließ.

Doch als ich aus dem Auto stieg und ein weißer Zettel an meiner Tür flatterte, versetzte es meiner Euphorie einen kleinen Dämpfer. Aber nur so lange, bis die Neugierde gegen das Misstrauen gewann.

Ich schulterte meine Sporttasche und lief mit durchgedrücktem Rücken auf die Tür zu. Dann griff ich nach dem Stück Papier und betrachtete die Handschrift darauf. Sie war schön, akkurat und mit normalem Druck geschrieben. Alle Buchstaben waren auf gleicher Reihe, nur die Unterschrift machte einen großen, selbstbewussten Bogen.

Melden Sie sich, wenn Sie Hilfe mit dem Generator benötigen oder sonst etwas mit der Hütte sein sollte. Ihr Nachbar

Nun hatte ich eine Kontaktaufnahme und auch wenn ich immer noch nicht um Hilfe bitten wollte, mochte ich es, wie er nun versuchte, mit mir zu kommunizieren. Respektvoll und mit Abstand, ohne mich zu überrumpeln. Nicht so wie beim ersten Mal, doch im Grunde wollte ich ihm keinen Vorwurf machen, er hatte es nicht anders gewusst.

Ich wandte mich zu seiner Blockhütte um und wartete einen Moment, doch es sah so aus, als wäre er nicht zu Hause. Denn wenn er das wäre, hätte ich wahrscheinlich nicht den Mut, das zu tun, was ich nun vorhatte.

Ich schloss die Tür auf und lief zur offenen Küche. Meine Sporttasche warf ich auf dem Weg dorthin auf die Couch und kramte einen Stift aus der Schublade. Mit einem leichten Lächeln drehte ich den Zettel herum und setzte die Stiftspitze an. Ich schob mein Zögern zur Seite. Ich wollte meine Ruhe, aber ich war nicht unhöflich.

Vielen Dank, ich weiß Ihr Angebot zu schätzen, aber der Generator ist wohlauf und auch sonst funktioniert alles. Ihre Nachbarin

Ich sah hinunter auf die Buchstaben und überlegte, ob ich das wirklich schreiben sollte. Wieso war ich so unsicher und auch ein wenig nervös, wenn ich darüber nachdachte, das Papier an seine Tür zu hängen?

Tief atmete ich ein und stoßweise wieder aus. Energie. Kraft. Selbstbewusstsein. Dinge, die Lake uns bei der Stunde immer wieder übermittelt hatte, und sie hatte recht. Ich fühlte mich besser, stärker, sicherer.

Ohne weiter darüber zu grübeln, dass es lediglich darum ging, einen dämlichen Zettel an eine Tür zu hängen, schnappte ich ihn mir und lief nach draußen. Der Kies knirschte unter den Sohlen meiner Turnschuhe, während meine Füße tief und kraftvoll in die Erde stampften. Meine Schritte waren überzeugter als ich selbst, doch ehe ich einen Rückzieher machen konnte, schob ich das Papier zwischen Türblatt und Rahmen und stürmte wieder in die Richtung meiner Blockhütte.

Ich musste sogar ein wenig grinsen, wenn ich über mich nachdachte. Mein Herz klopfte mir bis zum Hals, und meine Finger waren feucht. Weil ich Angst hatte, dass er doch zu Hause war und plötzlich die Tür aufreißen konnte? Ich hatte immer noch Respekt vor seiner grimmigen, großen Gestalt, aber nein, da war keine Panik mehr, wenn ich an ihn dachte. Neugierde vielleicht.

Erneut drinnen angekommen, ging ich duschen und machte mir einen leichten Snack, mit dem ich mich auf die Veranda setzte. Heute hatte ich tatsächlich einen guten Tag, und der Anblick des Sees, dessen Oberfläche im Wind winzige Wellen schlug, löste nur ein tiefes Unbehagen aus, das ich gerade gut in Schach halten konnte. Das Rauschen der Bäume begleitete meine ruhige Atmung, eine beeindruckende weiße Wolkenbank hing tief am Himmel. Hier war es wunderschön, das konnte man nicht anders sagen. Wenn man die Augen öffnete und bereit war für diese umwerfende Aussicht, schaffte man es, sie mit jeder Faser seines Körpers zu genießen. Und genaugenommen hatte ich nur diesen See und die Innenstadt gesehen. War ich bereit, die gesamte Umgebung genauso vorurteilsfrei zu entdecken? Einen Schritt nach vorn und keinen zurück zu wagen?

Bisher war alles, was ich in dieser Stadt kennengelernt oder erlebt hatte, trotz anfänglicher Skepsis positiv verlaufen. Wenn ich da nur an Midge oder Lake dachte, bei denen ich mir tatsächlich vorstellen könnte, eine Freundschaft aufzubauen. Vorurteilsfrei hatten sie mich aufgenommen, und es hatte sich völlig normal und so angefühlt, als müsste es so sein.

Mittlerweile hatte mir Lake die Adresse der Campbell-Farm geschickt und eine erneute Einladung zum Abendessen. Zuerst wollte ich diese wieder absagen, doch jetzt, wo das Gefühl, neue Dinge und neue Menschen kennenlernen zu können, mich so euphorisch werden ließ, warum sollte ich diese eigentlich ausschlagen? Wenn Lakes gesamte Familie so war wie sie, konnte mir überhaupt nichts passieren. Ich befand mich in einer Kleinstadt, in der jeder jeden kannte, nicht in dem anonymen San Francisco. Also nahm ich die neue Energie mit, die mich erfüllte, und schickte ihr eine Nachricht zurück, dass ich mich auf das Essen freute.

Ich hatte Becky kennengelernt, und unser Treffen war super gelaufen, und am Sonntag hatte ich eine Dinnerverabredung. Lief doch gar nicht mal so schlecht bei mir. Payton wäre stolz auf mich.

Am Sonntag sah die Aussicht darauf, mit wildfremden Menschen an einem Tisch zu sitzen, selbstverständlich anders aus. Ich hockte in meinem Auto und starrte auf ein wunderschönes Haus, das mitten in der Natur, an einem beginnenden Wald mit Beeten, einem Gewächshaus und Obstbäumen lag.

Ich mochte den Stil aus grauem Stein und Holz, den die Farm hatte.

Hinter den Fenstern konnte ich keine Bewegungen ausmachen, aber die drei anderen Wagen, die hier standen, mussten bedeuten, dass sich weit mehr Menschen dort drin befanden, als ich gedacht hatte. Lake hatte nicht viel über ihre Familie erzählt, nur dass sie sich freuten, wenn sie Gäste hatten, aufgeschlossen und nett waren. Aber waren sie auch so aufgeschlossen, wenn sie herausfanden, dass ich nicht mit ihnen sprechen konnte? Ich legte meine Hand an meinen Hals, als wollte ich die Worte darin nach draußen drücken. Es ging nicht. Und ich hatte es akzeptiert, was es dennoch nicht leichter machte.

Im gleichen Augenblick, in dem ich mich dazu aufraffen wollte, aus meinem Fiat zu steigen, öffnete sich die Haustür, und Lake kam auf mich zu. Sie strahlte über das gesamte Gesicht. Ihre braunen Haare fielen ihr in schönen Wellen über die Schultern. Heute trug sie einen türkisfarbenen, bodenlangen Rock und ein senfgelbes Oberteil, darüber konnte ich mindestens drei goldene Ketten erkennen. Auf ihrem Haar thronte ein dünner Kranz aus Gänseblümchen, als wäre sie direkt aus der weiten Wildblumenwiese auf der anderen Seite des Grundstücks gekommen und nicht aus dem Haus. Alles an ihr strahlte die Freiheit aus, die ich mir so sehnlichst für mich selbst wünschte. Ich stand auf, strich mein eigenes Shirt glatt, das mir mit seinem Grau viel zu langweilig gegen Lakes Kleidung erschien, und schloss sacht die Autotür.

»Liz, wie schön, dass du hier bist!« Lake umarmte mich zur Begrüßung, und ich schenkte ihr ein Lächeln.

Im Augenwinkel bemerkte ich eine Bewegung und wandte mich zur Tür. Ein Mädchen stand dort, ungefähr zehn Jahre alt. Sie hatte ähnlich dunkelbraunes Haar wie Lake, nur dass es blonde Strähnen hatte, als wäre sie jeden Tag lange in der Sonne. In ihren Fingern hielt sie die gleichen Blüten, die Lake in ihrem Haar hatte, und beobachtete uns aufmerksam mit großen Augen. Lake streckte die Hand nach ihr aus. »Ruby, komm, das ist Liz, ich möchte sie dir vorstellen.«

Das Mädchen rannte die Stufen der Veranda nach unten und auf Lake zu, ehe sie sich an ihre Seite drückte. »Freut mich«, sagte die Kleine höflich.

Ich nickte auch ihr freundlich zu und führte meine rechte Hand an die Stirn, um sie dann wellenförmig wegzubewegen.

»Du bist wie Fynn aus unserer Pfadfindergruppe, oder?«, fragte sie aufmerksam, und ich nickte erneut. Becky hatte mir bei unserem Treffen von dem kleinen Jungen erzählt, der vielleicht meine Hilfe gebrauchen konnte. »Er spricht nicht und spielt auch nicht mit uns anderen«, erklärte sie Lake, und diese strich Ruby über das Haar. »Ich glaube, er ist traurig.«

»Ich hab davon gehört«, erwiderte Lake. »Jetzt ist Liz da, und sie wird ihm sicherlich helfen.« Als mich beide anstrahlten, spürte ich die Schwere auf meinen Schultern. Ich kam doch selbst kaum klar, konnte ich dann wirklich einem kleinen Jungen helfen, sich wohl in der Welt da draußen zu fühlen? Einer Welt, die zu laut und zu schnell und wahnsinnig furchterregend war?

Ich nickte hastig, ehe sie die Angst in meinen Augen entdeckten, und wandte mich zum Haus um. Ich konnte verstehen, wieso die Campbells ihr gesamtes Leben hier wohnten.

»Meine Mom ist schon ganz aufgeregt. Ich habe ihr ein wenig von dir erzählt, und sie kann es kaum erwarten, dich kennenzulernen«, sagte Lake und lachte leise. »Sie liebt es, wenn das Haus voller Leben ist.« Wir setzten uns in Bewegung. »Seitdem mein Freund Wyatt und ich vor Kurzem ans andere Ende der Stadt gezogen sind und meine Eltern hier allein wohnen, ist sie ein wenig traurig.« Wir stiegen die Stufen der Veranda nach oben. Lake hielt mir die Tür auf, und der gleiche Duft wie in ihrem Yogastudio strömte in meine Nase. Räucherstäbchen, Holz und familiäre Wärme. Auch wenn während der meisten Zeit weder meine Eltern mich noch ich sie verstanden hatte, vermisste ich plötzlich unser altes Haus voller Leben. »Aber wir sind eine große Familie und kommen sie oft besuchen«, erklärte Lake lächelnd. »Außerdem haben sie wieder jemand hier, der bei uns Work & Travel macht. Dann ist auch mein Dad bei der Arbeit nicht so allein.« Als wir den Flur komplett betreten hatten, hörte ich bereits Stimmengewirr aus einem Zimmer der linken Seite dringen. Ruby rannte los und verschwand darin, während Lake mir aufmunternd zulächelte, und ich ihr danach folgte.

»Leute, unser Gast ist da. Das ist Liz.«

Die Stimmen verstummten, und mein Herz raste in meiner Brust. Lake trat einen Schritt zur Seite und gab den Blick auf einen riesigen Esstisch aus schwerem dunklem Holz frei, der inmitten eines bunt eingerichteten Raumes platziert war. Am Kopfende saß ein Mann, der Lakes Vater sein musste. Er hatte braunes Haar mit grauen Strähnen und viele Lachfalten um seine warmen Augen. Lakes Mom stand an seiner linken Seite und strich sich die Hände an einer regenbogenbunten Schürze ab, ehe sie auf mich zueilte. Sie war eindeutig eine ältere, aber genauso attraktive Version von Lake, und ich verstand, woher diese ihren Stil hatte. Zwei Männer saßen auf gegenüberliegenden Seiten. Der eine, neben den Ruby sich setzte, war muskulös und schaute mich neugierig an; der andere ebenso groß und gut aussehend mit dunklerem Haar und stechend grünen Augen. »Wie schön, dass du hier bist. Wir sind alle schon ganz neugierig auf die neuste Bewohnerin von New Hope«, sagte Lakes Mom. Ich nickte höflich, und auch sie hielt sich nicht lange mit Floskeln auf und zog mich an sich. Auch wenn ich mich etwas überrumpelt fühlte, ließ ich mich ein wenig in diese mütterliche, warme Umarmung fallen und schloss für einen winzigen Bruchteil einer Sekunde die Augen, dann löste sie sich von mir.

»Ich bin Alice, mein Mann heißt Harry.« Sie deutete auf den Mann am Tischende, der sich kurz erhob und mir zunickte.

»Hallo, Liz.«

»Und das ist mein Bruder Braxton«, sagte Lake. »Ignorier am besten seine Sprüche.« Der dunkelblonde Mann, der neben Ruby saß, grinste schelmisch, als würde er etwas im Schilde führen. Seine Augen funkelten herausfordernd, aber ich konnte nicht sagen, weshalb. Vielleicht verstand ich diesen Witz erst, wenn ich ihn besser kannte.

»Hallo, Liz, freut uns sehr, dich kennenzulernen.« Er zog Ruby mit einem Arm an sich, und ich nickte ihm freundlich zu. »Und hör nicht auf meine kleine Schwester, sie ist nur neidisch auf meine Schlagfertigkeit.« Er zwinkerte Lake zu.

»Das ist mein Freund Wyatt«, wechselte Lake kopfschüttelnd das Thema. Der andere Mann hob die Hand zum Gruß. Irgendwie kam er mir bekannt vor, aber ich kam nicht darauf, woher. Ich verwarf den Gedanken. Zu viele neue Eindrücke prasselten auf mich ein.

»Hi, Liz«, sagte er, danach glitt sein Blick zu Lake, und sein Ausdruck wurde weich, als sie auf ihn zuging. Er gab ihr einen Kuss auf die Stirn, während sie neben ihm Platz nahm, und sogar mein Herz machte einen gerührten Hüpfer. Die beiden waren wirklich süß zusammen. Man erkannte sofort, dass sie etwas Tiefes, Ehrliches verband.

»Setz dich neben mich«, meinte Lake und deutete auf den freien Stuhl neben ihrem. Nachdem die Vorstellungsrunde endlich vorbei war und ich mich ein wenig wohler fühlte, setzte sich auch Lakes Mom am anderen Kopfende. Somit war nur ein Platz gegenüber meinem frei. Ich wusste, dass Lake zwei Brüder hatte und so wie es schien, verspätete der letzte sich.

Brax griff in Richtung Auflaufform, doch seine Mom gab ihm einen kleinen Klaps auf die Hand. »Hey, wir warten, bis alle da sind.«

Er seufzte laut und erinnerte mich an ein Kleinkind, das sein Spielzeug abgenommen bekommen hatte. Ich musste breit lächeln.

Frech grinste er mir zu. »Das kann ewig dauern.«

Im gleichen Moment hörte man die Eingangstür und schwere Schritte.

»Na, siehst du«, meinte Alice, als hätte sie es gewusst. Die Tür befand sich in meinem Rücken, und ich wollte mich nicht sofort neugierig umdrehen. Ich spürte einen Lufthauch hinter mir, und ein Kribbeln in meinem Nacken, sowie jemand an mir vorbeiging.

»Gibt es keine Uhr im Wald?«, fragte Brax und erntete ein dunkles Brummen. Als Lakes Bruder in meine Sicht kam, riss ich im gleichen Moment überrascht die Augen auf wie er. Sichtlich überrumpelt ließ er sich auf dem freien Platz mir gegenüber fallen. Er starrte mich an, und auch ich krallte die Finger in meine Jeans, weil ich mich irgendwo festhalten musste.

»Da ist er ja. Das ist Graham«, erklärte Lake, als wüsste ich nicht genau, wer da vor mir saß.

»Wir kennen uns«, erwiderte er, ohne eine weitere Regung seiner Mimik. Die Überraschung von eben war nur kurz in seinem Gesicht zu sehen gewesen.

»Ach, tatsächlich?«, fragte Alice erstaunt.

»Sie sind Nachbarn«, löste Brax das Geheimnis auf und grinste dabei immer breiter. Hatte er mich deshalb vorhin so angelächelt, weil er mich erkannt hatte? Hätte ich mich mehr für die Gäste meines Nachbarn interessiert, wäre ich vielleicht nicht so überrascht gewesen. War er damals die andere Person im Auto gewesen, als ich in New Hope angekommen war? Jetzt ergab auch Midges breites Grinsen, als ich meinen Aufenthaltsort preisgegeben hatte, und Lakes vielsagender Blick Sinn. Ein wenig fühlte ich mich, als hätten mich die anderen absichtlich hereingelegt.

»Du wohnst in Melvins alter Hütte?«, fragte Alice, und endlich schaffte ich es, mich von Graham zu lösen und nickte ihr zu. Ich spürte seine Blicke immer noch auf meinem Gesicht, als brannten sie sich tief in meine Haut. Meine Wangen wurden heiß, und ein Schauer durchlief mich

»Dann ist ja gut, dass Graham da draußen ein bisschen auf dich aufpasst«, plauderte Alice munter weiter. Sie stand auf und nahm den Schöpflöffel. »Her mit euren Tellern.« Brax war der Erste, der ihr einen Teller hinhielt, aber gab ihn dann gefüllt an Ruby, anstatt ihn sich selbst zu nehmen, was süß war.

Ich versuchte zwanghaft, nicht zu Graham zu schauen, und spürte auch ihm an, dass er sich unwohl zu fühlen schien.

»Woher kommst du, Liz?«, fragte Alice. »Und möchtest du vielleicht etwas zum Schreiben? Wir können leider nicht die Gebärdensprache.«

Ich zog mein Smartphone aus der Hosentasche und hielt es erklärend nach oben. Eigentlich war es unhöflich, ein Handy am Tisch zu benutzen, vor allem, wenn man Gast war, aber so war es einfacher, auf die Fragen zu antworten. Wobei ich nicht das Gefühl hatte, dass die Campbells ein Problem hatten, sich mit Händen und Füßen unterhalten zu müssen.

»Natürlich, benutze ruhig dein Handy«, sagte Alice freundlich.

»Ich habe eine Wohnung in San Francisco«, antwortete ich über die App.

»Das heißt, du bist in deinem Urlaub hier?«

Ich zuckte mit den Schultern. *»Mal sehen. Bisher gefällt es mir ganz gut, vielleicht bleibe ich länger.«* Hatte ich es mir nur eingebildet, oder hatte Graham sich gerade geräuspert?

»Das wäre schön«, sagte Lake, und auch Alice warf dabei Graham ein Grinsen zu. Er wandte sich ab, nahm meinen Teller und hielt ihn seiner Mom hin. Mit seinen langen Armen kam er deutlich weiter über den Tisch als ich. Während er ihn mir überreichte, nickte ich dankbar und auch ein wenig überrascht über seine selbstverständliche Fürsorglichkeit.

»Becky hat mir gestern nach der Wochenend-Yogastunde erzählt, dass Liz vielleicht auch bald einen Job hier hat«, sagte Lake mit aufgeregter Stimme.

»Wirklich?«

»Becky sucht noch Hilfe für das Pfadfindercamp.«

Graham räusperte sich diesmal definitiv, und auf einmal sahen alle, einschließlich mir, zu ihm. Ich kam genauso dahinter, was hier ablief, wie er. Mein Nachbar und ich gemeinsam im Camp. Ich wusste nicht, wie ich in dem Moment reagieren sollte.

»Die *Flinken Wiesel*?«, fragte Wyatt interessiert, und Brax gluckste daraufhin amüsiert. Irgendetwas ging hier vor sich, was ich noch nicht verstand.

»Graham ist Ranger, und er bringt den Kindern die Natur näher. Er ist ein großartiger, geduldiger Lehrer«, erklärte Lake weiter. Okay, jetzt bekam ich den Eindruck wirklich nicht los, dass das hier ein Verkupplungsversuch sein sollte. Ehrlicherweise hatte ich keine Ahnung, wie ich das finden sollte.

»Ich bin auch ein flinkes Wiesel«, erwiderte Ruby stolz, und ich schenkte ihr ein Lächeln.

»Erzähl doch mal ein bisschen über die Gruppe, Gray-Gray«, meinte Brax und schubste seinen Bruder mit der Schulter an. »Wenn Liz und du bald Kollegen seid, interessiert es sie sicherlich, mit was sie es zu tun bekommt.«

»Brax«, ermahnte ihn sein Vater. Wie Graham schien er eher der stille Zuhörer zu sein, der über das ganze Geschehen wachte und nur in nötigen Momenten einsprang. Auf Anhieb hatte ich ihn gemocht.

»Das war eine ganz normale Frage.« Brax zuckte die Achseln. Er war groß und sein Shirt, auf dem bunte Werkzeuge abgebildet waren, lag eng an seiner muskulösen Brust. Doch Graham überragte ihn noch mal um einige Zentimeter. Ich hatte nur eine leise Ahnung, wie sie als Kinder gewesen sein mussten. In dem Moment warf Graham seinem Bruder einen funkelnden Blick zu, und ich verkniff mir ein Grinsen über diese brüderliche Neckerei.

»Becky kann dir da besser weiterhelfen«, erklärte Graham ruhig, und als seine Augen meine trafen, hielt ich für einen kurzen Moment die Luft an. Das Gefühl überwältigte mich, ehe ich es schaffte, mich abzuwenden und dem Essen zu widmen. Langsam führte ich die Gabel zum Mund und kostete einen Bissen des Auflaufs. Er schmeckte genauso köstlich wie er duftete. Der Blumenkohl war kein bisschen matschig, und der Käse mild und perfekt zerlaufen. Ich kochte gern, aber für mich selbst lohnte es sich kaum, so einen großen Aufwand zu betreiben, deshalb wusste ich Hausmannskost sehr zu schätzen.

»Wyatt, wie geht es mit dem neuen Song voran?«, fragte Alice und lenkte von mir und Graham ab, wofür ich unglaublich dankbar war.

»Ziemlich gut, ich habe schließlich eine großartige Muse.« Er sah kurz zu Lake, die ihn verträumt anlächelte. »Ich denke, dass ich ihn Andi in zwei Wochen schicken kann.«

Jetzt dämmerte es mir. Wyatt Lanter! Ich hatte von ihm in einem Klatschblatt bei einem der Psychiater gelesen, zu dem mich meine Mom aufgrund meiner Stummheit geschleppt hatte. Der Musiker, der sich in die Idylle zurückgezogen hatte. Wow, mit einem Promi am Tisch zu sitzen, war mal etwas Neues, und Payton würde sicherlich ausrasten, wenn sie das erfuhr.

»Andi wird begeistert sein. Richte ihr schöne Grüße aus, wenn ihr euch das nächste Mal hört«, sagte Alice erfreut.

»Werde ich machen.«

»Ich bin nächsten Samstag übrigens dabei, Harry«, sagte Wyatt.

»Sehr gut. Was ist mit euch anderen? Können wir auf euch zählen?«

»Klar«, erwiderte Brax schmatzend, und auch Graham nickte.

»Wir bauen Obst und Gemüse an und beliefern einige Geschäfte im Ort«, erklärte mir Lake. »Besonders im Sommer gibt es viel zu tun, und wir helfen alle mit. Falls du mal Lust hast, jede Hand ist ein Geschenk.«

»Nach dieser Einladung selbstverständlich gern. Das Essen ist köstlich«, tippte ich in mein Handy.

»Vielen Dank. Du bist jederzeit willkommen, Liz«, sagte Alice. Wie konnte es sein, dass ich diese Menschen hier kaum kannte und mich trotzdem sofort wohlfühlte? Auch wenn ich immer noch nicht wusste, was ich bei Grahams tiefen Blicken und seinem stoischen Gesichtsausdruck fühlen sollte. Seine Familie wuchs mir bereits jetzt ans Herz.

Kapitel 12

Graham

»Wo liegt das Problem?«

»Ich hab keine Ahnung, was du meinst?«, antwortete ich Brax und nippte an meiner Bierflasche. Wie jedes Mal nach dem Essen saßen wir Männer draußen auf der Veranda, während die Frauen sich in der Küche zusammenfanden. Der Abend heute war schwül, und Schweiß bildete sich nicht nur aufgrund der Temperaturen auf meiner Stirn. Es war Zeit, dass das vorausgesagte Gewitter bald eintraf und nicht ständig über uns hinwegzog.

»Natürlich weißt du das! Liz. Es ist offensichtlich, dass du Interesse hast, also warum bittest du sie nicht endlich um ein Date?«

»Sie ist echt nett«, meinte Wyatt und grinste mich an.

»Ja, nett und super schar…«

»Verdammt, hört auf. Es ist ganz allein meine Sache, was ich wen frage und was nicht. Außerdem habe ich überhaupt kein Interesse. Euren Verkupplungsversuch heute Abend hättet ihr euch sparen können«, brummte ich.

Selbst mein Vater schnaubte glucksend in seine Bierflasche.

Waren jetzt alle auf Brax' Seite? Warum konnte er sich nicht um seine eigenen Angelegenheiten kümmern, die noch um ein Vielfaches komplizierter waren als meine. Seine Gefühle, die er die meiste Zeit mit miesen Scherzen zu verdecken versuchte.

»Na klar, hast du ganz bestimmt nicht«, sagte Brax und boxte mich leicht gegen den Oberarm. Die Stelle pulsierte leicht. Er hatte definitiv wieder trainiert und hatte an Muskeln zugenommen, doch ich würde mir sicherlich nicht anmerken lassen, dass ich das bemerkte. »Ich habe mir die Blicke, die du ihr ständig beim Essen zugeworfen hast, auch nur eingebildet.« Es war ein Fehler, den Platz direkt neben ihm auf der Bank zu nehmen. »Außerdem war es kein Verkupplungsversuch. Lake findet sie sehr nett und dachte, Liz wollte einen Abend mal nicht allein sein, weil ihr schüchterner Nachbar ihr nicht mal ordentlich Hallo sagen kann.«

Hölle, irgendwann würde ich ihm seine albernen Shirts über das Gesicht ziehen.

Wyatt rutschte tiefer in seinen Stuhl und grinste mich noch dämlicher an. »Es ist noch nicht lange her, da habe ich das Gleiche gedacht wie du.«

»Und vor allem hast du unsere Warnungen, nichts mit unserer Schwester anzufangen, ignoriert«, scherzte Brax.

Laut lachte Wyatt auf. »Ein Glück habe ich nicht auf euch gehört.« Er fuhr sich durch die dunklen Haare und schüttelte den Kopf. »Denn egal, was ich mir eingeredet habe, Lake ging mir nicht mehr aus dem Kopf. Für sie würde ich alles in Kauf nehmen, auch zwei Schwager wie euch.« Er hielt seine Flasche in die Richtung meines Dads, und der stieß lässig mit ihm an. »Wenn ich dafür solche Schwiegereltern bekomme.«

»Kurve gekriegt«, brummte mein Dad grinsend.

Brax stöhnte und verdrehte die Augen. »Du bist so ein Arschkriecher.«

»Du hast keine Chance gegen mich, Braxton«, erwiderte Wyatt frech.

»Willst du mich wirklich wieder herausfordern?«

»Wieso nicht?«

»Okay, wer verliert, muss nächste Woche den Abwasch machen«, sagte Brax und hielt Wyatt seine Hand hin.

»Schere, Stein, Papier«, meinte Wyatt und schlug ein.

»Übrigens, Dad, du musst nur etwas sagen, und ich besorge euch drüben in Carson City endlich eine Spülmaschine«, bot Brax an.

»Für unsere paar Teller brauchen wir so ein Ding nicht. Außerdem könnten wir euch dann nicht mehr zum Abwasch strafverdonnern.«

»Wir sind erwachsen, Dad.« Brax zog eine Augenbraue nach oben, und mein Vater erwiderte die Geste mit einem vielsagenden Grinsen. Für Eltern würde man wohl sein Leben lang Kinder bleiben.

Ich war froh, dass die Unterhaltung auf ein anderes Thema gelenkt worden war, und ließ Brax und Wyatt sich selbst bei ihrem Spiel mit Sprüchen übertrumpfen, während ich zum Himmel starrte. Die Schwärze der Nacht hatte fast vollständig das Abendrot übernommen. Erste Sterne leuchteten bereits auf.

»Sie ist wirklich nett«, murmelte mein Dad leise zu mir und rutschte ein Stück näher. Ich nickte ihm zu, denn er sagte mir etwas, das ich schon längst wusste. Er schlug mir väterlich auf die Schulter. »Du tust das Richtige, das hast du schon immer getan.« Dad lehnte sich wieder zurück und sah ebenfalls in den Himmel. Er würde mich niemals zu irgendetwas drängen, und eigentlich konnte ich über Brax' Kommentare hinweghören. Auch wenn er diesmal recht hatte. Ich hatte Interesse, aber ich las etwas in ihren Augen, das mich davon abhielt, zu schnelle Schritte auf sie zuzugehen. Doch zumindest wusste ich jetzt, weshalb sie mir die Tür zweimal vor der Nase zugeschlagen hatte. Sie war nicht unfreundlich, sondern stumm, und wahrscheinlich war sie es leid, sich jedem deswegen erklären zu müssen, was ich absolut verstehen konnte.

Die Tür ging auf, und als hätte sie meine Gedanken gehört, kam sie mit Lake raus. Sie hob die Hand zur Verabschiedung. Wir hätten zusammen fahren können, aber wenn ich ihr das vorschlug, fühlte ich mich so übergriffig, wie ich eben nicht sein wollte.

Die anderen verabschiedeten sich von ihr, Brax umarmte sie sogar und flüsterte ihr irgendetwas ins Ohr, für das ich ihn am liebsten von ihr weggezogen hätte. Sie grinste und nickte ihm zu, als teilten sie irgendein Geheimnis. Verdammt, der Gedanke störte mich.

Schnell stand ich auf. »Ich bring dich zum Auto«, sagte ich.

Lake schloss sie auch in die Arme. »Du bist hier jeden Sonntag und jeden Tag im Studio willkommen, Liz. Es war schön, dich kennengelernt zu haben.«

Liz formte danke mit ihren Lippen, und zum ersten Mal fiel mein Blick darauf. Über ihrer fein geschwungenen Oberlippe befand sich eine kleine Sommersprosse, als hätte diese sich von ihrer Nase verirrt. Als sie mich anschaute, blinzelte ich überrascht und wandte mich zur Treppe um. Sie folgte mir, und ich verlangsamte meine Schritte, damit sie aufschließen konnte. Bis wir ihren Wagen erreicht hatten, sagte ich kein Wort. Ich war einfach nicht der Typ für Small Talk oder benutzte leere Phrasen, um die Stille zu füllen. Ich mochte die Stille, auch wenn sie sich in dieser Situation seltsam anfühlte, weil ich nicht wusste, ob Liz irgendetwas von mir erwartete.

Sie schloss ihre Autotür altmodisch mit dem Schlüssel auf. Dass es ihr Fiat überhaupt über die Schlaglöcher in den Nebenstraßen schaffte, war ein Wunder.

»Ich wollte dich nicht erschrecken«, meinte ich, und sie hielt inne. »Es tut mir leid, wenn ich das bei unserer ersten Begegnung habe.« Sie nickte, aber ich erkannte immer noch Misstrauen in ihrem Blick. Woher kam diese Vorsicht in Bezug auf mich? Sie schenkte mir ein falsches Lächeln und wandte sich ab. »Auch wenn wir uns nicht gut kennen, ich bin da. Immer, wenn du mich brauchst«, schob ich leise nach und versank in den Tiefen ihrer braunen Augen. Auf einmal änderte sich die Art, wie sie mich anschaute. Für einen winzigen Moment sank ihr Blick in mein wildklopfendes Herz und weckte in mir den Drang, sie zu berühren. Meine Finger zuckten, weil ich sie ebenfalls zur Verabschiedung an mich ziehen wollte wie die anderen. Doch der Moment war viel zu kurz und ich nicht der Typ dafür. Schon winkte sie mir flüchtig zu und stieg in ihren Wagen. Auch wenn mich Brax damit aufziehen würde, ich sah ihr nach, bis sie den Blinker setzte und hinter den dichten Bäumen am Rand der Hauptstraße verschwand, während meine Gefühle Achterbahn fuhren.

Liz

Die Luft roch nach Feuerholz. Der Duft erinnerte mich an den Ofen, den meine Grandma gehabt hatte. In der Küche brannte dämmriges Licht, weil ich die Dunkelheit jede Nacht ein wenig mehr fürchtete, und die Ausläufer des Feuers knisterten im Kamin. Ich schloss die Augen, konzentrierte mich auf das beruhigende Geräusch, und trotzdem wollte mein Kopf nicht zur Ruhe kommen. Mein Körper war unendlich müde, aber meine Gedanken drehten sich ständig im Kreis. Es fühlte sich an, als könnte ich mein Leben nicht festhalten. Wie unzählige Sandkörner, die durch meine Finger rannen. Immer und immer wieder.

Also tat ich das Einzige, was mir blieb. Genervt stand ich auf, schlang die Wolldecke um meinen Körper und warf zwei neue Scheite Feuerholz in den Kamin. Mittlerweile war ich dahintergekommen, dass Graham jeden Tag Neues auf den Haufen neben der Tür legte. Ab seiner ersten Nachricht an mich hatte er das getan, aber wahrscheinlich hatte ihn mein Vermieter Melvin nur genauso darum gebeten, weil der Holzunterstand bei meiner Ankunft fast leer gewesen war, wie darum, nach dem Generator zu schauen.

Zumindest redete ich mir das ein, auch wenn ich insgeheim hoffte, dass Graham es nicht nur deshalb getan hatte. Ich ging in die Küche und ließ mir ein Glas Wasser aus dem Hahn ein. Der Abend war schön gewesen, ich hatte mich sehr wohl gefühlt. Und Grahams Worte beschäftigten mich immer noch. Das, was er zu mir gesagt hatte, war schmerzhaft gewesen, weil es mir gezeigt hatte, wie allein ich war. Ich hatte Angst vor der Einsamkeit, aber ich hatte das Leben in ihr gewählt. Ich wollte endlich stark sein und mich aus dem dunklen Loch kämpfen. Oder hatte ich diese Entscheidung überhaupt nicht bewusst getroffen? War sie mir sozusagen aufgezwängt worden?

Mein Blick fiel durch das Fenster auf Grahams Hütte. Auch bei ihm brannte noch ein Licht. Konnte er genauso wenig schlafen wie ich, oder war er einfach ein Nachtmensch? Ich zog die gehäkelte Gardine zur Seite, um einen besseren

Blick auf ihn zu haben. Irgendetwas sagte mir, dass ich mich sicher mit und bei ihm fühlen konnte. Es war nur der Hauch eines Gefühls, aber nach heute Abend war dieses stärker.

Plötzlich tauchte er hinter seinem Fenster auf. Es war deutlich größer als meines, und ich konnte fast seinen gesamten, ziemlich nackten Oberkörper sehen. Er werkelte mit etwas auf der Arbeitsfläche. Wenn ich daran dachte, dass ein Riese wie er einen Mitternachtssnack brauchte, musste ich lächeln. Doch das Grinsen verging mir schnell, da er den Kopf hob und sein Blick meinen über die Entfernung unserer Einfahrt traf. Es fühlte sich an wie ein Blitz, der mich aus heiterem Himmel erwischte und aus Verlegenheit sowie Anziehung gleichermaßen bestand. Irgendetwas entwickelte sich zwischen uns, vielleicht war dieser Funken schon die gesamte Zeit da gewesen, aber ich Feigling hatte zu große Angst, herauszufinden, was sich wirklich dahinter verbarg.

Er war der Erste, der langsam die Hand hob und mir zunickte. Ich erwiderte seine Geste und hatte zum ersten Mal seit einem Jahr den Wunsch, nicht allein zu sein. Jemanden bei mir zu haben, der bei mir sein konnte.

Und trotzdem war ich es, die sich abwandte, das Glas in die Spüle stellte und zurück ins Bett huschte. Es dauerte noch über eine Stunde, ehe mein Körper sich ergab und endlich einschlief.

Als ich am nächsten Morgen nach draußen ging, um den Müll in den abgeschlossenen Container am Straßenrand zu bringen, fiel ein Zettel vor meine Füße, der wohl im Türrahmen gesteckt hatte. Der SUV stand nicht mehr auf dem Parkplatz.

Falls der Generator mal nicht wohlauf sein sollte, lass es mich wissen. Hoffe, du konntest gut schlafen. Graham

Ich hatte es schon geahnt, als ich das erste Grollen auf dem Weg vom *Marcy's*, in dem ich mir zum Abendessen eine leckere Gemüselasagne gegönnt hatte, bis zu meinem Auto gehört hatte. Auf Dauer konnte ich nicht verschont bleiben. Hier draußen hörte sich jeder Donner noch angsteinflößender an als in meiner Stadtwohnung. Weite und nichts als Bäume, die die Blitze, die in diesem Moment über den Himmel zuckten, nur dazu einluden, in ihnen einzuschlagen. Die ersten Tropfen, die auf dem Wagendach wie Tennisbälle einschlugen, hallten im Innenraum.

Der Scheibenwischer meines Fiats gab alles, um die aufkommenden Regenmassen, die sich auf die Erde ergossen, zur Seite zu wischen, aber sie hatten keine Chance. Ich umklammerte das Lenkrad noch ein wenig fester und fuhr in Schrittgeschwindigkeit die Strecke zu meiner Hütte. Sturzbäche kamen mir entgegen und flossen die Straße nach unten Richtung Innenstadt. Langsam eroberte mich meine Panik, auch wenn ich sie zwanghaft wegschob. Nur nicht zusammenbrechen. Nicht zusammenbrechen. Das hier war nur Wasser.

Ich lachte trocken auf. Als gäbe es etwas Furchterregenderes als das.

Meine Haare klebten mir in feuchten Strähnen in der Stirn, aber ich wollte meine Hand nicht vom Lenkrad lösen, um sie zur Seite zu streichen. Endlich erkannte ich die Einfahrt, die zum See führte, und das kleine Holzschild, auf dem der Name *Lake Hawk* stand.

Erleichtert atmete ich auf, doch im gleichen Augenblick erhellten mehrere zuckende Blitze den Horizont. Dies hier war mit Abstand die schlimmste Situation seit Langem und reichte allein als Grund, dass ich mich ab sofort nur noch in der Hütte verbarrikadierte. Schöne Natur? Von wegen. Momentan sah ich durch den schrecklichen Regenschleier ohnehin nichts davon.

Ich zuckte zusammen, da den Blitzen ein tiefer Donner folgte, und bog ab. Mitten auf dem Waldweg hielt ich an und drückte meine Hände auf die Ohren. Es brachte nichts. Das Geräusch des auf mich einprasselnden Regens drang durch meine Finger. Die Panik kam mit all ihrer Wucht, griff mit ihren kalten langen Klauen nach mir und zog mich in das dunkle Loch zurück, aus dem ich mich ein Stück hervorgekämpft hatte. Sie war erbarmungslos. Es gab kein Entkommen. Meine Atmung wurde schnell und schneller, Sterne tauchten vor meinen zusammengepressten Lidern auf, und die Luft wurde dünner. Ich musste hier raus, mich so zügig wie möglich an einem sicheren Ort verkriechen.

Ohne darüber nachzudenken, drückte ich die Wagentür auf und stürzte nach draußen. Meine Sneakers versanken in dem tiefen, schlammigen Boden, Regen durchnässte in Sekunden mein Shirt und meine Jeans. Ich war nicht mehr fähig, mir Gedanken darüber zu machen, dass mein Auto mitten in der Einfahrt stand oder meine Handtasche noch auf dem Sitz lag. Ich wollte einfach nur weg. Das Wasser war überall.

Ich rannte los, doch meine Füße waren so tief im Matsch vergraben, dass ich das Gleichgewicht verlor. Ich fiel. Mit den Handflächen fing ich den Sturz ab, aber auch diese steckten fest im Schlamm, der sich durch meine Finger drückte und ich immer wieder abrutschte. Die dicken Regentropfen fühlten sich an wie Tausende kalte Pfeile, und ein Zittern fuhr durch meinen Körper, gefolgt von einem Schluchzer, der sich zum ersten Mal seit langer Zeit an die Oberfläche brach.

Zuerst verstand ich nicht, was passierte, als sich starke Arme unter mich schoben und mich hochhoben. Ich hatte die Augen fest zusammengepresst, spürte eine warme breite Brust, an die ich mich drückte. *Kawumm. Kawumm.* Mit letzter Kraft konzentrierte ich mich auf den schnellen, fremden Herzschlag, kämpfte gegen die Panik und den Druck in mir an, vollständig den Verstand zu verlieren. Der Regen fiel immer noch erbarmungslos auf mich herunter, bis das furchtbare Geräusch auf einmal gedämpfter wirkte. Ich war pitschnass, allerdings spürte ich die einzelnen Tropfen nicht mehr auf meiner Haut. Vorsichtig öffnete ich die Augen, erkannte das Innere einer Hütte, viel Holz, eine offene Küche, dann ein gemütliches Wohnzimmer, bis wir abbogen und auf eine Tür am Ende des Raumes zuliefen. Langsam sah ich nach oben. Mein Gesicht war nur wenige Zentimeter von Grahams entfernt. Sein Mund war wie zu einem Strich zusammengepresst, die Sehnen an seinem Hals traten heraus, so sehr strengte er sich an. Aber sicherlich nicht, um mich zu tragen. Etwas anderes wütete in ihm.

Ruckartig ließ ich seinen Oberarm los, in den ich panisch meine Nägel vergraben hatte. Ich wollte mich entschuldigen, mich bedanken oder irgendetwas erklären, doch ich konnte nicht. Meine Lippen blieben verschlossen. Mein Herz klopfte immer noch schnell im Takt meiner Angst und aufgrund Grahams plötzlicher, warmer, überwältigender Nähe.

Er kickte eine Tür mit dem Fuß auf und setzte mich behutsam vor einer Dusche ab. Ich schaute an mir herunter. Meine Klamotten waren über und über mit Matsch beschmiert, und jeder Muskel in meinem Körper zitterte wie Blätter im Sturm. Ohne ein Wort über meinen geistigen und körperlichen Zustand zu verlieren, verließ Graham den Raum. Ich sollte nach Hause gehen, dort duschen und mich in mein Bett verkriechen, bis dieses schreckliche Gewitter vorbei war. Im gleichen Moment ertönte ein neuer Donner, und ich zuckte zusammen. Nein, ich konnte jetzt nicht allein sein. Meine Beine waren wie mit dem Boden verwachsen.

Als Graham mit einem Stapel frischer Klamotten und einem Handtuch zu mir zurückkam und er mir das erste Mal in die Augen schaute, traf mich sein Blick mitten ins Herz. Ich fühlte mich verstanden. Er wusste, wie es in mir aussah. Ich musste nichts sagen, irgendetwas mit Gebärden erklären. Er wusste es.

Wortlos nickte er, seine Kiefer waren immer noch aufeinandergepresst, dann verließ er das Badezimmer. Ich atmete tief durch und bekam meine umherwirbelnden Gedanken allmählich wieder in den Griff. Um mich abzulenken, warf ich einen kurzen Blick in den Spiegel. Oh Mann, mein Zustand war schlimmer, als ich angenommen hatte. Nicht nur meine Haare klebten mir nass im Gesicht, meine Wimperntusche hatte dunkle Spuren auf meiner Haut wie Rinnsale hinterlassen. Unsicher schaute ich wieder zur Tür und wusste nicht recht, was ich tun sollte. Eine Katzenwäsche würde kaum ausreichen, um den angetrockneten Matsch von meiner Haut zu kriegen. Auf Zehenspitzen schlich ich zur Tür und drehte sicherheitshalber den Schlüssel langsam im Schloss. Mühsam zog ich meine Sachen aus, warf sie auf einen Haufen in der Ecke und betrat Grahams Dusche. Sie war geräumig und das Bad sicherlich erst vor einigen Jahren renoviert worden. Anthrazitfarbene Fliesen, nur eine Flasche Duschgel, das gleichzeitig Haarshampoo war. Ich hatte auch nicht angenommen, dass Graham Beautytage in der Woche einlegte. Brax schätzte ich eher so ein.

Mein Körper war eiskalt, und das Zittern nahm erneut zu, ehe ich das Zögern zur Seite schob, das Wasser anstellte und unter den heißen Duschstrahl trat. Ich hatte eine Dusche noch nie so genossen wie in diesem Moment. Die Gedanken, die mich sonst heimsuchten, wenn ich nur mit Wasser in Berührung kam, verstummten fast vollständig. Ich schrubbte den Schlamm, der an meinen Händen und Armen in Klumpen hing, ab, spülte meine Haare durch, in denen der Dreck genauso klebte, und verließ frisch und deutlich erholter die Dusche.

Immer noch schüttelte es meinen Körper durch, vor allem, während ich durch das Fenster nach draußen in Richtung See schaute und aufgrund des Regenschleiers kaum etwas erkennen konnte. Ich würde ganz bestimmt erst einen Fuß vor die Tür setzen, wenn der Regen endlich aufgehört hatte. Und ich hoffte, Graham würde mich nicht dazu zwingen, weil ich quasi in seinen privaten Bereich eingedrungen war. Wenn doch, müsste ich sofort meine Koffer packen und nach diesem Gewitter verschwinden, denn ein weiteres könnte ich nicht ertragen. Nur hatte ich keinen blassen Schimmer, wohin überhaupt, denn egal, wohin ich fuhr, langsam, aber sicher merkte ich, dass ein Weglaufen einfach nicht möglich war. Ein sicheres Zuhause zu finden, gestaltete sich wie die Suche nach Atlantis, und mir wurde bewusst, dass es ständige Sicherheit vielleicht gar nicht gab. Vielleicht war es mein Schicksal, bis zum Rest meines Lebens verloren zu sein, weil es niemanden gab, der mich finden wollte.

Kapitel 13

Graham

Es war nur ein Zufall, dass ich in genau dem Moment selbst nach Hause gekommen war, in dem ich Liz' Auto die Einfahrt hochfahren sah.

Irgendetwas hatte schon zu diesem Zeitpunkt nicht gestimmt, das hatte ich genau gefühlt, doch ich wollte sie nicht mit meiner Fürsorge überfordern. Denn das war genau das, was ich in Bezug auf sie empfand. Was verrückt war, denn so fühlte ich sonst nur in Nähe meiner Familie und den Kindern des Camps. Auf jeden Fall nicht für Fremde, was sie definitiv noch war.

Aber als sie auf dem schlammigen Boden zusammengebrochen war, war mir klar, dass sie meine Hilfe brauchte. Egal, ob sie diese erneut ausschlagen würde. Ich konnte sie nicht so auf der Erde bei diesem Wetter liegen lassen und tun, als hätte ich nichts mitbekommen.

Während sie unter der Dusche stand, war ich nach oben in mein Schlafzimmer gelaufen, um mich umzuziehen. Ich schlüpfte in frische Jeans und streifte einen dunklen Pullover über, den Lake mir vor einigen Wochen von ihrer großen

Shoppingtour mit ihren Freundinnen Midge und Emilia aus Carson City mitgebracht hatte. Dicke Regentropfen prasselten unablässig auf das Dachfenster und der Himmel hatte sich dunkel und grau gefärbt. Wir hatten zwar aufgrund der langen Trockenperiode auf Wasser gehofft, doch nicht mit solchen Massen gerechnet. Wie jedes Mal, wenn der Regen in mächtiger Gewalt das Land flutete, wurde mir flau im Magen, und alles in mir zog sich zusammen. Für einen Moment bedrängte mich der alte Schmerz, und die verblasste Narbe pochte in meinem Innern im Takt meines schweren Pulses. Die Angst kroch mein Rückgrat hinauf, Erinnerungen daran, wie es sich anfühlte, bei so einem Wetter da draußen zu sein. Durchnässt, verängstigt. Mit einigen Atemzügen schaffte ich es, die Gedanken, die sich wie eine mächtige Mauer in meinem Kopf erhoben, zur Seite zu drängen. Ich war nicht allein, und im Moment gab es wichtigere Dinge, als mich selbst zu verlieren.

Ich musste nach Liz sehen und beeilte mich, nach unten zu gehen, weil ich Angst hatte, dass sie sich einfach davonschlich. Doch während ich die unteren Treppenstufen der Wendeltreppe erreichte, rauschte das Wasser der Dusche immer noch.

Ich lief in die Küche und nahm einen Topf aus dem Schrank, den ich mit frischer Milch füllte. Unruhig trommelte ich mit den Fingern auf der Arbeitsplatte, während ich wartete, dass die Flüssigkeit warm wurde. Ich war selten unruhig. Oder aufgebracht. Oder nervös.

Aber in diesem Moment fühlte ich all das, und noch tausend weitere Emotionen tobten durch meinen Körper.

Als sich endlich die Badezimmertür öffnete, hielt ich die Luft an. Ich hatte Liz eines meiner kleinsten T-Shirts gegeben, das ihr immer noch bis zur Mitte ihrer Oberschenkel reichte, sowie eine Jogginghose, dessen Bund man mit zwei Schnüren zuziehen konnte. Ihr schlanker Körper sah verloren in meinen Klamotten aus. Dennoch war sie damit und mit den nassen Haaren, die sie zu einem lockeren Knoten gebunden hatte, wunderschön.

Ich räusperte mich und wandte mich ab, dann nahm ich eine Tafel Schokolade aus dem Küchenschrank, die ich anfing zu zerkleinern.

Im Augenwinkel sah ich, wie sie sich auf einen der Barhocker vor der Theke schob. Ich würde sie nicht bedrängen. Manchmal musste man nicht sprechen, um zu verstehen. Manchmal brauchte man keine Worte, um zu kommunizieren.

Ich gab die Schokolade in den Topf und rührte so lange, bis sie geschmolzen war. Anschließend füllte ich die Flüssigkeit in zwei Tassen und schob Liz eine hin.

»Wenn wir Kinder traurig, müde oder schlecht drauf waren, hat meine Mom immer ein heißes Getränk gemacht. Einen furchtbaren Kräutertee.« Ihre schönen Lippen verzogen sich zu einem vorsichtigen Lächeln, und sie umfasste den warmen Becher mit beiden Händen. »Ich finde allerdings, dass sich heiße Schokolade deutlich besser als Aufmunterung macht.«

Ich nahm meinen Kakao und trank einen winzigen Schluck, während ich mich zwingen musste, den Blick von ihr abzuwenden, damit ich nicht schräg rüberkam. Oder wie der letzte Einsiedler, der schon ewig keine so hübsche Frau mehr bei sich zu Hause gehabt hatte, was definitiv der Wahrheit entsprach. Denn was das betraf, hatte Brax durchaus recht. Meine letzte Beziehung war schon eine ganze Weile her, und es war nicht so gewesen, dass ich nach Sarahs Umzug in eine andere Stadt das Gefühl gehabt hätte, etwas Unabdingbares in meinem Leben zu verlieren. Ich war mir sicher, ihr war es genauso gegangen, denn nach einer Handvoll Telefonaten beschlossen wir, uns zu trennen. Das tiefe Gefühl, welches meine Eltern verband, oder dieser ständige Drang, beieinander zu sein, den Lake und Wyatt teilten, hatte ich bisher noch nicht erlebt. Und ich würde lügen, wenn ich behauptete, mich auf der ständigen Suche danach zu befinden.

»Du hast Becky schon getroffen, oder?« Ich fand es am besten, das Gespräch auf ein anderes Thema zu lenken, als darauf, was eben vorgefallen war. Sie nickte. »Sie hat dir sicherlich von Fynn erzählt?«

Liz deutete auf ein Stück Papier sowie einen Stift, und ich schob ihr die beiden Dinge entgegen. Vielleicht lag ihr Handy noch in der Handtasche in ihrem Auto. Sie schrieb darauf: *Ja, hat sie.*

Ihre Handschrift war ein wenig hektisch, als wollte sie sich extra beeilen und mich nicht warten lassen. Von meiner Seite aus hatte ich alle Zeit der Welt. »Wirst du den Job annehmen und dich um Fynn kümmern?« Ich schaffte es kaum, die Aufregung und Hoffnung darüber in meiner Stimme zu unterdrücken.

Sie nickte erneut. *Ich werde es versuchen.*

»Ich wollte Gebärdensprache lernen«, gestand ich, und ihr Gesicht hellte sich auf. »Ja, genau«, murmelte ich und lachte leise. »Aber es ist schwieriger, als ich gedacht habe.«

Sie legte die Fingerknöchel aneinander und deutete mit dem Zeigefinger der rechten Hand auf mich, danach schrieb sie: *Das bedeutet: Wie geht es dir?*

Ich versuchte, diese nachzumachen, und sie nickte aufmunternd. *»Wie geht es dir?«*, wiederholte ich. »Wow, das war ganz okay. Denke ich.«

Sie zeigte mit den Fingern *»Gut«*, was ich selbst ohne Übersetzung verstand.

»*Gut*«, gebärdete auch ich und wieder war da dieser Blickkontakt, der mir durch und durch ging und etwas in mir weckte, das ich noch nie gespürt hatte.

Sie führte ihre Finger an ihr Kinn und tippte ein paarmal dagegen, dann schrieb sie auf den Zettel: *Danke.*

»Es gibt keinen Grund, sich zu bedanken«, erwiderte ich, und in dem Moment donnerte das Gewitter erneut über uns. Liz zog die Schultern ein Stück hoch und schaute sich unruhig um. »Ich hasse Eis«, platzte aus mir heraus, ohne groß darüber nachzudenken. Ich wollte sie von ihrer Panik ablenken, es gab keinen Grund sich zu fürchten, wir waren sicher. Aber Angst war nun einmal nicht rational, es brachte nichts, das zu wissen. Sie riss die Augen auf, die ganz auf mir ruhten. Danach schrieb sie leicht grinsend: *Wie kann man Eis hassen?*

Ich zuckte mit den Schultern. »Es ist kalt und viel zu süß. Mir erschließt sich der Sinn einfach nicht.«

Nicht alles muss einen Sinn haben.

»In meiner Welt schon.« Meine Stimme war leise und fast ein wenig atemlos. Ich war kein Typ für Sachen, die keine Bedeutung hatten. Mein Job, meine Beziehungen. Vielleicht hatte sie recht, und ich sah alles viel zu angestrengt. Doch wenn ich sie und ihr Leben hier betrachtete, waren wir uns ziemlich ähnlich. Sie war das Gegenteil von Leichtigkeit.

Ich räusperte mich. »Du kommst aus San Francisco?« Sie nickte. »Und du kannst dir einfach so lange freinehmen?« Wahrscheinlich hatte ich bei einem Gespräch noch nie so viel gefragt, weil fast jeder Mensch von sich aus liebend gern über sich selbst redete. Außer Liz, und ich spürte, dass es nicht an dem Umstand lag, dass sie stumm war. Zum einen wollte ich sie ablenken, zum anderen interessierte mich tatsächlich, wer sie wirklich war.

Sie nahm sich wieder den Zettel und den Stift. *Ich habe gekündigt und nun ziemlich viel Zeit.* Verlegen zuckte sie mit den Schultern und schenkte mir endlich wieder ein kleines Lächeln.

»Das ist mutig.«

Nein, das ist dumm. Sie atmete stoßweise aus, als könnte sie selbst nicht fassen, was sie getan hatte. *Der Bürojob hat mich nicht erfüllt.* Es las sich wie eine Ausrede, aber ich ließ es stehen. Es war nicht nur ihre Arbeit, die sie dazu getrieben hatte, hierherzukommen, das stand fest.

Einen Moment lang hingen wir beide unseren Gedanken nach und nippten an unserem Kakao. Draußen peitschten Regen und Wind gegen die Fenster, allerdings war ich mir sicher, dass wir glücklicherweise das Schlimmste hinter uns hatten. Auf einmal klingelte mein Handy, und ich verfluchte zum ersten Mal, dass ich es nach Arbeitsende nicht lautlos gestellt hatte. Doch wann hatte man als Ranger in der Touristenhauptsaison überhaupt Feierabend?

»Entschuldige bitte«, sagte ich und schnappte mir mein Smartphone, das auf meiner Kommode neben der Tür lag. Liz drehte sich auf dem Barhocker ein Stück um und schaute sich neugierig in meiner Hütte um. Ich war nicht gerade ein Einrichtungsgenie, allerdings fand ich die Mischung aus Holz und dem steinummauerten Kamin ziemlich gemütlich. Vor allem seitdem Brax vor zwei Jahren die Einrichtung durch neue Möbel im Vintage-Stil ersetzt und Lake mir ein paar neue Kissen sowie Decken für meine Couch mitgebracht hatte.

»Ja«, sagte ich, als ich das Handy an mein Ohr gedrückt hatte.

»Graham, hier ist Steve, wir haben eine Überschwemmung bei den Yosemite Falls, zwei Wanderer sitzen fest, wir brauchen deine Hilfe.« Verdammt. Ein unwohler Knoten breitete sich in meinem Magen aus, und diesmal konnte ich mein eigenes Herzrasen nicht so leicht verdrängen. Ich hasste solche Einsätze, wo Menschenleben in Gefahr waren. Die Erinnerung, die sich wieder einmal durchzudrücken drohte, schob ich mit all meiner Kraft zur Seite und räusperte mich. Meine Stimme zitterte, war dünn und kraftlos. »Selbstverständlich, ich bin gleich da.« Ich steckte das Smartphone in meine Jeanstasche und ging einen Schritt auf Liz zu. Ihre Augen schienen mich zu fragen, was los war, denn sie hatte es sofort gespürt, das sah ich ihr an.

»Das war ein Kollege, ich muss los. Aber du kannst gern hierbleiben. Wenn du möchtest«, schob ich schnell nach. Der Gedanke, sie wäre noch hier, wenn ich wieder heimkam, fühlte sich merkwürdigerweise gut an. Doch sie schüttelte den Kopf und deutete in die Richtung, in der ihre Hütte lag. Danach gebärdete sie erneut ein *Danke*.

»Jederzeit. Ich zieh mich schnell um, dann bring ich dich rüber.«

»Gut«, deutete sie.

Ich beeilte mich, stürmte in mein Schlafzimmer und schnappte mir meine Rangerkleidung, die ich hastig überzog. Bei einem Erdrutsch im Nationalpark ging es oft nur um wenige Minuten. Ich wusste, wie wunderschön und gleichzeitig gefährlich die Natur da draußen sein konnte. Ich war noch ein Kind, als ich sie zum ersten Mal unterschätzt hatte, und das würde mir nie wieder passieren.

Liz stand bereits mit ihrem Stapel Wäsche neben der Küche, während ich die Treppe hinunterkam. Vor der Tür zog ich meine Stiefel an und warf mir eine Regenjacke über. Ich nahm eine weitere von dem Haken und legte sie Liz um die Schultern, ehe ich auf ein Paar alter Boots zeigte. »Sie sind alt, aber sie sollten für den Weg reichen.« Sie schlüpfte hinein, und ihr Blick traf erneut meinen. Wir waren uns so nah, dass ich mein Duschgel auf ihrer Haut riechen konnte. Ihre Haare waren immer noch leicht feucht, und ihre blonden Strähnen wirkten so um einiges dunkler. Aber leider hatte ich keine Zeit, ihre Nähe zu genießen oder mich zu fragen, ob sie mir diese irgendwann schenken würde. Ich legte meine Hand sanft an ihren oberen Rücken, und sie ließ sich ein winziges bisschen in die Berührung fallen. »Komm.«

Als ich die Tür öffnete, begrüßte uns immer noch der Regen, der jedoch etwas abgenommen hatte. Liz schob sich die Kapuze auf den Kopf und senkte den Blick, während wir auf ihre Hütte zuliefen. Vor der Tür angekommen, senkte sie die Schultern und deutete zu dem Fiat, der einsam im Schlamm stand. Sie wollte schon losrennen, als ich sie aufhielt.

Ich hatte vorhin wenigstens noch daran gedacht, die Autotür zu schließen, aber es war keine Zeit mehr, irgendetwas anderes als ihre Handtasche mitzunehmen. Also rannte ich durch den übrig gebliebenen Schlamm auf ihr Auto zu, nahm auf dem Fahrersitz Platz und sah, dass der Schlüssel immer noch steckte. Glücklicherweise gab es hier draußen kaum Menschen außer uns. In der Großstadt wäre der Wagen wahrscheinlich weg gewesen.

Ich ließ den Motor an, die Räder drehten sich einige Male im Schlamm, ehe sie Halt fanden und ich langsam bis vor Liz' Haus rollte. Dort stieg ich aus, schloss ab und übergab ihr Autoschlüssel sowie die Handtasche. Wieder bekam ich als Belohnung dieses wunderschöne, scheue Lächeln, das ihre Augen erreichte.

Sie machte erneut die Geste für Danke.

»Gern geschehen«, erwiderte ich leise. »Falls noch etwas sein sollte, hier.« Ich drückte ihr meine Handynummer in die

Hand, die ich in meinem Schlafzimmer auf einen Zettel gekritzelt hatte. »Melde dich. Jederzeit.«

Mein Blick fiel auf ihre leicht geöffneten Lippen. Ihre Wangen waren gerötet, und sie atmete kräftig und schnell. Ich musste los. Bevor ich etwas Dummes tat oder zu viel Zeit verlor, die an anderer Stelle gebraucht wurde.

Ruckartig wandte ich mich um und eilte durch den Regen zu meinem SUV. Kam sie jetzt allein zurecht, oder hatte sie immer noch Angst vor dem Unwetter? Wäre sie noch bei mir geblieben, wenn Steve nicht angerufen hätte?

Als ich den Wagen anließ, war mir klar, dass die Zeit für ein Wäre und ein Hätte nicht ausreichte.

Ich stellte die größte Stufe des Scheibenwischers an, weil der Regen immer noch stark genug war, dass mir die Sicht verschwamm. Als ich den Rückwärtsgang einlegte, warf ich noch einen letzten Blick zurück zu Liz, die zögernd in ihrer Hütte verschwand. Erst nachdem ihre Tür ins Schloss gefallen war, fuhr ich los und beeilte mich, zu der Stelle zu kommen, die Steve am Telefon erwähnt hatte.

Es dämmerte bereits, und das blaue Blinklicht des Polizeiwagens wurde von den engen Baumstämmen auf dem Parkplatz, der dicht von den breiten Kiefern umgeben war, reflektiert.

Großartig. Wenn Sheriff Mitshell da war, war die gesamte Situation sicher unter Kontrolle. Meine sarkastischen Gedanken schmeckten bitter auf meiner Zunge.

Ich parkte zwischen Steves SUV und dem Wagen der Feuerwehr, stieg aus und zog mir die Kapuze meiner Regenjacke über den Kopf, ehe ich zu der kleinen Gruppe von Menschen lief.

Steve stand neben Mitshell und lauschte den Ausführungen von Wesley, dem Feuerwehrmann unserer Kleinstadt. Der

Arme musste sich täglich eine Wache mit dem Sheriff teilen, aber immerhin konnte er ihn genauso wenig leiden wie Brax und ich. Wes war in Ordnung und vor zwei Jahren nach New Hope gezogen, nachdem er nach einem heftigen Einsatz bei seinem Job in Philadelphia, der mehrere Menschenleben gekostet hatte, ein Burn-out erlitten hatte. Das Gefühl, nur noch weg zu wollen, war mir nicht fremd.

Die Scheinwerfer von Mitshells Wagen erhellten den Bereich des Parkplatzes, auf dem die Lagebesprechung stattfand, und Steve nickte mir knapp zu, als ich mich neben ihn stellte.

Ich lauschte Wes' ruhiger, tiefer Stimme, der in solchen Situationen nie den Kopf verlor. Der Regen wurde schwächer, dennoch steckte ich die Hände in die Taschen meiner Jacke, weil der Boden nach dem heftigen Gewitter keine Hitze mehr abgab. Im Gegenteil. Die Stunden hatten ausgereicht, den Waldboden in eine gigantische Schlammlandschaft zu verwandeln, und Kälte kroch durch meine Kleidung. Kurz schweiften meine Gedanken zurück zu Liz, die nun allein in ihrer Hütte saß. Ging es ihr gut?

»Es handelt sich um zwei Wanderer, ein Mann und eine Frau, ein Ehepaar aus Colorado«, sagte Wes und schaute mich an. Ich nickte als Zeichen, dass ich ihm zuhörte. »Die beiden sind trotz der Unwetterwarnung weitergelaufen. Sie dachten, sie schaffen ihre Route über den Mammoth Mountain.«

»Sie sind selbst schuld«, warf Sheriff Mitshell ein, als ginge es hier nicht um Menschenleben. Warum war er überhaupt hier? Niemand brauchte ihn! Meine Hände ballten sich zu Fäusten, und die Abneigung, die ich gegen diesen Mann hatte, brach sich wie Wasser durch einen festen Damm aus Erinnerungen.

»Glenn«, sagte Wes mit seiner üblichen besonnenen Art und brachte ihn nur mit seinem Tonfall und wie er Mitshells Vornamen aussprach zum Schweigen. Doch ich sah ihm an, dass ihm das ganz und gar nicht schmeckte. Der Sheriff war zwanzig Jahre älter als Wes oder ich, er wollte sich von niemandem irgendetwas befehlen lassen. Doch er wusste, das hier war nicht die richtige Situation, um das heraushängen zu lassen. Gut so, denn ich wartete nur auf den Moment, in dem ich auch meine Zurückhaltung fallen lassen konnte. Allein der Blick aus seinen verschlagenen Augen, sein spitzes Kinn und die deutliche Überheblichkeit seiner Körperhaltung reichten aus, dass bittere Galle meine Speiseröhre nach oben stieg.

»Wir müssen uns beeilen. Das Gewitter ist zwar schwächer geworden, und es gibt keine Gefahr mehr durch Blitze, doch je länger es regnet, umso weniger kommen wir mit unseren Autos durch den Matsch.« Wes lehnte sich nach vorn und deutete auf eine einlaminierte Karte der Umgebung in seiner Hand. »Dort müssen wir suchen, wir nehmen an, dass sie da sind. Der Mann konnte noch einen kurzen Notruf auf seinem Handy absetzen, ich schätze, sie haben sich in irgendeiner Höhle untergestellt. Hier oder hier.« Er deutete auf zwei Punkte.

Ich konnte nicht verhindern, dass mich erneute Anspannung erfasste. Diese Situation, der Gedanke an eine Höhle … Verdammt, ich musste Ruhe bewahren, genauso wie die anderen. Sobald ich nicht ganz bei der Sache war, würde das hier schiefgehen.

Ich atmete tief und ruhig, versuchte, mir vor den anderen nichts anmerken zu lassen, während wir die Besprechung beendeten und uns auf unsere Wagen aufteilten. Ich fuhr bei Steve mit, Mitshell bei Wes. Auch wenn der Feuerwehrwagen eine kleinere Version zu Autos in der Großstadt war, könnte es schwer werden, damit den Berganstieg hinter sich zu bringen. Trotzdem bot er alle Werkzeuge und Maschinen, die wir für die Rettungsaktion brauchten. Wir würden es versuchen, wir mussten einfach.

Als Steves SUV das erste Mal im Schlamm steckenblieb, mussten wir mit vereinten Kräften den Wagen aus dem tiefen Morast herausziehen. Es würde Stunden dauern, bis wir an dem Punkt angelangt waren, bei dem die Wanderer sein sollten. Nach einem weiteren Halt waren unsere Klamotten von unten bis oben mit zähem Matsch bedeckt. Ich strich mir eine nasse Haarsträhne aus dem Gesicht und verteilte den Dreck auf meiner Stirn.

»Wir holen sie morgen früh einfach dort ab, wo sie sich untergestellt haben«, rief Mitshell gegen den Regen an, der erneut stärker geworden war. Es war ein ständiges Hin und Her, als könnte sich das Wetter nicht entscheiden, ob es bereit war, aufzugeben. »Wir haben keine Chance!« Hatte er aus seinem Leben und dem Leben anderer überhaupt nichts gelernt? Hier ging es nicht darum, so eine Situation auszusitzen! Verdammt!

»Wir werden weiterfahren!«, bestimmte ich, und Steve und Wes nickten mir zu. »Wir können nicht umdrehen.« Mein Blick fixierte Mitshell, der nur mit dem Kopf schüttelte.

»Wir kommen nicht weiter!« Er deutete auf die kleine Flutwelle, die den Berg hinunterfloss und unsere Stiefel sowie Autoreifen unter Wasser setzte. »Verdammte Idioten, wie stellt ihr euch das vor?« Klar, Mitshell war nicht gerade dafür bekannt, sein Leben für andere Menschen zu riskieren. Und es bereitete mir Genugtuung, dass er aus dieser Situation nicht rauskam. Nicht, solange wir anderen an einem Strang zogen. Seine Stimme zitterte, und ich spürte, dass er Angst hatte. Der Part, der genau wusste, wie Mitshells wahres Gesicht aussah, freute sich darüber.

Ich wandte mich ab und nickte Steve zu, ehe wir beide zusammen in seinen SUV einstiegen. Wes tat es uns gleich und hupte einmal, da Mitshell immer noch wie angewurzelt vor dem Wagen stand. Wie dicke Baumwollfäden fiel der Regen an den Scheinwerfern vorbei auf die Erde, und ich konnte Mitshells Blick durch die Frontscheibe auf mir spüren.

»Er ist es nicht wert«, meinte Steve. Ich spürte, wie angespannt mein Körper war und entließ einen Teil der Anspannung durch ein Schnauben nach draußen.

»Er ist gar nichts wert«, erwiderte ich, ohne Mitshell aus den Augen zu lassen. Er wandte sich ab und stieg zu Wes ins Auto, dann fuhren wir weiter, um diesem Spuk endlich ein Ende zu setzen.

Kapitel 14

Liz

Ich kannte mich hier nach der kurzen Zeit nicht wirklich aus, aber wenigstens war New Hope nicht sonderlich groß, sodass ich mich gut zurechtfand. Selbst in San Francisco hatte ich keine Orientierungsprobleme gehabt, also sollte ich hier schon gar keine Probleme bekommen.

Ich erreichte den Treffpunkt, den ich mit Becky ausgemacht hatte, zehn Minuten eher, parkte meinen Wagen am Straßenrand und stieg aus. Die Sonne wärmte mein Gesicht und strahlte heute wieder mit gesamter Kraft. Nach dem gestrigen Unwetter war mir das nur recht. Ich musste an Graham denken. Ständig musste ich an ihn denken, und wie er mir geholfen hatte, ohne eine Erklärung oder etwas anderes dafür zu wollen. Ich hatte ihn anfänglich völlig falsch eingeschätzt, das war mir nun klar geworden, auch wenn eine kleine Stimme in meinem Innern das schon lange gewusst hatte.

Weil ich gestern irgendwann erschöpft auf meiner Couch eingeschlafen war, hatte ich nicht gehört, wann er heimgekommen war oder ob überhaupt. Und auch heute Morgen, als ich nach draußen sah, stand sein SUV nicht auf seinem

Platz. Ich machte mir Sorgen, denn ich wusste nicht, um was es bei dem Notfall gegangen war. Was beinhaltete der Job eines Rangers? Könnte Graham selbst in Lebensgefahr bei seinen Einsätzen schweben?

Ich hatte ihm eine Nachricht geschrieben und sie an seine Tür gehängt, anstatt ihm eine mit dem Handy zu schreiben. Handgeschriebene Worte waren viel persönlicher.

Danke noch mal. Für die Schokolade und für alles andere. Liz

Hoffentlich würde sie ihn erreichen.

»Ein großes Hallo, die Dame.«

Eine Stimme riss mich aus meinen Gedanken, und ich hob den Kopf. Ich erkannte die beiden älteren Herren, die ich bereits bei meinem ersten Aufenthalt in der Stadt aus der Ferne gesehen hatte. Und wieder saßen sie auf einer Bank und wirkten, als wären sie die entspanntesten Menschen des Planeten.

»Ich glaube, wir hatten noch nicht die Ehre. Ich bin George Butler.« Er schob seine Brille auf seiner Nase nach oben, während sich der andere ein wenig mehr auf seinem Stock abstützte und mir entgegenkam.

»Und ich grüße Sie ebenfalls, Albert Douglas.«

Ich hob die Hand zum Gruß und ging einen Schritt auf sie zu.

»Wir haben gehört, dass wir eine neue Bewohnerin haben sollen«, plauderte Mr. Butler weiter.

Ich zog mein Smartphone aus der Tasche, um mit ihnen kommunizieren zu können. Aufmerksam beobachteten sie mich, während ich die Worte hineintippte. *»Freut mich sehr, ich bin Elizabeth River, oder nur Liz.«*

»Ein wunderschöner Tag heute nicht, Liz?«, fragte Mr. Butler und sah in den Himmel. Ich nickte und lächelte ihnen freundlich zu. Sie waren eine der wenigen Menschen, die sofort akzeptierten, dass ich nicht sprach, ohne es zu hinterfragen oder hinter den Grund kommen zu wollen. Vielleicht war ihre Lebenserfahrung auch so groß, dass sie spürten, wenn Neugierde fehl am Platz war.

»Vor allem, wenn wir Besuch von so einer hübschen jungen Dame bekommen.«

»Die du jedes Mal mit deinen furchtbaren Komplimenten verschreckst«, rügte Mr. Butler seinen Freund. »Du alter Taugenichts.«

Ich verkniff mir ein Grinsen. Die beiden waren wirklich witzig.

»Ich bin nicht alt, ich bin nur fortgeschritten attraktiv.« Mr. Douglas rückte eine weinrote Fliege zurecht. »Außerdem habe ich heute meinen guten Tag.«

Mr. Butler deutete auf das karierte Sakko seines Freundes. »Gib zu, dass deine Frau sich nur wieder weigert, für dich zu waschen, und du deshalb deinen alten Bar-Mizwa-Anzug von wer weiß wann trägst.«

»Er steht mir doch immer noch ausgezeichnet, oder?« Beide prusteten vor Lachen los, und auch mir entwich ein kleiner Gluckser, der mich selbst überraschte. Es fühlte sich an, als hätte sich seit gestern ein winziger Knoten gelöst, ohne dass ich den Zeitpunkt selbst mitbekommen hatte.

»Immerhin finden Sie uns amüsant, Elizabeth River.«

Ich nickte schnell, und mein Grinsen wurde breiter, was kaum noch möglich war. Bei meinem nächsten schlechten Tag kam ich einfach hierher.

»Liz!« Becky fuhr an den Straßenrand und hielt auf meiner Höhe an. »Steig ein! Die Herren«, sagte sie an die beiden Männer gewandt.

»Du willst unsere Unterhaltung doch nicht unterbrechen, oder, Becky?«

»Es tut mir leid, Mr. Douglas, aber wir müssen los. Die Kinder warten.«

»Ach ja, die flinken Wiesel. Ich kann mich noch gut erinnern, als ich …«

»Ermüde die Damen doch nicht mit deinen alten Geschichten. Es reicht, dass ich sie jeden Tag ertragen muss«, erwiderte Mr. Butler.

»Ohne mich wäre dein Tag nur halb so unterhaltsam, du willst es nur nicht zugeben.«

Während die beiden sich stritten, eilte ich auf die Beifahrerseite von Beckys Pick-up und stieg ein. Wenn ich länger hier in New Hope blieb, war so ein Auto vielleicht wirklich ganz praktisch. Noch so ein Unwetter, und mein alter Fiat würde definitiv zusammenbrechen.

»Auf Wiedersehen die Damen«, wurden wir verabschiedet.

»Bye, Mr. Douglas, Bye, Mr. Butler«, rief Becky, und ich winkte den beiden noch mal zu, ehe Becky Gas gab und sich in den geringen Verkehr einfädelte.

»Hast du das Unwetter gut überstanden?«, fragte Becky.

Ich kramte mein Smartphone aus meiner Tasche. Es war einfacher, so zu kommunizieren, anstatt sie vom Autofahren abzulenken.

Ich tippte ein. *»Ja, aber Gewitter sind hier wirklich viel schlimmer.«*

»Nicht immer, nur wenn sie so lange auf sich warten lassen. Als würde sich etwas aufbauen und sich dann mit einem gewaltigen Krach lösen.«

Becky hatte keine Ahnung, wie gut diese Aussage auf mein jetziges Leben passte. Tobte in mir ebenfalls ein Unwetter, das sich irgendwann entlud?

»Mein Fiat ist im Schlamm steckengeblieben, und Graham hat mir geholfen.«

Vielleicht konnte Becky meine wirren Gefühle in Bezug auf Graham entschlüsseln. Sie schien ihn schon lange zu kennen.

»Graham ist der perfekte Gentleman. Obwohl er auf den ersten Blick nicht den Anschein macht.« Sie warf mir einen knappen Blick zu, und ich erkannte ihr Schmunzeln. »Du hast sicherlich festgestellt, dass sein Bruder Brax ein völlig anderer Typ ist, und trotzdem hatte Graham während unserer Schulzeit und auch danach nicht unbedingt weniger Verehrerinnen.«

»Ihr wart gemeinsam auf der Schule?«

»Gleiche Stufe, ja. Die meisten hat es in größere Städte verschlagen, aber wir sind geblieben. New Hope ist ja auch wundervoll, ich kann mir nichts wünschen, was ich hier nicht bekomme. Okay, außer vielleicht meine Lieblingsfrühstücksflocken Lucky Charms, weil Phil, der alte Geizkragen, mich ärgern will.«

Ich musste über ihre Aussage ein wenig lächeln, bis Graham erneut all die anderen Gedanken zur Seite drängte. *»Graham wurde gestern zu einem Einsatz gerufen. Ich bin mir nicht sicher, aber …«* Ich zögerte, weil es nicht so rüberkommen sollte, dass ich Becky über Graham ausfragte, trotzdem machte ich mir Sorgen, weil ich ihn heute nicht mehr gesehen hatte. *»Er ist heute Nacht nicht nach Hause gekommen.«*

»Ja, solche Einsätze sind manchmal wirklich schlimm, vor allem bei so einem Unwetter. Ich habe vollsten Respekt für die Ranger und Rangerinnen, die echt keinen leichten Job haben. Aber es geht ihm gut, ich habe vorhin kurz mit ihm gesprochen, er hat noch ein wenig zu tun und kommt später vorbei.«

Irgendetwas veranstaltete es mit mir, wenn ich darüber nachdachte, Graham heute noch im Camp zu begegnen. Eine nervöse Vorfreude zog sich wie eine Spirale durch meinen Magen, doch ich redete mir ein, dass es nur daran lag, weil ich mich ein weiteres Mal für gestern bedanken wollte.

Becky setzte den Blinker und bog in einen Waldweg ab, der durch dichte Kiefern führte. Der Boden war eine Mischung aus Schlamm, Ästen und Nadeln der Bäume. Der Sturm hatte hier ziemlich gewütet. »Ich war heute noch nicht im Camp, bevor die Kids kommen, müssen wir sicherlich erst einmal aufräumen.«

Ich fragte nicht weiter nach, als Becky das Thema Graham fallenließ und durch ein Holztor mit einem Schild fuhr, auf dem *»Camp der flinken Wiesel«* geschrieben war. Sie parkte den Wagen vor einer der zwei Hütten, und auch wenn meine Neugierde noch nicht gestillt war, wäre es zu auffällig, sollte ich weiter nachhaken und mehr über Graham wissen wollen. Ich würde von selbst dahinterkommen müssen, was für ein Typ er war, und ob er mir gefährlich werden konnte oder nicht. Und auf welche Art und Weise.

Becky stieg aus, und ich steckte mein Handy zurück, schulterte meine Tasche und folgte ihr. In der Mitte des Platzes war eine Feuerstelle mit Baumstämmen errichtet worden, und ich konnte förmlich sehen, wie die Kinder um ein Feuer saßen, sich Geschichten erzählten oder Lieder sangen. Becky deutete darauf. »Dort treffen wir uns, sitzen zusammen, wenn wir Veranstaltungen haben oder Zelte aufgebaut werden, damit die Kinder hier übernachten können. Am Ende des Sommers steht wieder ein Zeltlager an, das ist das absolute Highlight im letzten Jahr gewesen. Die Kinder und wir übernachten dann zwei ganze Wochen hier und verbringen die Tage gemeinsam miteinander.« Wir liefen los, und Becky schloss die Tür der größeren Hütte auf. Es war ziemlich düster, als wir eintraten, und ich half ihr, die Fensterläden an den

Seiten zu öffnen, damit Licht hereinkam. Massive Holzbänke mit sechs Tischen waren im Rechteck aufgestellt, und eine kleine Kochnische mit Essensausgabe befand sich an einer der kürzeren Wandseiten. Auch hier bestand alles aus Holz, ein Schild hing am Ende des Raumes an der Wand, auf dem in einer krakligen Kinderschrift stand:

Die fünf Regeln der flinken Wiesel:
Wiesel sind immer füreinander da.
Tue jeden Tag eine gute Tat.
Sei freundlich zu Mensch und Tier.
Halte den Wald sauber.
Gib acht auf die Kleineren.

Als ich einen Schritt auf die Tafel zuging, musste ich lächeln. Es war schön, gute Dinge vermitteln zu können. Und auch wenn ich immer noch Zweifel hatte, ob ich wirklich geeignet dazu war, auf die Kinder aufzupassen, würde es vielleicht nicht nur ihnen, sondern auch mir helfen, es zu versuchen.

»Das hat Graham mit den Kindern gemacht«, riss mich Becky aus meinen Gedanken, und ich konnte mir auf einmal bildlich vorstellen, wie er mit einer Kindermeute auf dem Holzboden saß und dieses Schild bastelte. Es steckte definitiv mehr in ihm, als der erste Anschein es vermuten ließ.

»Wir haben alles selbst aufgebaut, Graham war Tag und Nacht bei der Sache«, erklärte Becky, während sie die Bänke, die gegen die Tische gelehnt hatten, aufstellte.

Ich wandte mich ab und half ihr. Langsam wurde ich doch ein wenig nervös, wenn ich daran dachte, gleich die Kinder kennenzulernen.

»Er liebt diese Gruppe, sie bedeutet ihm alles, und die Knirpse lieben ihn. Das spricht sich rum, und wir werden fast wöchentlich mehr. Zu Beginn gab es nur Mittwoch und Freitag ein Treffen, aber mittlerweile sind es so viele Kinder, dass wir die ganze Woche Programme anbieten. Wir haben jeden Tag einen festen Tagesplan, was wir lernen und welche Ausflüge wir in den Nationalpark unternehmen. Graham ist durch seinen Job weiterhin Mittwoch und Freitag da, Levin, ein Junge aus dem Ort, hilft uns fast täglich, und jetzt mit dir haben wir noch eine Betreuungsperson mehr, um hoffentlich weitermachen zu können.«

Becky schenkte mir ein fröhliches Lächeln. Auch sie ging in ihrer Arbeit auf. Es gab nichts Herrlicheres, als das Leuchten in den Augen von Menschen, die ihrer Leidenschaft folgten. Es war inspirierend, und ich beneidete sie um dieses Gefühl. Doch trotz all der Freude hörte ich auch den kleinen Anflug von Sorge aus ihren Worten heraus.

Becky deutete in Richtung Küche »Am Nachmittag machen wir den Kindern einen kleinen Snack, es wäre schön, wenn du mir da zur Hand gehst. Die Kleinen sind wirklich wie ausgehungerte Wölfe, nicht wie süße Wiesel.«

Wir verließen die Verpflegungshütte und gingen an dem kleineren Blockhaus vorbei. »Hier ist das Büro und die Anmeldung. Ich würde lieber weniger Zeit mit dem Bürokram verbringen, doch das ist im Moment nicht jeden Tag möglich. Eine Meile durch den Wald liegt Grahams Rangerbüro, er und seine Kollegen und Kolleginnen betreuen das südöstliche Gebiet des Nationalparks.« Becky zeigte in eine Richtung. Ich erkannte nur Bäume. »Wir unterstehen diesen und dem Nationalpark an sich, also müssen wir jeden Monat einen Bericht schicken, wie das Camp läuft.« Becky verdrehte die Augen. »Und dann haben wir im letzten Monat noch eine Auflage bekommen, dass wir mit der Anzahl unserer Fachkräfte in Pädagogik nicht mehr Kinder aufnehmen können. Bei den

Verwaltungsleuten haben wir nur Buddy auf unserer Seite, aber die anderen wissen gar nicht, wie viel wir bei den Kindern bewirken können. Das ist wirklich nerviger Papierkram. Anstatt, dass sie einen Tag mal vorbeischauen und das Strahlen der Kinder sehen würden! Jeden Monat lassen sie sich neue Auflagen einfallen. Zuerst waren sie Feuer und Flamme bei der Idee dabei, aber je länger das Camp besteht, umso mehr habe ich den Eindruck, sie wollen uns Steine in den Weg legen.«

Ich deutete auf mich, denn bei den Bürotätigkeiten konnte ich ihr helfen. In San Francisco hatte ich einen Bürojob in einer Anwaltskanzlei gehabt, und auch wenn der eher Mittel zum Zweck gewesen war, konnte ich mich recht gut organisieren. Doch Becky schüttelte den Kopf. »Dich brauchen wir viel lieber für die Kids. Das macht auch viel mehr Spaß!« Sie sah auf ihre Armbanduhr. »Die ersten müssten in einer halben Stunde eintreffen. Lass uns die Äste wegräumen und saubermachen, dann geht es los!«

Nach einer Stunde wimmelte es im Camp nur so von Kindern. Ihr freudiges Lachen und Rufen schallte durch den Wald, und ihre Energie steckte auch mich an. Ruby war ebenfalls anwesend und hatte es sich sofort zur Aufgabe gemacht, mir jedes einzelne Kind vorzustellen. Sie trug wie die anderen eine hellgraue Hose, ein rotes Halstuch und hatte einige Abnäher auf ihrem farblich passenden Hemd. Jedes Abzeichen stand anscheinend für eine gute Tat oder eine Aufgabe, die sie gelöst hatte. Knoten gelernt, Mitmenschen geholfen, ein Feuer gemacht, einen Berg bestiegen. Das alles ganz ohne Technik, Smartphones oder Fernsehen. Meiner Meinung nach brauchte man das alles auch nicht, wenn man in so schöner Natur wohnte, in der es viel zu entdecken gab. Aber das sahen Teenager sicherlich noch mal ein wenig anders.

Wir saßen auf den Baumstämmen, und Ruby zeigte mir einen besonders schweren Knoten, den sie letzte Woche gelernt hatte, während ein kleiner Junge namens Theo mir die Vogelarten im Nationalpark aufzählte. Levin, den ich ebenfalls kennengelernt hatte, lächelte freundlich in meine Richtung, und ich erwiderte es. Meine Angst, von den Kindern aufgrund meines Stummseins nicht akzeptiert oder aufgenommen zu werden, war völlig unbegründet. Sie waren toll.

Becky kam zu uns, setzte sich neben Ruby und streckte die Beine aus. »Papierkram für heute geschafft. Nun kann der Spaß beginnen.«

Ein Auto fuhr auf den Hof, und eine Frau stieg zuerst aus, ehe sie einen kleinen Jungen von den hinteren Sitzen hob und sein Hemd glattzog. Sie nahm ihn an der Hand und lief auf uns zu. Der Blick des Jungen war schüchtern zu Boden gesenkt. »Da ist ja schon Fynn«, sagte Becky und stand auf.

Je näher wir kamen, umso mehr erkannte ich die Unruhe in den Augen der Frau.

»Hallo, Melanie. Hallo, Fynn«, meinte Becky sanft, und kurz sah der Kleine hoch.

»Hi, Becky.« Melanie lächelte in meine Richtung.

»Das ist Liz. Sie ist unsere neue Betreuerin, und ich dachte, Fynn würde sich freuen, sie kennenzulernen.«

Ich gebärdete *Hallo*, indem ich die rechte Hand an die Stirn legte und sie mit einer Wellenbewegung von mir fortführte. »Wie schön. Herzlich willkommen, Liz.«

Langsam ging ich in die Hocke. Fynn war noch so klein, so zerbrechlich, und ich musste einen Moment schlucken, denn er dürfte im gleichen Alter wie mein Bruder gewesen sein. Um Fynn nicht zu verschrecken und damit er mir meine Unsicherheit nicht anmerkte, zeigte ich mit den Händen die Gebärde für *»Hallo.«*

Fynn sah langsam auf und runzelte ein wenig die Stirn.

»Wie heißt du?«, gebärdete ich. *»Ich bin Liz, und ich freue mich, dich kennenzulernen. Ich habe schon viel von dir gehört.«*

Es dauerte einige Atemzüge, ehe er die Hand hob und mich begrüßte. Fynns Mom sog die Luft ein, als wäre dies ein erster Meilenstein, und auch ich spürte die Größe des Moments. Ich lächelte Fynn aufmunternd zu und langsam formten seine winzigen Finger die Buchstaben F, Y und zweimal das N.

Fynn schaute kurz zu seiner Mom, dann löste er zögerlich seine Hand von ihrer, um sie mir entgegenzustrecken.

Vorsichtig ergriff ich seine Finger und erhob mich.

»Er kann die Gebärdensprache richtig gut, aber bei Fremden ist er immer sehr schüchtern. Liz … das ist …« Sie rang mit den Worten.

Becky legte die Handfläche auf Melanies Schulter. »Liz versteht ihn, ihm wird es gutgehen.«

»Das weiß ich«, erwiderte Melanie mit erstickter Stimme. »Das weiß ich«, wiederholte sie, als müsste sie sich selbst damit Kraft zusprechen. Sie gab ihrem Sohn noch einen dicken Kuss auf die Stirn und verabschiedete sich zögernd, ehe sie zurück zu ihrem Auto ging.

Aus seinen großen blauen Augen schaute Fynn mich an. Ich drückte leicht seine Finger, um ihn zu ermutigen. *»Komm.«*

Im gleichen Moment, in dem Melanie vom Platz fuhr, kam ein weiterer Wagen. Erst als ich ihn erkannte, stolperte mein Herz einige Male. Graham parkte und stieg aus. Sein Mund wirkte hart, aber sein weicher Blick suchte und fand meinen. Er schien ihn nicht von mir abwenden zu können, während er auf uns zulief.

»Hi, Graham«, sagte Becky, und kurz schenkte er seine Aufmerksamkeit ihr.

»Hi, Becks, Liz«, antwortete er mit seiner tiefen, ruhigen Stimme und ging in die Hocke.

»Hallo, Fynn.« Er zeigte ebenfalls die Gebärde für Hallo.

Überrascht zog ich die Augenbrauen hoch. »Ich hab geübt«, sagte er leise an mich gewandt, und tatsächlich erschien ein seltenes Grinsen auf seinen Lippen. Wenn sein Alltagsgesicht pures Regenwetter versprach, bedeutete jedes seiner kostbaren Lächeln die Sonne. Wir kannten uns erst seit Kurzem und sicherlich nicht sehr gut, aber ich hatte bereits über ihn gelernt, dass er seine Emotionen nicht jedem öffnete. Umso wertvoller fühlte es sich an, wenn er es dann tat.

Er erhob sich und zog ein kleines Buch aus seiner hinteren Jeanstasche. *Das 1x1 der Gebärdensprache.* »Wir haben keine Bibliothek, aber Midge hat viele Bücher in ihrem Laden. Ich war heute Morgen bei ihr und hab das hier gefunden. Es war nur eine Idee, aber natürlich kann ich außer Hallo nicht viel und was du, Liz, mir gezeigt hast«, druckste er rum.

Ich konnte nicht anders, als gerührt zu lächeln. Er hatte das für Fynn getan. Und vielleicht auch für mich.

»Danke.«

»Nichts zu danken«, murmelte er und folgte dem Kinderrufen bis ans Feuer. Als ich mich umdrehen wollte und dabei Becky ansah, grinste sie schon wieder.

»Aha, so ist das also«, meinte sie augenzwinkernd.

Ich verdrehte die Augen, was sagen sollte: *»Gar nichts ist da.«* Doch ich wusste genauso gut wie Becky, dass ich dabei log. Fynn und ich setzten uns in Bewegung.

Becky folgte uns. »Graham ist ein toller Typ, aber das weißt du sicherlich schon«, bemerkte sie gedämpft.

Ich schaute hinüber, wo er umringt von den Kindern jedem einzelnen Hallo sagte. Ja, sie hatte recht. Wenn ich ehrlich zu mir war, musste ich zugeben, dass ich das schon längst wusste.

Kapitel 15

Graham

Nach einer heftigen Nacht inmitten von abgerutschten Felsen, die Straßen versperrten, Stunden mit Mitshell, verlorenen Wanderern und schlammigem Untergrund, in dem selbst unsere Geländewagen keinen Halt fanden, war ich müde, und alles tat mir weh. Glücklicherweise war unsere Bergungsaktion erfolgreich gewesen, und wir konnten das Ehepaar gesund und nur mit leichten Blessuren zurückbringen.

Trotz meiner Müdigkeit ließ ich es mir nicht nehmen, auch heute bei dem Treffen der Wiesel dabei zu sein. Das lag nicht nur an einer ganz bestimmten Person mit dem schönsten Lächeln der Welt, aber dieser Grund hatte sicherlich einen großen Anteil an meiner Freude.

Ich konnte nicht verhindern, dass mein Blick immer wieder zu ihr flog. Es sah so aus, als würde sie sich inmitten der Kinder und der Natur wohlfühlen. Sie wirkte entspannter als sonst, als könnte sie die Schwere, die sie üblicherweise herunterzog, hier vergessen. Und ich konnte das absolut nachvollziehen, denn mir ging es genauso. Hatte ich auch noch so einen stressigen Tag, hier vergaß ich alle meine Sorgen.

Levin und zwei der größeren Kinder halfen mir, einen drei Meter langen Baumstamm in die Höhe zu hieven, an dem wir zuvor Äste und Blattwerk entfernt und einige Seile befestigt hatten. Am Ende des Sommers veranstalteten wir ein zweiwöchiges Übernachtungscamp, und dafür mussten genug Zelte und Jurten gebaut werden. Die Kinder sollten sehen, wie man diese mit eigenen Händen ohne Fertigbausysteme aufbaute. Alle waren mit großer Begeisterung dabei, die kleineren Kinder halfen Liz und Becky, die Zeltplanen mit Seilen und den gelernten Knoten miteinander zu verbinden. Die gesamte Gruppe war ein Team und hielt zusammen. Sogar der kleine Fynn drückte sich eng an Liz' Seite, während sie ihm seine Aufgabe erklärte. Sie saß auf den Knien im Gras einer etwas entfernteren Lichtung, auf der wir den Zeltplatz errichten wollten. Als sie meine Blicke bemerkte, sah sie auf, und die Intensität des Ausdrucks in ihren Augen veränderte sich. Ich konnte nicht genau sagen, woran es lag, aber sofort beschleunigte sich mein Herzschlag.

»Graham!« Levins Stimme riss mich aus der Verbindung mit Liz, und mein Kopf ruckte zu ihm. »Ich bin mir sicher, dass der Stamm gerade sein sollte, oder?«

»Klar«, murmelte ich, immer noch ein wenig in meinen Gedanken gefangen, und richtete den Baum wieder auf. »Wenn wir zwei weitere Stämme oben befestigen, haben wir ein Dreieck, auf dem unser Zelt sich stützt«, erklärte ich den Kindern und senkte den Baumstamm mit Levins Hilfe ab.

Nach zwei Stunden stand eine perfekte Jurte auf der Lichtung, und alle Kinder hatten sich im Innern versammelt. Zur Belohnung hatte Becky zusammen mit Liz Orangensaftpäckchen und haufenweise von Midges berühmten Chocolate Cookies verteilt, und es herrschte eine gefräßige Ruhe. Liz saß mit Becky auf der anderen Seite des gebildeten Kreises auf dem Boden, und ich unterdrückte den Drang, zu ihnen zu gehen und mich zu ihnen zu gesellen. Stattdessen ließ ich mich neben Levin fallen und schnappte mir einen Keks aus einer Papiertüte.

»Das hast du gut gemacht«, lobte ich Levin. Ich wusste immer noch nicht viel über ihn, aber es reichte aus, um zu erkennen, dass er ein guter Kerl war.

»Ich hab viel gelernt, seitdem ich hier bin«, erwiderte er. »Es macht Megaspaß mit den Kindern. Das Zeltlager wird sicherlich toll werden.«

»Das wird es, und es ist toll, dass du ebenfalls dabei bist.«

Er schenkte mir ein Lächeln. Es gab sicherlich einen Grund, weshalb er mit gerade mal achtzehn allein in New Hope lebte, aber wenigstens kümmerten sich Lake und meine Mom nicht nur mit ihren sonntäglichen Essenslieferungen um ihn, sodass ich wusste, dass er gut aufgehoben war.

Becky stand auf und begann, eine Geschichte zu erzählen, der alle aufmerksam lauschten. Liz trug ihre blonden Haare heute zu einem unordentlichen Knoten. Einige Strähnen waren daraus hervorgerutscht und betonten ihr Gesicht. Was war mit mir los? Ich benahm mich, als könnte ich ihrer Anziehung auf mich kaum widerstehen. Und obwohl mir klar war, dass sie nur hier war, weil sie Abstand von irgendetwas brauchte, konnte ich nichts anderes tun, als sie ständig anzustarren.

Ich wandte mich ab und hörte Becky zu, ohne ein einziges Wort aus ihrem Mund zu verstehen. Als ich spürte, dass auch Liz mich anschaute, hielt ich es nicht aus und sah sie erneut an. Sie lächelte leicht, als wollte sie mir damit sagen, dass es ihr gut ging. Und ich hatte keinen größeren Wunsch, als dass sie glücklich war.

Die Zeltplane glitt zur Seite, und Buddy erschien. Alle Kinder ließen sofort ein einstimmiges und freudiges »Buddy!« erklingen, und auch ich nickte ihm grüßend zu.

»Na, was ist denn hier los? Ihr habt ja ein richtiges Zelt!«

»Eine Jurte!«, berichtigte ihn Ruby.

Laut lachte Buddy. »Selbstverständlich.«

Mir entging nicht, wie er Becky einen raschen, aber eindeutigen Blick zuwarf. Ich stand auf und ging hinüber, während auch Becky und Liz mir folgten.

»Hallo, ich bin Buddy, ich hab gehört, du bist Liz?«, sagte er und reichte Liz die Hand. Sie lächelte freundlich. »Na dann, herzlich willkommen bei unseren Wieseln, ich bin mir sicher, du wirst viel Freude hier haben!«

Liz nickte, und ich stellte mich neben sie. Nur wenige Zentimeter trennten unsere Körper voneinander, und mir war dies mehr als bewusst. »Was ist los, Bud?«, fragte ich, weil ich den dunklen Schatten bemerkte, der seinen Blick verdüsterte. Normalerweise besuchte er uns nicht unangekündigt.

»Können wir kurz sprechen?« Er sah zwischen Becky und mir hin und her.

»Klar, komm, wir gehen raus.«

Levin übernahm die Rolle des Geschichtenerzählers, während Liz sich wieder auf ihren Platz neben Fynn setzte. Becky, Buddy und ich liefen nach draußen und stellten uns ein wenig abseits der Jurte an den Waldrand.

»Also, was ist los? Wir müssen schließen, oder?« Beckys Stimme überschlug sich, und ich vernahm das leichte Zittern darin.

»Nein, nein«, antwortete Buddy schnell, doch in seinem Gesicht war nicht wie sonst auch nur der Hauch eines Lächelns zu sehen. »Aber die Verwaltung hat ihre Bedenken geäußert, noch mehr Kinder aufzunehmen.«

»Was soll das heißen?«, fragte ich.

»Ihr braucht mindestens einen zusätzlichen geschulten Betreuer, wenn ihr die Zahl der Kinder behaltet.«

»Kapieren die nicht, wie gut es den Kleinen hier geht? Dass wir ihnen eine Perspektive zu Videospielen und Fernsehen bieten! Gerade denen sollte doch etwas daran gelegen sein, dass die Kinder sich mit der Natur beschäftigen!«, stieß Becky aufgebracht hervor.

Ich legte Becky eine Hand auf ihre Schulter, damit sie sich nicht weiter aufregte. Wir hatten ohnehin keine andere Wahl, als die Richtlinien zu befolgen. Menschen waren unlogisch und kompliziert.

»Wir werden uns darum kümmern, okay?«

»Und wie, Graham?«, fragte Becky mich verzweifelt. »Wenn die Verwaltung uns den Geldhahn abdreht, dann können wir rein gar nichts mehr ausrichten.«

»Das tun sie bestimmt nicht, ohne uns vorher zu informieren.«

Buddy seufzte. »Leute, ich wünschte, ich könnte irgendetwas dagegen tun, ich finde das ja genauso idiotisch. Ihr gebt alles für die Wiesel!«

»Schon okay, Bud, das ist nicht deine Schuld.«

Wir verabschiedeten uns von ihm, gingen mit schwerem Herzen zurück zum Zelt, setzten ein Lächeln auf und versuchten, uns nichts anmerken zu lassen.

Liz

Der Tag war gekommen. Ich fühlte mich bereit dazu, zumindest einen winzigen Schritt in Richtung Freiheit zu wagen.

Ich schnappte mir meine Kamera, weil der heftige Drang in mir pulsierte, etwas zu fotografieren. Früher war es immer so gewesen, dass ich in einer anderen Welt abgetaucht war, sobald ich die Linse vor mir hatte. Es war, als hätte ich mein eigenes Leben hinter mir lassen können, in dem Augenblick, in dem ich mich mit dem eines anderen Menschen beschäftigte. Es in mich aufsog. Die Emotionen, das Glück. Ich musste nicht mehr über mich selbst nachdenken, sondern konnte ein Stück des anderen werden. Es war eine Flucht, keine dauerhafte Lösung gewesen, auch das war mir klar, vielleicht hatte ich deshalb von einem Tag auf den anderen nicht mehr diese unbändige Lust verspürt, zu fotografieren. Ich war so lange und so weit geflüchtet, dass ich die Kamera dazu nicht mehr brauchte.

Doch heute war ich aufgewacht und hatte mich anders gefühlt. Ob es an dem Treffen der Pfadfinder und an der Aufgeschlossenheit der Kinder lag, die auf mich übersprang, oder an einem ganz bestimmten Nachbarn, spielte erst einmal keine Rolle. Ich musste meiner Leidenschaft folgen.

Mein Puls raste, während ich zum ersten Mal seit meiner Ankunft barfuß die steinernen Stufen hinter meinem Haus hinunterstieg. Ein Schritt nach dem anderen. Ich musste nichts überstürzen, und obwohl die Panik in mir wuchs, konnte ich nicht umkehren. Ich spürte, dass dieser Moment bedeutender war als alle anderen der letzten Zeit zusammen.

Auch heute ging die Sonne über den Berggipfeln auf, tauchte diese in goldenes Licht und wärmte meine Haut. Noch hoben sich die gigantischen Berge wie dunkle Silhouetten gegen das helle Strahlen ab. Ich trug eine knöchelhohe Jogginghose mit Löchern an den Knien und einen furchtbar hässlichen gestrickten Poncho über meinem Schlafshirt und trotzdem fühlte ich mich gut. Payton sagte immer, dass es egal war, wie etwas aussah, nur welches Gefühl es einem vermittelte. Und auch wenn ich mich schon lange nicht mehr auf meine Emotionen verlassen konnte, vertraute ich ihnen in diesem Moment. Der sanfte Wind auf meiner Haut, das schnelle Pochen in meiner Brust. All das zusammen ergab den perfekten Augenblick.

Der See lag völlig ruhig da, auf der glatten Oberfläche spiegelten sich die Bäume und die Berge wie in einem Gemälde wider. Ich schloss die Augen und tastete nach dem Fotoapparat, der um meinen Hals hing. Als meine Finger das kühle Metall berührten, das sich unter meinem Griff aufwärmte, atmete ich tief ein. Frische, klare Morgenluft schenkte mir neue Energie. Meine Woche hatte aus den Pfadfindergruppentreffen und Lakes Yogastunden bestanden, und nichts hätte mich besser von meinen Gedanken ablenken können als diese beiden Dinge. Nur in diesem Moment war ich ganz bei mir. Ohne zu flüchten. Einfach nur zu sein.

Auf einmal zerschnitt ein Geräusch die Stille, und ich öffnete ruckartig die Augen. Ich stand zwei Meter entfernt von dem See, geschützt durch Sträucher und gigantische Baumstämme. Erst als Graham in der Mitte des Sees war, erkannte ich ihn und seine kräftigen Schwimmbewegungen. Meine Finger zuckten um die Kamera, und ein Kribbeln fuhr in meinen Körper.

Ein Foto. Vielleicht nur ein Foto von ihm inmitten des klaren Bergsees, über dem die Sonne aufging. Es wäre perfekt, wunderschön, rau und still, genauso wie Graham all das war.

Beim ersten Mal hatte ich nur durch den Sucher gesehen, aber jetzt musste ich dieses Bild einfach festhalten. Ich hob die Canon an und drückte auf den An-Knopf. Das Geräusch der einrastenden Blende und des Autofokus weckte Aufregung in mir. Ganz kribbelig vor lauter Vorfreude stellte ich die Kamera auf die Lichtverhältnisse ein und führte sie zu meinem Gesicht. Ich schaute angestrengt mit dem rechten Auge durch den Sucher, bis ich Graham im Bild hatte. Er war kurz davor, umzudrehen. Ich betrachtete seinen breiten Rücken und das Wasser, das an seiner Haut brach, und zum ersten Mal drückte ich auf den Auslöser. Mein Herz schlug mir bis zum Hals. Ich hatte das Gefühl, man konnte das Geräusch der Kamera über den kompletten See hören, gleich würde Graham aufschauen und mich fragen, was das soll. Doch es passierte nichts, nur, dass er weiter schwamm. Gleichmäßig und ruhig.

Also versuchte ich es erneut. Aus einem weiteren Foto wurden zwei, aus zwei eine Handvoll. Ich war gefangen in dem Moment und meinen Gefühlen. Ich fotografierte nicht nur Graham in Nahaufnahme, sondern ihn auch ganz klein, verschwommen im Hintergrund, während ich die Sonne fokussierte. Das goldene Licht, das über allem lag, war magisch. Staubpartikel glitzerten in der Luft, die Wipfel der Kiefern wiegten sich sanft im Wind, während ihre Stämme leise knarrten und knackten.

Bis meine nackten Füße plötzlich das Wasser berührten. Ich erstarrte, während kleine Wellen über meine Zehen schwappten. Langsam setzte ich die Canon ab. Ich hatte nicht bemerkt, wie ich mich beim Fotografieren auf den See zubewegt hatte. Ein Zittern fuhr durch meinen Körper, und meine Kehle wollte schreien, doch ihr entwich kein einziger Laut. Wieder einmal ließ meine Stimme mich im Stich.

Ich sprang zurück und atmete tief durch. *Beruhige dich, Liz, es war nur ein bisschen Wasser*. Deutlich weniger, als es mich sonst beim Duschen traf, und trotzdem war die Situation eine völlig andere.

Ich starrte auf meine Füße. Als könnte ich irgendein Mal erkennen, was das Wasser darauf hinterlassen hatte. Wie eine Verbrennung, die verheilt war, aber bei neuer Hitze noch viel mehr brannte als beim ersten Mal.

Das Geräusch schneller Schwimmbewegungen kam auf mich zu, und endlich schaffte ich es, aufzusehen. Graham hatte mich entdeckt, und sofort packte mich das schlechte Gewissen. Ich hatte ohne seine Einwilligung Fotos von ihm halb nackt in einem See gemacht. Verdammt. Was war in mich gefahren?

»Liz«, sagte er atemlos und stieg aus dem Wasser wie aus einer Werbung für Duschgel. Mit seiner Hand strich er sich die Tropfen aus den dunklen Haaren und lief auf mich zu. Seine Brauen waren zusammengezogen, und wieder wirkte sein Gesicht wie das eines grimmigen Bären. Doch ich wusste es besser, er machte sich Sorgen.

Ich atmete tief ein und hob die Hand zur Begrüßung. Danach deutete ich auf meine Kamera und die Sonne, die mittlerweile den Weg an den Himmel gefunden hatte. Ich konnte ihm nicht offenbaren, dass ich eigentlich ihn fotografiert hatte, dabei auf Wasser gestoßen und eine halbe Panikattacke erlitten hatte. Er entspannte ein wenig seine Schultern und drehte sich um, damit er meiner Geste folgen konnte. Dabei hatte ich kurz Zeit, ihn zu mustern. Wie ich bereits gesehen hatte, hatte er durch das Schwimmen und seine Arbeit ein breites Kreuz, dunkle Haare auf seiner athletischen Brust, die ihm noch mehr das Aussehen eines rauen Mannes verschafften und perfekt zu seinem Erscheinungsbild passten. Sehnige Muskelstränge zogen sich an seinen Seiten hinunter bis zu seinem trainierten Bauch. Payton hätte in dieser Situation kein Problem damit gehabt, wenn Graham das Starren und Mustern bemerkt hatte, doch ich war nicht sie. Ich hatte immer noch keine Ahnung, ob ich mich wirklich auf etwas einlassen sollte. Denn blieb ich, und es ging schief, lief man sich hier ständig über den Weg. Fuhr ich zurück nach San Francisco, war eine Fernbeziehung nicht unbedingt das, was ich mir vorstellen konnte. Abgesehen davon stand die Frage im Raum, ob ich bereit war, mich einem anderen Menschen vollständig zu öffnen. Denn alles andere wäre Graham nicht gerecht.

Er drehte sich wieder zu mir um, und mir wurde noch bewusster, wie nah wir uns gegenüberstanden.

»Heute habe ich schon was vor, aber ich mache morgen, also sonntags immer einen Rundgang durch einen Teil des Parks. Wenn du fotografierst, habe ich mich gefragt …« Er wirkte ein wenig verlegen, was mich lächeln ließ. »Ob du nicht Lust hast, mitzukommen. Ich könnte dir mehr von der Umgebung zeigen, du musst ein paar Sachen wissen, wenn du im Camp arbeitest. Und du könntest deine Kamera mitnehmen und ein paar Fotos schießen.« Er plapperte. Irgendetwas sagte mir, dass er das nicht allzu oft tat.

Ich nickte und hob den Daumen an, was nicht im Ansatz zeigte, wie sehr ich mich über seine Einladung freute. Bedenken hin oder her.

Erleichtert atmete er aus und stoppte seinen Redefluss, während er über sich selbst zu grinsen schien. »Abfahrt morgen früh um vier, damit wir den Sonnenaufgang nicht verpassen.«

Erneut nickte ich. Ich konnte ohnehin nicht lange schlafen und freute mich darauf, die Natur mit ihm zu durchstreifen. Und zum ersten Mal ganz bewusst und entspannt Zeit mit Graham zu verbringen.

Kapitel 16

Graham

Auch wenn Brax, ich und inzwischen ebenso Lake anderen Jobs nachgingen, als auf der Farm zu arbeiten, halfen wir in den Monaten, in denen viel getan werden musste, meinen Eltern aus.

Jedes Jahr im Sommer schnitten wir die Obstbäume zurück, und da die Anzahl mittlerweile auf eine beträchtliche Menge von einigen Hundert angewachsen war, schaffte Dad diese Arbeiten nicht allein. Dieses Jahr hatten meine Eltern nur einen Erntehelfer von Work & Travel, der in der Hütte am Rande des Grundstücks wohnte, in der Wyatt vor einigen Monaten noch gelebt hatte. Cooper kam aus Australien und war ein lebenslustiger, netter Kerl, der sich gut mit der gesamten Familie verstand. Brax und ich hatten oft eine gesunde Portion Misstrauen im Gepäck, sobald fremde Menschen bei unseren Eltern übernachteten, was Wyatt damals mehr als einmal zu spüren bekommen hatte. Es war verrückt, wie schnell die Zeit verging und sich Dinge änderten. Die Familie war um ein Mitglied gewachsen, was uns nun entgegenkam, denn Wyatt half genauso mit wie wir anderen.

Dad und Brax waren auf die Bäume geklettert und schnitten Äste ab, die zu Boden fielen und die Cooper, Wyatt sowie ich aufsammelten, ehe wir sie auf einen Anhänger luden. Auch wenn ich es mir nicht vorstellen konnte, in die Fußstapfen meines Vaters zu treten, war die körperliche Arbeit befreiend und tat gut. Vor allem in einer Zeit, in der sich meine Gedanken ständig im Kreis drehten. Ich war immer schon ein Typ gewesen, der mehr grübelte als andere, doch diesmal wusste ich nicht, wie ich mit meiner Gesamtsituation umgehen sollte. Ich dachte an die Zukunft des Camps und an Liz. Immerzu tat ich das, aber ging es ihr genauso, oder war ich nur ein netter Zeitvertreib als Ablenkung gegen ihre innerliche Dunkelheit, der sie augenscheinlich zu entkommen versuchte?

Ein Ast schlug direkt neben mir auf dem Boden auf. »Hey!« Ich sah nach oben, und Brax zeigte mir grinsend den Mittelfinger. In der meisten Zeit seines Lebens war er ein riesiges Kind. Auch wenn es in ihm ganz anders aussah und er das nur niemandem zeigen wollte. Der witzige, immer schlagfertige Brax war genauso eine Maske wie meine Stille. Im Grunde wollte sich doch nur jeder selbst vor Schlägen schützen, und das konnte ich ihm nach dem, was ihm passiert war, auch nicht verdenken.

»Du hast im Weg gestanden!«, rief er mir über das Motorengeräusch zu, und ich holte tief Luft.

»Jungs! Konzentriert euch auf eure Arbeit«, mahnte unser Dad, der weiter oben in dichterem Blattwerk steckte und seine Kettensäge ausstellte.

»Graham ist nicht bei der Sache, das ist nicht meine Schuld.«

»Meinst du etwa, er denkt an Liz?«, fragte plötzlich Wyatt frech grinsend.

Ich warf ihm neben mir einen bösen Blick zu und ignorierte die blauen, neugierigen Augen von Cooper, der mich ebenso ansah. Wieso verbündete Wyatt sich mit Brax? Leider waren die Momente vorbei, in denen Wyatt fast so etwas wie Angst vor mir hatte. Er war genauso ein Bruder für mich geworden, und wie mein leiblicher hatte er keine Scheu, mich aufzuziehen.

»Kommt sie morgen Abend eigentlich auch zum Familienabendessen?«, fragte Brax mit besonderer Betonung auf *Familie*.

Ich stieß ein Seufzen aus. »Nein.«

»Warum nicht?«, bohrte er nach. Er schnallte seinen Gurt weiter, setzte sich auf einen dicken Ast und ließ die Beine baumeln. »Ich hab angenommen, ihr zwei macht die Sache jetzt endlich mal fest.«

»Es gibt keine Sache«, brummte ich zurück. Gott, hatte ich irgendwann einmal gedacht, Familie wäre alles im Leben? Familie war mindestens genauso nervig.

Wyatt hob einige Äste vom Boden auf und warf sie hinter sich auf den Anhänger, während er mir einen vielsagenden Blick schenkte. Ich wandte mich ab und schnappte mir ebenfalls einen Haufen. Sie hatten keine Ahnung.

»Wer ist Liz?«, fragte Cooper auch noch. Ich gab ein unterdrücktes Brummen von mir, als Brax Luft holte, um einen endlos nervigen Monolog über mein Liebesleben zu beginnen, das ihn rein gar nichts anzugehen hatte.

»Niemand!«, rief ich frustriert aus.

»Graham und Liz sitzen auf einem Baum, knutschen rum, wer glaubt es kaum!«, rief Brax im Singsang. Ich kniff mir mit Zeigefinger und Daumen die Nasenwurzel. »Ach nee, ich hab was Besseres! Wer sitzt im Baum und schreit AHA!«

»Keine Ahnung«, erwiderte Wyatt. »Raus damit!«

»Ein Uhu mit Sprachfehler!« Brax grinste wie ein Kind im Süßigkeitenladen, während die anderen zu kichern begannen wie kleine Mädchen. Ich hatte das Gefühl, in der Hölle gelandet zu sein.

»Ihr sollt arbeiten und seid nicht hergekommen, um zu tratschen wie die Waschweiber. Los!«, sagte Dad streng, und ich dankte ihm innerlich, dass er das Fragespiel unterbrach. Doch plötzlich schaute er mich direkt an und zog eine Augenbraue hoch. Sein schelmischer Blick verhieß nichts Gutes. »Abgesehen davon habe ich mich aber auch gefragt, wieso sie morgen nicht wieder zum Essen kommt.«

»Ha!«, stieß Brax aus und pfiff durch die Zähne. »Lad sie ein!«

Ich konnte ihnen schlecht sagen, dass wir tatsächlich morgen verabredet waren, jedoch allein. Sie würden Dinge reininterpretieren und mich bis zu meinem Lebensende nerven, wenn daraus nichts werden würde. Außerdem hatte ich keine Ahnung, ob Liz das alles nicht zu schnell ging und es sie eher überforderte, bei meiner Familie zu Abend zu essen. Obwohl sie sich beim ersten Mal ziemlich gut geschlagen hatte. Mehr noch als das. Sie hatte perfekt in die Runde gepasst.

»Du weißt, dass Lake es tut, wenn du es nicht machst. Wenn sie das nicht sowieso schon längst erledigt hat«, erwiderte Wyatt und strich sich den Schweiß aus der Stirn. Heute war ein extrem heißer Tag. Der Regen vom letzten Unwetter war schon lange in der Erde versickert. Ich seufzte erneut.

»Er wird nicht mehr darauf antworten, oder?«, meinte Wyatt.

Brax zuckte mit den Schultern. »Nein, wird er nicht, der sture Esel.« Brax stand mit einem Satz auf und hielt sich an einigen Ästen über ihm fest. »Übrigens findet Ruby sie genauso toll. Ich kriege brandheiße News direkt von der

Quelle.« Er zog den Gurt straff und packte entschieden die Kettensäge, ehe er sich wieder an die Arbeit machte.

Ich war noch nie so froh über das Sägegeräusch gewesen wie heute, denn der Motorenlärm verhinderte jede weitere Unterhaltung.

Meine Scheinwerfer durchbrachen die Dunkelheit. Liz saß neben mir auf dem Beifahrersitz, und der Innenraum war erfüllt von zittriger Aufregung. Ich freute mich, Liz die Umgebung und die Natur zeigen zu können, und war gespannt auf ihre Reaktion darauf. Die meisten Touristen begannen ihre Tour im Valley. Dort gab es Geschäfte, die Lodges und Campingplätze. Nur wenige Menschen kamen in den Genuss einer privaten Führung fernab der üblichen Wanderwege, die man als Tourist ohnehin nicht betreten sollte. Doch wenn man sich hier auskannte und das Gebiet einschätzen konnte, war ich der Meinung, dass man nur dann die Natur so ursprünglich genießen kann, wie sie war. Außerdem gingen mir die Besuchermassen, die sich dicht an dicht über Wiesen, Wege und an Wasserfällen und Seen vorbeidrängten, ohnehin gegen den Strich. Doch eben diese Leute brachten uns die Einnahmen, die wir für viele Naturschutzaktionen benötigten, und als Ranger konnte ich mich nicht jeder Führung entziehen. Es war ein Fluch und ein Segen zugleich.

»Erzähl mir etwas über den Park«, durchschnitt der Lautsprecher ihres Handys die Stille, während ich am Ende eines Feldweges einparkte. Ich war ein Stück den Berg hochgefahren, denn zu Fuß würden wir den Gipfel nicht vor Sonnenaufgang erreichen. Außerdem wollte ich sie nicht gleich mit einem anstrengenden Tagesmarsch verschrecken. Auch wenn

es nichts Besseres gab als die Steigung eines Berges, die man hinter sich ließ und stolz hinabschauen konnte, was man aus eigener Kraft geschafft hatte. Ich sah sie an, und sie begegnete neugierig meinem Blick. Zum ersten Mal fragte ich mich, wie ihre eigene Stimme klingen würde. War sie hoch oder tief? Rau oder heiser? Aber es war egoistisch und falsch, überhaupt darüber nachzudenken.

»Du kriegst heute nicht das Touristenprogramm, das alle bekommen.«

Sie lächelte mich an, was mein Herz höherschlagen ließ.

»Und zu deiner Frage, ich kann dir nichts erzählen.« Langsam lehnte ich mich ein Stück zu ihr, und ihre Nähe überwältigte mich einen Moment. Ich bildete mir ein, dass sich in ihrem Blick meine Gefühle widerspiegelten. »Du musst es mit eigenen Augen sehen. Bist du bereit?« Sie nickte ganz leicht. Ich stieg aus und umrundete den Wagen. An ihrer Seite angekommen, hielt ich ihr die Hand entgegen, um ihr beim Aussteigen zu helfen. Zum ersten Mal trafen sich unsere Finger, und ein Kribbeln fuhr durch meinen Körper. Sie zögerte einen kurzen Atemzug lang, als hätte sie das Gleiche gespürt, ehe ihr Griff sich festigte. Es fühlte sich an, als wollte sie bei mir Halt damit finden. Oder mir diesen geben?

Ich half ihr aus dem SUV und beendete die Berührung, auch wenn ich sie gern länger gehalten hätte. Doch wir hatten den ganzen Tag, um uns kennenzulernen, wir mussten nichts überstürzen.

Von der Ladeklappe holte ich meinen Wanderrucksack und schloss den Wagen ab. Auch wenn ich sonst meine Rangeruniform trug, besonders wenn ich in Gebieten wie hier unterwegs war, hatte ich eine schwarze Wanderhose und einen dunklen Fleecepullover an. Heute war ich in Zivil und wollte es erst einmal bleiben.

Wir liefen los und kreuzten ein verwittertes Holzschild, auf dem stand: *»Nimm nur Erinnerungen mit und lass Fußspuren zurück«*. Liz schoss davon ihr erstes Foto, und ich wartete geduldig, ehe sie die richtigen Einstellungen an ihrer Kamera getätigt hatte. Morgennebel hing zwischen den Nadelbäumen und wurde dichter, je höher wir auf den San Joaquin Mountain stiegen. Das Geräusch unserer Schritte auf dem Kies des Waldweges und das Rufen der Natur war das Einzige, das man vernehmen konnte. Ich spürte, dass Liz diese Ruhe genauso sehr genoss wie ich.

Wir kamen an einem kleinen See vorbei, und Liz warf durch die Bäume einen Blick darauf, dann machte sie auch von dieser Idylle Bilder. Ich hielt ihr die Hand hin, und sie zögerte. »Komm, ich will dir was zeigen.« Vielleicht war es nur ein Vorwand, aber während ich ihr durch das dichte Geäst ein Stück die Böschung hinunterhalf, klammerten sich ihre Finger fest an meine. Auch noch, als wir beim See angelangt waren, der in nebeliger Dämmerung lag und etwas Mystisches an sich hatte. Konzentriert suchte ich das andere Ufer ab, bis ich zwischen Sträuchern und Baumstämmen eine Regung ausmachte.

»Komm ein Stück herunter«, flüsterte ich und zog Liz sanft in die Hocke. Sie riss die Augen auf, sowie sie erkannte, was ich gesucht hatte. »Sie sind im Februar geboren. Seitdem besuche ich sie mindestens einmal die Woche, und sie machen sich prächtig.« Liz hielt die Hand vor den Mund, als könnte sie nicht fassen, was sie sah. »Das letzte Mal hatte sie vor vier Jahren Junge. Ich hatte schon die Hoffnung aufgegeben.« Zwei kleine Bären übten spielerisch das Kämpfen und kugelten durch die Wiesen am Seeufer. Liz sog die Luft ein, denn plötzlich tauchte Mamabär auf und schaute sich wachsam um.

»Nicht bewegen. Wir sind keine Gefahr«, flüsterte ich, da ich Liz' Anspannung spürte und wie sie langsam ein Stück näher zu mir rückte. Am liebsten hätte ich den Arm um ihre Schultern gelegt und sie fester an mich gepresst. Die Bärin traf unseren Blick und starrte uns einige Sekunden lang an. Obwohl wir weit weg auf der anderen Seite des Sees waren, konnte diese Situation für Menschen, die sich nicht auskannten, durchaus brenzlig ausgehen. Doch ich kannte diese Schwarzbärenfamilie und sie mittlerweile mich. Ich würde keinen Schritt näher zu ihnen gehen als so, ich war keine Gefahr. Die Bärin schnaubte einmal laut, was über den gesamten See hallte, danach wandte sie sich träge ab und legte sich zu ihren Jungen in das Gras. Sie war gewaltig, und es war unglaublich zu beobachten, wie sie mit ihren Kleinen umging. Hin und wieder wies sie ihre Kinder mit der Nase sanft zurecht, wenn sie sie bei ihrem Spiel zu sehr bedrängten, und gleichzeitig wollte sie sie näher bei sich wissen, um sie beschützen zu können.

Wenn die Augen bereit waren, die Natur wirklich zu sehen, wie sie war, konnte man das an diesem Ort perfekt genießen. Liz nahm meine Hand und drückte meine Finger. Sie fühlte diesen Moment genauso stark wie ich. Ich sah sie an und erkannte den Dank in ihren schönen Augen glitzern. Unsere Gesichter waren sich so nah. Ihr Duft. Unsere Lippen. Unser Atem.

Ich wandte mich ab und erhob mich ganz behutsam. Liz tat es mir gleich, unsere Schultern berührten sich immer noch, während wir der Bärenfamilie zuschauten. »Wir sollten weitergehen«, flüsterte ich, und Liz nickte, ohne ein Foto geschossen zu haben. Wahrscheinlich, weil sie die Tiere genauso respektierte wie ich und diese mit dem Geräusch nicht aufschrecken wollte.

Zurück auf dem Hauptweg überquerten wir Brücken, begegneten haufenweise kleineren Tieren wie Eichhörnchen und Vögeln, kamen an einem der vielen Wasserfälle in der Gegend vorbei, der durch die Hitze der letzten Tage erneut deutlich weniger Wasser trug. Liz wirkte aufgeregt und glücklich. Sie strahlte, deutete auf etwas, das sie entdeckte, und fasste dabei meinen Arm. Genauso wie ich genoss sie den Aufenthalt hier draußen, ohne nur einmal auf die Uhr oder ihr Smartphone zu schauen.

Die Vegetation wurde karger, je höher wir stiegen. Über die Baumgrenze hinaus erkannten wir die Bergspitzen, die überall um uns herum über allem thronten. Auf den höchsten von ihnen lag trotz Sommer immer noch eine dünne Schneedecke. Langsam, aber sicher wich die Dämmerung dem Morgen. Nachdem wir die Bergspitze erklommen hatten, war bereits die Hälfte des Sonnenaufgangs vorüber. Was nicht schlimm war, denn ich genoss ohnehin jede Minute unserer gemeinsamen Zeit. Ich stellte meinen Rucksack neben einen Stein, während Liz ganz nah an den Abgrund trat und die Aussicht in sich aufsog. Sachte ging ich zu ihr und blieb neben ihr stehen. Niemals würde ich genug von diesem Ausblick bekommen. Das Sonnenlicht brach sich in dem dünner werdenden Nebel, der immer noch in den untersten Baumreihen hing. Das Nachtblau des Himmels war einem orangerot gewichen, und die Berge erhoben sich wie mächtige Schatten aus dem Boden und umringten die Stadt, als würden sie diese schützen wollen. Hier fühlte ich mich frei und konnte ungehindert atmen. Als würde Liz meine Gedanken erraten, sog sie tief die frische Höhenluft in ihre Lungen und schloss die Augen. Der leichte Wind wehte ihre Haarsträhnen umher, und wie abgesprochen wandten wir uns gegenseitig zu.

»Danke.« Sie presste die Handfläche fest auf ihr Herz.

»Nicht dafür«, antwortete ich, aber sie berührte meinen Arm und drückte ihn sanft, während ihre Augen zu sagen schienen: *»Doch, genau dafür.«*

»Jederzeit«, erwiderte ich leise. Ihre Finger glitten langsam von meinem Arm, und wir widmeten uns wieder voll und ganz der Aussicht. Liz hob ihre Kamera und schoss das erste Bild von hier oben. Sie ließ sich bei jedem einzelnen Foto Zeit. Ich spürte, dass sie den Moment genoss, denn sie wusste, wie kostbar und kurz dieser war.

»Dort ist die Innenstadt.« Ich deutete hinunter. »Und dort unsere Farm.«

Sie hob ebenfalls den Finger und zeigte auf den kleinen See vor unseren Hütten. Ich nickte. »Unser See.« Überrascht davon, was ich da eben von mir gegeben hatte, räusperte ich mich und wandte mich um. Mit großen Schritten lief ich zu meinem Rucksack und öffnete ihn. Sie trat zu mir, und ich schaffte es nicht, sie anzusehen. Ich hatte nicht ausdrücken wollen, dass sie ab sofort fest hier wohnte, sich entscheiden musste, oder dass wir das vielleicht sogar gemeinsam taten. Unsicherheit erfasste mich und ließ mich unruhig werden. »Hast du Hunger?« Im Augenwinkel bemerkte ich, wie sie sich auf einen Stein setzte. Ich nahm gegenüber von ihr Platz und hielt ihr ein selbst geschmiertes Sandwich entgegen, das ich in Butterbrotpapier eingepackt hatte. Dank Lake, die mir jedes Mal eine Standpauke darüber gehalten hatte, benutzte ich keine Plastikfolie mehr. »Ich muss zugeben, ich bin kein Meisterkoch«, meinte ich verlegen.

Liz nahm es mir lächelnd aus der Hand. Als sie das Papier darum gelöst hatte, hielt sie den Daumen hoch. Ein Erdnussbuttersandwich war nicht sehr einfallsreich oder ein Gourmetessen, doch ich wusste es zu schätzen, dass sie so tat, als wäre es das.

Nachdem ich meines ebenfalls ausgewickelt hatte, holte Liz ihr Handy aus ihrer Tasche. Aber nur, damit sie mit mir sprechen konnte.

»Was macht das Lernen?«, wollte sie wissen.

Verlegen fuhr ich mir über den Bart, und sie verstand, ohne dass ich noch etwas sagen musste. Sie machte eine Gebärde ähnlich wie die Geste, die ich eben gemacht hatte, an ihrem Kinn. *»Das bedeutet schön«*, erklärte mir ihr Handylautsprecher.

»Schön.« Ich wiederholte es, und sie deutete auf die Aussicht und machte das Zeichen erneut.

»Ein wunderschöner Ausblick.«

Ich nickte, obwohl in meinen Augen nicht nur der Ausblick schön war. Sie war es mit all der Trauer tief in ihrem Herzen, jedem einzelnen Lächeln und jedem ungesagten Wort. Verdammt. In diesem Moment merkte ich, dass ich ihr genauso verfallen war wie dieser einzigartigen Natur um uns herum. Es erschien mir sinnlos, es noch einen Moment zu leugnen. Der Wind schickte ihren Duft zu mir, und der Anziehung, die sie auf mich ausübte, war kaum zu widerstehen. Ich wollte ihren Schmerz lindern und dieses Glück, das sie mir jetzt mit jedem einzelnen Lächeln zeigte, festhalten. Doch um ihre Trauer zu vertreiben, musste sie mir zuerst vertrauen. Dabei musste ich mich selbst öffnen, und ich wusste nicht, ob ich das konnte.

Kapitel 17

Liz

»Hier würde ich gern einmal nachts die Sterne sehen.« Es war erstaunlich einfach, mit Graham durch ein Gemisch aus Gebärdensprache, Gesten und meinem Handy zu kommunizieren. Es war wie eine ganz normale Unterhaltung, und er schien viele meiner Fragen und Antworten intuitiv zu wissen.

»Seit unserer Kindheit behauptet unsere Mom, dass ein Blick zu den Sternen die Seele reinigt.«

»Das ist ein schöner Gedanke.«

»Zumindest Lake wollte an so etwas immer glauben.« Er kramte eine Thermoskanne aus dem Rucksack und zwei Becher, dann füllte er sie und reichte mir einen davon. Der Dampf stieg auf, und ich sog den Duft tief in meine Nase. Heiße Schokolade. Ich musste grinsen, und Graham erwiderte es. Als hätten wir ein Geheimnis, das ab sofort nur noch wir teilten.

Ich nippte an dem Getränk, der Kakao war köstlich. *»Du liebst deine Familie.«*

Bevor er antwortete, trank auch er einen Schluck. »Selbstverständlich.«

So selbstverständlich war dies nicht, wenn ich an meine eigene Familie dachte. Wobei, ich liebte meine Eltern, und ich war mir sicher, sie mich ebenso auf ihre eigene Art, ich hatte nur nicht den Eindruck, dass ihnen meine Meinung viel bedeutete. Es hatte immer schon nur gezählt, wer ich sein sollte, nicht, wer ich wirklich war. Mein Dad war nach Lucas' Unfall fast vollständig aus unserem Leben verschwunden, und die Beziehung zu meiner Mom war noch mal eine ganz andere Geschichte. Nervenaufreibend, schmerzvoll, kompliziert traf es wohl am besten.

»Euer Zusammenhalt ist schön.«

»Es kann auch nervig sein, wenn die anderen immer wissen wollen, wie es dir geht oder in dir aussieht«, erwiderte er, doch ich sah ihm an, dass er diese Worte eher im Scherz sagte. »Apropos, sie möchten, dass du heute Abend wieder zum Essen kommst.«

»Nur sie?«

Er zögerte einen Moment. »Nein, nicht nur sie.«

Irgendwie mochte ich diese Unsicherheit, die er in diesem Moment ausstrahlte. Sie zeigte mir einen anderen Graham als den, den ich anfänglich vermutet hatte.

In einer Pause, die nicht unangenehm war, tranken wir unsere heiße Schokolade und genossen die Ruhe und Kraft, die man hier oben in jeder Faser seines Körpers spüren konnte.

»Fühlst du dich wohl in New Hope?«, fragte er, als fände es er schlimm, wenn es nicht so wäre. Es schien, als liebte er diesen Ort so sehr, dass ich mir vorstellen konnte, dass es das auch für ihn war.

»Sehr. Alle sind unglaublich nett und freundlich. Die Natur ist wunderschön. Ich habe seit Langem das Gefühl, zu mir selbst zu finden.«

Ich sah die Frage in seinen Augen. *Was ist dir passiert?* Allerdings stellte er sie mir nicht, was ich ihm hoch anrechnete. Ich spürte, dass ich mich ihm öffnen konnte, irgendwann, denn im Moment war ich noch nicht bereit, es wirklich zu tun. Wieder und wieder hatte ich bei Therapeuten und fremden Menschen die Worte ausgesprochen, als mir meine Stimme noch gehörte, doch die erdrückenden Emotionen wurden einfach nicht besser. Wieso sollte das jetzt etwas anderes sein?

»Ihr lebt also schon euer gesamtes Leben hier?«, tippte ich stattdessen in mein Handy.

»Ziemlich langweilig für eine Frau aus der Stadt, was?«, meinte er.

Wenn er wie jetzt dieses kleine Lächeln zeigte, musste ich einfach ebenfalls grinsen. Damit wirkte er deutlich jünger und sorgloser als sonst. Irgendetwas verriet mir, dass auch ihm etwas in seinem Leben widerfahren war. Wir kamen alle als weiße, unbemalte Blätter zur Welt. Welches Erlebnis hatte sein Bild gezeichnet?

»Alles andere als das. Ich hätte als Kind gern Beständigkeit gehabt. Wir sind viel umgezogen.« Vor allem nach dem Unfall. Von Stadt zu Stadt, Therapeut zu Therapeut, bis ich es endlich schaffte, meine Mom glauben zu lassen, es wäre alles wieder in Ordnung. Dass dieses Trugbild irgendwann in sich zusammenfiel, war nur eine Frage der Zeit gewesen.

»Dann hast du viel von der Welt gesehen.«

»Du bist ein positiver Mensch, das hätte ich ehrlich gar nicht gedacht.«

»Warum nicht?« Er lachte kurz auf und zupfte ein paar Grashalme zwischen den Steinen hervor.

»Keine Ahnung, liegt vielleicht an diesem grummeligen Gesichtsausdruck.« Ich deutete auf seinen Bart, und erneut

musste er lachen. Zum ersten Mal fühlte er sich so frei und entspannt in meiner Gegenwart, dass er das aus vollem Hals tat. Kleine Lachfältchen erschienen um seine Augen herum. Am liebsten hätte ich mitgelacht, mich damit ebenfalls befreit, doch es ging nicht, also blieb mir nur mein Grinsen. *»Aber jetzt bin ich mir sicher, dass du gar nicht so verkehrt bist.«*

»Bist du das?«, fragte er und lächelte immer noch, während ich auf seine Frage mit einem Nicken antwortete.

»Und ja, ich komme heute Abend mit zum Abendessen«, ergänzte ich.

»Da werden sich die anderen aber freuen.« Unsere Blicke lösten sich immer noch nicht voneinander. Bildete ich es mir ein, oder saßen wir nun sogar ein wenig näher beieinander? Mein Herz pochte wild in meiner Brust, und auch seine Atmung ging tief und schwer.

»Nur sie?« Ich unterbrach den Blickkontakt bloß, um die gleiche Frage wie zuvor einzugeben.

»Nicht nur sie«, erwiderte er diesmal fest, ohne wegzusehen.

Wie beim ersten Mal wurde ich sofort herzlich in der Runde aufgenommen. Graham und ich waren gemeinsam zu seiner Familie gefahren, und nicht nur Brax grinste über das gesamte Gesicht, als wir Seite an Seite auf den Großteil der Campbell-Familie zugelaufen waren.

Alice begrüßte mich erneut mit einer warmen, mütterlichen Umarmung, als wäre ich schon viel länger ein Teil dieser Familie. Es fühlte sich gut an, sich vorzustellen, wirklich irgendwo dazuzugehören, angekommen zu sein. Glücklich zu sein.

Während die anderen reingingen, um sich auf ihre Plätze im Esszimmer zu setzen, hielt mich Lake einen kurzen Moment am Arm fest.

»Hast du eine Sekunde für mich?« Sie wirkte unsicher, während ich nickte. Graham warf uns einen fragenden Blick unter hochgezogenen Augenbrauen zu, und ich musste innerlich darüber lächeln, wie wachsam und aufmerksam er war. »Keine Sorge, ich bringe sie dir gleich wieder«, sagte Lake und zwinkerte ihrem Bruder zu, der nur ein leises Brummen von sich gab und im Haus verschwand.

»Wollen wir uns kurz setzen?«, fragte Lake und deutete auf eine Bank, die an der Hauswand auf der Veranda stand. Von hier hatte man einen wunderschönen Blick über den Vorgarten und die kleine Hütte am Waldrand auf der rechten Seite. Wir nahmen Platz, und auch wenn ich mich fragte, was Lake mit mir allein besprechen wollte, genoss ich die Zeit auf der Farm. Es fühlte sich an, als wäre ich an einem besonders sicheren Ort, an dem mir niemals etwas passieren könnte. Hier aufgewachsen zu sein, war sicherlich die pure Freude.

»Ich wollte nur, dass du weißt, dass wir dich gern hier haben. Midge mag dich ebenfalls sehr, und es ist sehr schön, dass du länger bleibst.«

Ich schenkte ihr ein Lächeln und legte meine verschränkten Hände in meinen Schoß. *»Danke«*, gebärdete ich, was mittlerweile die meisten in meinem Umkreis zu verstehen schienen.

»Ich denke, wir können Freundinnen werden, deshalb hatte ich dich nach deiner Ankunft gefragt, ob du mit uns zu Abend isst. Nur, falls du etwas anderes denkst.«

Ah, daher wehte der Wind. Nicht nur Graham hatte ein ganz besonderes Gespür dafür, wie sich andere fühlten. Lake hatte mitbekommen, dass ich mich an dem Abend, abgesehen davon, dass ich Graham dort noch überhaupt nicht einschätzen konnte, nicht ständig wohlgefühlt hatte.

Ich zog mein Handy aus der Hosentasche. Ich hatte hier zwar keinen Empfang, aber die App, in der ich meine Nachrichten in Sprache umwandeln konnte, funktionierte zum Glück trotzdem. *»Es war und ist mir eine Freude, bei euch zu sein«*, gestand ich ehrlich.

»Brax kann manchmal ein wenig aufdringlich sein«, sagte Lake jedoch in einem liebevollen Ton. »Wenn du das Gefühl hattest, dass du nur für Graham eingeladen wurdest, dann war das nicht richtig. Alle wollen, dass du hier bist, nicht nur Graham.« Sie strich sich eine dunkelbraune Haarsträhne aus dem Gesicht und grinste.

Es tat gut, dass Lake das noch mal aussprach, auch wenn ich überhaupt nicht mehr darüber nachgedacht hatte. Es war erstaunlich, wie man Dinge sofort aus dem Weg räumen konnte, wenn man nur darüber sprach. Etwas, das ich von meiner Familie überhaupt nicht kannte.

»Danke, das ist lieb, eure Familie ist toll.«

»Das Essen ist fertig!« Lake und ich zuckten beide erschrocken zusammen und drehten uns langsam um. Brax hatte sich von drinnen auf den Fenstersims gelehnt und grinste uns an. Hatte er uns die ganze Zeit etwa belauscht? »Keine Sorge, ich habe nichts gehört«, antwortete er und verdrehte die Augen. »Ich würde doch niemals meine kleine Schwester belauschen.«

»Nein, niemals! Wie habe ich nur für einen kurzen Moment darüber nachdenken können«, erwiderte sie, stand auf und strich sich den bodenlangen Rock glatt.

»Keine Ahnung, mir fällt kein Grund ein.«

»Hm, vielleicht weil du der neugierigste Mensch dieses Planeten bist?«

Ich erhob mich ebenfalls und beobachtete den Schlagabtausch zwischen den beiden lächelnd.

»Mrs. Appleworm läuft mir den Rang ab.«

»Vielleicht bist du auch nur ihr kleiner, böser Zwilling.«

»Du meinst wie Mini-Me?«

Brax lehnte sich noch ein wenig weiter aus dem Fenster. Sein Blick wurde jungenhaft und frech. »Ich bin schlimmer«, erwiderte er mit bedrohlich gesenkter Stimme.

Lake brach in lautes Gelächter aus und schüttelte den Kopf. »Das will ich nicht abstreiten.« Sie wandte sich an mich und deutete zur offenen Eingangstür. »Komm, am besten ignorieren wir diesen Wahnsinnigen.« Ein fieses Lachen erklang im Hintergrund, während wir nach drinnen gingen und das Esszimmer erreichten. Brax setzte sich wieder an seinen Platz neben Ruby, alle anderen hatten sich bereits um den Tisch versammelt, während Alice Essen auf die Teller schöpfte. Cooper, den ich vorhin kennengelernt hatte, saß neben Wyatt. Seine blonden Locken waren ein perfekter Kontrast zu seiner gebräunten Haut, und er wirkte ziemlich nett. Doch nett war nichts im Vergleich zu dem Gefühl, das in mir kribbelte, als ich Grahams Blick auf mir spürte. Langsam sah ich zu ihm, der Platz gegenüber von ihm war noch frei, und ich setzte mich. Er schaute mich fragend an, als müsste er sich selbst davon überzeugen, dass alles in Ordnung war. Ich schenkte ihm ein kleines Lächeln, und seine breiten Schultern entspannten sich ein wenig. Er hatte immer etwas Wachsames an sich, Beschützendes, als würde er jeden Moment damit rechnen, für die Menschen einzuschreiten, die er mochte. Gehörte ich mittlerweile auch diesem Kreis an?

»Liz, gib mir deinen Teller«, sagte Alice sanft, doch bevor ich reagieren konnte, kümmerte Graham sich darum, stand auf und hielt ihn ihr über den Tisch hinweg hin.

»Gray-Gray ist der perfekte Gentleman«, sagte Brax, während Graham ihn zu ignorieren versuchte. Auch wenn ihn die Spitzen seines Bruders nervten, konnte man als Außenstehende hören, wie liebevoll es gemeint war. Im Grunde wollte jeder am Tisch, dass es den anderen gut ging, und das war ein ungewohntes Gefühl für mich.

»Danke«, gebärdete ich zu Graham, während er mir den Teller übergab. Der Duft von gebratener Paprika und süßer Tomatensoße stieg mir in die Nase. Grahams Blick aus seinen blauen Augen streifte meinen, und ein Ziehen breitete sich in meiner Brust aus. Jedes Mal, wenn Graham mich ansah, hatte ich das Gefühl, ich war das Einzige, das er in diesem Moment wahrnahm. Nicht die Stimmen um uns herum, nicht das Geklapper von Geschirr und das Lachen der anderen. Nur ich.

»Cooper, wie lange bleibst du hier?«, fragte Wyatt seinen Tischnachbarn. Ich wandte den Blick von Graham ab, und leichte Röte verteilte sich auf meinen Wangen. Gott, ich fühlte mich, als hätte ich gerade etwas Verbotenes getan.

Cooper zuckte mit den Schultern. »Australien vermisst mich nicht, ich bin ungebunden, so lange, wie es mir hier gefällt, und ich habe die Vermutung, das wird eine ganze Weile so sein«, erwiderte er in einem lässigen australischen Dialekt.

»Packt dich nicht die Sehnsucht nach dem Meer?«, fragte Brax. »Sobald ich mal eine Woche keinen Berg sehe, fehlt mir etwas. Unserem Gray-Gray geht es da ganz genauso, oder Großer?« Brax zwinkerte Graham grinsend zu, und der erwiderte es nur mit einer hochgezogenen Augenbraue.

»Ein wenig«, antwortete Cooper. »Aber ich hab vor meinem Aufenthalt hier vier Wochen in Santa Cruz verbracht, die Surfspots sind wirklich grandios! Jetzt bin ich ziemlich glücklich mit den Bergen. Danke übrigens noch mal für eure spontane Gastfreundschaft! Die Arbeit macht wirklich viel Spaß!«

»Ich vermisse sie auch ein wenig«, gestand Wyatt und lächelte Harry zu.

»Du kannst jederzeit helfen, Junge, nicht nur an den Wochenenden«, erwiderte dieser.

»Wyatt und Oliver komponieren gerade ein Stück! Es ist fantastisch!«, erzählte Lake.

»Noch muss viel getan werden«, spielte Wyatt es ein wenig herunter. Auch wenn er zuerst den Eindruck eines selbstbewussten Mannes machte, hörte man die Unsicherheit, die in seiner Stimme mitschwang, was ihn noch mal sympathischer machte. Ich vergaß fast, dass ich mit einem Rockstar an einem Tisch saß, weil er genauso wirkte wie alle anderen. Das Leben in der Öffentlichkeit war sicherlich nicht einfach gewesen, und ich konnte seine Entscheidung, hierzubleiben, völlig verstehen. Hierzubleiben wurde auch für mich zu einer wirklichen Option. Die Einzige, die ich wirklich vermisste, wenn ich mich dafür entscheiden sollte, war meine beste Freundin Payton, die im entfernten San Francisco lebte. Doch egal, wie viele Meilen uns trennte, unsere Freundschaft würde ohnehin bestehen, da war ich mir sicher.

Die anderen nahmen ihre Unterhaltung wieder auf, und jeder, der wollte, durfte erzählen, was ihn gerade beschäftigte, während wirklich zugehört wurde. Ich war fasziniert von dieser perfekt aufeinander abgestimmten Dynamik. Fasziniert von dem Zusammenhalt und vor allem fasziniert von dem Mann, der mir gegenübersaß und von dem ich meine Augen nicht länger als ein paar Sekunden abwenden konnte. Unter seinem Blick und in Anwesenheit der anderen fühlte ich mich seit Langem gut, ohne über andere Dinge nachzudenken. Ich war völlig im Moment gefangen und konnte nicht anders, als das Essen, die frische Limonade und die Unterhaltung der anderen zu genießen und in mich aufzunehmen wie ein ausgetrockneter Schwamm.

Kapitel 18

Graham

Der Abend war wirklich schön gewesen, auch wenn ich Brax' Grinsen mehr als einmal mit einem Augenrollen kommentiert hatte. Doch das war es wert gewesen. Ich erinnerte mich an die verstohlenen Blicke, die mir Liz hin und wieder beim Essen geschenkt hatte. Die gemeinsame Rückfahrt nach Hause, während wir einen von Wyatts alten Songs im Radio hörten, und die Umarmung zum Abschied vor ihrer Haustür.

Die Nacht war mild. Durch das geöffnete Dachfenster meines Schlafzimmers drang Zikadenzirpen, während ich irgendwann gesättigt und glücklich eindämmerte.

Ein Schrei schreckte mich auf. Mit einem Schlag war ich hellwach. Ruckartig setzte ich mich in meinem Bett auf und starrte gegen die Holzwand, wobei ich angestrengt lauschte. Die Zikaden waren verstummt. Es war still. Zu still.

Doch vielleicht hatte ich mir das Geräusch nur eingebildet oder geträumt? Tief seufzend wollte ich mich schon wieder zurück in die Laken sinken lassen, da erklang es erneut. Es war definitiv ein panischer, heller Schrei. Sofort schmiss ich die Bettdecke von mir und stürmte nach unten. Ich hatte keine Zeit, mir etwas anzuziehen. Liz. Mein Hirn verarbeitete langsam die Möglichkeit, dass der Schrei auch von ihr gekommen sein könnte. Oder? War das überhaupt denkbar?

Noch bevor ich mir weiter darüber den Kopf zerbrechen konnte, erklangen mehrere aufeinanderfolgende Schreie. Panisch. Angsterfüllt. Und definitiv aus Liz' Haus.

Barfuß stürmte ich von meiner Terrasse, sprang alle Stufen auf einmal nach unten und rannte auf die gegenüberliegende Hütte zu. Wir hatten nicht oft Einbrüche oder Wilderer in der Gegend, aber ich musste jede Option in Betracht ziehen. Die Schreie wurden noch verzweifelter, sodass Gänsehaut sich über meinen Körper zog. Tiefe Schluchzer gesellten sich dazu, japsende Laute, luftschnappend. Auf dem Weg griff ich mir meine Axt und stürmte auf Liz' Haustür zu. Abgeschlossen. Mit einem gezielten Tritt hebelte ich sie aus den Angeln und hastete hinein. Durch den in der Mitte liegenden Kamin und die dunklen Lichtverhältnisse konnte ich zuerst nichts erkennen. Ich suchte mit meinen Blicken das leere Wohnzimmer und die Küche ab, ehe ich um den Kamin herumtrat und sie sah. Ihre schmalen Schultern bebten von ihren Schluchzern, während sie vor dem Bett auf dem Boden kniete. Sie trug einen Pyjama, und ihre Lider waren fest zusammengepresst. Erneut brüllte sie und ich konnte ihre Angst körperlich spüren. Ihr Schmerz war in diesem Moment mein Schmerz, ihre Tränen meine. Ich war mir nicht sicher, ob ich jemals jemanden so leiden gesehen hatte. Schlief sie und träumte vielleicht immer noch? Denn sie machte keine Anzeichen, dass sie mich bemerkt hatte. Leise stellte ich die Axt an den Kamin und trat vorsichtig auf sie zu. Als ich mich neben sie auf den Boden setzte, schluchzte und wimmerte sie weiterhin. Ihre Stimme war heiser, ihre Haare klebten auf den nassen Spuren der Tränen, und ihre Haut glänzte feucht. Ohne darüber nachzudenken, zog ich sie behutsam zu mir. Sofort krallte sie sich an mich, hielt mich genauso fest wie ich sie. Sanft wiegte ich sie hin und her, rutschte zurück und lehnte mich mit dem Rücken an das kalte Metallgestell ihres Bettes. Sie presste ihr Gesicht noch enger in meine Halsbeuge, und meine Finger fuhren durch ihre weichen Strähnen. Immer noch wusste ich nicht, ob sie schlief oder wach war, doch das spielte auch keine Rolle. Sie spürte, dass ich da war, und das war alles, was zählte. Irgendwann verebbten ihre heiseren Schluchzer, und ich hob sie langsam hoch, legte sie sanft auf die Matratze und breitete die Decke über ihr aus. Ihre Augen waren weiterhin geschlossen, während sie sich auf die Seite rollte und ihre Atmung allmählich wieder ruhiger wurde. Ewige Sekunden betrachtete ich ihr gerötetes wunderschönes Gesicht, ehe ich mich abwandte. Ich wollte nicht gehen, sondern auf sie aufpassen, aber ihr dabei so viel Abstand geben wie nötig war.

»Bleib.«

Ich erstarrte. Erneut dachte ich in dieser Nacht, ich hätte mich verhört. Es war ein kratziges Flüstern, fast nicht hörbar gewesen, und trotzdem stand das Wort zwischen uns. *Bleib*. Langsam drehte ich mich um, aber sie wirkte immer noch so, als würde sie schlafen. Mit dem Unterschied, dass ihre Hand auf den Laken zu mir gestreckt war. Schlafwandelte sie etwa? Und konnte im Schlaf sprechen? Oder traute sie sich nicht, die Augen zu öffnen und mich anzuschauen? Hatte sie allen etwas vorgemacht? Den letzten Gedanken verwarf ich sofort, denn ich wusste nicht sehr viel über den Grund, warum sie nicht sprach. Ich hatte ihr Stummsein einfach als gegeben hingenommen. Und ich sollte auch jetzt nicht über Liz urteilen, solange ich nicht mehr darüber wusste.

Leise ging ich zurück und setzte mich neben sie auf den Boden. Sie tastete nach mir, und ich gab ihr meine Hand, die sie sofort an sich zog. Ihre Atmung beruhigte sich, und sie drückte ihr Gesicht tiefer in das weiche Kissen.

Oh Liz. Wunderschöne, gebrochene Liz, was war dir nur passiert?

Mit ihren schlanken Fingern klammerte sie sich an mir fest, als wollte sie mich nie wieder gehen lassen. Mein Körper und jeder Muskel darin waren angespannt, während ich ihre Regungen beobachtete. Was, wenn sie erneut einen Albtraum hatte, ich konnte jetzt nicht gehen und sie allein damit lassen, wenn ihr meine Nähe augenscheinlich guttat. Ihr Atem kitzelte sanft die nackte Haut an meinem Arm, und ich legte den Kopf zurück und lehnte ihn gegen ihren Nachttisch. Der heutige Vollmond warf weiches Licht auf ihren zusammengekauerten Körper unter der Decke. Sie hatte die Knie hoch an ihre Brust gezogen und lag ganz am Rand, als könnte sie den Abstand zu mir ebenfalls nicht ertragen. Ich rührte mich nicht, um sie nicht doch noch zu wecken, und mein Herz wummerte heftig gegen meine Rippen.

Der Abend war schön gewesen. Liz hatte völlig entspannt und glücklich gewirkt, und nun wurde sie erneut von dem Schmerz heimgesucht, der sie erstickte. Das war nicht fair. Aber ich kannte das Gefühl. Schmerz kam in Wellen, mal war er leicht zu ertragen, mal riss es einen in Stücke, doch man konnte vorher nie absehen, was wann zutraf. Das war das Tückische daran.

Mit der freien Hand fuhr ich mir über die Brust, es fröstelte mich leicht, und trotzdem würde ich mich keinen Zentimeter hier wegbewegen. Sie halten, für sie da sein, wenn sie mich brauchte. Das hatte ich ihr ganz zu Beginn angeboten, und ich hielt mein Wort. Immer.

Kapitel 19

Liz

Ich fühlte mich, als wäre heute Nacht ein Bulldozer über mich hinweggerollt. Mit aller Kraft kämpfte ich gegen die Schwere meiner Lider an, während ich diese vorsichtig öffnete. Doch auf den Anblick, der sich mir bot, war ich nicht vorbereitet.

Graham saß vor meinem Bett und hielt meine Hand. Ich spürte seine Finger mit meinen verschlungen. Er hatte den Kopf unbequem an meinen Nachttisch gelehnt und selbst die Augen geschlossen. Sein Atem war tief und ruhig, während ich ihn beobachtete. Erst jetzt fiel mir auf, dass er bis auf schwarze Boxerbriefs nichts trug, seine langen Beine waren auf der Erde ausgestreckt und die Knöchel miteinander verhakt. Die andere Hand lag flach auf seinem nackten, durchtrainierten Oberkörper. Was war heute Nacht passiert?

Bei unserem ersten Treffen hatte ich irrationale Angst gehabt. Auf den zweiten Blick hatte ich etwas gesehen, das weich und sanft, gut und schön war. Und nun quoll mein Herz vor Dankbarkeit über. Warum auch immer er hier saß, ich hatte ihn gebraucht, und er war, ohne etwas zu erwarten, gekommen.

Behutsam löste ich seine Finger aus meinen und wollte dann meine Decke über ihn ausbreiten, da hob er die Lider. Er zog seinen Arm aus der wahrscheinlich nicht sehr bequemen Position von meiner Matratze und rieb sich mit der Hand über die Brust. »Hi«, raunte er verschlafen, und ich erwiderte es mit einem Lächeln, das nicht mal annähernd ausdrückte, wie dankbar ich ihm war. Ich wollte ihm so viel sagen, aber auch jetzt öffnete sich mein Schutzwall keinen Millimeter, um etwas hinein- oder hinauszulassen. Langsam setzte ich mich auf und verharrte am Bettrand.

»Wie geht es dir?«, fragte er sanft.

Ich atmete tief ein und zuckte leicht mit den Schultern. Ich hatte keine Ahnung. Irgendetwas war anders, aber ich bekam nicht zu fassen, was es war. Also stand ich auf, ging hinüber in die Küche und nahm eine Milchflasche aus dem Kühlschrank sowie eine Tafel Zartbitterschokolade. Ich hielt beides hoch, damit er es sehen konnte.

»Ja, gern«, sagte er, die Stimme noch belegt vom Schlaf, und zeigte an sich hinunter. »Aber zuerst würde ich mir schnell etwas zum Anziehen holen.«

Natürlich. Als er in sein Haus ging und sich die Milch langsam auf dem alten Gasherd erwärmte, putzte ich mir die Zähne und sprühte ein paar Spritzer Deo unter die Arme. Ich fühlte mich immer noch so, als hätte ich einen Marathon hinter mir und bräuchte eher eine heiße Dusche als eine schnelle Katzenwäsche. Wenn ich an die Träume von Lucas dachte, die mich immer noch heimsuchten, spürte ich die erstickten Tränen erneut in meiner Kehle aufbranden. Könnte ich nur weinen, es herauslassen, dann würde ich nicht langsam, aber sicher an den Gefühlen ersticken.

Leise klopfte Graham und deutete dabei ein wenig verlegen auf die Tür. Bis eben war mir nicht aufgefallen, dass sie nur noch halb in den Angeln hing. Ich zog eine Augenbraue nach oben und musste fast grinsen, wenn die gesamte Situation nicht so merkwürdig gewesen wäre. »Die repariere ich dir heute noch«, murmelte er kleinlaut und kam an die Kücheninsel. Ich goss zwei Becher mit heißer Schokolade voll, deutete auf einen Hocker, damit er Platz nahm, und stellte ihm eine Tasse vor die Nase. Genau wie er es vor wenigen Tagen bei mir getan hat. Seitdem war vieles anders als bei meiner Ankunft. Allein meine Meinung über ihn hatte sich um hundertachtzig Grad gedreht, und das Gefühl in seiner Nähe hatte mich völlig unvorbereitet getroffen.

Graham räusperte sich, als wollte er etwas sagen, aber er schien nicht zu wissen, wie. Ich runzelte die Stirn, denn ich verstand diese gesamte Situation immer noch nicht. Wenn ich ehrlich war, war es mir immer noch ein Rätsel, wieso er überhaupt hier war.

Er hielt den Becher zwischen seinen großen Händen und wich meinem Blick aus. Ich lehnte mich über die Kücheninsel, legte meine Hand auf seinen Arm und drückte ihn sanft, um Graham so zum Sprechen aufzufordern. Erneut sah er mich an, und langsam zog ich meine Finger zurück.

»Liz, du hast geschrien«, sagte er. »Nur deshalb bin ich hier rüber gestürmt und hab deine Tür zerstört. Ich dachte, du bist in Gefahr«, antwortete er so leise, dass die Worte kaum meine Ohren erreichten. Meine Hand fuhr zu meinem Hals. Geschrien? Ja, meine Kehle fühlte sich rau und trocken an, doch das tat sie oft am Morgen.

»Du hast schlecht geträumt?«

Ich nickte.

»Und … du hast gesagt *bleib.* Zu mir.«

Ich hatte gesprochen? Das konnte nicht sein. Mit Graham? Im Schlaf? Gänsehaut stellte sich auf meinen Armen auf, und der Raum schwankte leicht hin und her wie ein Schiff auf hoher See.

Graham seufzte tief, dann schob er die Tasse zur Seite und stand auf. Als er die Kücheninsel umrundete und sich vor mich stellte, war das vertraute, sichere Gefühl sofort zurück. Seine Hände glitten zu meinen Schultern, drückten sie sanft, und er zog mich an sich. Sofort klammerten sich meine Arme an ihm fest, als würden sie instinktiv wissen, was zu tun war. »Du hast gesprochen, Liz.« Er rang mit seinen Worten. »Willst du mir nicht erklären, was das zu bedeuten hat?«, wisperte er.

Ich hatte keine Ahnung, was ich ihm antworten sollte. Ich wusste es ja selbst nicht.

»Ich dachte, du kannst gar nicht … Ich möchte dir nur helfen«, brachte Graham leise hervor.

Das war leider ein Satz, den ich zu oft in der Vergangenheit gehört hatte. Ich wand mich aus Grahams Umarmung und ging Richtung Sofa, nur um daraufhin zurück zu ihm zu laufen. Kurz vor ihm blieb ich stehen und knabberte an meinem Daumennagel. War dieses Erlebnis heute Nacht nun etwas Gutes oder etwas Schlechtes? Würde es mir etwas bringen, wenn ich Graham davon erzählte, weshalb ich nicht mehr sprechen konnte? Mein Körper nicht mehr sprechen wollte?

Ein fester Vorsatz formte sich in mir. Ich lief um ihn herum und schnappte mir einen Zettel und einen Stift. Meine Hand tat mir weh, als ich endlich den Kugelschreiber absetzte und Graham das Blatt Papier entgegenhielt.

Körperlich bin ich imstande zu sprechen. Theoretisch, wenn mein Kopf nicht wäre, der wie eine Sperre dagegen arbeitet. Das erste Mal ist es in meiner Jugend passiert. Ich wollte sprechen, aber es ging nicht, und je mehr Druck von außen kam, umso schwerer wurde es. Wobei ich das selbst überhaupt nicht schlimm empfand. Es war eine Flucht, ein Schutz. Als säße ich allein oben in einem Turm und niemand konnte mir etwas tun, weil es keine Tür gab. Meine Eltern hatten größere Probleme damit, und irgendwann, nach zahlreichen Therapien, hat sich diese Blockade von allein gelöst. Vielleicht hab ich den Grund dafür auch nur unterdrückt. Bis vor einem Jahr, als ich in San Francisco eines Abends auf dem Nachhauseweg überfallen worden bin.

Graham sog tief den Atem ein und ballte eine Hand zur Faust. Ich wusste genau, an welcher Stelle meines Briefs er angelangt war. Doch er las weiter.

Außer meinem Geld wollte der Angreifer nichts. Aber plötzlich war das alte Gefühl wieder da. Der alte Drang nach Flucht. Seitdem habe ich kein Wort mehr gesprochen. Ich konnte einfach nicht mehr. Mein schützender Turm war zurück.

»Seit einem ganzen Jahr?«, fragte er leise und hielt den Zettel immer noch fest umklammert. Als ich nickte, fragte er: »Bis auf heute Nacht?« Diesmal zuckte ich mit den Schultern, denn ich hatte keinen Schimmer. Auch heute Morgen wäre ich aufgestanden und hätte gedacht, dass alles nur ein Albtraum gewesen war. Aber anscheinend hatte ich schreien können. Laut und kräftig. Ich hatte gewollt, dass Graham blieb.

Vorsichtig, als würde er mich sonst erschrecken, ging er auf mich zu und legte das Papier auf die Küchentheke. »Und was hat es mit dem Wasser auf sich und dem Gewitter?«, flüsterte er. Natürlich hatte er mitbekommen, dass dies nicht alles an der Geschichte war. Dafür war er zu feinfühlig. Ich schaute zu ihm hoch. Gleichzeitig suchten meine Hände seine Nähe und tasteten nach ihm. Seine Finger verhakten sich mit meinen. Das Wasser war mein größter Feind. Und ich wusste, könnte ich es hier nicht besiegen, würde es mich mein gesamtes restliches Leben nicht in Ruhe lassen. Vielleicht war es an der Zeit, endlich dagegen anzukämpfen, anstatt zu flüchten. Mit Grahams Hilfe?

Also drückte ich Grahams Finger, ehe ich sie losließ, und lehnte mich ein Stück zurück, damit ich erneut nach dem Zettel und dem Stift greifen konnte. Mit angehaltenem Atem schrieb ich die Worte, die mich selbst bis in meine Träume verfolgten.

Ich bin schuld am Tod meines kleinen Bruders. Er ist vor elf Jahre ertrunken.

Als ich Graham das Papierstück gab, schloss ich die Augen. Ich wollte seine Reaktion auf mein Geständnis nicht sehen. Auf gar keinen Fall wollte ich erkennen, wann die Verachtung in seinen Blick trat. Doch statt dass er sofort abhaute und mich wie alle anderen allein ließ, passierte eine gefühlte Ewigkeit lang gar nichts. Bis ich seine Hände an meinem Rücken spürte und er mich an sich zog. Ich inhalierte seinen Duft, klammerte mich an seinem Shirt fest und schmiegte mich fest in seine Umarmung, als würde er mich jeden Moment wieder loslassen. Doch das war nicht der Fall. Er hielt mich. Er war da.

Und ich war mir in dieser Situation sicher, dass er mich auch noch halten würde, sobald ich fiel. Doch was konnte meine zerbrochene Seele ihm im Gegenzug dafür bieten? Nichts.

»Lass mich dir helfen«, raunte er in mein Haar und drückte mir einen Kuss auf den Scheitel. »Du musst da nicht allein durch.«

Ehe ich mich dagegen entscheiden konnte, nickte ich. Ich nickte, bevor Graham feststellte, wie zerstört die Frau wirklich war, die er so bereitwillig hielt.

Kapitel 20

Graham

Wenn ich ehrlich war, wusste ich nicht, ob ich wirklich der Richtige dafür war, Liz bei ihrem tiefen Trauma zu helfen. Jemand, der sich selbst am liebsten in der Natur versteckte und mit den meisten Menschen nichts anzufangen wusste, war vielleicht nicht der Richtige dafür.

Doch ich konnte diesen inneren Drang nicht unterdrücken und sie allein mit dieser Trauer lassen. Anscheinend war sie das zu lange gewesen, ohne sich wirklich jemandem anzuvertrauen. Denn dass sie heute Nacht zu mir gesprochen hatte, gab mir zumindest ein wenig Hoffnung, dass ich ihr eben doch helfen konnte.

Ihr Geständnis hatte mich tief getroffen, aber ich hatte immer noch keine Ahnung, was vorgefallen war. Dass es mit Wasser zu tun hatte, war mir schon klar gewesen, dass es allerdings um ihren kleinen Bruder ging, war eine heftige Erkenntnis. Wenn ich daran dachte, dass meinen Geschwistern etwas passierte, schnürte sich mir die Kehle zu. Vor elf Jahren konnte sie gerade mal ein Teenager gewesen sein. Sich in diesem jungen Alter solche Vorwürfe machen zu müssen, war kaum zu ertragen. Und ich wusste, wovon ich sprach. Nur zu gut.

Irgendwann löste sich Liz von mir und schenkte mir ein sanftes Lächeln. Ich wollte sie erneut an mich ziehen, meine Arme um sie schlingen und sie vor allem beschützen, was ihr innerliche und äußerliche Schmerzen bereitete. So hatte ich von Anfang an bei ihr gefühlt und konnte dieses Empfinden immer noch nicht wirklich greifen.

Trotz meines inneren Drangs, es nicht zu tun, ließ ich sie los und setzte mich mit ihr an die Kücheninsel. Die Schokolade war mittlerweile nur noch lauwarm, während ich einen Schluck davon trank.

Ihre Schulter berührte ganz leicht meine, als wollte sie genauso wenig, dass unser Kontakt abbrach. Es brauchte keine Worte, um den Moment, der zwischen uns entstanden war, zu festigen. Das tat er von ganz allein.

Sie hatte sich mir ein Stück geöffnet, und ich würde alles dafür geben, dass sie sich hier in New Hope wohlfühlte. Bei mir. Vielleicht sogar nie wieder gehen wollte.

Ein Wunsch formte sich in mir, der mich gleichzeitig überraschte und verängstigte. Noch nie hatte ich so sehr gewollt, dass jemand blieb, wie in diesem Moment. Das Gefühl war stürmisch, baute sich nicht langsam, sondern in einem rasenden Tempo auf, das ich von mir nicht gewohnt war, und ließ sich trotzdem nicht stoppen oder abstellen. Ich hatte keine Chance.

»Bitte, Graham!« Zwei Dutzend Paar Kinderaugen sahen mich mit einem Welpenblick an, dem ich mich nur schlecht widersetzen konnte. »Nur ein Mal noch!«

»Ja, Onkel Gray, du kannst die Geschichte am besten erzählen!« Ruby faltete ihre kleinen Finger wie zu einem Gebet.

Ich warf Liz, die gegenüber auf der anderen Seite der Baumstämme um die Feuerstelle saß, einen Blick zu. Sie hatte eine Augenbraue nach oben gezogen und grinste mich genauso an wie Becky und Levin, die ebenfalls zwischen den Kindern saßen und ihr Stockbrot ins Lagerfeuer hielten. Keiner von ihnen würde mich retten.

Ich holte meinen Stock aus den Flammen und stellte ihn neben mich an den Baumstamm, damit das Brot daran abkühlen konnte. Einen kurzen Moment sammelte ich meine Gedanken und spürte dabei alle Blicke auf mich gerichtet, was normalerweise gar nicht mein Ding war. Doch hier ging es um die Kinder und die wollte ich nicht enttäuschen. Selbst wenn es sich nur um eine Geschichte handelte.

»Vor langer, langer Zeit, als die Menschen den ersten Stein in New Hope setzten, der unser Rathaus werden sollte, da sah ein kleiner Junge ihn zum ersten Mal. Es war ein dunkler Morgen, und der Nebel hing dicht zwischen den Bäumen. Er war nur ein Schatten, doch der Junge hatte seine Bewegungen ganz genau gesehen.« Ich senkte die Stimme und stützte mich mit den Unterarmen auf meinen Oberschenkeln ab. Langsam schaute ich in die Runde und selbst Liz musterte mich aufmerksam aus großen Augen. »Die Erwachsenen sagten dem Jungen, er hätte ein Gespenst gesehen, so etwas konnte niemals existieren. Sie dachten, der Junge hätte fantasiert. Die anderen Kinder haben ihn gehänselt und ihn einen Lügner genannt.«

»Was hat er gesehen, Graham?«, fragte ein Junge atemlos aus dem Nachbarort, der erst seit zwei Wochen bei uns war. Niemand traute sich, auch noch einen Bissen von seinem Stockbrot zu essen.

»Das war dem Jungen zu diesem Zeitpunkt auch noch nicht wirklich klar. Es war nicht mehr als ein weißer Schatten, und er tauchte viele Wochen nicht mehr auf. Die Menschen bauten Häuser, richteten sich im Tal des Mammoth Peak ein, erbauten Höfe, Farmen, Felder und pflanzten weitere Bäume. Der Junge wurde größer, aber keinen einzigen Tag vergaß er, was er damals zwischen den Bäumen im Nebel bemerkt hatte.« Die kleineren Kinder rutschten näher zusammen, und ich verkniff mir ein Grinsen und blieb ernst. »Bis der Junge eines Morgens von seiner Mutter in den Wald geschickt wurde, um frische Blaubeeren zu sammeln.« Die Spannung war förmlich greifbar, während ich eine theatralische Pause einlegte und einen Schluck Wasser aus meinem Emaille-Becher trank.

»Na los, was war es?«, drängten mich nun auch die anderen, und ich warf Ruby einen amüsierten Blick zu. Sie kannte die Geschichte, seitdem sie ein Baby war, denn mein Dad hatte sie uns allen mindestens hundertmal erzählt.

»Der Junge war schon ziemlich tief im Wald. Es war dunkel, und obwohl er die Geräusche des Waldes kannte, bekam er eine Gänsehaut. So schnell er konnte, pflückte er einige Beeren, damit sein Korb bald voll sein würde, da knackte es nur wenige Meter von ihm entfernt im Unterholz. Es war zu laut für ein kleines Tier, doch als der Junge sich erhob und alles mit den Blicken absuchte, entdeckte er nichts. Das Knacken erklang hinter ihm, und schnell drehte er sich um.« Einige Kinder machten ein überraschtes Geräusch. »Er wartete einen Moment, und nichts passierte, also beschloss er, dass er sich wirklich etwas einbildete. Doch als er sich langsam wieder umdrehte, um weiter Beeren zu sammeln, sah er …« Ich richtete mich auf. Die Aufmerksamkeit aller hing auf mir. »Einen riesigen, prächtigen weißen Hirsch.« Ich hob die Hände in die Luft. »Sein Geweih war gigantisch und so hell, dass es sich zwischen dem dunklen Wald majestätisch abhob. Seine Augen waren tiefschwarz und direkt auf den Jungen gerichtet. Der traute sich keinen Schritt zu gehen oder nur zu atmen. Der weiße Hirsch stand vor ihm und versperrte ihm den Weg. Wenn der Junge falsch reagierte, könnte der Hirsch ihm sehr gefährlich werden.«

»Was hat er gemacht?«, erklang Matthews atemloses Rufen.

»Was denkst du, was er gemacht hat?«

»Er hat ihn verscheucht!«

»Der Hirsch war viel zu sicher.«

»Dann ist der Junge weggerannt!«, rief ein anderes Kind.

Langsam schüttelte ich den Kopf. »Rennt niemals vor einem wilden Tier davon, was müsst ihr tun?«

»Laut rufen oder klatschen, aber bei manchen auch besser langsam rückwärtsgehen oder irgendwo hochklettern!«, sagte Ruby.

»Richtig«, antwortete ich nickend. »Aber das hat der Junge nicht getan. Er stand einfach nur da und hat direkt in die dunklen Augen des Hirsches geschaut. Es vergingen viele Minuten, ehe etwas passierte.«

»Was?«

»Der Hirsch senkte den Kopf und schritt langsam auf den Jungen zu. Der legte vorsichtig seinen Korb auf dem Boden ab und kam dem Hirsch ganz ruhig entgegen. Sein blütenweißes Fell war weich und warm, als der Junge es zum ersten Mal berührte.«

»Er hat ihn gestreichelt?«

»Es war, als würde der Hirsch sich entschuldigen, dass er sich so lange Zeit nicht mehr blicken gelassen hatte. Der Junge musste sich schließlich als Lügner bezeichnen lassen, obwohl er es nicht war.«

»Das war gemein!«, sagte Claire, Rubys Freundin.

»Ja, das war es. Deshalb sollte man niemanden so bezeichnen, richtig?«

»Nein, niemals!«

Als ich kurz zu Liz hinübersah, war ihr Blick ganz sanft. Er traf mich mitten ins Herz. Bevor ich zu tief darin versank, wandte ich mich wieder an die Kinder. Fynn, der neben ihr saß, lauschte wie alle mit aufgerissenen Augen.

»Der Junge hatte also nichts von dem weißen Hirsch zu befürchten, aber er wusste, dass er sein Geheimnis für immer bewahren musste. Niemand im Ort durfte wissen, dass der weiße Hirsch jemals existiert hatte. Und so erzählt man sich diese Geschichte, obwohl niemand sicher sein kann, ob sie wirklich wahr ist. Denn niemand hat den Hirsch noch einmal irgendwo gesehen, und der Junge hat nie wieder ein Wort über ihn verloren.«

Die Geschichte hing einen Moment nach, in dem die Kinder ruhig über meine Worte nachdachten. Dann brach die Hölle los, denn alle redeten auf einmal durcheinander. Die einen wollten den Hirsch suchen, die anderen auf gar keinen Fall. Eine erbitterte Diskussion über richtig und falsch wurde entfacht, und ich hörte den Kindern zufrieden lächelnd dabei zu. Wir würden die Sache mit dem Camp hinkriegen, das mussten wir einfach.

Kapitel 21

Liz

Wir hatten uns heute dazu entschlossen, gemeinsam ins Camp zu fahren. Mein alter Fiat war ohnehin nicht für die Straßen und Wege hier gemacht, und ich mochte es, Zeit mit Graham zu verbringen. Brax hatte ihn, kurz nachdem wir fahren wollten, angerufen und gefragt, ob er noch eine Stunde auf Ruby aufpassen könnte, damit er einen Auftrag fertig machen konnte.

Also saß Ruby nun auf dem Sitz zwischen Graham und mir; aufgeregt erzählte sie uns Geschichten über die Junior High, auf die sie Ende des Sommers nach ihrem elften Geburtstag wechseln würde.

Hin und wieder warf ich Graham einen Blick zu, der mit entspanntem Gesichtsausdruck Rubys fröhlichem Gequassel lauschte und seinen Wagen lässig durch den Wald lenkte. Mal wieder hatte er mich völlig überrascht, als er den Kindern die Geschichte über den weißen Hirsch erzählt hatte. Genau wie sie hatte ich gebannt an seinen Lippen geklebt. Seine ruhige Art und starke Ausstrahlung gaben mir das Gefühl, sicher zu sein. Wirklich sicher. Trotzdem gab es etwas, das ihn beschäftigte, auch wenn er es sich nicht anmerken lassen wollte. Genaugenommen beherrschten diese flüchtigen Schatten seine Züge, seitdem Buddy dem Camp einen Besuch abgestattet hatte. Vielleicht sollte ich Becky darauf ansprechen und meine Hilfe anbieten?

»Das einzige Doofe ist, dass ein Mädchen in meine Klasse kommt, die Claire und ich hassen.«

»Hassen ist ein starkes Wort, oder?«, fragte Graham.

»Aber es passt«, erwiderte Ruby schnell. »Sie macht sich über andere lustig, klaut ihnen Sachen und so was. Sie kommt aus Crestview, da wohnen sowieso nur Idioten.«

»Hey, was sagst du denn da?«, rügte Graham sie sanft.

Ruby zuckte mit den Schultern. »Hat Dad mal gemeint.«

Graham gab ein Brummen von sich, während ich mir das Grinsen verkneifen musste. Das würde Brax bestimmt noch mal zu hören bekommen. Auch wenn ich mir sicher war, dass auch er nicht wollte, dass Ruby solche Sachen sagte.

Wir bogen ab, und Graham lenkte den SUV durch den Wald in Richtung See. Die Sonne hing tief am Himmel, und ich hatte nicht gerade den Drang, allein in meine Hütte zu gehen. Viel lieber hätte ich noch etwas Zeit mit Ruby und Graham verbracht.

Als wir dem Ende des Weges näher kamen, klatschte Ruby vor Freude in die Hände. »Ich dachte, Dad muss länger arbeiten? Wie schön!«

Eine Gruppe von Menschen stand neben Grahams Hütte. Zuerst erkannte ich nicht, wer es war, bis Graham neben ihnen einparkte.

»Na, endlich, wir dachten schon, du hättest dich im Wald verfahren.« Brax hob ein Sixpack Bier in die Höhe, während wir ausstiegen. »Wir haben Verpflegung mitgebracht, weil uns klar war, dass du nichts im Haus hast. Und bevor du etwas sagst, ja das war ein Ablenkungsmanöver, weil du sonst Nein gesagt hättest.«

Wyatt hielt Lake in einem Arm, und zu seinen Füßen stand ein kleiner Kugelgrill. »Außerdem wussten wir, dass dein alter Grill den Geist aufgegeben hat«, meinte er und deutete hinunter. »Also gibt es jetzt keine Ausrede mehr.«

Ruby rannte zu Brax. Er hob sie mit seinem freien Arm mit Leichtigkeit hoch und drehte sie in der Luft. Ihr Kichern ließ auch mich grinsen.

»Das wäre doch nicht nötig gewesen«, brummte Graham. Ich war mir sicher, dass er nicht unfreundlich sein wollte, sondern es ihm einfach nur unangenehm war, wenn andere sich zur Abwechslung mal um ihn kümmerten.

Midge kam mit ihrem kleinen Sohn Easton und einem Mann zu uns, den ich noch nicht kannte. Sie hielt eine Kuchenplatte in die Höhe. »Außerdem gibt es Nachtisch.«

»Und Burger für alle«, beendete der Mann an ihrer Seite den Satz. »Selbstverständlich mit einer vegetarischen Variante.« Er zwinkerte Lake zu. »Ich bin übrigens Josh«, stellte er sich mir mit einem Händeschütteln vor, und ich begrüßte ihn mit einem Lächeln.

Außer Payton hatte ich nicht mehr sehr viele Freunde. Hin und wieder hatte ich mich mit Kollegen und Kolleginnen zu einem Feierabenddrink getroffen, aber so etwas wie hier, ein Spontanbesuch mit Grillzeug und mehr, hatte ich noch nie wirklich erlebt. Graham sah mich fast verlegen an und senkte die Stimme, obwohl uns sehr bewusst war, wie aufmerksam uns die anderen beobachteten. »Ich bin mir sicher, die anderen haben genug Zeug für eine Footballmannschaft geholt. Möchtest du bleiben?«

Ich erwiderte seine Frage mit einem aufgeregten Nicken. Graham wirkte fast so etwas wie erleichtert. Der Drang, ihm sagen zu können, wie froh ich war, dass ich ihn und die anderen kennengelernt hatte, wurde immer größer. Doch selbst nach der Nacht, in der er bei mir gewesen war, lösten sich meine Worte nicht, was ich noch nie mehr bedauert hatte als jetzt.

Lake hakte sich bei mir unter und zog mich sanft zur Hütte. »Wir hätten ein Nein auch bei dir gar nicht gelten lassen. Komm, wir Mädels lästern ein wenig über die Männer in der Küche.«

»Hey«, rief Wyatt ihr hinterher. »Bei mir gibt es nichts zu lästern, ich bin perfekt.«

»Aber sicher doch«, antwortete sie grinsend und warf ihm einen Luftkuss zu. Ich beneidete die beiden. Auch wenn ich große Angst davor hatte, Menschen nahe an mich heranzulassen, fühlte ich mich trotzdem einsam. Ich war mir immer noch nicht sicher, ob ich hier das fand, was ich brauchte, damit mein Herz und meine Seele heilen konnten, aber es war an der Zeit, es zumindest zu versuchen. Lake und Midge machten es mir nicht schwer, sie zu mögen und mir vorstellen zu können, sie als Freundinnen zu haben. Kaum dass wir in der Küche waren, stellte Lake das Sixpack Bier, das ihr Brax in die Hand gedrückt hatte, in den Kühlschrank und nahm eine kleine Flasche Himbeerlimonade aus einer Tüte, die sie Midge gab. Ich setzte mich neben Midge an den Küchentresen. Sofort dachte ich an das erste Mal, als ich hier gesessen hatte, was noch gar nicht so lange her war. Es fühlte sich an, als wäre ich schon ewig an diesem Ort.

»Was möchtest du trinken, Liz? Ich mag Bier überhaupt nicht, Alkohol und ich sind generell keine großen Freunde.«

»Lass dir nichts erzählen«, sagte Midge und nippte an ihrer Flasche. »Lake und Alkohol sind sogar zu gute Freunde.« Sie grinste ihre Freundin an.

»Hör nicht auf sie«, erwiderte Lake und verdrehte die Augen.

»Möchtest du vielleicht die Geschichte hören, als Lake …«

»Nein, möchte sie nicht«, unterbrach sie Lake. »Zumindest nicht, solange sie selbst keinen Drink hat.« Lake kramte in der Tüte herum, die Midge auf die Arbeitsplatte gestellt hatte. Alle hatten sich ziemlich gut organisiert mit dem, was sie mitbrachten. Anscheinend war dieses Treffen gut geplant gewesen. »Graham hat nie was im Haus. Wenn ich es nicht besser wüsste, würde ich behaupten, er braucht weder Nahrung noch etwas zum Trinken«, murmelte Lake, während sie rote Säfte, einen Granatapfel, Basilikum und anderes Zeug aus der Tüte zog und neben sich legte.

Mir lag auf der Zunge, dass Graham zumindest eine ziemlich köstliche heiße Schokolade machen konnte, doch die Worte steckten immer noch fest. Überrascht drehten wir uns zur geöffneten Terrassentür, hinter der lautes Rufen, Gelächter und Wasserplatschen erklang.

»Männer«, sagte Midge lächelnd. »Sie sind alle wie Kinder, auch wenn sie noch so obercool und abgeklärt tun.«

»Selbst Graham«, fügte Lake hinzu und schenkte mir einen vielsagenden Blick, während sie zwei Drinks aus den Säften zusammenmixte. Ich war mir nicht sicher, ob ich mir Graham laut lachend und halb nackt in den See springend vorstellen konnte. Bei dem Gedanken daran musste ich grinsen, und Lake schien genau in meinen Kopf schauen zu können. »Es ist übrigens schön, dass du hier bist. Graham mag dich sehr«, meinte sie.

Ich nahm mir einen Zettel und Stift, der neben mir lag. Das gleiche Werkzeug, mit dem ich bereits mit Graham kommuniziert hatte.

Ich mag ihn ebenfalls, schrieb ich ehrlich und schob das Papier zu Lake.

Sie nickte, als wüsste sie das bereits. »Falls du in den nächsten Wochen nichts anderes vorhast und vielleicht noch länger bleibst, wäre es schön, wenn du Graham überredest, mit zu Wyatts Konzert zu kommen. Wir veranstalten es am Ende des Sommers im *Ginger's*, und die Einnahmen sind für einen guten Zweck. Unsere Freundin Emilia, die gerade in Los Angeles eine Weiterbildung macht und die du unbedingt kennenlernen musst, schreibt als Journalistin einen Artikel darüber. Das Geld soll dem Nationalpark gespendet werden. Das Unwetter und der Erdrutsch haben ziemliche Spuren hinterlassen. Graham liebt den Park, aber er ist nicht der Typ, der sich zum Spaß abends in Bars setzt, obwohl es ihm gefallen würde. Du allerdings könntest ihn dazu kriegen.«

Ich werde sehen, was ich machen kann. Ein Konzert klingt toll.

»Schön, dann ist das beschlossene Sache.« Lake stellte mir ein Glas mit roter Flüssigkeit, in der kleine Granatapfelkerne schwammen, vor die Nase. »Bitte schön, ein alkoholfreier Granatapfel-Mocktail.«

Ich bedankte mich und probierte einen Schluck. Er war ziemlich köstlich, und Lake schien zu sehen, dass er mir schmeckte, denn sie nickte zufrieden, ehe sie selbst trank.

»Kommt, wir gehen raus, so langsam müssten die Männer mal aus dem Wasser kommen und den Grill anwerfen«, sagte Midge und rutschte von ihrem Hocker. »Ich hab ziemlichen Kohldampf und Mini-Me auch.« Sie streichelte sich über ihren Bauch.

»Oh ja, ich auch«, erwiderte Lake, und auch ich spürte, dass das Stockbrot im Camp nicht ausgereicht hatte, um mich wirklich satt zu machen.

Als wir nach draußen gingen, begrüßten uns die letzten Strahlen der Abendsonne. Der See glitzerte in Gelb- und

Orangetönen, und das Wasser schlug Wellen, während Brax, Wyatt, Josh und Ruby ein Ballspiel darin spielten.

Graham saß bekleidet mit Easton am Rand und ließ Steine auf der Oberfläche springen. Lake, Midge und ich stellten uns an die Brüstung der Terrasse und sahen auf die anderen hinunter. Ich konnte kaum meinen Blick von Graham abwenden, wie er dem kleinen Jungen erklärte, was er machen musste. Auch wenn er selbst behauptete, ein Einzelgänger zu sein, zu Kindern hatte er definitiv einen Draht und unglaublich viel Geduld.

»Männer, wir brauchen einen Grillmeister!«, rief Midge.

Sofort erhob Josh die Hand. »Ich komme, Babe!«

Graham drehte sich zu uns um und sah nach oben. Unsere Blicke trafen sich, und augenblicklich baute sich das kribbelnde Gefühl in meinem Innern und die Sehnsucht auf, ihm nahe sein zu wollen. Es war wirklich nicht geplant gewesen, dass ich mich hier verliebte, aber nun konnte ich nicht mehr abstreiten, dass mein Herz etwas anderes wollte als mein Kopf.

Kapitel 22

Graham

Nachdem ich den anderen Handtücher gegeben und diese sich umgezogen hatten, half ich, den Tisch zu decken. Lake kam in die Küche, als ich einen Stapel Teller aus einem Hängeschrank nahm. Sie lehnte sich an die Kücheninsel und starrte mich an.

»Was?«

»Du kannst es ruhig zulassen, Gray.«

»Was meinst du?« Ich stellte die Teller zur Seite und ging zur Besteckschublade.

»Liz.«

»Bitte, Lake, nicht du auch noch«, erwiderte ich brummend. »Es reicht, dass Brax mich damit nicht in Ruhe lässt.«

»Ich will dir auch gar nicht sagen, dass du irgendetwas tun musst.« Sie kam um die Insel herum und stellte sich neben mich.

Ich wandte mich ihr zu und sah zu ihr herunter. Warum dachten in letzter Zeit alle, sie müssten mir irgendeinen guten Rat erteilen?

»Ich wollte dir nur sagen, dass du ein toller Mann bist und Liz wundervoll ist«, fuhr sie fort.

»Hm«, murmelte ich skeptisch und wartete auf das Aber – was auch nicht lange auf sich warten ließ.

»Aber … Du musst lernen, es zuzulassen und ihr gleichzeitig die Freiheit zu geben, sich zu finden. Du bist ein großartiger, warmherziger Mensch, der jedem helfen möchte. Liz hat es verdient, dass du sie ihretwegen magst und nicht, weil sie Hilfe braucht. Doch ich bin mir sicher, das tust du schon längst.« Sie umarmte mich, und ich erwiderte ihre Umarmung, während ich ein tiefes Seufzen unterdrückte, das mich verraten würde. Denn Lake hatte recht.

»Dir fehlt nur noch ein bisschen Mut, Vertrauen in die Zukunft zu haben.«

»Jetzt hörst du dich aber wie Mom an«, erwiderte ich grummelnd.

Lake ließ mich los und lachte auf. »Das ist doch großartig. So wie Mom zu werden ist mein Lebensziel.« Sie schnappte sich die Teller und lächelte mich an. »Bis gleich, Gray. Und stutze endlich diesen Bart, das ist wirklich ein wertvoller geschwisterlicher Rat!«

Ich war gleichzeitig genervt und voller Liebe für die Worte meiner kleinen Schwester. Wann war sie so weise und erwachsen geworden? Die Beziehung zu Wyatt und ihr Yogastudio taten ihr definitiv gut.

Eine Viertelstunde später saßen wir versammelt um den ovalen Tisch herum, während Josh am Ende der Terrasse grillte. Lake, Wyatt, Midge, Easton, Ruby, Brax, ich und gegenüber von mir Liz. Hätte ich meine Beine ausgestreckt, hätte ich sie berühren können. Was ich selbstverständlich nicht tat.

Die Sonne war fast hinter den Bergen verschwunden, und die Zikaden hatten ihr abendliches Spiel aufgenommen. Es war warm, und immer noch gaben der Boden sowie die Holzpaneele die Hitze des Tages ab. Der Sommer stand vor der Tür. Heiße Tage, Grillabende wie diese und eine Abkühlung im See. Abgesehen von der Mehrarbeit im Nationalpark durch fahrlässige Touristen mochte ich das alles tatsächlich sehr.

Die anderen unterhielten sich über das anstehende Konzert, über den neusten Tratsch im Ort, den Midge in ihrem Café mitbekam, bei dem Cassies wöchentlicher ominöser Aufenthaltsort immer noch auf den oberen Rängen rangierte, oder darüber, wie Lake und Wyatt ihr neues Haus ausbauen wollten, das sie vor Kurzem bezogen hatten. Ich hörte zufrieden und entspannt dabei zu, ohne den Drang zu haben, mich selbst in den Mittelpunkt stellen zu müssen. Außerdem war die Unterhaltung zwischen Lake und Brax wie immer ziemlich unterhaltsam.

»Du bist mein Bruder, ich dachte es wäre das Mindeste, dass du uns dazwischenschiebst!« Lake verschränkte schmollend die Arme vor der Brust, was sie bereits als kleines Mädchen ständig getan hatte. Die Einzige, bei der diese Geste wirklich jemals gezogen hatte, war Mom gewesen. Und vielleicht Wyatt.

»Eine Kommode im Badezimmer ist nicht unbedingt überlebenswichtig, kleine Schwester«, entgegnete Brax und hob entschuldigend die Hände.

»Es geht nicht nur um die Kommode im Badezimmer«, verteidigte sich Lake. »Wir brauchen Einrichtung für das halbe Haus, das weißt du.«

»Hätte Cassie nicht ihre Kontakte spielen lassen und euch die Bude möbliert verkaufen können?«

»Cassie hat sowieso schon einen riesigen Bonus rausgehandelt. Brax, bitte!«, flehte Lake. »Können Haddie oder Jacob das nicht übernehmen? Haddie hat es sowieso besser drauf als du.« Herausfordernd grinste sie Brax an, und er schnaubte in seiner Ehre als Schreiner verletzt.

»Sie hat von mir gelernt, also ist das im Grunde überhaupt nicht möglich. Abgesehen davon, dass niemand es mehr draufhat als ich.«

»Also kannst du mit Leichtigkeit unsere Kommode fertig machen?« Wyatt legte den Arm um Lakes Schulter und grinste Brax an. Beide Männer wussten, dass Brax gar keine andere Wahl hatte, als nachzugeben. Ich schaute hinüber zu Liz, weil ich nicht länger dieser Sehnsucht in mir widerstehen konnte. Aufmerksam und mit einem Lächeln im Gesicht lauschte sie der Unterhaltung. Sie passte perfekt hierher und in den Kreis der Familie und Freunde. Im Hintergrund leuchteten die Lampions, die am Rand der Brüstung befestigt waren, und tauchten Liz in warmes Licht. Sie bemerkte, dass ich starrte, und ehe ich wegschauen konnte, erwiderte sie meinen Blick.

»Danke«, gebärdete sie. Doch im Grunde konnte ich alles aus ihren schönen Augen lesen. Sie brauchte sich nicht immer wieder zu bedanken. Wenn dann eher bei den anderen, die diesen Abend organisiert hatten, und wofür ich ihnen ebenfalls dankbar war.

Ihr Fuß berührte sanft meinen, und ich war mir nicht sicher, ob es Zufall oder Absicht war. Dennoch löste diese flüchtige Berührung ein Feuerwerk in mir aus. Meine Atmung beschleunigte sich, und ich vernahm die anderen Stimmen nur noch wie ein Hintergrundrauschen. Im Geiste überlegte ich mir schon einen Grund, wie ich die anderen nach Hause schicken und mit Liz alleine sein konnte.

»So, da wären sie schon.« Josh stellte den Teller mit den Burger Patties auf den Tisch, übergab Lake ihre vegetarische Variante und nahm neben Easton Platz.

Vor allem die Kinder hatten einen riesigen Hunger, aber auch wir anderen versanken in schmatzender Stille. Liz schien es ebenso zu schmecken, sie kommunizierte mit Gesten und ihrer Mimik nebenbei immer wieder mit Lake oder grinste über die Unterhaltung der anderen.

Nach dem Essen räumten wir gemeinsam den Tisch ab und unterhielten uns, bis keiner mehr sprechen wollte und der Himmel über uns mit zahlreichen Sternen übersät war. Ruby schlief auf Brax' Schoß ein, und irgendwann, als die Getränke leer und die Bäuche voll waren, hob er sie auf seine Arme und stand auf. »Gute Nacht«, sagte er leise und verabschiedete sich von allen, wobei Ruby schläfrig auf seiner breiten Schulter hing. Als er bei Liz angekommen war, drückte er auch ihr einen Kuss auf die Wange und flüsterte ihr etwas zu, das sie grinsen ließ. Er warf mir einen wissenden Blick zu, und ich hatte ehrlicherweise keine Ahnung, was ich davon halten sollte. Auch Easton kuschelte sich an seinen Dad. Josh nahm den Kleinen hoch, half Midge auf, und die drei verabschiedeten sich kurz darauf.

»Wir werden es dann auch mal packen, ich habe morgen eine frühe Yogastunde bei Sonnenaufgang«, sagte Lake.

Wyatt macht ein schmerzverzerrtes Gesicht. »An das frühe Aufstehen werde ich mich wohl nie gewöhnen. Schlaft gut, ihr zwei!«

Nachdem alle verschwunden waren, saßen Liz und ich allein am Tisch. Die Nacht war hereingebrochen, und man konnte kaum noch etwas von dem See oder dem umliegenden Gelände erkennen. Trotz der späten Stunde wollte ich nicht, dass der Abend jetzt schon endete.

»Tut mir leid, dass sie manchmal so aufdringlich sind.«

Liz nahm ihr Smartphone zur Hand. *»Es war sehr schön und gar nicht aufdringlich.«*

Ich erinnerte mich an ihre Stimme. Rau und wunderschön. Ich wollte sie wieder hören.

»Hast du noch mal versucht, zu sprechen?«, wollte ich wissen.

Sie schüttelte den Kopf, während ihr Lächeln erstarb.

Für diese Frage hätte ich mir am liebsten selbst in den Hintern getreten. »Wie geht es Fynn eigentlich?«, wechselte ich schnell das Thema, und sie schien sich wieder ein Stück zu entspannen.

»Wir kommen uns näher, heute hat er mir sogar einmal in der Gebärdensprache geantwortet.«

»Das ist toll! Er verdient, dass es ihm gut geht«, antwortete ich. Genauso wie du, dachte ich. »Würdest du mir noch mehr Gebärdensprache beibringen?«

Ihr Gesicht hellte sich auf, und sie deutete auf den leeren Stuhl neben ihrem, auf dem vorhin Lake gesessen hatte. Ich stand auf und ging mit klopfendem Herzen zu ihr, ehe ich mich neben sie setzte. Die Sonne der letzten Tage hatte ihre Haut gebräunt, und Sommersprossen waren auf ihrer Nase erschienen. Damit und mit ihren offenen, blonden Haaren sah sie aus wie ein typisches California Surfergirl. Langsam, aber sicher kam auch Leben zurück in ihre dunkelbraunen Augen.

»Wie geht das mit den Wochentagen?«

In der nächsten halben Stunde brachte Liz mir viele Gebärden für kleine Unterhaltungen bei, bis es so spät wurde, dass sie immer wieder gähnen musste. Doch ich spürte, dass auch sie sich noch nicht trennen wollte. Schnell zeigte ich hinter ihr in den Himmel. »Schau, jetzt darfst du dir etwas wünschen!« Sie drehte sich um und konnte noch einen Blick auf die Sternschnuppe werfen, die nur wenige Sekunden später komplett in der dunklen Atmosphäre verglüht war.

Liz machte die Geste für wunderschön.

»Geht es dir hier gut?«, fragte ich leise.

Sie nickte, wobei sie sanft lächelte. *»Sehr«*, antwortete sie mit ihren Händen. Wir saßen uns genau gegenüber. Unsere Knie berührten sich leicht. Eine Strähne löste sich hinter ihrem Ohr, und sie strich sie langsam wieder zurück. Erneut musste sie gähnen, und ich stand auf und hielt ihr die Hand hin. »Du musst ins Bett, komm, ich bringe dich rüber.«

Sie zögerte, aber ergriff dann doch meine Finger, und ich zog sie hoch. Als ich sie loslassen wollte, hielt sie mich fester und schüttelte leicht den Kopf. Nichts würde ich lieber tun, als sie so lange zu halten, wie sie es wollte.

Vor ihrer Haustür löste sie schließlich ihre Hand aus meiner und kramte in ihrer Handtasche, ehe sie mir einen Zettel entgegenhielt. Er war zusammengefaltet, aber das Papier stammte definitiv aus meiner Küche. Sie drückte es sanft gegen meine Brust, und ich legte meine Hand auf ihre schlanken Finger. Ihre Augen schauten mich erwartungsvoll von unten an, und sie ging noch einen Schritt auf mich zu. Ihre Lippen waren halb geöffnet und entließen zittrig ihren schweren Atem. Behutsam umfasste ich mit der anderen Hand ihre Wange, und sie schloss die Lider, als genieße sie diese sanfte Berührung. Als könnte sie diese wirklich zulassen.

Doch so sehr der Moment auch mich mit sich riss, ihr Duft und ihre Nähe mich um den Verstand brachten, wusste ich nicht, ob ich ihr nachgeben sollte. Nicht, weil ich es nicht wollte. Sie zu küssen würde die Träume meiner letzten Nächte wahrwerden lassen. Aber war sie schon bereit dazu? Waren wir es beide? Ich wollte sie nicht küssen, um mein körperliches Verlangen nach ihr zu stillen, ich wollte sie küssen, weil es eine Zukunft gab. Ein Danach. Ich dachte an Lakes Worte und dass sie recht hatte. Ich wollte Liz helfen, selbstverständlich wollte ich das, allerdings nicht nur, weil ich mich dabei besser fühlte, sondern weil ich wollte, dass Liz für immer ihre Dämonen bekämpfen konnte. Weil ich mir ein Mehr mit ihr vorstellen konnte, sie interessant und wunderschön war und ich gerade mal einen Bruchteil von ihr kennengelernt hatte.

Also senkte ich den Kopf und drückte ihr nur einen sanften Kuss auf die Stirn. Ich verharrte einen Moment, sog tief den süßen Duft ihrer Haare ein, ehe ich mich von ihr löste und ihr in die Augen schaute.

»Schlaf gut.«

Sie öffnete die Lippen, schien etwas sagen zu wollen. Als sie Luft holte, spannte ich die Muskeln und den Griff um ihre Wange leicht an. Doch sie schloss den Mund wieder und ließ keine Worte durchdringen. War es nun Schutz, Angst oder beides? Es fühlte sich so an, als wäre sie gefangen in ihrem eigenen Körper. »Ist okay«, flüsterte ich, fuhr sanft mit dem Daumen über ihre Lippen und zog sie an mich. Sie klammerte sich an mir fest und presste ihre Wange an meine Brust. Ich wollte sie jetzt nicht loslassen, aber ich musste es. Oder?

»Soll ich bleiben?«, wisperte ich, und sie umarmte mich noch ein Stückchen fester. Es verstrich ein Moment, in dem sie nachdachte, ehe sie sich so weit von mir löste, dass sie mich ansehen konnte. Dann schenkte sie mir ein halbes Lächeln und schüttelte den Kopf. Als müsste sie diesen Schmerz allein durchstehen, ließ sie mich los und ging zu ihrer Tür. Ich legte meine Hand auf ihre Schulter, und sie senkte den Blick. »Ich bin da, okay?«

Sie nickte, und nachdem sie in der Hütte verschwunden war, zögerte ich einen Moment, schließlich lief ich zurück zur Terrasse und ließ mich dort auf einen Stuhl fallen. Gespannt faltete ich den Zettel auf und las die Zeilen. Mein Herz raste in meiner Brust.

Graham,

deine Familie ist wundervoll und hat mich von Anfang an mit offenen Armen empfangen. Ich fühle mich so wohl und lebendig wie lange nicht mehr, aber das liegt nicht nur an ihnen.

Es liegt an dir. Den Blicken, die du mir schenkst, der Stille, die durch dich nicht mehr einsam ist.

Eine Geste oder ein Wort für Danke können nicht mal ansatzweise ausdrücken, was ich dir gegenüber empfinde. Dachte ich noch, die Entscheidung hierherzukommen, wäre falsch, habe ich nun keine Zweifel mehr.

Sie war die beste, die ich jemals getroffen habe, denn mein Aufenthalt hier und unsere gemeinsame Zeit machen mich zum ersten Mal seit Langem wieder zu einem Teil von mir, den ich mögen könnte.

Dass ich in der Nacht meines Traumes mit dir gesprochen habe, halte ich für ein Zeichen meines Körpers. Er weiß, wie sicher ich bei dir sein kann.

Danke. Für alles. Was war und noch kommt.

Liz

Kapitel 23

Liz

Diesmal schnappte ich mir, ohne darüber nachzudenken, ob es falsch sein könnte oder nicht, meine Kamera und stieg mit nackten Füßen die Stufen zum See hinab. Die Morgensonne hatte bereits Kraft, auch wenn sie erst nur zur Hälfte hinter den Bergen erschienen war. Vögel zwitscherten, und Grahams Schwimmbewegungen verursachten ein sanftes Plätschern. Ich war mir nicht sicher, ob er bemerkt hatte, dass ich an das Ufer getreten war. Als der Boden unter meinen Fußsohlen feucht wurde, schaute ich hinab. Meine Zehen berührten fast das Wasser. Fast.

Mein Herz begann zu rasen, und meine Kehle wollte sich zuziehen, aber ich kämpfte dagegen an. Anstatt mich in meinen Gefühlen zu verlieren, stellte ich die Kamera an und hob sie vor mein Gesicht. Als Graham auf dem See wendete, machte ich das erste Foto. Der Blick der Berge, der Wälder und der gesamten Umgebung war unglaublich, und ich war mir sicher, dass ich mich niemals daran sattsehen würde.

Während Graham auf mich zukam, hob er kurz den Kopf und schaute mich an. Seine Schwimmbewegungen wurden schneller, und ich lächelte breit. Auch ich konnte es nicht erwarten, mit ihm zu sprechen, ihn zu sehen … zu fühlen. Vor allem nach meinem gestrigen Brief.

Irgendetwas war in den Tagen, die wir gemeinsam im Camp und hier verbrachten, geschehen, dass ich ständig an ihn denken musste. War es ein Fehler, ihn nach dem Grillabend nicht mit hineinzubitten? Doch ich hatte sein Zögern gemerkt und wollte ihn nicht vor eine Entscheidung stellen, die ihm schwerfiel. Das Tempo, das wir vorlegten, um uns wirklich kennenzulernen, war besser als jede überstürzte Handlung.

Er kam immer näher und stellte sich im Wasser aufrecht vor mich, das ihm nun bis zum Bauch reichte. Ich konnte nicht abstreiten, dass ich es genoss, seinen nackten Oberkörper zu betrachten und sogar ein wenig verlegen wurde. Doch das Funkeln in seinen Augen, während er auf mich zulief, war viel mehr wert als das. »Guten Morgen«, sagte er und strich sich die nassen Strähnen zurück.

Ich machte die Gebärde für *»Hallo«* und lächelte ihn an, dann schoss ich ein Foto von ihm. Er verzog schmerzhaft das Gesicht, verkniff sich aber dennoch ein Grinsen. Mittlerweile hatte ich herausgefunden, dass Graham sich generell gern im Hintergrund aufhielt und kein Typ war, der freudestrahlend vor eine Kamera springen würde.

Als er vor mir anhielt, spürte ich die Hitze, die von ihm ausging. Seine Atmung war schnell und rau von seiner Schwimmeinheit. Ich hob die Hand und strich über seinen Bart. Er hatte ihn gestutzt, und nun verdeckte er nicht mehr sein hübsches Gesicht, sondern betonte es auf ganz besondere Weise. Ich mochte diesen Anblick, seine vollen Lippen, die sich zu einem leichten Lächeln verzogen, die markanten Wangenknochen, das helle Blau seiner Augen im Kontrast zu seinen fast schwarzen Haaren.

»Lake hat gesagt, ich soll mich darum kümmern«, erwiderte er leise. »Und es war an der Zeit, ihn zu bändigen.«

Meine Hände glitten nach oben zu seiner Wange, und er drückte sich ein wenig meiner Handfläche entgegen. Alles in mir begann zu pulsieren, und ich wollte nichts lieber, als Graham noch näherzukommen. Wie hatte ich jemals annehmen können, er wäre unfreundlich und könnte mir gefährlich werden? Was für ein verrückter Gedanke.

Wir konnten beide nicht mehr abstreiten, dass wir etwas für den anderen empfanden. War es falsch, diesem Gefühl endlich nachzugeben? Herauszufinden, was es war? Auf was wollte ich denn warten?

Vorsichtig nahm er die Kamera, die um meinen Hals hing, hob sie über meinen Kopf und legte sie auf sein Handtuch auf dem Boden. Sowie er zurück zu mir kam, stand er sogar noch ein Stückchen dichter vor mir.

»Ich habe deinen Brief gelesen«, raunte er, und sein Blick versank in meinem. Noch ehe die Unsicherheit mich im Griff hatte, spürte ich, wie seine Hände sich um meine Taille schlangen und mich noch näher zu sich zogen. Meine legte ich auf seine Brust, fühlte die Feuchtigkeit des Sees auf seiner Haut und die vereinzelten weichen Löckchen und fuhr nach oben zu dem Übergang von seinen breiten Schultern zu seinem Hals. »Nicht nur ich habe deine Stille gefüllt, Liz … du auch meine«, sagte er leise und drückte mich so dicht an sich, dass die Wassertropfen auf seiner Haut mein Shirt durchdrangen. Ich schloss die Augen, fühlte seinen Atem auf meinem Gesicht und leckte mir über die plötzlich trockenen Lippen. Die Empfindungen, die seine Nähe in mir auslösten, überwältigten mich und raubten mir den gesamten Verstand.

Zuerst war es nur ein kleiner Drang, der Hauch eines Kratzens in meinem Hals. Sein Name auf meiner Zunge. So schnell wieder weg, wie es gekommen war. Doch plötzlich war da mehr. Viel mehr. Ich hatte immer noch die Augen geschlossen und spürte das sanfte Flattern, das durch meinen Körper flog. »Graham«, kam als Flüstern über meine Lippen. Ich erschrak über mich selbst und riss die Augen auf. Graham war wie erstarrt und schaute mich an. Die Vibrationen meiner Stimme fühlten sich merkwürdig an, genauso wie sie sich völlig anders anhörte, als ich sie in Erinnerung hatte.

»Sag das noch mal«, flehte er leise.

Zittrig holte ich Luft. »Graham …« Erst als zum zweiten Mal sein Name über meine Lippen kam, merkte ich, wie isoliert ich mich von allem gefühlt hatte. Ich wollte mir einreden, dass es nicht so war, allerdings hatte ich mich selbst belogen. Auch wenn mein Hals allein von diesen zwei Wörtern schmerzte und trocken war, war das Gefühl, das in mir aufwallte, mit nichts zu ersetzen.

Ohne zu zögern oder dass es noch irgendwelche Zweifel zwischen uns gab, hielt mich Graham noch enger umschlungen, und seine Lippen trafen meine. Zuerst war ich überrascht, doch es dauerte nicht lange, bis ich mich völlig in diese Berührung fallen lassen konnte. Grahams Kuss war langsam und sanft. Er wartete, bis ich ihm entgegenkam und ihm zeigte, dass ich mich genauso sehr nach ihm verzehrte wie er sich nach mir. Erst dann wurden seine Küsse forscher, und mein Körper stand scheinbar in Flammen von dem hitzigen Verlangen. Atemlos öffnete ich den Mund, und als Grahams Zungenspitze zum ersten Mal träge über meine strich, schoss ein Feuer durch mich hindurch. Wir spürten beide, wie groß und wichtig dieser Moment für uns war. Wie lange wir darauf gewartet hatten. Wie sehr ich gehofft hatte, dass meine Stimme zurückkam. So sehr, dass ich die Hoffnung darauf verloren hatte. Doch Graham hatte sie mir wieder zurückgegeben.

Unsere Küsse wurden leidenschaftlicher. Es fühlte sich an, als wäre endlich die Sperre durchbrochen, und unsere Gefühle hatten mit einem Mal nun freie Bahn, sich zu zeigen, zu entfalten, zu sein, wie sie waren.

»Liz«, wisperte er und umfasste mein Gesicht, unterbrach den Kuss nur für einen winzigen Moment, in dem er mir in die Augen schauen konnte. »Ich habe gehofft, meinen Namen noch mal aus deinem Mund zu hören. Auch wenn ich es nicht sollte, ich habe es gehofft.«

»Ich wollte so viel sagen …« Ich räusperte mich, weil meine raue Stimme brach und mein Hals ebenso wie meine Stimmbänder schmerzten.

»Sag nichts mehr, mach langsam.« Er gab mir einen sanften Kuss auf den Mund und strich mir danach eine Strähne aus dem Gesicht. »Wir haben alle Zeit der Welt.«

Ich nickte. Er hatte recht, auch wenn der Wunsch, ihm alles offenbaren zu können, was in meinem Innern wütete, unfassbar groß war.

»Ich muss heute zu einem Treffen ins Rangerbüro, aber was hast du heute Nachmittag vor?«, fragte er.

Ich genoss immer noch, wie eng er mich hielt und lächelte frech, um Graham zu zeigen, dass ich keine Pläne hatte. Graham verstand mich sofort und drückte mich noch fester an sich. Dann küssten wir uns so lange, wie es uns möglich war, bis unsere Lippen geschwollen und unsere Körper atemlos vor Glück waren.

Nachdem Graham und ich den Morgen mit einem ausgiebigen Frühstück gemeinsam verbracht hatten und er zur Arbeit musste, hatte ich Payton angerufen und ihr die Neuigkeit erzählt. Noch fühlten sich meine Stimmbänder und mein Hals an, als würde ich Reißnägel schlucken, sobald ich anfing, zu sprechen, also unterhielten wir uns wie gewohnt per Videoanruf. Trotzdem war Payton völlig aus dem Häuschen gewesen und wäre am liebsten sofort losgefahren, um mit mir zu feiern.

Und ich selbst konnte es auch noch nicht wirklich fassen. Ich hatte gesprochen. Tatsächlich und wahrhaftig hatte ich Worte aus meinem Mund entlassen können. Der Druck auf meiner Brust war so sehr abgeflacht, dass ich ihn kaum noch gespürt hatte. Er war nicht fort, und ich wusste, die Brücke, auf der ich stand, war fragil und brüchig gebaut, doch immerhin war sie da, und ich würde alles dafür tun, sie nicht mehr einreißen zu lassen. Graham, die Campbells, dieser ganze Ort hatte mir Stück für Stück geholfen, dass ich wieder das Ruder übernehmen konnte. Es war ein Bau aus winzigen Steinen, den ich nun beenden musste, um endlich wieder über mich selbst bestimmen zu können. Die Gedanken an die Vergangenheit schmerzten weiterhin, aber auf einmal konnte ich mich auch an die guten Momente erinnern. Sie schoben sich vor den Schmerz wie eine weiße Wolkendecke vor ein Gewitter. Es war noch da, und das würde es immer bleiben, doch es war einfacher, den Tag zu überstehen mit Sonne und Licht. Hin und wieder würde der Donner gewinnen, allerdings wusste ich nun, dass ich es überstehen könnte. Ich könnte es schaffen, endlich zu leben. Mir selbst zu verzeihen. Vielleicht. Irgendwann.

Nach dem Morgen mit Graham und dem Gespräch mit Payton war ich so voller Euphorie und Glück gewesen, dass ich es nicht allein in der Hütte ausgehalten hatte. Also war ich mit meinem Auto in die Innenstadt gefahren, um Midge in ihrem Café zu besuchen.

Auch wenn ich nicht wusste, wie ich ihr oder auch Lake, wenn ich sie sehen sollte, die Hintergründe meiner Stummheit erzählen wollte, konnte ich im Augenblick einfach nicht allein sein.

Als ich das Café betrat und den Duft von frisch gebrühtem Kaffee und Kuchen inhalierte, musste ich lächeln. Bereits jetzt assoziierte ich mit diesem Ort ausschließlich gute Gedanken. Rückblickend betrachtet, war es wirklich an der Zeit gewesen, meine Gefühle mit neuen Erlebnissen und Erfahrungen zu verknüpfen. Nicht nur meine Eltern hatten mich gebremst, auch San Francisco hatte es. Ich war festgefahren und wäre dort sicherlich nicht so schnell glücklich geworden wie hier. Wenn ich das überhaupt jemals gewesen wäre.

»Liz, wie schön, dass du vorbeischaust!« Midge kam mir entgegen, und wir umarmten uns, ehe wir gemeinsam zur Theke liefen. Sie ging nach hinten und deutete auf die Auslage. »Was darf es heute sein?«

Ich holte tief Luft, aber erneut zeigten die Worte sich nicht. Sofort erwachte die alte Panik, dass ich wieder dauerhaft nicht mehr sprechen würde können. Ich wusste nicht, ob ich noch einmal damit klarkam. Ein leichtes Zittern begann in meinen Händen, doch ich kämpfte dagegen an, die Angst gewinnen zu lassen. Ich dachte an die schönen Augenblicke, nicht an die schlechten wie sonst.

»Hey, was ist los?« Midge merkte meinen Stimmungsumschwung, aber ich setzte meine gewohnte Maske auf und machte eine abweisende Handbewegung. Vielleicht war es wirklich zu früh, andere Menschen mit hinter meine Schutzmauern zu nehmen. Vielleicht war es nur Graham, der einen Platz sicher hatte.

Ich deutete auf ein großes Stück Schokoladentorte und

machte die Geste für *»Bitte«*, die Midge mittlerweile ebenso verstand.

»Natürlich gern.« Sie nahm einen Teller und tat die Torte darauf. »Ich mach dir dazu einen köstlichen Pfefferminztee. Die Minze kommt frisch von der Campbell-Farm und schmeckt wunderbar erfrischend. Alice hat ein Händchen für Kräuter. Ich würde im Moment keinen Tag überleben ohne diesen Tee.«

Midge trug mir alles zu einem freien Tisch in der Nähe der großen Fensterscheibe, hinter der man einen Teil der Innenstadt sehen konnte. Von hier aus hatte man einen direkten Blick auf einen Eisladen mit dem Namen *Antoine's Ice*. Sofort erinnerte ich mich daran, dass Graham mir gestanden hatte, kein Eis zu mögen, und musste lächeln. Die dunkle Wand, die sich vor meine Gedanken geschoben hatte, senkte sich langsam, und das Atmen fiel mir leichter.

Ein anderer Gast rief nach Midge. Um diese Mittagszeit war das Café fast randvoll besetzt. Gemurmel wechselte sich mit Geschirrklappern und der leisen Indie-Folkmusik im Hintergrund ab. Midge zog sich ihre Schürze fester. Heute eine königsblaue mit rosafarbenen Streifen. »Lass es dir schmecken, ich bin gleich wieder bei dir, dann erzählst du mir, was es mit deinen geröteten Wangen und diesem bestimmten Blick auf sich hat.« Sie deutete zwinkernd auf meine Augen, und ich verkniff mir ein Grinsen, ehe sie zu den anderen Tischen eilte. Ich widmete mich erneut dem besten Stück Schokoladentorte, das ich je gegessen hatte, schoss ein Foto für Payton und schickte es ihr. Es dauerte keine fünf Minuten, da antwortete sie mir mit der Frage, ob ich ihr ein Proviantpaket aus dem Café schicken konnte. Ich hoffte, sie würde sich bald von ihrer Arbeit loseisen und mich besuchen können. Ihr würde es hier genauso gut gefallen wie mir, doch ihr arroganter Chef ließ spontanen Urlaub bei seinen Angestellten nicht zu.

Sie hatte es verdient, dass sie etwas fand, bei dem ihre wunderbare Begabung gefördert würde. Kurz dachte ich daran, vielleicht Brax zu fragen, ob er nicht noch eine Mitarbeiterin suchte, allerdings befürchtete ich, dass die beiden aufgrund ihrer Charaktere immer wieder aneinanderrasseln würden. Payton war keine Frau, die sich gern etwas sagen ließ, und so wie ich Braxton kennengelernt hatte, war er ebenfalls kein Typ für Kompromisse. Außerdem wusste noch nicht einmal ich selbst, ob ich nun tatsächlich dauerhaft hierblieb.

Am Fenster liefen die beiden älteren Herren vorbei. Mr. Douglas stützte sich auf seinen Stock und Mr. Butler sich auf seinen Freund, was diesen in regelmäßigen Abständen zum Schimpfen brachte. Sie sahen mich, und ich winkte ihnen zu, was sie mit einer charmanten Verbeugung erwiderten, ehe sie weiterliefen und hinter der Hausecke verschwanden. Eine blonde, junge Frau in hochhakigen Schuhen und einem hübschen, flaschengrünen Etuikleid huschte über die Straße. Sie ließ sich nur kurz auf eine Unterhaltung mit den Herren ein und eilte weiter, als wäre sie auf dem Weg zu einer geheimen Mission.

Ich konnte verstehen, wieso Lake und die anderen so von New Hope schwärmten, und hatte das Gefühl, noch ziemlich viel hier entdecken zu können.

Als ich die Torte verdrückt hatte, kehrte Midge zu mir zurück und lehnte sich gegen die Tischplatte. »Ladys Night bei mir, nächste Woche Samstagabend, wenn du noch nichts vorhast. Unsere Freundin Emilia ist dann wieder aus L.A. zurück, und du kannst die hochbeschäftigte Journalistin kennenlernen. Und dann erklärst du uns das.« Sie umkreiste mit dem Zeigefinger in der Luft mein Gesicht, und ich nickte. Das hörte sich gut an, und vielleicht war ich dann so weit, ihnen nicht nur von Graham, sondern auch von meinem Fortschritt mit meiner eigenen Stimme zu erzählen.

Kapitel 24

Graham

Schon als ich gesehen hatte, dass Liz fotografierte, wusste ich, welcher der perfekte Ort für sie in New Hope sein würde. Nachdem die Besprechung der Ranger in den umliegenden Gebieten vorbei war, hatte ich es kaum erwarten können, zu Liz zurückzufahren.

Ohnehin war es, nach dem Erlebnis von heute Morgen, schwer gewesen, mich überhaupt von ihr zu trennen. Sie hatte meinen Namen gesagt! Sie hatte gesprochen! Die Freude hatte mich von Kopf bis Fuß erfüllt, und ich musste sie einfach küssen, ohne darüber nachzudenken, ob sie das eigentlich wollte. Doch so falsch hatte ich ihre Signale nicht gedeutet, und sie hatte mich zurückgeküsst. Und wie sie das hatte. Ich war ein verdammter Glückspilz.

Sie zu küssen und zu halten war wie ein Tag in der Natur und der Ausblick von einem der höchsten Gipfel in der Gegend auf einmal. Es war Freude, Glück, und es war Gefühl. Pures Herzklopfen und tiefe Sehnsucht, die ich vorher noch nie so dermaßen intensiv gespürt hatte.

Also wartete ich für meine Verhältnisse angespannt darauf,

dass sie auftauchte. Nachdem ich am See angekommen war, hatte ich ihr geschrieben. Sofort hatte sie mir geantwortet, dass sie auf dem Weg von Midges Café zurück nach Hause war. Allein wenn ich daran dachte, dass sie sich wirklich wie zu Hause fühlte, flammte in mir ein Gefühl von Glück auf. Ich hatte die Zeit genutzt, war schnell duschen gegangen und hatte mir eben eine Jeans und ein dunkelblaues Hemd angezogen, da hörte ich schon die Autoreifen auf der Kieseinfahrt und eilte die Treppe nach unten. Ich fühlte mich wie ein Teenager und musste über mich selbst den Kopf schütteln, als ich das Geschenk, das ich heute für sie besorgt hatte, nahm und aus der Tür trat. Sie strahlte mich an, als sie ausstieg und mich entdeckte. Sie kam mir entgegen, während ich auf sie zulief und vor ihr stehen blieb. Sanft strich ich ihr die Strähnen aus dem Gesicht und unterdrückte den Impuls, sie sofort an mich zu ziehen und leidenschaftlich zu küssen. Ich hatte mich noch nie so lebendig gefühlt.

»Hey«, wisperte ich, und mein Blick fiel auf ihre Lippen. Sie räusperte sich und schloss die Augen. Ich spürte den leichten Anflug von Anspannung, der in ihren Körper fuhr. Hatte sie Angst zu sprechen oder davor, es wieder nicht zu können?

Ich senkte den Kopf und hauchte ihr einen Kuss auf den Mundwinkel, unter dem sie sich hoffentlich ein wenig entspannen konnte. Sie ließ die Hände zu meinen Armen gleiten und schmiegte sich eng an mich, während ich Küsse auf ihrer Haut verteilte. Der Schläfe, der Stirn, der Nasenspitze, auf dem anderen Mundwinkel. Ich konnte beinahe ihr Lächeln körperlich spüren und löste mich von ihr. Ihre Augen waren immer noch geschlossen. »Küss mich noch mal«, wisperte sie heiser, und ein Kribbeln und Knistern durchlief mich. Sie durfte sich nicht in den Gedanken über das Sprechen verlieren, sie musste einfach nur loslassen, und ich würde ihr dabei helfen. Also umschlang ich ihren Nacken mit meiner Hand und zog sie an mich, ehe meine Lippen ihre trafen. Der Kuss war wie ein Aufseufzen unserer Körper, die sich von Sekunde zu Sekunde mehr ineinander verloren. Sie grub die Finger in meine Schultern und küsste mich mit solcher Hingebung zurück, dass sich alles in mir sehnsüchtig zusammenzog. Wieder und wieder fanden unsere Lippen, unsere Zungen, unser Atem zueinander. Wieder und wieder fiel ich tiefer in das Gefühl, das ich in Liz' Nähe hatte. Ich wollte sie gleichzeitig beschützen und befreien.

Doch das ginge nur, wenn auch ich mich ihr ganz offenbarte. Langsam löste ich mich von ihr und schaute ihr in die Augen. »Du hast mir gefehlt.«

»Du mir auch.« Ihre Stimme war kaum ein Flüstern, aber ich war mir sicher, bald würde sie klar und kräftig werden.

»Eigentlich wollte ich mit dir zu einem ganz besonderen Ort fahren, aber mit dieser Begrüßung überlege ich es mir vielleicht noch mal.« Ich entlockte ihr ein aufgeregtes Funkeln ihrer Augen, das mich fast meinen Plan über den Haufen werfen ließ. Auch wenn ich nichts lieber tun würde, als hierzubleiben und sie zu küssen, wollte ich nicht, dass ihr etwas entging, nur weil ich meine Lust auf sie nicht zügeln konnte.

Langsam hob ich das Päckchen in dem hellblauen Papier hoch und hielt es ihr entgegen. Mit Mühe, Not und vielen Flüchen hatte ich es selbst eingepackt. Das Band klebte schief auf den Seiten, doch es kam von Herzen.

Liz musste grinsen und griff zögerlich danach. »Für mich?«

»Es ist nur eine Kleinigkeit.«

Sie löste die Ecken und schlug das Geschenkpapier auf. Ihre Augen wurden größer, sowie sie den Inhalt erfasste und vollständig von dem Papier befreite. »Klebesterne«, hauchte sie.

Verlegen trat ich von einem Fuß auf den anderen. Vielleicht war es doch zu viel und ein wenig albern. »Du hast gesagt, du wolltest die Sterne sehen, und … na ja … sie leuchten … eigentlich ist es total bescheuert«, druckste ich herum und fuhr mir durch die Haare. Impulsiv schlang sie ihre Arme um meinen Nacken und drückte sich an mich. Ich erwiderte ihre Umarmung und musste selbst grinsen. »Graham, das ist das schönste Geschenk, das ich jemals bekommen habe.« Sie räusperte sich, weil ihre Stimme immer rauer wurde. »Danke.«

»Gern geschehen«, antwortete ich leise und immer noch etwas verlegen, während sie sich wieder von mir löste und die Packung betrachtete, als hielte sie einen Schatz in den Händen. Sie stellte sich auf die Zehenspitzen und schenkte mir einen Kuss, der mich auf ganz andere Gedanken als meine leichte Unsicherheit kommen ließ. Ich tastete nach ihrer Hand, die sie auf meine Brust gelegt hatte. »Komm, bevor ich es mir tatsächlich anders überlege, wir haben noch etwas vor.« Als ich sie sanft in die Richtung meines Wagens zog, lachte sie leise, und ich musste ihr einen letzten Kuss dafür geben, weil allein dieses Geräusch mich verrückt machte. Nachdem wir es endlich geschafft hatten, im SUV Platz zu nehmen, atmete ich tief durch, ließ das Fenster herunter und sog die frische Luft in meine Lungen.

Liz betrachtete mein Geschenk und steckte es dann in ihre Tasche. Soweit es der Gurt zuließ, rutschte sie an meine Seite und lehnte sich mit dem Kopf an meine Schulter an. Ich hauchte einen Kuss auf ihren Scheitel und ließ den Wagen an. Jede Sekunde mit ihr war unglaublich, während wir die Hauptstraße entlangfuhren, die sich in Kurven und Bögen durch den Wald zog. Das Radio war ausgestellt, denn es reichte das sanfte Brummen des Motors und der rauschende Wind, der Liz' Haar umherwehte. Sonnenstrahlen brachen an den dicken Stämmen der Kiefern und Kolorado-Tannen und schickten helle Streifen über den unebenen Asphalt der Straße. Dieser Moment war ganz sicher perfekt.

Nach zwanzig Minuten hatten wir unser Ziel erreicht, doch der Weg hätte für mich auch noch länger sein können. Liz setzte sich auf, als ich vor einer Baumreihe einparkte. Interessiert schaute sie sich um, ehe ihr Blick zu mir wanderte.

Neugierig musterte sie mich, und ich konnte die Frage *»Was ist das?«* deutlich in ihren Augen lesen. Ich nahm ihre Hand und half ihr hinaus. »Das ist die *New Hope Art Gallery*.« Mit einer ausladenden Geste deutete ich über die hölzernen Statuen zwischen den Baumstämmen, die hängenden Kunstwerke an den Ästen und zu der kleinen Hütte, auf der der Galeriename auf einem gravierten Holzschild über der Tür prangte. Leise hörte man das sanfte Klingen einiger Windspiele, ein paar Menschen schritten ehrfürchtig von Kunstwerk zu Kunstwerk und unterhielten sich darüber. Die Atmosphäre war bedächtig, ruhig und intensiv. Liz schlang ihren Arm um meine Hüften. Als ich mich zu ihr umdrehte, erkannte ich wieder das aufgeregte Funkeln in ihren Augen. »Eine Galerie?«, flüsterte sie. »Gott, Graham, das ist wundervoll! Dass es so etwas hier gibt!« Ihr Strahlen wurde noch größer, sofern das überhaupt möglich war. Ich hatte gehofft, dass es ihr gefiel, und war mir sicher, dass ihre Freude noch größer werden würde, sobald sie das Innere der Hütte sah.

»Komm, ich zeig dir mehr.« Ich nahm ihre Hand, und gemeinsam liefen wir zu der schmalen Blockhütte, die hier zwischen kräftigen Kiefernstämmen seit über hundert Jahren stand. Ein breites, doppelflügeliges Fenster war geöffnet, und man konnte einen guten Blick ins Innere werfen.

Liz schnappte nach Luft. »Fotografien?«

»Und Gemälde von Künstlern aus New Hope seit achtzehnhundertirgendwas. Beckys Mom kann dir mehr darüber erzählen.«

»Beckys Mom?«, erwiderte sie.

Ich hörte, dass Liz' Stimme rauer wurde, und hoffte, sie würde sie ein wenig schonen. Auch wenn mein Herz bei jedem Wort von ihr einen kleinen Hüpfer veranstaltete. »Sie und ihr Dad haben das Haus und die Galerie von ihren Eltern und diese wiederum von ihren Eltern geerbt.«

»Graham!« In dem Moment trat Beckys Mom aus der Tür, als hätte sie gehört, dass wir über sie sprachen. Sie trug eine abgewetzte Jeans mit Rost- und Schmierölflecken an den Knien und ihr ehrliches Lächeln erinnerte mich an meine Mom. Wahrscheinlich hatte sie selbst an einem ihrer eigenen Kunstwerke gearbeitet. Ihr dunkelblondes, drahtiges Haar hatte sie wild nach oben gesteckt und eine rot umrandete Brille hineingeschoben.

»Hallo, Willa.«

Sie kam zu uns und umarmte mich und Liz. »Und du musst Liz sein!«, meinte sie.

Liz nickte und erwiderte die Umarmung.

»Wie schön, Becky hat mir erzählt, dass du ihr einige Tage in der Woche im Camp aushilfst? Sie ist sehr froh darüber!«, sprach Willa fröhlich weiter.

Ehe Liz in die Verlegenheit kam, etwas erklären zu müssen, übernahm ich den Redepart, und erhielt dafür von ihr ein dankbares Lächeln. »Liz fotografiert, und ich habe gedacht, sie interessiert sich vielleicht für eure Fotos.«

»Oh wunderbar! Vielleicht können wir auch einmal eine von deinen Arbeiten ausstellen! Komm, ich zeige dir alles!« Willa hakte sich bei Liz ein und zog sie mit sich, noch bevor ich reagieren konnte. Langsam und leicht schmunzelnd trottete ich den beiden hinterher.

Als wir in der Hütte waren, an der jede Wand mit Gemälden oder alten und neuen Fotografien vollgehängt war, befand sich Willa voll in ihrem Element. Sie liebte es, über New Hopes Geschichte und die ihrer Familie zu sprechen, und Liz klebte an ihren Lippen, während sie die private Führung genoss. Zuerst folgte ich den beiden, bis ich spürte, wie schwer meine Beine wurden. Ich nahm mir ein Wasser aus dem Getränkespender neben der Tür und setzte mich in einen hohen Sessel, der hoffentlich nicht nur ein Ausstellungsstück war. Er knarzte bedrohlich unter meinem Gewicht, und ich hielt die Luft an.

Die Hütte bestand aus zwei großen Räumen, und so konnte ich Liz und Willa bei ihrem Rundgang teilweise beobachten. Hin und wieder schenkte sie mir ein strahlendes Lächeln, und ich versank in dem Anblick ihrer vor Glück funkelnden Augen. Es war eine gute Entscheidung gewesen, Liz hierherzuführen. Auch wenn ich mit der ausgestellten Kunst nicht gerade viel anfangen konnte, wusste ich, dass es ihr gefallen würde.

Selbst nach einer halben Stunde wollte Willas Redefluss nicht versiegen, und Liz sah nicht so aus, als hätte sie ein großes Problem damit. Ich stützte mein Kinn auf meine Handfläche und rutschte tiefer in den Sessel. Er war wirklich gemütlich, das musste man sagen. Ich schloss die Augen und ließ die letzten Tage und Wochen in meinen Gedanken Revue passieren. Der heutige Arbeitstag war mit zwei Touristenführungen anstrengend gewesen und einzig der Gedanke daran,

Liz danach zu sehen, hatte mich vorangetrieben. Nun überkam mich die schwere Müdigkeit und drückte mich tiefer in das weiche Polster des Sessels. Langsam wiegte mich das stetige Rauschen von Willas Stimme und die weichen Kissen in einen ruhigen Schlaf.

Kapitel 25

Liz

Meine Blicke waren wie magisch angezogen von einer Schwarz-Weiß-Fotografie. Sie war wunderschön. Ich hatte keine Ahnung, welchen Berg sie im Hintergrund zeigte, aber jede Linie, jede Silhouette der hohen Spitzen war perfekt eingefangen worden. Im Vordergrund erkannte man eine weite Wiese und ein Pärchen, das nebeneinander im Gras saß und breit in die Kamera strahlte. Die Frau trug eine Art Haube auf ihren dunklen Locken und ein langes, hochgeschlossenes Kleid. Der Mann hatte einen Anzug mit Fliege an und die Arme um die Schultern der Frau geschlungen. Sie sahen unglaublich glücklich aus.

»Unsere gesamte Familie lebt schon seit Hunderten von Jahren in New Hope. Mein Großvater hat für sein Leben gern fotografiert, viele Bilder stammen von ihm, genauso wie diese hier. Das ist einer seiner besten Freunde Albert mit seiner Frau Petunia.« Sie deutete auf die beiden. Ich konnte nicht sagen woher, aber irgendwie kam der Mann mir bekannt vor. »Nachdem mein Grandpa leider vor ein paar Jahren gestorben ist, haben seine Freunde Albert und George eine Ausstellung in New Hope organisiert. An jeder Ecke der Stadt konnte man die Fotos meines Grandpas sehen, es war unglaublich. Noch heute danke ich den beiden dafür und bringe ihnen jede Woche einen Apfelkuchen, den lieben sie nämlich. Vielleicht kennst du sie sogar, meistens sitzen sie auf einer der Bänke vor dem Park, füttern Vögel und reden oder stellen wilde Vermutungen über die Leute an, die hier wohnen.« Willa grinste, und mir ging ein Licht auf. Mr. Douglas und Mr. Butler! Ich nickte ebenfalls breit lächelnd. Also wohnten die beiden tatsächlich schon ihr gesamtes Leben hier.

Nachdem wir jedes der Bilder und Fotos einzeln betrachtet hatten, erschien es mir so, als wüsste ich nun alles über New Hopes Geschichte. Jetzt fühlte ich mich sogar noch ein wenig heimischer und wollte Graham für diese tolle Idee danken. Willa wandte sich an ein Pärchen, das gerade die Hütte betreten hatte und nach einer Führung fragte. Ich umarmte sie zum Dank und wandte mich Graham zu. Der Arme hatte fast anderthalb Stunden allein warten müssen, und es kam mir so vor, als wäre Kunst nicht gerade sein Ding. Wahrscheinlich hatte er auch Willas Erzählungen alle schon mehrmals in seiner Kindheit gehört. Ich bog um die Ecke und betrat den ersten großen Raum. Als ich Graham auf dem moosgrünen Sessel erblickte, musste ich lächeln. Sein riesiger Körper lag halb zusammengesackt tief in den Kissen. Seine Gesichtszüge wirkten entspannt, und ein leises Schnarchen klang durch das Zimmer. Vorsichtig schlich ich zu ihm, die alten Holzdielen knarzten unter meinen Schritten, aber er wachte nicht auf. Im Gegenteil, ich hatte das Gefühl, Graham war vollständig in einen Tiefschlaf gefallen. Sein Job als Ranger, die Kinder im Camp und dann noch meine Last, die er mittrug, all das war unglaublich viel.

Ich lehnte mich zu ihm herunter und hauchte einen sanften Kuss auf seine Wange. Sein Atem stockte, aber seine Augen öffneten sich nicht, also küsste ich auch seine zweite. Plötzlich schlang sich sein Arm um meine Taille und zog mich auf seinen Schoß. Überrascht atmete ich auf, ehe ich mich eng an ihn kuschelte und er sein Gesicht an meine Halsbeuge presste. In seiner Nähe fühlte ich mich unglaublich wohl, beschützt und genau an dem Ort, an dem ich sein wollte.

»Seid ihr fertig?«, nuschelte er verschlafen, und sein Atem kitzelte meine Haut.

»Ja«, erwiderte ich leise und senkte die Lider, während ich mit den Fingerspitzen über seine weiche Haut am Nacken strich. Er gab ein genüssliches Brummen von sich, und ich spielte nicht nur einmal mit dem Gedanken, wie es wäre, nun mit ihm allein zu sein. »Du warst wirklich tapfer«, scherzte ich.

Erneut brummte er. »Für dich tue ich alles.«

Mein Körper spannte sich an. Für die meisten war so etwas ein dahergesagter Satz, doch als Graham seinen Kopf hob und mit dem Daumen über meine Lippen glitt, wusste ich, dass er niemals etwas sagen würde, was er nicht so meinte. Dafür waren Grahams Worte zu kostbar.

Ich schluckte, dann lehnte ich mich vor und küsste ihn innig. Schnell gewann das Kribbeln in mir die Oberhand, und ich drückte mich enger an Grahams breite Brust. Doch hier war weder der richtige Ort noch der richtige Moment dafür. Ich löste mich von ihm und sah in seine jetzt sehr wachen Augen.

»Ich möchte ins Wasser. Mit dir.«

Er sog die Luft ein. »Bist du dir sicher?«

Als Antwort nickte ich. »Ich vertraue dir.«

»Du musst nichts überstürzen …«

»Tue ich nicht«, unterbrach ich ihn. Ich war bereit. Vielleicht nicht, um schwimmen zu gehen, aber doch für einen weiteren Schritt, damit meine Seele heilen konnte. Wenn mein Aufenthalt und die Zeit mit Graham mir eines zeigten, dann, dass ich endlich frei sein wollte. Ich wollte mich mit all meinen Gefühlen auf diese Sache hier einlassen, aber das ginge nicht, wenn mein Kopf und mein Körper noch in so großen Stücken mit Angst belegt waren. Dazu gehörte auch, dass ich Graham alles erzählte, was Teil des Erlebnisses von damals war. Doch zuerst wollte ich die Angst und mich selbst herausfordern.

Graham nickte, als hätte er meine Gedanken gelesen. Er umfasste meine Taille und stand mit Leichtigkeit mit mir auf. Langsam ließ er mich hinunter, sodass ich vor ihm zum Stehen kam.

Bevor wir gingen und ich noch einmal die Atmosphäre, die hier herrschte, in mich aufsog, verabschiedeten wir uns von Willa. Das war sicherlich nicht das letzte Mal, dass ich hier gewesen war.

Auf der Rückfahrt kuschelte ich mich wieder an Grahams Seite, und er schlang einen Arm um mich und drückte mich an sich. Kribbelnde Aufregung löste sich mit der Furcht in meinem Innern ab, und beide Gefühle gewannen noch mal an Intensität, sowie Graham vor seiner Blockhütte einparkte. Mittlerweile hatte ein lauer Abend die Tageshitze abgelöst. Es war immer noch warm und das Wasser des Sees glitzerte idyllisch und harmlos, als könnte es niemandem etwas antun. Allerdings wusste ich es besser. Der Eindruck war tückisch und falsch.

Diesmal war ich es, die Grahams Hand nahm und ihn hinunter zum See führte. Er folgte mir, doch ich spürte, dass er zögerte. Was ich absolut verstehen konnte, denn gerade erst hatte ich meine Stimme wiedergefunden. Würde eine neue Konfrontation diesen Fortschritt zunichtemachen? Ich hatte keine Ahnung, aber ich musste es einfach herausfinden. Ich fühlte mich mehr als bereit dafür.

Graham beobachtete mich skeptisch, während ich meine Sneakers und die Socken auszog, dann krempelte ich die Beine meiner Jeans hoch. Mein Herz klopfte mir bis zum Hals, meine Hände waren feucht und mein Nacken schwitzig, trotzdem gab es für mich kein Zurück mehr.

Als auch Graham das merkte, tat er es mir gleich und warf seine Schuhe zu meinen.

Der lehmige Boden war kühl, und ich bewegte die Zehen einige Male darauf hin und her. Graham trat an meine Seite und fasste nach meiner Hand. Seine bloße Anwesenheit nahm mir einen Großteil meiner Zweifel. Er brauchte keine Worte, um mir zu sagen, wie stark ich war, oder dass ich es schaffen würde, denn jedes dieser Versprechen lag in seinem Blick und war tausendmal mehr wert, als es auszusprechen.

Ich verlor jegliches Zeitgefühl und hatte keine Ahnung, wie lange wir so vor dem See standen und auf die Oberfläche starrten, auf der der Wind kräuselnde, winzige Wellen hinterließ. Ein Adler kreiste über unseren Köpfen und stieß einen Jagdschrei aus, ehe er hinter den Wipfeln der Tannen im Steilflug verschwand.

Ich drückte Grahams Finger, und er umfasste meine fester. Fast gleichzeitig machten wir einen Schritt nach vorn. Kaum dass das kalte Wasser meine Zehen erreichte, wollte alles in mir zurückschrecken und diese Sache hier abbrechen. Ich fühlte mich wie erstarrt, als könnte mein Körper nicht verstehen, was ich ihm hier antat. Doch mein Geist wollte frei sein. Endlich frei sein.

Also schloss ich die Augen und konzentrierte mich auf das Gefühl des Wassers. Ich wartete ab und nichts passierte. Die Welt drehte sich weiter, meine Schuldgefühle wurden nicht mehr oder weniger, mein Herz klopfte immer noch stark und kräftig in meiner Brust.

Ein weiterer Schritt. Das Wasser schwappte über meinen Spann, und ich hielt die Luft an. Graham kam näher an meine Seite, sein Arm berührte meinen. Immer noch waren meine Lider fest zusammengekniffen, auch wenn ich wusste, dass ich mich diesen Empfindungen bald ganz stellen musste. Eine Träne quoll aus meinem Augenwinkel und rann heiß meine Wange hinab. Ich strich sie nicht weg. Ich zeigte sie mir, Graham und der restlichen Welt da draußen. Zeigte, dass ich stärker war als die Panik, die mich innerlich zu verbrennen drohte.

Wieder trat ich einen Schritt vor und stand nun knöchelhoch im See. Gänsehaut breitete sich trotz der warmen Luft um uns herum auf meinen Armen aus. Meine Beine wollten rennen, meine Stimme schreien, doch mein Herz wollte bleiben und sich stellen.

Langsam hob ich die Lider, und Graham stellte sich vor mich. Sein Blick sagte so viel aus. Stolz. Zuneigung. Vielleicht ein wenig Liebe. Ich schlang meine Arme um seinen Oberkörper und presste das Gesicht an seine Brust. Er hielt mich, streichelte sanft meinen Rücken und war bei mir, ließ mich den Kampf in meinem Innern ausfechten, bis ich bereit für den nächsten Schritt war.

Vorsichtig sah ich auf, hob mich auf die Zehenspitzen und küsste ihn. Es war ein hungriger Kuss. Das Adrenalin, das durch meine Venen rauschte, weil ich das Wasser immer noch wie heiße Nadeln auf meiner Haut spürte, machte mich zittrig und hitzig.

Graham erwiderte den Kuss stürmisch. Er umfasste meinen Hinterkopf und stöhnte lustvoll, weil ihn die Intensität anscheinend genauso umhaute wie mich.

»Ich möchte dir alles erzählen«, wisperte ich dicht an seinen Lippen, und er nickte. Dann nahm er meine Hand und führte mich zurück zum Ufer. Denn wir waren uns einig, die Schritte, die ich heute getan hatte, sollten fürs Erste ausreichen.

Wir schnappten unsere Schuhe, und ich warf dem See noch einen letzten triumphierenden Blick zu, ehe wir hoch zu Grahams Terrasse stiegen und seine Blockhütte betraten.

Ich fühlte mich auf Anhieb wohl, denn alles hier drin war Graham pur. Die raue, ursprüngliche Einrichtung, der Duft nach frischem Holz und diese Ausstrahlung von Geborgenheit und Nähe.

»Setz dich ruhig schon mal aufs Sofa, ich komm gleich nach.«

Als ich Platz genommen hatte, schob ich meine kalten, nackten Füße unter die Oberschenkel und beobachtete Graham dabei, wie er in der Küche werkelte. Ich musste lächeln, da er mit zwei dampfenden Bechern auf mich zulief, und ich genau wusste, was darin war.

»Danke«, sagte ich und nahm ihm eine Tasse ab. Der erste Schluck der cremigen heißen Schokolade war wie Balsam für meine verletzte Seele.

Er setzte sich mir gegenüber und hielt den Blick abwartend auf mich gerichtet, ohne mich zu drängen oder selbst etwas zu trinken.

Ich zögerte, obwohl ich ihm alles erzählen wollte, denn ich wusste, dass es mich erneut an den Rand meiner Kräfte bringen würde, über all das Geschehene zu sprechen. Unzählige Male hatte ich mit fremden Menschen darüber geredet.

Unzählige Male hatte ich eingestanden, dass ich schuld an allem war. Und unzählige Male hatte es nichts genutzt und ich gehofft, die Welt würde einfach stehenbleiben und mich verschlingen.

Kapitel 26

Graham

Ich konnte ihr deutlich ansehen, wie sie mit sich selbst um Worte rang. Und ehrlich gesagt hatte ich Angst, dass sie verlor, wenn sie sich erneut dem aussetzte, was sie einmal verstummen ließ.

Ich konnte verstehen, wie man sich fühlte, wenn man eine Last mit sich herumtrug, der man aus dem Weg ging, anstatt sich zu stellen. Doch so wie es aussah, musste sie sich all das von der Seele reden, und ich war definitiv hier, um sie danach aufzufangen.

Sie räusperte sich und hatte den Blick fest auf ihre Tasse gerichtet. Am liebsten hätte ich ihr all den Schmerz abgenommen, den sie in diesem Augenblick durchlitt. Ich kannte ihn und während der meisten Zeit kam ich damit zurecht, obwohl er nie ganz abflachen würde. Es war wie ein stetiges Rauschen im Hintergrund, ein Tinnitus im Ohr, und es gab ganz gute und ziemlich miese Tage. »Ich war vier, als mich meine Mom in einem Schwimmverein in der Nähe unseres Wohnortes anmeldete. Sie fand, dass es an der Zeit war, mir Ehrgeiz und Durchhaltevermögen beizubringen.« Schon in diesem Moment wusste ich nicht, was ich von ihrer Mom denken sollte, wenn ich diese Worte hörte. »Ich war begabt, ziemlich gut sogar. Jedes Mal, wenn ich bei einem der Wettkämpfe in den folgenden Monaten und Jahren gewonnen habe, hat mich meine Mom zum Essen eingeladen. Nur wir zwei. Und sie hat mir all ihre Aufmerksamkeit geschenkt. Sonst hatte ich eher den Eindruck, dass ihr meine Worte nicht wirklich viel wert waren. Wir waren uns nie wirklich so nahe, wie es Mutter und Tochter sein sollten.« Flüchtig hob sie den Blick, und ich war kurz davor, ihr zu sagen, dass sie aufhören sollte, sich selbst dafür zu bestrafen, dass ihre Mutter ein solcher Mensch war. Doch Liz redete weiter, und ihre Stimme wurde immer rauer. Ich hatte Angst, dass sie nicht mehr lange durchhielt. »Als ich sechs war, wurde meine Mom wieder schwanger, und ich habe einen kleinen Bruder bekommen. Du kannst dir nicht vorstellen, wie sehr ich mich darüber gefreut habe. Von Anfang an wollte ich ihn ständig durch die Gegend tragen und ihn jedem Nachbarn und Fremden zeigen, weil ich so stolz auf dieses kleine, süße Baby war. Und auch meine Mom wurde lockerer. Ihre Aufmerksamkeit galt Lucas, und sie konzentrierte sich weniger auf mich. Ich bin immer noch regelmäßig geschwommen, aber nur, weil ich es mochte, und nicht, um meiner Mom zu gefallen. Selbst mein Dad arbeitete weniger, war öfter zu Hause. Wir waren glücklich.« Sie umfasste die Tasse fester, ich hatte Angst, sie würde in ihren Händen zerspringen. »Wir wohnten am Rand von Solvang, in Santa Barbara, in einem kleinen Haus mit braunen Klinkersteinen. Direkt hinter unserem Haus war ein Wald, und dort gab es einen Badesee. Ähnlich wie hier.« Ich vernahm das zittrige Flattern ihres Atems. »Lucas und ich waren oft da, ich war schließlich sechs Jahre älter und konnte besser schwimmen als alle Kinder in der Nachbarschaft zusammen.

Meine Eltern haben mir vertraut.« Ein Schluchzer entrang sich ihrer Kehle, und sie drückte ihre Handfläche auf den Mund, als würde sie sich für ihre Gefühle schämen. Vorsichtig nahm ich ihr den Becher aus den Händen, stellte ihn auf den Couchtisch und zog sie dicht an mich. Der Körperkontakt schien ihr gutzutun, sie schmiegte sich tiefer in meine Umarmung und konnte sich sammeln.

»Der Wetterdienst hat ein Gewitter vorausgesagt, doch der Tag war schön und heiß. Lucas wollte unbedingt nach der Schule zum See. Ich war fünfzehn und wollte mich eigentlich mit meinen Freunden treffen. Doch meine Mom hat mich gebeten, mit Lucas schwimmen zu gehen, und ich wollte ihr den Gefallen nicht abschlagen. Ich wollte ihr gefallen.« Plötzlich löste sich nicht nur eine Träne aus ihrem Augenwinkel, sondern es war, als wäre ein enger Knoten in ihrem Innern geplatzt. Sie begann zu schluchzen, und ich hielt sie enger. Jemanden zu verlieren war furchtbar und kaum zu ertragen, aber das Gefühl zu haben, dass man schuld daran war, zerstörte einen. Es höhlte einen aus, bis man nur noch aus einer leeren Hülle bestand und glaubte, man hätte nicht mehr verdient, als bis zum Rest seines Lebens so vor sich hinzuvegetieren.

»Ich war Leistungsschwimmerin, habe fast jeden Preis abgeräumt und konnte trotzdem meinen kleinen Bruder nicht retten«, stieß sie weinend hervor und vergrub ihr Gesicht in meinem Shirt. »Es hat angefangen zu regnen, wie an dem Tag, als du mich draußen gefunden hast. Ich habe kaum noch etwas gesehen, es hat uns völlig überrascht. Mein Bruder war neun, und niemand anderes war da. Wir waren ganz allein. Es ist ein Mythos, wenn man denkt, dass Ertrinken laut wie in den Filmen ist. Er war ganz leise. Ich habe es kaum mitbekommen, und es nicht mehr bis zu ihm geschafft, ich konnte ja noch nicht einmal nach Hilfe rufen!« Ihr Körper erbebte, und sie presste sich immer wieder die Hand gegen den Mund, um ihr Schluchzen zu dämpfen. »Danach waren meine Worte meiner Mom noch weniger wert. Jedes Mal, wenn ich etwas sagen oder mich entschuldigen wollte, hat sie abgeblockt oder mich angeschnauzt. Es fühlte sich an, als würde ich jedes Mal eine Ohrfeige bekommen, und irgendwann haben mir meine eigenen Worte selbst nichts mehr bedeutet.« Ihre Stimme war so rau und heiser, dass ich kaum noch etwas verstand. Ich schlang meine Arme enger um sie und hielt sie so fest, wie sie es brauchte.

»Du hast unrecht, wenn du denkst, dass deine Worte nichts wert sind. Es war nicht dein Fehler, aber ich kann verstehen, dass diese Einsicht unfassbar schwer ist«, erwiderte ich und strich sanft über ihr Haar. »Du solltest voller Leben sein und dich nicht dem Schmerz und deinen Schuldgefühlen hingeben müssen. Du hast es verdient, zu leben. Es war nicht deine Schuld.« Ich legte den Zeigefinger unter ihr Kinn und hob ihr Gesicht an. Ihre Augen waren verquollen vom Weinen, und sie zog immer wieder die Nase hoch. »Es war nicht deine Schuld, hörst du. Das Gewitter hat euch überrascht, und deine Eltern hätten dir diese Verantwortung nicht voll übertragen dürfen. Es war ein Unfall.« Sie presste die Lippen aufeinander. Sie glaubte mir nicht. »Es war nicht deine Schuld«, wiederholte ich und fragte mich zum ersten Mal, ob auch ich ihr das erzählen sollte, was ich seit ewigen Zeiten mit mir herumtrug. Obwohl ich davon überzeugt war, dass Liz nichts für den Tod ihres Bruders konnte, ich aber sehr wohl schuldig war. Ich behielt es für mich. In diesem Moment sollte es nur um sie gehen. »Er war dein kleiner Bruder, es ist verständlich, dass dich dieses Erlebnis nie wieder loslässt. Aber gib dir nicht die Schuld dafür. Du bist es wert, jedes einzelne deiner

Worte ist es wert, dass man es hört.« Erneut strich ich ihr über die Schläfe und das Gesicht. »Ich bin da, okay? Lass diesen Ort dir helfen, wieder zu dir selbst zu finden und komm zu mir, bevor der Schmerz dich zerreißt. Lass *mich* dir helfen.«

»Wieso?« Die Frage war nicht mehr als ein Hauch, und sie sah mich unter rot umrandeten, traurigen Augen aufmerksam an.

»Weil ich dafür gemacht bin. Ich hab breite Schultern, die halten einiges aus«, machte ich einen miesen Scherz, und sie lachte gequält. Sie lehnte sich an meine Handfläche, die an ihrer Wange ruhte. »Dass du mit mir sprichst, bedeutet mir viel, du kannst dir gar nicht ausmalen, wie viel. Ich spüre diese Verbindung zwischen uns, das habe ich schon von Anfang an, auch wenn ich es mir nicht eingestehen wollte. Lass uns gemeinsam herausfinden, wie weit wir kommen, okay?« Sie nickte leicht. »Außerdem bin ich verrückt nach dir.« Mein Daumen fuhr zu ihren wunderschönen Lippen, von denen ich nicht genug bekommen konnte. Ihre Mundwinkel hoben sich an zu einem sanften Lächeln. »Von Anfang an«, wisperte ich. Sie lehnte sich nach vorn und schlang die Arme um meinen Nacken, während ich sie näher an mich zog.

»Danke«, flüsterte sie, ihre Stimme war kaum noch vorhanden.

»Hör auf dich zu bedanken«, murmelte ich, weil ich überhaupt keinen Dank erwartete. Als ihre Lippen auf meine trafen, waren sie sanft und voller Zärtlichkeit. Jeder Kuss mit ihr war anders. Rau und leidenschaftlich, zart und gefühlvoll. Und in jedem Kuss verlor ich mich mehr. In jedem Atemzug, jedem Moment, in dem mein Herz für und mit ihr schlug.

Sie rutschte ganz auf meinen Schoß, und ich lehnte mich an die Sofakissen. Meine Hände ruhten auf ihren Oberschenkeln, die links und rechts von meinen lagen, und die Bewegungen ihrer Hüfte machten mich halb wahnsinnig. Wir waren erwachsene Menschen, die zweifelsfrei ihre Erfahrungen mit Beziehungen gemacht hatten, aber ich war mir nicht sicher, ob dies der richtige Zeitpunkt war, weiterzugehen. Sie bestand immer noch aus Schmerz. Ihre Küsse hatten etwas Verzweifeltes und auch wenn ich ihr Leid lindern und heilen wollte, wollte ich nicht, dass sie Dinge tat, die sie hinterher bereute, nur weil ihr Geist nicht völlig frei war.

Sie ließ die Finger unter mein Shirt gleiten, und ich spürte ihre Fingerspitzen auf meiner nackten Haut. Ich keuchte auf, umfasste ihr Gesicht und stoppte sie. Sie verstand nur aufgrund meiner Blicke. Noch etwas, das ich vorher nie erlebt hatte. Ich konnte bei ihr so sein, wie ich war. Ich musste nichts erklären, ein Blick reichte aus, und sie verstand, was in mir vorging.

»Sorry, auch du bist nicht förderlich für meinen Verstand«, wisperte sie.

Ich erwiderte ihr Lächeln, das sie mir schenkte. »Schlaf bei mir«, platzte es aus mir heraus. Als sie die Augenbrauen anhob, fügte ich hinzu: »Ich meine wirklich schlafen. Lass mich dich heute Nacht halten, okay?«

Sie nickte und machte die Gebärde für *»Sehr gerne«*.

Ich musste grinsen und fühlte, wie das Glück durch mich hindurchrauschte. Sie kuschelte sich an mich und so verharrten wir für den Rest des Abends, ehe wir in mein Schlafzimmer wechselten und sie die gesamte Nacht in meinen Armen lag.

Kapitel 27

Liz

Die Tage vergingen hier rasend schnell, und fast blendete ich aus, dass es noch ein Leben vor New Hope gegeben hatte. Mittlerweile konnte ich mir schlecht vorstellen, wie es war, in San Francisco zu wohnen, einer Stadt, die mich nie wirklich glücklich gemacht hatte.

Graham und ich verbrachten jeden Abend und jede Nacht gemeinsam. Nach unseren Abendessen, bei denen wir uns noch besser kennenlernen konnten, übernachteten wir entweder bei ihm oder hin und wieder auch bei mir. Es kam nicht mehr als zu Küssen, aber das war in Ordnung. Nachdem ich meine Leidenschaft an dem Abend auf seiner Couch nicht hatte länger zurückhalten können, war mir bewusst geworden, dass wir uns Zeit lassen konnten, auch wenn wir unfassbar verrückt nacheinander waren und es kaum aushielten. Doch all das steigerte die Spannung, die mich kribbelig machte und den ganzen Tag grinsen ließ.

Die Tage im Camp mit den Kindern waren genauso schön wie die gemeinsamen Abende mit Graham auf seiner Terrasse. Wir kochten zusammen und hatten es uns zur Regel gemacht, jeden Abend einen Schritt mehr in den See zu wagen. Mittlerweile hielt ich es bis zum Knie aus. Morgens, wenn Graham seine Schwimmeinheit durchzog, sah ich ihm sehnsüchtig dabei zu, fotografierte oder spazierte selbst eine Runde durch den umliegenden Wald.

Ich spürte, wie mein Inneres aufatmete. Jeden Tag kam ein wenig meiner Energie zurück, und meine Stimme gewann an Kraft. Ich schaffte es noch nicht, mit jedem Menschen zu sprechen, aber Graham gehörten all meine Worte, und das war absolut in Ordnung für mich. Eine Woche war seit dem Tag verstrichen, an dem ich mich Graham offenbart hatte, und heute war der erste Abend, den wir nicht gemeinsam verbrachten. Midge hatte mich zu einem Mädelsabend bei sich zu Hause mit Lake und ihrer Freundin Emilia eingeladen, und ich freute mich wahnsinnig darauf, Zeit mit ihnen zu verbringen. Graham wollte währenddessen mit seinem Dad, Brax und Josh im *Yuma's* essen gehen. Morgen wäre der erste Sonntag, an dem wir offiziell als Paar vor seiner Familie standen, und ich war bereits jetzt nervös.

Er stellte sich hinter mich und schlang seinen Arm um meinen Bauch, ehe er mir einen Kuss auf die Halsbeuge hauchte. Seine Lippen trafen meine Haut wie heiße Tropfen auf Eis. »Du siehst toll aus.«

Ich werkelte weiter mit dem Glätteisen in meinen störrischen Wellen herum. Schon ewig hatte ich mich nicht mehr richtig zum Ausgehen fertig gemacht. Doch nicht nur mein Kopf fühlte sich freier und offener an, zum ersten Mal seit Langem hatte ich richtig Lust darauf, mein Äußeres meinem inneren Glück anzupassen.

Graham glitt mit der Hand hinunter und schob den Stoff des altrosafarbenen Rockes aus Chiffon von meinem Knie ein Stück nach oben. Seine langen Finger fuhren träge Kreise über meine empfindliche Haut. Unterdrückt seufzte ich auf, und glühende Hitze breitete sich an der Stelle flächenbrandartig in die untere Region meines Körpers aus. Lange würde ich es nicht mehr aushalten, Graham nur zu küssen, und so, wie es sich anfühlte, er ebenfalls nicht. Seine warme, große Handfläche strich über meinen Oberschenkel, und das Pulsieren in meiner Mitte nahm an Intensität zu. Sein Atem glitt warm über meine Haut und ich spürte seinen heftigen Herzschlag an meinem Rücken.

Ich legte das Glätteisen zurück auf die Ablage und krallte mich am Waschbecken fest. »Willst du mich etwa überreden, hierzubleiben?«, hauchte ich. Er löste sich von mir, umfasste meinen Nacken und drehte mich ein Stück um, ehe er mir einen Kuss auf die Lippen drückte. Ich liebte es, wenn er das tat. Ich fühlte seine Hand auf meiner warmen Haut, wie sie mich hielt, führte.

»Viel Spaß mit den Mädels«, erwiderte er, und ein schiefes Lächeln lag auf seinen Lippen, das ihn jünger wirken ließ. »Wir sehen uns später.« Seine Worte waren ein pures Versprechen, das mich kaum atmen ließ.

»Dir auch viel Spaß, grüß alle lieb von mir«, presste ich mühsam hervor.

Nach einem letzten Kuss und einem innigen Blick verließ er mein Badezimmer, und ich sammelte mich einen Moment, während ich hörte, wie Graham die Tür hinter sich schloss und der Motor seines SUVs durch das geöffnete Fenster und die warme Abendluft dröhnte. Tief durchatmend rückte ich mein weißes Shirt zurecht, warf noch einen Blick in den Spiegel und eilte in die Küche, um meine Handtasche zu packen. Als ich mein Smartphone in die vordere Tasche steckte, klingelte es plötzlich. Mom. Zögernd hielt ich es in der Hand. Ich fühlte mich noch nicht bereit, ihr von meinen Fortschritten zu erzählen oder ihr zu sagen, wie es mir hier ging. Auch weil ich mir sicher war, dass sie es im Grunde überhaupt nicht wirklich wissen wollte. Sie rief nur an, um mir weiter ein schlechtes Gewissen einzureden.

Ich drückte den Anruf weg und schrieb ihr eine Nachricht, dass ich mich später melden würde, weil ich so viel zu tun hatte. Danach steckte ich das Handy in die Tasche und schulterte diese. Es war nicht ganz gelogen, aber hauptsächlich wollte ich tatsächlich nicht mit ihr sprechen, da ich das Gefühl hatte, dass ein Gespräch mit ihr mich um Wochen zurückwarf. Irgendwann würde ich mich ihr stellen müssen, damit ich die Vergangenheit vollständig hinter mir lassen konnte, doch so weit war ich noch nicht.

Als ich nach draußen trat, schaute ich nach oben. Der Abendhimmel war in verschiedenen wunderschönen Rot-, Orange- und Blautönen gefärbt. Die ersten Sterne funkelten auf, und ich erinnerte mich an die Sternschnuppe, die ich auf Grahams Terrasse gesehen hatte. Damals hatte ich mir gewünscht, glücklich sein zu können. Also konnten Sternschnuppen doch Wünsche erfüllen, so wie man sich erzählte. Die Klebesterne prangten als Erinnerung daran an der Decke über meinem Bett. Bei dem Gedanken, wie Graham sie mir überreicht hatte, musste ich lächeln.

Zwanzig Minuten später parkte ich vor Midges Café ein, hinter dessen Fenster bereits alles in Dunkelheit lag. Die Straßenlaternen am Rande des Bürgersteigs leuchteten sanft, und die meisten Geschäfte auf der Hauptstraße hatten ein »Geschlossen«-Schild an der Tür. Ein paar Menschen tummelten sich noch in der Innenstadt, gingen spazieren oder holten sich ein Eis bei *Antoine's*, dessen lauten französischen Gesang man über die Straße hinweg hören konnte. Auch ich hatte noch vor, Graham dorthin zu schleppen und seine Meinung, dass Eis nur eine kalte Pampe wäre, zu ändern. Generell hatte ich noch so viel hier vor, sodass ich meine Heimreise zurück in meine Wohnung immer weiter wegschob. Irgendwann würde ich eine finale Entscheidung treffen und einen der Wohnorte aufgeben müssen. Ich verdiente im Camp gerade mal genug, um an einem Ort leben zu können, und meine Ersparnisse reichten nicht für immer aus.

Doch ich schob den Gedanken zur Seite, schloss meinen Wagen ab und lief zum Hintereingang des Cafés. Da Midge mir gesagt hatte, dass Easton schon schlief, klingelte ich nicht, sondern schrieb ihr eine Nachricht, dass ich da war. Vor lauter Aufregung war ich ganz hibbelig. Auch wenn ich Midge und Lake an zwei Vormittagen die Woche beim Yoga sah, fühlte sich dieser Abend noch mehr so an, als könnte ich mir hier ein dauerhaftes, richtiges Leben aufbauen.

Die Tür unten öffnete sich nur wenige Minuten später. »Hey, wie schön, dass du da bist! Komm rein!« Midge und ich umarmten uns, dann stiegen wir nacheinander die schmale Treppe hoch. Wirklich praktisch für Midge, direkt über dem Café wohnen zu können.

Sie machte die Wohnungstür auf und führte mich in einen Flur, der zwar klein, aber sehr hübsch eingerichtet war. So stilsicher sie mit ihren Klamotten war, zog sich ihr Geschmack auch durch ihre Einrichtung. Eine helle, massive Kommode dominierte. An den Wänden befanden sich Fotografien von Easton, Josh, ihr und ihren Freunden, bunte Deko-Elemente rundeten das ganze Bild ab.

»Easton schläft schon, wir müssen leise sein. Hier entlang«, flüsterte sie und deutete auf ein Zimmer am Ende des Flurs. So leise wie möglich schlichen wir auf das Wohnzimmer zu. Midge öffnete eine Glastür, und ich betrat den Raum vor ihr, ehe sie die Tür wieder schloss.

Lake saß mit angewinkelten Beinen auf der Couch und hielt einen Schokoladencookie in der Hand, mit dem sie mir zuwinkte. Mir lief sofort das Wasser im Mund zusammen, denn der warme Keksduft erfüllte den gesamten Raum. »Hey, Liz, herzlich willkommen! Setz dich!« Sie klopfte neben sich auf den freien Sofaplatz. Plötzlich ging die Tür hinter uns auf und eine schlanke Rothaarige in einem verspielten cremefarbenen Kleid kam herein. »Ich war ganz leise«, sagte sie zu Midge. »Und hab Easton sicherlich nicht geweckt.«

»Das Badezimmer ist direkt neben Eastons Zimmer«, erklärte Midge mir. »Wenn er aufwacht, wird hier die Hölle los sein.«

»Hi, ich bin Emilia, schön, dich endlich einmal zu treffen, Liz!« Wir umarmten uns ebenfalls. Auch wenn ich sprechen und vor allem den anderen erklären wollte, weshalb ich stumm gewesen war, fühlte ich mich einen Moment überrumpelt. Wir nahmen alle Platz, ich neben Lake, die mir den Teller mit Cookies hinhielt, Emilia auf dem gegenüberliegenden Sofa und Midge auf einem gewöhnungsbedürftigen grünen Samtsessel, der als einziger nicht perfekt zu den anderen Einrichtungsgegenständen passte.

Midge füllte eine rote Flüssigkeit in drei Weingläser und sich selbst etwas in ein bauchiges Glas, das aussah wie selbst gemachte Zitronenlimonade. Dankend nahm ich ein Getränk entgegen und roch daran.

»Himbeersecco«, erklärte Midge. »Zur Feier des Tages, weil Emilia endlich wieder aus Los Angeles zurück von ihrem Journalismus-Lehrgang ist.«

»Erzähl, wie war es?«, wandte sich Lake an sie, und Emilia strahlte über das ganze Gesicht. Sie war wirklich hübsch, hatte eine kleine Stupsnase, auf der einzelne Sommersprossen zu sehen waren, und große grüne Augen, die ihr einen wachsamen Blick verschafften.

»Es war fantastisch! L.A. ist eine inspirierende Stadt, voller Leben, verschiedener Menschen und so vielen Möglichkeiten!«

»Em hatte schon immer diesen merkwürdigen Drang, in eine Großstadt zu ziehen«, erklärte Midge grinsend. Das konnte ich verstehen, auch wenn ich nie wieder in einer Großstadt leben wollte, vor allem nicht zum jetzigen Zeitpunkt. Aber damals, als ich nach der Trennung meiner Eltern und zahlreichen anderen Umzügen mit meiner Mom nach San Francisco gezogen war, fühlte es sich gut an, nur eine von vielen zu sein. Ich hatte nur nicht gedacht, dass genau das mich nicht befreite, sondern nur noch mehr isolieren würde.

»Und wie war der Lehrgang an sich?«, fragte Lake.

Emilias Strahlen wurde noch heller. »Fantastisch! Auch wenn ich ihn aus eigener Tasche zahlen musste, habe ich so viel gelernt. Meine Chefin, der Drache, hat mir nicht mal freigegeben, ich musste meinen gesamten Jahresurlaub dafür nehmen.« Plötzlich wirkte ihre Freude ein wenig gedämpft, und sie nippte zuerst an ihrem Glas, ehe sie uns ein trauriges Lächeln schenkte. »Wenn Kenneth die Schule abgeschlossen hat, überlege ich vielleicht, wirklich dorthinzuziehen.« Sie seufzte leise. »Und es ihm wirklich besser geht.«

»Denkst du nicht, dein Bruder und dein Dad kriegen es hin?«, fragte Midge sanft.

»Nach Moms Tod ist so einiges nicht mehr, wie es vorher war.«

»Was ist mit deiner Schwester? Die ist doch auch noch hier!«

»Ginger hat alle Hände mit der Bar zu tun. Es ist in Ordnung, drei Jahre sind nicht die Welt«, versuchte sie sich zu erklären, aber jeder von uns spürte, dass es nicht so einfach an ihr vorbeiging, wie sie uns glauben lassen wollte. »Aber reden wir über etwas Erfreuliches! Zum Beispiel darüber, dass Lake demnächst ein Yoga-Event draußen im Park ausrichten darf!«

»Oh ja!« Midge klatschte leise in die Hände, um Easton nicht zu wecken. »Wie du Archi davon überzeugen konntest, ist mir ein Rätsel.«

»Vielleicht hat Mrs. Appleworm ihren Teil dazu beigetragen«, erwiderte Lake verschwörerisch.

»Ha, ich wusste, dass uns ihre Teilnahme an deinen Kursen noch mal zugutekommen wird.«

»Und vielleicht die ein oder andere kostenlose Kräuterlieferung meiner Mom.« Sie grinste in die Runde. »Dann steht auch noch Wyatts Konzert im *Ginger's* an, so viel auf einmal ist schon lange nicht mehr hier passiert!«, meinte Lake freudig.

»Unglaublich, ja«, erwiderte Emilia trocken. Sie schien wirklich nicht sehr begeistert zu sein, hier leben zu müssen. »Und Liz, wie findest du unsere Kleinstadt bisher?«, fragte sie.

Auf einmal waren alle Blicke auf mich gerichtet. Ich spürte das sanfte Pulsieren des Drucks, der sich in mir aufbaute, schluckte und überlegte, ob es ernsthaft an der Zeit wäre, über meinen Schatten zu springen. Wenn ich den dreien nicht neben Graham vertrauen konnte, wem dann? Also räusperte ich mich, und Midge sowie Lake machten große Augen. »Es gefällt mir sehr gut«, sagte ich schnell und sah förmlich die Überraschung, die in allen Gesichtern geschrieben stand.

»Du … du sprichst?«, fragte Lake überrascht.

Ich nickte. »Ich war ein Jahr lang stumm, weil ich mit vielen Dingen zu kämpfen hatte.«

»Großer Gott, ist das wundervoll!«, stieß Midge aus, und pure Freude hing im Raum.

Daraufhin erzählte ich den dreien von all den Dingen, die in New Hope und vor meinem Aufenthalt passiert waren. Es fühlte sich leichter an, erneut darüber zu sprechen, weil ich all diese Emotionen schon einmal bei Graham herauslassen konnte. Sie hörten mir gespannt zu und trauten sich kaum, etwas anderes zu tun, außer zu atmen. Als ich abschließend gestand, dass Graham einen nicht unerheblichen Anteil an meinem jetzigen Zustand hatte, wurde Lakes Lächeln immer größer.

»Ich liebe meinen großen Bruder, und mir war klar, als ich euch zum ersten Mal gemeinsam gesehen habe, dass ihr euch guttun würdet. Auch Graham kämpft tagtäglich mit seinen Dämonen, obwohl man es ihm und seiner ruhigen Art kaum anmerkt. Er versteht dich.«

Ich runzelte die Stirn. Was meinte sie damit? Hatte Graham mir etwa seine Geschichte verschwiegen, obwohl ich mich ihm vollständig geöffnet hatte? »Du weißt nichts davon«, sagte Lake, und es war mehr eine Feststellung als eine Frage. »Es fällt ihm unfassbar schwer, darüber zu sprechen, und er ist wortwörtlich ein Meister des Verdrängens. Gib ihm Zeit, du bedeutest ihm viel, denn er tut alles dafür, dass es dir gutgeht.«

»Das werde ich.« Denn wenn es eines gab, was ich verstand, dann, wenn jemand Zeit brauchte, auch wenn ich im ersten Moment ein wenig verletzt gewesen war.

»Übrigens seid ihr zwei ebenfalls herzlich zu unserer Einweihungsfeier eingeladen«, meinte Lake. »Auch wenn Graham allein sicherlich absagen würde, baue ich darauf, dass du ihn überreden kannst.« Sie zwinkerte mir zu.

Breit grinste ich sie an. »Wir werden kommen.« Ganz bestimmt. Denn es fühlte sich toll an, neue Freunde zu haben.

Kapitel 28

Graham

Schon als ich auf den Parkplatz vom *Yuma's Steakhouse* fuhr, gab ich innerlich ein Stöhnen ab. So gut es eben in einer Kleinstadt möglich war, ging ich Sheriff Mitshell aus dem Weg. Der gemeinsame Einsatz mit ihm hatte mir für die restlichen Jahre ausgereicht, und nur seinen Polizeiwagen zu sehen, verhieß nicht gerade etwas Gutes. Vor allem, wenn sich im gleichen Raum mein Dad und mein Bruder aufhielten, die meine Meinung über unseren Sheriff teilten.

Glücklicherweise gab es hier kaum Verbrechen, Kleinigkeiten, für die Mitshell ausreichte. Doch wenn es etwas Größeres gegeben hätte, wäre er der Letzte, den einer von uns anrufen würde. Und mit dieser Meinung standen wir nicht allein in der Stadt da. Die meisten gingen diesem verschlagenen Mistkerl einfach aus dem Weg.

Ich stieg aus und betrat das Steakhouse, ehe ich Leanne begrüßte.

»Hi, Graham, die anderen sind schon da«, sagte sie hinter dem Empfangstresen. Ich nickte ihr zu und ging in den Gastraum. Kurz ließ ich meinen Blick schweifen und konnte

Mitshell an der Bar ausmachen. Vor ihm stand ein Bier, seinen Hut hatte er auf dem Tresen abgelegt, und er unterhielt sich lautstark mit dem Besitzer Yuma, der dahinter Getränke einschenkte und nicht sehr begeistert über Mitshells Geplapper aussah. Er hob den Kopf und nickte mir zur Begrüßung kurz zu, ehe Mitshell seinem Blick folgte und sich ein Schatten auf sein Gesicht legte, als er mich entdeckte.

Schnell wandte ich mich ab und steuerte unseren Stammtisch an, an dem bereits Dad, Brax, Wyatt und Josh saßen und ihre Unterhaltung unterbrochen hatten. »Lass dich nicht provozieren«, meinte Dad, und ich zog mir den Stuhl am Tischende heraus, ehe ich Platz nahm.

»Mitshell hätte es aber verdient, mal eine auf seine große Klappe zu kriegen«, sagte Brax und kniff die Augen zusammen, während er ihn an der Bar fixierte.

»Er ist immer noch der Sheriff, handelt euch keinen Ärger ein. Nicht mehr nach so langer Zeit.« Ich ließ die Aussage meines Dads unkommentiert. Beide hatten recht.

»Was ist denn mit ihm passiert?«, fragte Wyatt, der als Ortsfremder nichts von dem Konflikt zwischen Mitshell und unserer Familie mitbekommen konnte.

»Spielt keine Rolle mehr«, murmelte ich, doch ehe wir das Thema abhaken konnten, spürte ich jemanden neben mir und hob den Blick.

»Guten Abend. Ich dachte, ich sage mal Hallo, wenn die gesamten Campbell-Männer an einem Tisch versammelt sind.« Mitshell setzte sich langsam seinen Hut auf, als müsste er so seine Macht demonstrieren. Er war lächerlich.

»Hallo, Glenn«, erwiderte mein Dad, doch zeigte dabei kein Lächeln.

Ich wandte mich ab und spürte plötzlich eine schwere Hand auf meiner Schulter. »Und, Graham, was machen die

Flinken Wiesel?« Automatisch presste ich die Zähne aufeinander, und ein Muskel an meiner linken Schläfe begann zu pochen. Brax' Körper war so angespannt, als wolle er gleich aufspringen. »Hab gehört, das Camp muss vielleicht geschlossen werden. Was für eine Schande.«

Langsam hob ich den Blick und sah Mitshell ohne eine Antwort auf seine verdammte Aussage an. Glücklicherweise zog er seine Hand zurück. Er wusste, dass er an unserem Tisch nicht willkommen war, aber das war ihm ziemlich egal.

»Ich denke, es ist besser, wenn du jetzt gehst, Glenn«, meinte mein Vater.

Er lachte einmal auf. »Immer noch wütend wegen alter Kamellen?«

Alte Kamellen? So nannte man also die völlige Fehlentscheidung eines Sheriffs, die mindestens ein Menschenleben gekostet hatte?

»Dabei haben wir doch einen ziemlich erfolgreichen Einsatz hinter uns, nicht wahr, Graham.«

Ich unterdrückte ein Schnauben. Wenn es nach ihm gegangen wäre, hätten wir das Ehepaar aus Colorado sich selbst überlassen. Wer wusste, wie das ausgegangen wäre. Und nur, weil Mitshell seinen eigenen Arsch hatte retten wollen. Ich hatte genug von seinen scheinheiligen Sprüchen oder seinem überheblichen Grinsen. Jedes Mal, wenn ich in sein Gesicht sah, schnürte sein Blick und die Erinnerung an diese eine verdammte Nacht meine Luft ab. Und er? Machte einfach so weiter wie bisher, ohne schlechtes Gewissen oder auch nur einen Funken Reue. Als wäre das alles nur ein dummer Jungenstreich gewesen. Hatte er es nicht auch noch so bezeichnet?

Die Stuhlbeine schabten über den Boden, während ich langsam aufstand und Mitshell unter der Krempe seines Hutes zu mir hochsah.

»Hör besser auf meinen Vater«, sagte Brax kühl.

Nun gab Mitshell ein schnaubendes Lachen von sich. »Ihr wisst schon, mit wem ihr hier sprecht?«

»Das wissen wir ganz genau«, antwortete ich ihm.

»Gut. Vergesst es nicht.«

Sollte das eine Drohung sein, war es eine ziemlich mickrige, dachte ich bitter.

Er nickte einmal in die Runde. »Einen schönen Abend«, erwiderte er fies grinsend, warf mir noch einen letzten eindeutigen Blick zu und verließ das Steakhouse. Ich nahm wieder Platz, und langsam entkrampften sich meine Finger.

»Was meinte er?«, fragte Brax und sah mich an. »Ihr hattet einen gemeinsamen Einsatz?« All der Witz war aus Brax' Stimme gewichen. Wut beherrschte ihn genauso wie mich selbst.

»Lasst uns nicht mehr darüber sprechen«, sagte mein Dad, und es dauerte einen Moment, ehe die angespannte Stimmung sich auflöste. »Was macht die Einrichtung, Wyatt? Ist alles bereit für die anstehende Einweihungsparty?«

Als das Gespräch in eine andere Richtung gelenkt wurde, spürte ich immer noch Brax' Blick auf mir ruhen. Er hatte in der Vergangenheit mehr als einmal gesagt, dass Mitshell eine Lektion benötigte, doch ich war nicht der Typ für Rache. Vor allem, weil ich nicht die gesamte Schuld bei Mitshell abladen konnte. Dafür steckte ich selbst viel zu tief drin.

Ich spürte Liz' Anspannung, als ich den Wagen am nächsten Abend vor dem Haus meiner Eltern parkte. Lakes und Wyatts Geländewagen stand bereits vor der Tür, es fehlten nur Brax und Ruby. Das war wohl das erste Mal, dass ich früher als er hier war. Fast hätte ich darüber grinsen müssen, würde mich Liz' Nervosität nicht von allem anderen ablenken.

Ich drehte mich zu ihr und nahm ihre Hand. Sanft küsste ich ihre Fingerknöchel. »Eigentlich sollte ich nervös sein, weil ich zum ersten Mal eine Freundin mit zum Abendessen bei meiner Familie mitnehme.«

»Das erste Mal?«, fragte sie überrascht, und ich nickte. »Das schmeichelt mir. Sehr.« Sie holte tief Luft. »Aber eigentlich zählt das nicht, weil ich bereits bei euren Abendessen teilgenommen habe.«

»Nicht als meine Freundin.« Ich lehnte mich vor, legte meine Hand an ihre Wange und küsste sie. Es war wie eine Sucht, ein Verlangen, dem ich nicht widerstehen konnte. Ihre Nähe berauschte mich. Mittlerweile noch stärker, seitdem wir uns die letzten Tage, Abende und Nächte wirklich kennenlernen konnten. Ich hatte noch nie mehr mit einem Menschen gesprochen als mit ihr. So kannte ich mich selbst überhaupt nicht. Aber ich wollte einfach alles über sie erfahren.

Sie rutschte noch ein Stückchen näher an mich. »Bin ich wirklich die Erste?«

Ich nickte, und sie grinste breit.

Plötzlich ließ ein lautes Klopfen uns auseinanderfahren, und Liz schrie überrascht auf. Ruby drückte ihre Nase an dem Fenster auf der Beifahrerseite platt und winkte hektisch in unsere Richtung. Es klopfte erneut. Langsam drehte ich mich um und schaute direkt in Brax' belustigt funkelnde Augen. Liz verkniff sich ein Lachen, und ich wusste nicht, ob ich genervt oder ebenfalls amüsiert sein sollte. Ruckartig öffnete ich die Tür, und Brax musste von dem Absatz darunter abspringen, wenn er nicht auf dem Boden landen wollte.

»Hey, nur mit der Ruhe, Großer!«

Ich brummte nur eine unverständliche Antwort und hielt Liz eine Hand hin. Sie rutschte über die Sitzbank, und ich hob sie an ihrer Taille hinunter. Sie schaute mir direkt in die Augen, und ich bemerkte, wie sie dabei ihren Mut zusammensammelte.

Ich bin da, sagte mein Blick.

Danke, sagte ihrer.

»Hi, Brax«, meinte sie, und ich erkannte genau den Moment, in dem mein kleiner Bruder zum ersten Mal in seinem Leben sprachlos war.

Ruby kam auf unsere Seite gerannt und hüpfte auf und ab. »Liz, du sprichst! Du sprichst!«, rief sie begeistert und schlang ihre dünnen Ärmchen um Liz' Oberschenkel. Ich ließ ihre Hand los, und es dauerte keine zwei Sekunden, ehe Brax sie ebenfalls an sich gezogen hatte und gemeinsam mit ihr und Ruby im Kreis tanzte. Ich konnte gar nicht so stark meine Stirn runzeln und gleichzeitig grinsen, wie ich es gern getan hätte.

»Liz! Das ist unglaublich! Mom wird ausflippen! Und Lake!«

»Lake weiß es schon«, antwortete Liz lachend, und endlich ließ Brax sie wieder los. Sie strich sich ihr Sommerkleid glatt und grinste immer noch.

»Aber wie ist das möglich? Du musst uns alles erzählen!«

»Lass uns doch erst mal ankommen«, stieß ich brummend hervor und griff nach Liz' Hand, woraufhin sie mich anlächelte.

»Gehen wir rein! Gehen wir rein!«, rief Ruby und hüpfte wieder aufgeregt hin und her. Auch wenn ihr Aussehen eher das ihrer Mom glich, ihr Wesen hatte sie definitiv von Brax. Er und sie veranstalteten ein Wettrennen bis zur Eingangstür und überschlugen sich fast an den Treppen zur Veranda hoch.

Liz zog mich an meiner Hand näher zu sich, während wir ihnen deutlich langsamer folgten.

»Jetzt geht es mir besser.«

Ich drückte ihre schlanken Finger. »Wenn mein Bruder wenigstens für eine Sache gut ist, dann um Situationen aufzulockern.«

Wir erreichten die Eingangstür und betraten den Flur. Der heimische Duft nach Räucherstäbchen und selbst gekochtem Essen begrüßte mich. Wie aus einem Kaninchenbau lugten plötzlich alle anderen aus den Türen der Küche und des Esszimmers und starrten uns abwartend an. Ich spürte die angespannte Stimmung, die sich auf mich übertrug. Aber nur so lange, bis meine Mom auf uns zulief, Liz einen sanften Blick schenkte und sie wortlos in ihre Arme zog. Ich ließ Liz los, und sie erwiderte die Umarmung meiner Mom, die sie damit nicht nur vollständig in der Familie willkommen hieß, sondern ihr auch Trost, Kraft und Stärke schenkte. Genau das, was Liz weiterhin gut gebrauchen konnte.

»Liz, ich bin so stolz auf dich«, sagte Mom leise zu ihr und hielt sie an ihren ausgestreckten Armen von sich. »Deine Seele heilt, lass es vollständig zu, auch wenn es noch ein bisschen schmerzt. Willkommen in der Familie.«

Ich spürte, wie Liz mit der Beherrschung kämpfte, als meine Mom ihr die Arme um die Taille schlang und sie mit ins Esszimmer nahm, wo sie auch meinen Dad und die anderen mit einer Umarmung begrüßte. Während sich Stimmen und laute Freudenrufe in dem Raum erhoben, blieb ich am Türrahmen stehen und sah dabei zu, wie die erste Frau, in die ich mich Hals über Kopf verliebt hatte, von meiner Familie aufgenommen wurde, und konnte nicht beschreiben, wie sehr meine Brust vor Glück anschwoll.

Kapitel 29

Liz

Meine Bedenken waren wie weggeblasen. Nach dem gestrigen Abendessen bei Grahams Familie fühlte ich mich endlich jemandem zugehörig. Als wäre seine Familie nun meine, als hätten sie mich ohne Kompromisse oder Fragen aufgenommen. Als wäre ich gut genug, ein Teil von ihnen zu sein. Ein Gefühl, das mir meine eigene Familie nie gegeben hatte.

Mit einem Lächeln auf den Lippen war ich an Grahams Brust mit seinem sanften Herzklopfen im Ohr eingeschlafen und voller Leben aufgewacht.

Mittlerweile waren mir unsere gemeinsamen Morgen mehr wert als jeder einzelne Tag in meinem alten Leben. Während Graham seine Runden durch den See zog, streifte ich durch das angrenzende Gebiet, schoss Fotos von der Sonne, die an dicken Baumstämmen brach, leuchtend roten Wilderdbeeren, die dicht versteckt zwischen dem Geäst auf dem Boden wuchsen, oder einer Hirschkuh, die jeden Morgen zur gleichen Zeit wie ich durch den Wald streifte. Nicht nur die Natur war wundervoll, sondern auch das Gefühl, das heftig in mir pulsierte und mich lebendig werden ließ.

Nachdem ich zurück zum See kam, war Graham bereits auf dem Weg zum Ufer. Ich trat zu ihm, zog meine Sneakers und meine Socken aus und legte meine Kamera darauf ab. Sein Blick, der meinen traf, verursachte wildes Herzklopfen in meiner Brust. Langsam ging ich auf ihn zu, das Wasser reichte ihm bis zu dem Bund seiner Badeshorts, seine Arme schwebten auf der Oberfläche, und er ruderte leicht hin und her. Er sah unglaublich aus, und ich konnte meine Augen kaum von ihm abwenden.

Das kalte Wasser berührte meine Füße, ich atmete tief ein und senkte kurz die Lider. Der Impuls, wegzulaufen und meine Angst, die immer noch in mir verankert war, hinter mir zu lassen, wallte in mir auf, und ich brauchte all meine Kraft, sie wegzuschieben. Doch ich machte noch einen Schritt weiter und weiter und weiter, bis das Wasser eiskalt gegen meine Knie schwappte. Der steinige Untergrund wurde sandiger, der Druck auf meine Fußsohlen und meine Brust angenehmer. Graham blieb an Ort und Stelle. Weder drängte er mich, noch musste er irgendetwas zu mir sagen. Seine pure, starke Anwesenheit reichte völlig aus, damit ich den Mut fand, weiterzulaufen. Gänsehaut zog sich über meine Oberschenkel, als das Wasser den unteren Bund meiner Shorts erreichte und den dünnen Stoff durchnässte. Ich streckte die Arme in Grahams Richtung aus, und seine Finger berührten meine. Sanft zog er mich zu sich, und ich landete in seinen Armen. Seine Haut war kühl und die Wassertropfen darauf durchfeuchteten mein Shirt. Kaum dass er mir über die Wange strich, sah ich zu ihm auf, und er schenkte mir ein stolzes, wunderschönes Lächeln. Ich verlor mich darin und stellte mich langsam auf die Zehenspitzen. Als mein Mund seinen traf und ich den See auf seinen Lippen schmeckte, seufzte ich zufrieden auf. Er ließ die andere Hand zu meinem Rücken gleiten, warm und schützend spürte ich seine Berührung und schmiegte mich eng an ihn. Meine Finger strichen zu seinen kräftigen Schultern, und mein Körper begann zu zittern, aber nicht nur aufgrund der Kälte des Wassers, das uns bis zu unseren Hüften umhüllte und hielt. Unser Kuss wurde intensiver, unsere Zungen umspielten sich, unser Atem vermischte sich, und unsere Herzen klopften heftig gegeneinander. Als wollten sie einander zeigen, wie stark sie füreinander fühlten. Sanft glitt Graham mit seiner Hand zu meinem Nacken, und meine aufgestellten Brustwarzen drückten sich gegen seine nackte Brust. Mein Wunsch, ihn zu fühlen, mich ihm hinzugeben und ihm meine Seele vollständig zu öffnen, wurde so groß, dass ich kaum noch dagegen ankämpfen konnte. Brennende Sehnsucht erwachte in mir zum Leben, rauschte durch meinen Körper und ließ mich erbeben. Seine Hand auf meinem Rücken wanderte tiefer, zog mich so dicht gegen ihn, sodass ich spüren konnte, wie sehr auch er mich begehrte.

Behutsam ließ er sich ein Stück nach hinten fallen und zog mich mit sich. Das Wasser schwappte höher, über meine Taille, bis zur Unterseite meiner Brust, meine Füße verloren den Halt, und ich klammerte mich noch fester an Graham. Wie von selbst umschlangen meine Beine seine Hüften. Mein Seufzen wurde zu einem leichten Keuchen, während er weiter erregend über meine Oberschenkel streichelte. Die Kälte des Wassers und Grahams Körper, der pure Hitze ausstrahlte, intensivierten meine Empfindungen um ein Vielfaches. Dieses Gefühl, das mich völlig überrannte, und die Heftigkeit meiner Wertschätzung für diesen ruhigen, wunderschönen Mann vereinnahmte und überforderte mich. Seine Lippen glitten über meine, seine Hände hielten mich, und sein Stand war fest und sicher. Mit ihm brauchte ich nichts zu befürchten. Ich hatte vorher nicht gewusst, was es bedeutete, sicher zu sein, sich wohlzufühlen, angekommen zu sein. Nun wusste ich es. Dank ihm.

Mutiger ließ ich die Hände seinen Rücken hinabwandern und spürte die Anspannung seiner kräftigen Rückenmuskeln. Als meine Finger seine Seiten erreichten, zuckte er kurz zusammen, und ich löste mich lächelnd von ihm.

»Du bist kitzlig?«, wisperte ich und leckte mir über die geschwollene Unterlippe. Sein Blick verharrte kurz auf meinem Mund, ehe er mich wieder ansah. Das Feuer in seinen Augen ließ mich erschauern und setzte all meine Sinne in Flammen.

»Bin ich nicht«, behauptete er mit so einer ernsten Überzeugung, dass ich lachen musste. Ich hob die Hand und fuhr mit den Fingern durch seinen gestutzten Bart. Als ich ihn zum ersten Mal gesehen hatte, war ich davon überzeugt gewesen, dass er etwas verbergen wollte. Mein Instinkt sagte mir immer noch, dass dieser Eindruck stimmte. Doch mittlerweile wusste ich, dass er es mir erzählen würde, wenn er dafür bereit war. Es änderte rein gar nichts an dem, was zwischen uns war. An unserem *Wir*.

»Graham, ich …« Wie konnte ich das in Worte fassen, was ich für ihn fühlte, wenn ich vor wenigen Wochen noch nicht mal irgendetwas hatte sagen können? Doch bevor ich weiter in die Verlegenheit kam, nach Worten zu suchen, lehnte sich Graham erneut vor und küsste mich zärtlich. Ich spürte, dass es ihm genauso ging wie mir. Dass wir nicht auf dem Weg waren, uns Hals über Kopf ineinander zu verlieben, sondern wir mittendrin steckten. Ich drückte mich enger an ihn, sog die Intensität seiner Küsse und Berührungen in mich auf und gab sie mit voller Hingebung an ihn zurück.

Er umfasste mit den Händen meine Oberschenkel und lief in Richtung Ufer. Ich klammerte mich an ihm fest, als die

Schwerelosigkeit des Wassers abnahm, allerdings hatte Graham keine Mühe, mich zu tragen. Als wir an meinen Sachen vorbeikamen, bückte er sich sogar noch mit mir und hob meine Schuhe sowie die Kamera auf, um sie mit mir ins Haus zu bringen.

Wir hinterließen eine nasse Spur, während er über den Holzboden in Richtung seines Schlafzimmers ging, meine Sachen vorher noch in der Küche ablegte und dann mit mir gemeinsam die Treppen nach oben stieg. Wir wussten beide, dass die Zeit gekommen war und wir uns so sehr vertrauten, dass auch der letzte Abstand zwischen uns überwunden werden konnte. Behutsam ließ er mich auf sein Bett sinken, und ich sah zu ihm hoch. Ich streckte die Hand nach ihm aus, und er schob sich auf mich. Mit meinem gesamten Körper und all meinen Sinnen sehnte ich mich nach jeder Berührung, die er mir schenkte. Er stützte sich mit den Armen neben meinem Kopf ab. Seine Blicke glitten über mein Gesicht, als könnte er nicht fassen, dass ich hier bei ihm war.

Wir hatten die Nächte beieinander verbracht, doch waren den letzten Schritt nicht gegangen. Wir hatten uns gehalten, uns geküsst, uns verliebt. Aber wir hatten nicht miteinander geschlafen. Doch alle Zweifel und Unsicherheiten hatte ich mittlerweile ablegen können. Ich war nicht mehr von Angst oder Panik ergriffen, Graham hatte mich neu belebt, mein Herz mit etwas anderem als Schuldgefühlen und Selbstzerstörung gefüllt.

Wie jede meiner Emotionen schien Graham auch diese zu kennen, ohne dass ich sie aussprechen musste. Wir waren eins, fühlten dieselbe Stärke an Empfindungen, die uns gleichzeitig überraschten und belebten. Ich hob meine Lippen seinen entgegen, und als sie sich trafen, keuchte auch er auf. Unsere Berührungen wurden drängender, leidenschaftlicher.

Er umfasste den Saum meines nassen Shirts, und ich kam ein Stück nach oben, damit er es mir ausziehen konnte. Kälte traf meine feuchte Haut, und mir stockte der Atem, während Graham den Verschluss meines BHs berührte. Er suchte in meinem Blick nach einer Bestätigung, und die gab ich ihm, indem ich mich ihm entgegenreckte und alles in den nächsten Kuss legte, was ich nicht zu Worten formen konnte. Die Häkchen sprangen auf, und quälend langsam strich Graham mir die Träger von den Schultern. Seine rauen Daumen streiften meine aufgestellten Brustwarzen, und mir entwich ein Keuchen. So vorsichtig, wie er mich behandelte, vermittelte er mir das Gefühl, etwas Wertvolles, Kostbares zu sein. Etwas, das man beschützen und halten musste.

Meine Atmung kam nur noch stoßweise, während ich ihn zur Seite drückte und mich auf ihn setzte. Sein Rücken war an das Kopfteil gelehnt, und seine Arme umschlossen mich, pressten mich dicht an ihn, während sein Blick mich fest gefangen hielt. Seine Erektion pulsierte heiß zwischen uns, drückte gegen meine Mitte und ließ mich am ganzen Körper erbeben. Doch wir ließen uns Zeit, küssten uns, bis unsere Lippen geschwollen waren, erst dann befreiten wir uns vom letzten Stück Stoff, der unsere nackte Haut voneinander trennte. Grahams Körper war unglaublich, und ich konnte mich kaum an den definierten Muskeln sattsehen, die bei jeder seiner Bewegungen unter seiner festen Haut erschienen. Er legte beide Hände um mein Gesicht und unterbrach den Kuss für einen Moment, um meine volle Zustimmung zu erhalten.

»Ich will das. Ich will dich, Graham«, wisperte ich, und sofort trafen seine Lippen erneut auf meine. Sanft schob er mich zur Seite, glitt an meinem Körper nach unten und küsste eine Spur meiner Oberschenkel entlang bis zu meiner Mitte.

Das raue Kitzeln seines Bartes ließ einen weiteren Schwall Hitze durch mich hindurchrauschen. So viele Nächte neben ihm in diesem Bett zu liegen, aneinandergeschmiegt und so zu tun, als hätte ich nicht gespürt, wie sehr auch er mich wollte, war kaum auszuhalten gewesen. Doch erst jetzt fühlte ich mich wirklich bereit, mich auf ihn einzulassen. Mein Geist genauso wie mein Körper. Meine Haut war heiß und schwitzig, und ich bog den Rücken durch, als er zum ersten Mal warme Luft auf meinen Kitzler hauchte. Hitze flackerte in seinen Augen auf, als er den Kopf hob und sein Blick meinen traf. Meine Hände fuhren in seine weichen Haare, und meine Schenkel zogen sich in dem Moment zusammen, als nicht nur sein Atem, sondern sein Mund mich berührte. Träge folterte er mich, als hätten wir alle Zeit der Welt, bis ich nur noch aus einem wimmernden, ungeduldigen Knäuel bestand, dass nichts mehr wollte, als Graham zu spüren.

Mein Stöhnen wurde lauter, und ich ließ all die Zurückhaltung fallen, bis ich an den Punkt kam, an dem eine Umkehr kaum noch möglich war. Knapp davor löste sich Graham von mir und beugte sich hinüber zu seinem Nachttisch, um ein Kondom daraus hervorzuholen, das er sich überstreifte.

Es war eine ganze Zeit lang her, dass ich das letzte Mal mit einem Mann geschlafen hatte. Aufregung mischte sich mit purer Lust, doch ich war mir sicher, Graham würde vorsichtig und sanft sein, so wie er es immer gewesen war. Er war groß, aber ich vertraute ihm, als ich meine Beine weiter für ihn spreizte. Alles in mir pulsierte und wollte genau das hier. Während ich in seine Augen sah, verließen mich auch die letzten kleinsten Zweifel.

»Alles okay?«, fragte er.

»Ich bin ein wenig nervös«, wisperte ich.

»Ich auch.«

Ein Lächeln breitete sich auf meinem Gesicht aus. Ich verliebte mich nicht nur in seine Sanftheit oder wie einfühlsam er auf mich reagierte, sondern auch in seine Ehrlichkeit. »Wir lassen uns Zeit.«

Ich spürte seine Länge, die gegen meinen Venushügel drückte, und seufzte auf. Graham verteilte Küsse auf meiner Haut, meinem Hals, meinen Lippen, dem Ansatz meiner Brust. Ich entspannte mich und reckte mich ihm entgegen, schob die Oberschenkel weiter auseinander. Behutsam ließ er die Hand über meinen Bauch wandern, und ich stöhnte auf, als sein Daumen meinen Kitzler umkreiste. Es kam mir vor, als würde ich nur noch aus Gefühlen bestehen. Rauen, überwältigenden Gefühlen. Mein heftig klopfendes Herz trieb meinen Puls in die Höhe. Als meine Mitte sich erneut sehnsüchtig nach ihm zusammenzog, geriet ich in einen Rausch meiner Empfindungen. Mein Kopf schaltete sich aus, und mein Körper übernahm. Ich bäumte mich unter ihm auf, seufzte seinen Namen und bog mich ihm entgegen. Als ich seine Spitze da spürte, wo ich sie so sehnsuchtsvoll fühlen wollte, und sein Stöhnen vernahm, wollte ich ihn wie nichts anderes zuvor. »Ja«, stieß ich atemlos hervor, während er in mich glitt und sich langsam bewegte. Es dauerte einen Moment, ehe ich die erneute Anspannung loslassen konnte, dann jedoch konnte ich wieder nur noch fühlen.

Graham war überall. Auf meinen Lippen, in meinem Herz, meinem Körper.

Ich hielt mich an ihm fest wie er sich an mir. Seine ersten, zögerlichen Bewegungen wurden von etwas anderem abgelöst. Etwas, das auch meinen Körper übernahm. Seine Stöße wurden drängender, ich konnte deutlich die zitternde Zurückhaltung spüren, weil er sich immer noch zügelte. Meine Beine klammerten sich um seine Hüften, und meine Hände fanden zu seinen Wangen, damit er mich anschaute und in meinem Blick lesen konnte, wie es in mir aussah.

Ich wollte mehr, all seine Leidenschaft, jeden einzelnen seiner Küsse, seine warme, feuchte Haut unter meinen Fingern. Ich war bereit, mich ihm vollständig hinzugeben, und genoss jede einzelne Sekunde unserer engen Verbindung. Sein Mund fand meinen und unsere Lippen schluckten unser lauter werdendes Keuchen. Ungezügelt pulsierend zog ich mich um ihn zusammen, verlor mich in und mit ihm. Ich keuchte seinen Namen, während ich heftig kam und spürte, wie auch er losließ, und sein dunkles Raunen mich in ungeahnte lustvolle Höhen trieb.

Es dauerte einen Moment, ehe wir wieder zu Atem gelangten. Graham hielt mich so lange, bis ich das Gefühl hatte, festen Boden unter mir zu haben.

Sanft strich ich mit den Fingern über sein Gesicht und zeichnete die Konturen nach. Graham schaute mich lächelnd an. Mehr brauchte es nicht, dass ich ihm erneut verfiel.

Kapitel 30

Graham

Im Vergleich zu Lakes und Wyatts luxuriösem Haus war die Blockhütte, in der ich wohnte, ein Gartenschuppen. Was völlig in Ordnung war, ich liebte meine Hütte am See, und Lake und Wyatt hatten sich jeden Quadratzentimeter verdient.

Wie unser Farmhaus bestand auch ihr neues Heim aus grauem Stein und viel Holz. Es wurde an einem kleinen Hang errichtet, im unteren Bereich gab es eine große Garage und eine Steintreppe, die von zahlreichen bunt blühenden Blumen umsäumt war und nach oben in den ersten Stock zum Haupteingang führte. Ich wusste, dass meine Mom mal wieder ihre Finger bei der Gestaltung des Gartens im Spiel gehabt hatte, dafür war sie einfach geschaffen.

»Wow«, rief Liz staunend aus, während wir aus dem Auto stiegen und vor der Treppe standen. Das Haus war in einem Stück des Waldes, abgelegen von der Innenstadt und nur wenige Gehminuten zu Lakes Yogastudio entfernt. Cassie, die ihnen das Haus vermittelt hatte, hätte es nicht besser treffen können. Sie war nicht nur die einzige Maklerin hier in der

Gegend, sondern auch eine der Besten. Wir kannten sie seit unserer Schulzeit, denn sie war gemeinsam mit Brax zur Schule gegangen. Nach einigen Auseinandersetzungen in unserer Jugendzeit kamen wir mittlerweile ganz gut miteinander aus. Im Gegensatz zu Brax, der immer noch seinem besten Freund Jackson hinterhertrauerte, der New Hope nach der Highschool wegen Cassie und einem Konflikt mit ihrem Vater verlassen und den Kontakt zu allen vollständig abgebrochen hatte.

Brax' Wagen und der meiner Eltern parkten am Straßenrand, und im Laufe des Abends würden es sicherlich noch viel mehr werden. Lake und Wyatt konnten froh sein, keine Nachbarn zu haben, die laute Partygeräusche störten. Dumpf drang von drinnen Musik zu uns, und hinter dem Haus hörte man einzelnes Gelächter. Ich war nicht gerade ein Partytier. Ich seufzte, und Liz drückte meine Finger. Als ich sie anschaute und ihr Lächeln entdeckte, wurde der Abend ein Stück weit besser.

»Wir werden sicherlich einen riesigen Spaß haben!«, sagte sie, wobei ihre Augen aufgeregt funkelten. Liz hatte ihr Leben ein Jahr lang auf Eis gelegt, das hatte sie mir selbst erzählt. Nun, wo ihre Lebensenergie zurückkam, sah ich ihr an, dass sie bald bereit für neue Abenteuer sein würde. Sie stammte aus San Francisco, einer Großstadt, die nicht vergleichbar mit dem Leben hier war. Irgendwann in ihrer Vergangenheit hatte sie diesen Weg gewählt. Würde sie es wieder tun, wenn sie die Möglichkeit hatte? Wäre ich der richtige Partner für sie auf dieser Reise?

»Was ist los, über was grübelst du?«, fragte sie und strich mir mit dem Finger über meine gerunzelte Stirn.

Sie hatte recht, und ich wollte ihr den Abend nicht mit solchen Überlegungen verderben. Wir hatten uns gerade erst gefunden, gestern war ein unglaublicher Tag mit ihr gewesen, und der heutige hatte genauso begonnen, wie der davor aufgehört hatte. Wir waren uns nähergekommen, hatten uns geliebt, uns unterhalten und wieder geliebt. Und ich dachte darüber nach, wie das enden könnte? Ich war entweder total durch den Wind oder masochistisch veranlagt.

Sie stellte sich auf die Zehenspitzen und drückte mir einen Kuss auf die Lippen. »Wir können gehen, wenn du möchtest«, wisperte sie und traf damit genau den Punkt, der mich beschäftigte.

Schnell schüttelte ich den Kopf. »Lake würde mir das auf ewig übelnehmen. Ziehen wir es durch.« Leicht drückte ich ihre Finger und erntete erneut ein breites Grinsen.

Noch ehe wir die Treppenstufen vollständig erklommen hatten, riss jemand die Eingangstür auf. »Onkel Graham, Liz!« Ruby nahm Anlauf und sprang die Stufen nach unten und mitten in meine Arme. Ich hielt sie fest, und sie strahlte uns an. Sie hatte so viel von ihrem Dad, dass es manchmal fast gruselig war. Mit ihrer temperamentvollen Art erinnerte sie mich an viele Tage aus unserer Kindheit. Brax war erst zu bändigen gewesen, als Dad ihm das Schnitzen beigebracht hatte. Es gab nichts, bei dem er sich mehr konzentriert hatte. »Ich habe auf euch gewartet!«

»Offensichtlich«, erwiderte ich lachend.

»Ich muss euch unbedingt etwas zeigen!« Sie zappelte in meinem Griff, und ich ließ sie hinunter. »Kommt!« Hibbelig fasste sie nach unseren Händen, wir schenkten uns einen amüsierten Blick und ließen uns von Ruby um das Haus herumziehen. Ein wunderschöner offener Garten empfing uns. Lake und Mom hatten wirklich ganze Arbeit geleistet, und mit einer schmalen Sitzecke aus massivem Holz am Rand des Grundstücks erkannte ich auch Brax' Handschrift.

Ruby deutete am Wald vorbei auf eine riesige Wiese, auf der zahlreiche Wildblumen zwischen dem saftig grünen Gras leuchteten, während die untergehende Sonne sie in perfektes Licht tauchte. Schade, dass Liz ihre Kamera nicht dabeihatte, ich konnte mir gut vorstellen, dass dieser Anblick ein fantastisches Foto gegeben hätte.

»Lake hat mir gesagt, wir können mit den Wieseln auf der Wiese ein Zeltlager machen und übernachten! Wäre das nicht toll! Was sagt ihr?«

»Das ist eine großartige Idee, Rubs.« Ich verstrubbelte ihr braunes Haar.

»Wirklich ein perfekter Platz«, sagte auch Liz, und Ruby strahlte zufrieden.

»Hey, schön, dass ihr da seid!« Wir sahen nach oben zur Terrasse, und Wyatt lehnte am Edelstahlgeländer und winkte uns zu sich hoch. Nachdem wir hinter Ruby die Treppe hochgestiegen waren, bewunderten wir kurz die Aussicht auf die Wiese und die untergehende Abendsonne. Brax stand mit einer türkisfarbenen Schürze, auf der *Kiss the Cook* geschrieben war, vor einem übertrieben großen Gasgrill aus rostfreiem Stahl.

»Alle Achtung«, sagte ich zu Wyatt und deutete mit dem Kopf in die Richtung des ziemlich teuer aussehenden Grills.

»Ja, oder?«, erwiderte Wyatt breit grinsend.

»Aber du musst nicht sehr an dem Teil hängen, wenn du Brax als Grillmeister auserkoren hast.«

Unsere Blicke wanderten besorgt zu Brax, der pfeifend irgendetwas auf dem Rost herumdrehte und danach die Melodie eines Popsongs summte. »Meinst du wirklich?«, murmelte Wyatt zweifelnd.

Freundschaftlich schlug ich ihm auf die Schulter. »Er wird schon nicht euer neues Haus abfackeln.« Leise Flüche klangen von Brax zu uns, und er schüttelte seine Hand aus, als hätte er sich verbrannt. »Zumindest nicht gleich«, fügte ich hinzu.

»Die Dekoration ist wunderschön!«, schwärmte Liz und lenkte Wyatt von seinen Zweifeln ab. Er seufzte noch einmal und wandte sich dann wieder uns zu. Liz hatte recht, es war wirklich ganz hübsch dekoriert. Überall hingen weiße Papierlampions, Stehtische waren am Rand der Terrasse aufgestellt, und ein Blick durch die geöffneten, raumhohen Terrassentüren nach drinnen sagte mir, dass die beiden auch dort nicht gespart hatten.

»Ihr kennt Lake, sie wollte, dass alles perfekt ist. Ach, da ist sie ja!« Wyatt streckte die Hand aus, und wir drehten uns in die Richtung um. Lake ergriff seine Finger, ließ sich in eine Umarmung ziehen, und er drückte ihr einen Kuss auf die Stirn, ehe er sie losließ und sie uns begrüßte.

»Es ist wunderschön hier! Und das Haus!«, meinte Liz und schaute sich mit großen Augen um.

»Ja, Cassie, unsere Maklerin, hat ein richtiges Händchen für solche Schmuckstücke! Wir sind selbst noch total sprachlos! Kommt, ich zeig es euch!«

»Viel Spaß!«, sagte Wyatt mit einem Zwinkern in meine Richtung und eilte zu Brax, der laut fluchend ein Stück Fleisch auf dem Grill umdrehte, bei dem eine gigantische Dampfwolke in den Himmel stieg. Rubys Kichern klang über die gesamte Terrasse, und ich wandte mich kopfschüttelnd ab. Hoffentlich kam Josh bald und rettete das Abendessen, das sonst nur noch aus verbrannten Kohlestücken bestehen würde. Brax konnte ganz annehmbar kochen, zumindest besser als ich, doch an einem Grill hatte er so viel zu suchen wie in einer Damenumkleide.

Wir betraten das Wohnzimmer und entdeckten Mom und Dad, die in einer offenen Küche auf der rechten Seite standen und Häppchen auf Teller anrichteten. Die beiden lachten miteinander und wirkten wie immer total entspannt. Es gab nur wenige Momente in unserer Kindheit, an die ich mich erinnerte, in denen sie sich gestritten hatten. Meistens hatte Brax damit zu tun gehabt, in den seltensten Fällen Lake oder ich.

»Können wir irgendetwas helfen?«, fragte Liz.

»Wir haben drei Kinder und etliche Obstbäume großgezogen, da werden wir noch mit ein paar Gästen klarkommen.«

Lake gab ihr einen Kuss auf die Wange. »Danke, Mom. Ich zeige Liz und Graham schnell das Haus, dann sind wir zurück.«

»Lasst euch Zeit.«

Dad nickte mir zu und grinste breit, als er Liz' und meine ineinander verschlungenen Finger sah. Ich erwiderte das Nicken, dann zog mich Liz auch schon weiter, damit wir hinter Lake herkamen.

Wir durchquerten ein gemütliches Wohnzimmer, das mit viel Holz und in hellen Tönen eingerichtet war. Lake hatte nicht viele Möbel aus ihrem Kinderzimmer bei Mom und Dad mitgenommen, und Wyatt besaß ebenfalls nicht sehr viel Eigenes durch seine vorherige Reiserei als Musiker. Soweit ich wusste, hatte er sein Apartment in Los Angeles möbliert erstanden und nachdem er beschlossen hatte, fest hierherzuziehen, komplett verkauft. Sie hatten sich fast alles von Brax bauen lassen und nur wenige Stücke eingekauft. Der eigentliche Umzug war also innerhalb eines Tages geschafft, und die beiden hatten weder Brax noch mich dabei um Hilfe gebeten. Meine kleine Schwester wollte alles selbst schaffen, das war schon immer so gewesen, und ich war kein Typ, der sich aufdrängte. Sie wusste, wenn sie wirklich etwas benötigte, konnte sie jederzeit zu mir kommen.

Eine Glastür trennte den Flur vom Wohnzimmer, und während Lake uns etwas über das Haus erzählte und dass sie gar nicht viel ändern mussten, stiegen wir eine geschwungene Treppe aus dunkelbraunem Holz hinab. Lake öffnete eine Tür, und dahinter erschien ein perfekt eingerichtetes Aufnahmestudio. Die Wände waren in Kieferngrün gestrichen, in einer Ecke stand eine braune Ledercouch und in der anderen war eine schmale Kabine, die durch Glaswände vom restlichen Raum abgetrennt war. Für meinen laienhaften Blick wirkte es ziemlich professionell.

»Wyatt nimmt hier unten die Songs auf, die er für unsere Tante Andi schreibt, hin und wieder besucht uns ein junger Musiker, dem Wyatt hilft. Er hat sich einen Traum erfüllen können«, erklärte Lake mit Stolz in der Stimme. Nicht nur sie hatte ihre Berufung gefunden, auch Wyatt schien es besser denn je zu gehen, seitdem er in New Hope aufgekreuzt war.

Lake zeigte uns auch noch die anderen Räume: ein ausgebauter Dachboden mit breiten Fenstern, den sie für ihre eigenen Yoga-Sessions benutzte, außerdem ein Schlafzimmer mit einem gigantischen Badezimmer und zwei freie Räume im Stockwerk darunter. Ich war mir sicher, dass es nicht mehr lange dauern würde, bis Wyatt den Mut fand, Lake einen Antrag zu machen. Jeder von uns, einschließlich mir, freute sich darüber, dass die beiden in diesem Frühling ihr Glück gefunden hatten. Es fühlte sich an, als wäre es bereits eine Ewigkeit her. Aber genauso fühlte es sich mit Liz an, als würde ich sie schon Jahre kennen.

Nachdem wir wieder die Terrasse betraten, stellten wir fest, dass diese überfüllt mit Menschen war. Endlich war auch Midge mit Easton und Josh gekommen, der zu unser aller Erleichterung die Zubereitung des Essens übernahm. Wir begrüßten Lakes Freundin Emilia, einige Leute aus dem Ort und Cassie, die mit einem Weinglas bei Emilias Schwester Ginger stand. An jeder Ecke der Terrasse und des Wohnzimmers befanden sich Leute, die sich unterhielten, lachten und Spaß hatten. Und Lake zeigte den meisten von ihnen ebenfalls das Haus.

Auch wenn ich im Grunde alle Gäste, die hier waren, kannte, war ich froh, Liz an meiner Seite zu wissen. Und auch sie schien sich nicht unwohl zu fühlen, während wir uns Getränke nahmen und uns zu den anderen neben den Grill stellten. Liz ging zu Lake, Midge und Emilia und warf mir hin und wieder einen Blick zu, als müsste sie prüfen, dass ich noch da war. Und das war ich. Das würde ich immer für sie sein.

Kapitel 31

Liz

Ja, okay, ich war ein wenig beschwipst. Was nicht gerade schwer war, weil Midge mir Wein nachgeschenkt hatte, während sie mich darüber ausquetschen wollte, wie ich zu Graham stand. Vielleicht war ich bereit für den nächsten großen Schritt, meine Wohnung in San Francisco zu kündigen. Alle Brücken zu der Stadt abzubrechen, in der mehr negative als positive Erinnerungen hingen.

»Oh nein, bitte nicht«, sagte ich und schüttelte den Kopf, da Midge Lake, Emilia und mir erneut die Gläser füllen wollte. Weil ich so selten Alkohol trank, fühlte sich dieses dritte Glas in meiner Blutlaufbahn an wie der Inhalt eines großen Weinkellers.

»Wenn ich nicht trinken kann, müsst ihr meine Ration übernehmen«, sagte sie grinsend, aber ich hielt meine Hand über den Glasrand.

»Ab jetzt nur noch Wasser«, erwiderte ich versöhnlich.

Midge zwinkerte mir zu. »Lake erzählt die besten Witze, wenn sie ein wenig betrunken ist«, sagte sie leise zu mir, und diesmal musste auch ich lachen. Wir saßen auf Lakes und

Wyatts gigantischer Couch aus grauem Stoff, viele der anderen Gäste waren bereits gegangen, und ich musste zugeben, der Abend war wirklich toll gewesen. Wir hatten gelacht, Spaß gehabt und getanzt. Sogar Graham war über seinen Schatten gesprungen und hatte mich bei einem langsamen Song auf der provisorischen Tanzfläche an sich gedrückt. Die Einzige, die mir zu meinem Glück fehlte, war Payton.

»Ihr müsst jemanden kennenlernen!« Emilia und Midge runzelten die Stirn, als ich umständlich mein Smartphone aus meiner Tasche zog. Lake kam zu uns und setzte sich im Schneidersitz neben mich.

»Alles okay?«, fragte sie.

Schnell nickte ich. »Ich möchte euch meine beste Freundin Payton vorstellen.« Ich wählte ihre Nummer, und nur wenige Sekunden später tauchte ihr Gesicht auf dem Display auf. Sie trug ihre seidigen Haare offen, die ihr bis knapp zu den Schultern reichten. Ihre grauen Augen hatte sie schwarz umrandet geschminkt, und im Hintergrund erkannte ich die Bar, in der wir hin und wieder am Abend einen Drink hatten.

»Hey!«, meinte sie strahlend. Sogar ihre Lippen waren knallrot und betonten den gebräunten Ton ihrer Haut.

»Du hast ein Date«, stellte ich fest.

»Was? Wie kommst du denn dadrauf? Ich bin hier mit Hugo!« Sie drehte ihr Handy, und ihr Arbeitskollege Hugo winkte breit grinsend in die Kamera. Mit seinen schwarzen, dichten Locken und den langen Wimpern über seinen dunklen Augen war er eigentlich genau Paytons Beuteschema. Trotzdem würden sie nie mehr als Freunde sein, was gut so war, denn beide waren viel zu temperamentvoll, das würde nicht im Guten enden. Außerdem war Hugo ein ziemlicher Aufreißer, und ich hatte ihn noch nie länger als ein Wochenende mit der gleichen Frau gesehen.

Payton erschien erneut, und ich wechselte das Thema. »Ich wollte dir meine neuen Freundinnen vorstellen. Lake, Midge und Emilia.« Ich drehte das Display, sodass sie jede von ihnen begrüßen konnte. Ich hoffte, bald könnten sie sich auch persönlich kennenlernen.

»Und Brax«, vervollständigte eine dunkle Stimme. Als ich die Vorstellungsrunde beendet hatte, stand plötzlich Brax vor uns und strahlte in die Kamera. Sein Grinsen wurde noch breiter, und in seinen Augen glitzerte pure Neugier. »Und du bist?«, fragte er.

Ich wandte das Handy wieder zu mir. »Nichts für dich«, erwiderte ich schnell und grinste ihn an. Er ließ die Schultern sinken.

»Lass Liz' Freundin in Ruhe«, warnte Lake, und Brax schürzte die Lippen.

»Wer war das?«, hörte ich Payton.

»Lakes Bruder«, antwortete ich mit gesenkter Stimme.

»Der besser aussehende von den beiden«, rief er, und Lake rügte ihn erneut.

»Lake hat zwei Brüder?«

Ich nickte. »Das war aber nicht der Grund für meinen eigentlichen Anruf.«

»Hey, warte mal, hast du etwa getrunken?«, fragte sie mich. Im Hintergrund vernahm ich immer noch, wie Lake mit Brax diskutierte und ihn daraufhin fortschickte. Er murmelte noch etwas, aber verschwand dann allerdings auf die Terrasse, wo Josh, Wyatt und Graham warteten. Die Kinder lagen im Schlafzimmer und waren vor über einer Stunde eingeschlafen. Mittlerweile war es auch wirklich spät, und ich war bereit, ebenfalls nach Hause zu fahren.

»Ein wenig. Midge hat es vielleicht etwas zu gut mit dem Wein gemeint.« Ich warf ihr ein Lächeln zu.

»Gern geschehen«, meinte diese lachend.

»Ich mag Midge jetzt schon«, sagte Payton und hob ihr Weißweinglas zum Prost.

»Es wird Zeit, dass du uns besuchen kommst.«

»Das bedeutet, du bleibst noch?«, fragte sie und grinste breiter.

»Ich denke schon.«

»Das ist wundervoll. Gib Bescheid, wenn ich mich um deine Wohnung oder irgendetwas anderes kümmern soll.« Hugo schubste sie von der Seite an und flüsterte etwas in ihr Ohr, das ich nicht verstehen konnte. Plötzlich wirkte Payton gehetzt und nervös. So kannte ich sie sonst gar nicht.

»Was ist los?«, wollte ich dringend wissen.

Payton warf mir einen Luftkuss zu. »Ich muss Schluss machen, melde mich morgen, lieb dich, bye bye!« Und die Verbindung war unterbrochen. Ich schaute die anderen an, und die zuckten nur mit den Schultern.

»Sie wird es dir sicherlich erzählen, wenn sie Zeit hat«, sagte Emilia.

»Ja, das denke ich auch.« Ich steckte das Smartphone zurück in meine Tasche, und in dem Moment trat Graham durch die Tür herein. Er stellte leere Flaschen, die er anscheinend von draußen eingesammelt hatte, auf die Küchentheke und kam zu uns. Je näher er mir war, umso mehr kribbelte meine Haut, und ich sehnte mich nach ihm.

Ein Lächeln erschien auf meinen Lippen, ohne dass ich es verhindern hätte können.

»Hi«, sagte er, und ich spürte sein Zögern. Er wollte sicherlich gehen, mich aber nicht von dem Gespräch mit meinen neuen Freundinnen losreißen.

»Ich glaube, wir fahren mal langsam, oder?«, fragte ich, und er nickte dankbar. Er hatte lange ausgehalten, dafür, dass er behauptete, nicht gerne auf Partys zu gehen. »Lake, es war ein wundervoller Abend!« Ich lehnte mich zu ihr und schenkte ihr eine Umarmung, ehe ich aufstand und an Grahams Seite trat.

»Mädels, euch noch eine gute Nacht!«

Wir verabschiedeten uns auch von den anderen, als wir bei Brax angekommen waren, ignorierte ich grinsend seine Fragen nach Payton und lief mit Graham Arm in Arm zu seinem Auto. Ich spürte leichte Müdigkeit, gleichzeitig war ich aufgeputscht vor Glück und dem Herzklopfen, das ich in Grahams Nähe hatte.

Er öffnete mir die Tür, und ich stieg ein, ehe er ebenfalls Platz nahm und wir zurück zu unserem See fuhren. Es war schön, einen Ort zu haben, an dem man sich wohl und zu Hause fühlen konnte. An dem man immer wieder zurückkehren und frische Energie tanken konnte.

»Hattest du einen schönen Abend?«, erkundigte sich Graham, nachdem er den Wagen geparkt und sich abgeschnallt hatte. Ich löste ebenfalls den Gurt. Grahams Duft, allein der Anblick seiner vollen Lippen brachte mich dazu, noch näher zu ihm zu rutschen. »Midge hat es gut mit dem Wein gemeint«, stellte er mit einer hochgezogenen Augenbraue und einem Schmunzeln fest.

Ich zuckte mit den Schultern. »Ein wenig.« Als ich auf seinen Schoß kletterte und rittlings auf ihm saß, atmete Graham stoßweise aus.

»Was wird das hier?«

»Keine Ahnung, ich bin mir selbst noch nicht sicher.« Ich beugte mich vor und hauchte Küsse auf seine Lippen. Als ich die Hüften bewegte, kam ein dunkles Raunen aus seinem Mund, das mich nur noch fordernder werden ließ. »Ich will dich«, flüsterte ich in sein Ohr.

Graham ließ die Hand zu meinem Nacken gleiten. »Hier?«

»Wieso nicht?«, fragte ich leise und drückte mich enger gegen seine Brust. Sein Körper war fest und stark, meine Hände glitten hinunter über seinen Bauch bis zu dem Jeansbund. »Ich warte schon den ganzen Abend darauf, dass wir allein sind.« Nicht nur, dass meine Stimme zurückgekommen war, ich fühlte mich in allen Belangen freier. Diesmal wollte ich die Initiative ergreifen und Graham zeigen, wie sehr ich ihn mochte und vor allem, wie sehr ich ihn wollte.

Er griff in meine Haare und zwang mich mit sanfter Bestimmtheit, ihn anzuschauen. Tief sah er mir in die Augen, und ich atmete flacher, weil die Intensität meiner Gefühle mich erneut überraschte. Als wäre ich immer noch nicht daran gewöhnt, was allein Grahams Blick in mir auslöste. Herzklopfen. Ein Kribbeln überall in meinem Körper. Wärme. Zuversicht. Liebe.

»Zum ersten Mal seit einem Jahr wollte ich einem Menschen etwas mit meinen eigenen Worten sagen, etwas Bedeutendes. Das hast nur du geschafft«, hauchte ich.

Sein Blick wurde noch etwas weicher. »Liz …«, erwiderte er voller Zärtlichkeit, und ich drückte ihm sanft einen Finger auf die Lippen.

»Wir kennen uns erst ein paar Wochen und trotzdem hast du es vom ersten Tag an geschafft, etwas in mir auszulösen. Ich will dich, nicht nur jetzt und hier, auch morgen, übermorgen und immer. Das wollte ich nur endlich einmal aussprechen.«

Als er sich langsam vorbeugte und mich küsste, konnte ich sein Lächeln an meinem Mund spüren. Unser Kuss wurde fordernder, bis nur das Geräusch unserer aufeinandertreffenden Lippen und unser keuchender Atem den Innenraum erfüllte. Ich griff hinunter zu seinem Reißverschluss, öffnete ihn und ließ den Knopf darüber aufspringen. Fahrig strich Graham mein Kleid nach oben und fuhr mit seinen rauen Händen meinen Po entlang. Sein Finger rieb ganz sachte unter den Stoff, nur eine federleichte Berührung, doch es reichte aus, dass sich alles in mir auf köstliche Art zusammenzog. Allein dass wir immer noch angezogen waren, ließ Erregung durch meinen Körper rauschen und machte diese gesamte Situation mehr als unanständig. Ich stöhnte auf, sobald seine Finger ganz unter dem Bund meines Slips verschwanden und ihn zur Seite schoben. Das erste Mal, als seine Haut auf meine traf, bebten mein Körper und meine Seele gleichzeitig im Takt meines schnellen Herzens.

Er hob sein Becken und holte ein Kondom aus seiner Gesäßtasche, meine Hände strichen über sein Shirt, ertasteten die straffen Erhebungen seiner Muskeln.

»Allzeit bereit, so liebe ich meinen Pfadfinder«, wisperte ich.

Seine Mundwinkel zuckten und Fältchen erschienen um seine Augen herum, doch er schenkte mir kein ganzes Lächeln. Stattdessen fand seine Hand erneut meinen Nacken und sein Keuchen, als unsere Lippen aufeinandertrafen, war rau, unbeherrscht und tief. Unsere Bewegungen wurden drängender, er wollte diesen Moment genauso sehr wie ich und meine Hand glitt zu seiner Hose. Ich half ihm, diese ein Stück nach unten zu ziehen. »Los, bitte«, flehte ich unzusammenhängende Worte, denn ich wollte nichts mehr, als ihn zu spüren. So nah, wie es nur möglich war. Er streifte sich das Kondom über, und ich senkte mich auf ihn. Wir stöhnten beide auf, sowie ich ihn in mir aufnahm und einen Moment verharrte, weil mich das Gefühl völlig vereinnahmte.

Langsam bewegte ich mein Becken, ritt ihn leidenschaftlich und tief, während er mein Gesicht mit beiden Händen umschloss und mich leidenschaftlich küsste. Ich stöhnte Worte, die ich selbst nicht verstand, fühlte Graham überall und hoffte, dass dieser Moment ewig dauern würde. Seine Stöße wurden stärker, unser Keuchen lauter und unsere Küsse inniger und unkontrollierter. Alles, was ich hatte, gab ich ihm und spürte, dass es ihm ganz genauso ging. Ich war ihm für so vieles dankbar, für die Worte, die er mir zurückgab, die Liebe, die ich zum ersten Mal im Leben fühlen durfte, die vielen kleinen Momente, die er mir hier geschenkt hatte.

Ich spürte das sehnsüchtige Ziehen in meiner Mitte, als ich kurz vor meinem Höhepunkt stand. Er löste seine Lippen von mir und sah mich an, als wollte er jede Regung von mir in sich aufsaugen. Jedes Gefühl, das er verursachte, jedes Aufatmen und Luftholen meines Herzens. Seine Hand griff fester in mein Haar, als müsste er die Emotionen, die ihn ebenso wegzuspülen drohten, irgendwie herauslassen.

Ich krallte mich mit den Fingern in den Sitz hinter ihm, während wir gemeinsam kamen und uns dabei tief in die Augen schauten, uns zusammen wieder ein Stück gegen das wappneten, was noch vor uns lag.

Graham schenkte mir einen langen Kuss, ehe ich mich neben ihn setzte und wir unsere Kleidung richteten. Das Hochgefühl rauschte immer noch in meinen Venen, bis ich spürte, dass Graham sich plötzlich vor mir verschloss. Das dumpfe Pochen in meinem Innern, dass dort immer noch etwas war, das er mir nicht erzählte, schlug heftig gegen das Glück in mir an.

»Ist alles in Ordnung?«, fragte ich leise.

Er beugte sich zu mir hinüber und küsste mich flüchtig. »Das war unglaublich, danke.«

Er zögerte, und genauso wie er mir meine benötigte Zeit ließ, wartete ich ab, bis er von sich aus den Mut gesammelt hatte, mir das zu sagen, was ihn wohl schon seit einer Ewigkeit bedrückte. Ich spürte es ihm an, denn mir ging es ganz genauso. Er suchte in meinen Augen nach einer Antwort. Ich rutschte wieder näher zu ihm. Mein Herz schlug diesmal heftig vor Aufregung gegen meinen Brustkorb.

»Ich bin da.«

Er wich meinem Blick aus und starrte durch die Windschutzscheibe nach draußen in die Dunkelheit. Sein Atem kam tief und schwer, und ich erkannte ganz genau den Kampf, den er in seinem Innern führte. Als er mich erneut anschaute, konnte ich erkennen, dass er ihn verloren hatte. Er nahm meine Hand und küsste meine Fingerknöchel, bevor er mir ein schwaches Lächeln schenkte.

»Danke«, erwiderte er so leise, dass ich es kaum verstand. Dann öffnete er die Wagentür, stieg aus – und schien mich ganz auszuschließen. Ich war mir nicht sicher, ob dies der richtige Weg war, aber ein Stück weit konnte ich seine Reaktion auch nachvollziehen. Egal, was es war, das er erlebt hatte, es verfolgte ihn genauso wie meine Dämonen mich, und es war unfassbar schwer, aus ihrem Tanz auszubrechen. Ich hoffte nur, dass Graham mir irgendwann so vertrauen würde, dass er sich mir ganz öffnen konnte, so wie ich mich ihm.

Kapitel 32

Liz

Der Regen prasselte unablässig gegen die Scheiben, doch das trübte die heutige Stimmung nicht. Die Kinder waren bester Laune, Becky und ich bastelten in der Verpflegungshütte mit den kleineren Pappkarten, auf die wir getrocknete Blumen und Blätter klebten. Die größeren Kinder saßen mit Levin in einer Ecke auf einem Lager aus Kissen und hörten ihm beim Gitarrespielen zu. Die Melodie war wunderschön, ein wenig traurig. Er hatte definitiv Talent, vielleicht sollte er mal was zusammen mit Wyatt machen. Graham hatte heute Dienst im Park, aber auch wenn er nicht da war, fühlte ich ihn immer noch auf meiner Haut. Nach der Einweihungsfeier hatten wir kaum eine Sekunde ohne einander verbracht. Ohne einen Kuss, ein Lächeln, eine Berührung. Obwohl ich spürte, dass ihn etwas bedrückte.

»Das ist wunderschön«, gebärdete ich zu Fynn, der mir ein scheues Lächeln schenkte. Jeden Tag waren wir uns ein Stückchen nähergekommen, und er hatte sich mir mehr geöffnet. Nachdem ich ihm erklärt hatte, dass ich wieder sprechen konnte, hatte er sich sichtlich für mich gefreut. Ihm dabei

zuzusehen, wie er seine Ängste jeden gemeinsamen Tag ein wenig mehr besiegte, machte nicht nur mich stolz. Denn mittlerweile fing er an, mit den anderen Kindern warm zu werden. Ruby hatte sich von mir einige Gebärden zeigen lassen und brachte diese wiederum ihren Freunden bei. Ich hatte den Eindruck, dass Fynn sich nicht mehr so ausgeschlossen fühlte und die anderen größere Rücksicht auf ihn nahmen, seitdem er mit ihnen kommunizieren konnte.

»Danke«, erwiderte er und tippte auf meinen Bastelbogen. *»Deins auch.«* Ich war in solchen Dingen nicht besonders talentiert, doch es war süß, dass Fynn mich ermutigen wollte. Becky hielt eine wunderschöne Karte in die Höhe und an allen Ecken erklangen Ahs und Ohs.

»Angeberin«, meinte ich zu Fynn, und der grinste noch breiter.

»Das hab ich verstanden«, sagte Becky gespielt verletzt und zwinkerte Fynn zu. »Aber ist okay, Neid ist meine Anerkennung, oder wie sagt man so schön?«

»Genau so.«

»Übrigens müssen wir bald mal das Zeltlager am Ende des Sommers fertig organisieren. Zwei Wochen mit diesen verrückten kleinen Wieseln, werden wir das überhaupt überleben?« Becky schubste Ruby spielerisch mit ihrer Schulter an, die neben ihr saß und kicherte.

»Oh ja, das Zeltlager! Übernachtungen! Stockbrot! Und megalange wach bleiben!«, jubelte ihre Freundin Claire, und die anderen stimmten mit ein.

»Die Zelte sind mittlerweile aufgebaut, es geht noch um die Verpflegung, oder?«

»Außerdem ist da noch die Sache mit dem kaputten Klo. Wenn Buddy uns bis dahin niemanden zur Reparatur schickt, wäre die einzige Option ein Plumpsklo, damit das eine übrige nicht dauerbesetzt ist.« Becky verzog angewidert das Gesicht, und auch ich war nicht sehr erfreut über den Gedanken. »Graham spricht das Thema heute bei Buddy und der Parkverwaltung erneut an. Die Einnahmen reichen nicht aus, um alles zu stemmen. Wir sind aber zuversichtlich.«

Ich spürte das Vibrieren meines Smartphones. Normalerweise schenkte ich meinem Handy während der Arbeit mit den Kindern keine Beachtung, doch als es zum dritten Mal in Folge vibrierte, zog ich es hinaus und sah auf das Display. Mom.

Verdammt, irgendwann musste ich mit ihr sprechen und damit meinte ich wirklich reden. Nicht mit Gesten oder in der Gebärdensprache, nicht mit Klopfzeichen, sie musste wissen, dass ich meine Stimme wiedergefunden hatte. Irgendwann war kein präziser Zeitpunkt, wenn es um meine Mom ging. Sie würde sich nach so langer Zeit nicht mehr mit einer Nachricht abspeisen lassen.

»Becky, ich bin gleich wieder da, wenn das in Ordnung ist?« Ich hob mein Handy nach oben, damit sie den Namen darauf lesen konnte. Ich hatte ihr nicht alles über meine Vergangenheit erzählt, doch ein wenig über das Verhältnis zu meiner Mutter.

»Klar, ich hab das im Griff. Oder, Wiesels?« Sie verstrubbelte Matthew, der gegenüber von ihr saß, die Haare, und der gab ein Schnauben von sich.

Ich nickte dankbar und lief nach draußen. Eng presste ich mich an die Hauswand und unter das schmale Vordach. Der Bereich um die Feuerstelle stand fast vollständig unter Wasser, und ich war froh, dass wir heute von heftigem Blitz und Donner verschont gewesen waren, denn ich war immer noch kein besonders großer Fan von Gewitter. Ich schlang einen

Arm um meinen Oberkörper und drückte das Handy ans Ohr.

»Elizabeth!«, stieß meine Mutter aus, als wäre sie selbst überrascht, dass ich dranging. Ich schloss die Augen. Wie lange hatte ich nun nicht mehr mit meiner Mom gesprochen? Und damit meinte ich, etwas gesagt, das sie auch interessierte.

»Mom«, flüsterte ich und hörte, wie sie den Atem einsog.

»Lizzie?«, stieß sie erstaunt hervor.

Lizzie. Eine Ewigkeit hatte sie mich schon nicht mehr so genannt, ich konnte mich fast nicht mehr daran erinnern. In diesem kurzen Moment war sie wieder meine Mommy, die Lucas und mir Geschichten zum Schlafen vorlas oder sonntags Zimtplätzchen backte.

»Du sprichst?«, sagte sie dann.

Ich räusperte mich, als müsste ich meine Stimme erneut wiederfinden. Der Wind nahm zu und mein Körper begann zu zittern. »Mir geht es besser, Mom.«

»Wann kommst du heim?«, wollte sie sofort wissen.

Ich unterdrückte ein Seufzen. Da war sie wieder, die herrische Art meiner Mutter, wenn sie etwas nicht unter ihrer Kontrolle hatte.

»Bald. Vielleicht.«

»Was soll das heißen?«

Ich sah sie förmlich vor mir, mit ihren schicken Blusen und der perfekten Frisur, aus der niemals eine einzige Strähne sich wagte herauszulösen. Als würden selbst die ihren strengen Befehlen folgen.

»Du sprichst wieder, was ist mit deinem Job, deiner Wohnung? Dein kleiner Ausflug war anscheinend erfolgreich, wieso noch länger im Nirgendwo bleiben?«

»Der Job ist vergeben, ich …«

»Das möchte ich nicht mit dir am Telefon ausdiskutieren!«

»Hast du was von Dad gehört?«

»Nein, aber er fragt sich sicherlich ebenso, wann du endlich zur Besinnung kommst«, erklärte sie harsch.

Meine Eltern hatten sich nach Lucas' Tod getrennt. Es hatte unsere gesamte Familie entzweit, und nachdem er abgehauen und wir nach San Francisco gezogen waren, standen wir mit ihm nur noch in sporadischem Kontakt. Meiner Meinung nach eher aus Gewohnheit heraus, wenn man fünfundzwanzig Jahre verheiratet gewesen war, und nicht, weil er sich wirklich noch für Mom oder mich interessierte.

»Ich habe hier einen Job«, wollte ich ihr erklären, doch sie unterbrach mich erneut, als würde es ihr im Grunde völlig egal sein, was ich in all der Zeit getan hatte. Sie wollte mich nur unter ihrer Fuchtel, in ihrem Radar wissen. Wie immer. Es hatte sich nichts geändert. Wieso hatte ich das auch nur angenommen?

»Das ist ja wohl nicht mehr als ein Ferienjob, Liebes.« Ich hasste es, wenn sie mich so nannte, denn das tat sie bei fast allen x-beliebigen Menschen. Es war ein hohles Füllwort mit einer feinen Note von Missachtung.

»Lass mich die nächsten Tage noch ein paar Dinge regeln, dann komme ich vorbei, und wir reden persönlich« antwortete ich ihr fest.

Sie stockte, denn so bestimmt hatte auch sie mich noch nicht gekannt.

»Okay«, entgegnete sie langsam.

Ihr Zögern verriet mir, dass sie noch irgendetwas sagen wollte, aber sie entschied sich dagegen. Stattdessen legte sie auf, und das Geräusch des Freizeichens hallte in meinem Kopf wider.

Ich hatte bereits eine Ahnung, dass dieser Besuch bei meiner Mom in einem Desaster enden würde. Es war wie eine unwohle Vorahnung, und diese sagte mir, dass ich hierbleiben sollte. Doch mir war klar, sie würde niemals lockerlassen, und ich musste ein für alle Mal mit meinem alten Leben abschließen. Denn das wollte ich, wirklich. Ich war mir nun mehr als sicher, nicht mehr zurück nach San Francisco zu fahren, um dort zu leben. Ich wusste nur nicht, ob jetzt schon der richtige Zeitpunkt für eine Begegnung mit meiner Mutter war und ich meine Gefühle nicht erst festigen sollte, ehe ich ihr gegenübertrat.

Ich schloss die Augen, ließ es zu, dass all die verschiedenen Emotionen auf mich einprasselten. Langsam ging ich einen Schritt vor, spürte die kalten Regentropfen auf meiner Haut und meinen Haaren. Das Gefühl war beängstigend und gleichzeitig belebend. Eine einzelne Träne löste sich aus meinem Augenwinkel, doch sie verweilte nur kurz bei mir. Zu schnell spülte der Regen sie fort, als hätte sie es niemals gegeben.

Hastig trat ich zurück unter das Vordach. Ich atmete tief ein, streckte den Rücken durch und setzte mein bestes Lächeln auf. Die Kinder und diese Tage mit ihnen waren mir mehr wert als die dunklen Gedanken, die meine Mom mit ihrem Anruf heraufbeschworen hatte. Ich würde mir die Zeit hier durch nichts und niemanden madig machen lassen.

Kapitel 33

Graham

Als ich nach der Arbeit nach Hause kam, hing ein Zettel an meiner Tür, und ich musste lächeln. Er erinnerte mich an unsere erste Kontaktaufnahme. Vorsichtig zog ich ihn aus dem Türspalt und erkannte Liz' Handschrift.

Ich hoffe, du hast Hunger. Finde mich und du erhältst deine Belohnung.

Ich sah an mir herunter, weil ich immer noch meine Rangeruniform trug, doch ich konnte keine Sekunde mehr warten, ehe ich Liz' Aufforderung folgte. Meinen Hut legte ich auf die kleine Bank neben meiner Eingangstür, öffnete die oberen beiden Knöpfe meines Hemdes und lief hinüber zu ihrer Hütte. Licht schien durch die Fenster, es war nicht wirklich schwer, sie zu finden. Ich klopfte dreimal an, aber erhielt keine Antwort. Stattdessen sprang die Tür auf, die nicht abgeschlossen war.

»Liz?«, rief ich ins Innere, doch nichts. Ein weiterer Zettel klebte direkt vor mir am Kaminsims.

Den ersten Schritt hast du schon einmal geschafft, jetzt geh dorthin, wo die Sterne in der Dunkelheit glimmen.

Mir fiel sofort ihr Bett ein, über die sie die Sterne, die ich ihr geschenkt hatte, an die Decke geklebt hatte. Dort auf den Laken lag ein Foto, und ich nahm es in die Hand.

Darauf zu sehen war ich. Es war aus der Ferne vom Rand des Sees geschossen worden, während ich meine morgendlichen Schwimmrunden absolvierte. Die Sonne erhob sich hinter den Berggipfeln, die uns umgaben. Ich strich mit dem Finger über die Berge, weil es sich anfühlte, als würden diese gleich aus dem Bild ragen. So wirklich sah es aus. Liz hatte tatsächlich ein wahnsinniges Talent dafür, Momente perfekt einzufangen.

Es blieb nur noch ein Ort, an dem sie sein könnte. Das Foto legte ich zurück auf ihr Bett, bevor ich zur Tür eilte und der Veranda ums Haus folgte. Schon als ich die Treppe nach unten zum See erreicht hatte, erkannte ich das flackernde Glimmen durch die Büsche und Bäume, die den Weg flankierten.

Langsam stieg ich die Stufen hinab, hörte das leise Zirpen der Zikaden und atmete stoßweise aus, sowie ich Liz erblickte. Sie stand mit dem Rücken zu mir und trug eine hellgraue Strickjacke über einem luftigen Kleid, das ihr bis zu den Waden reichte. Ihre Füße waren nackt, und ihre Haare lagen offen auf einer ihrer Schultern. Ihre Silhouette hob sich in der Dunkelheit der beginnenden Nacht ab. Es war spät, und ich hoffte, sie hatte hier nicht zu lange auf mich gewartet. Erst jetzt fiel mir die ausgebreitete Decke und ein geschlossener Korb auf. Ein Picknick? Überall in den Boden hatte sie Solarstecker gesteckt, die mit einer kleinen Laterne neben dem Korb den Bereich um die Decke genug erhellten, damit man ein wenig sah. Die Luft war vom heutigen Regen noch klamm und feucht, trotzdem war es nicht wirklich kalt. Der Natur hatte der Schauer definitiv gutgetan.

Leise trat ich hinter sie, und sie zuckte kurz zusammen, als ich mit meinen Händen zärtlich über ihren Bauch streichelte.

Sofort legte sie ihre Finger auf meine und lehnte sich an mich.

»Eine Schnitzeljagd, also?«

»Sehe ich aus wie ein Schnitzel?«, scherzte sie.

Ich lachte leise und drehte sie um, damit ich ihr in die Augen schauen konnte. »Wie etwas viel Besseres.« Ich küsste sie, und wir beide atmeten tief durch die Nase, während unsere Lippen fest aufeinander ruhten. So oft hatte ich heute an sie und daran gedacht, wie gern ich sie küssen wollte.

»Also, was ist das hier?«, fragte ich und deutete hinter mich. Sie tastete nach meiner Hand und zog mich zur Decke. Wir nahmen nebeneinander Platz, und Liz zauberte zwei Bierflaschen aus dem Korb. Überrascht zog ich die Augenbrauen hoch.

»Sorry, Phil hatte nicht gerade viel Auswahl, und ich habe nicht angenommen, dass du der Sekt-Typ bist.«

»Es hätte auch Wasser getan«, erwiderte ich grinsend und öffnete die Flaschen, ehe ich ihr eine reichte. »Also, womit hab ich das verdient?«

»Mit allem.« Sie zuckte mit den Schultern. »Du hast mich so oft zu deiner Familie mitgenommen und die wundervollsten Dinge für mich möglich gemacht. Es war an der Zeit, dass ich das für dich tue.«

»Du weißt, ich rechne so etwas nicht auf.«

»Ja, tue ich«, erwiderte sie lächelnd. »Und genau deshalb wollte ich es.«

Erneut öffnete Liz den Korb und kramte ein paar Cracker, Käsedip, klein geschnittene Möhren und allerlei andere Snacks heraus. »Ich wusste nicht, wann du kommst, deshalb dachte ich, Snacks wären besser als kaltes Abendessen.«

Ich zog sie an mich und küsste sie auf die Stirn. »Es wäre alles in Ordnung gewesen. Danke.«

Bedächtig nippten wir an unserem Budweiser und machten uns über das Essen her. »Das Foto ist übrigens wirklich toll.«

»Danke. Ich dachte, es wäre an der Zeit, alle Bilder, die ich hier geschossen habe, auch zu entwickeln. Lake gab mir den Tipp, dass es eine Möglichkeit im Supermarkt gibt.«

»Und dabei bist du auch auf die Idee mit dem Picknick gekommen?«

»Richtig.«

»Wo sind die anderen Fotos?«

»Oben.«

»Darf ich sie sehen?«

Sie zögerte einen Moment, als wäre sie noch nicht bereit, sie mir zu zeigen. Als sie zu mir aufsah, wirkte sie ein wenig beschämt. »Du darfst nicht denken, dass ich eine Stalkerin bin oder so etwas … Aber es sind ziemlich viele von dir.«

Ich lachte auf. »Zeig sie mir.«

»Ich hab dich vorgewarnt.« Sie drückte mir ihre Flasche in die Hand und kehrte wenig später mit einer Fototasche zurück. Wieder setzte sie sich neben mich und holte einen Stapel Bilder raus. »Sie sind noch unsortiert …«

»Ist okay«, sagte ich sanft und nahm sie ihr ab. »Die Kinder.« Ich musste lächeln, als ich die ersten Fotos aus dem Camp betrachtete.

»Ja, ich dachte, vielleicht möchte Becky sie den Eltern zeigen, damit sie sehen, was wir den ganzen Tag mit den Kindern machen. Oder als Werbung auf die Internetseite stellen.«

»Das ist eine tolle Idee, sie werden sich freuen.« Ich blätterte weiter, erkannte den Weg unserer ersten gemeinsamen Wanderung, den Ausblick von den Bergen, Wildblumen und leuchtend rote Beeren an einem Strauch, die Sonne über dem See und mich.

»Ich sagte doch, ich hab vielleicht ein wenig übertrieben.«

»Sie sind wunderschön, danke.« Ich war nie der Typ, der sich gern hatte fotografieren lassen, aber Liz' Bilder hatten irgendetwas an sich, dass ich fast stolz darauf war, auf ihnen für die Ewigkeit gebannt zu sein. »Du stehst wirklich sehr auf mich, oder?«, scherzte ich.

Leicht boxte Liz mir gegen den Oberarm. »Spinner.« Sie nahm mir die Bilder aus der Hand und legte sie zur Seite, ehe sie mit ihrem Gesicht ganz nah zu meinem kam. »Du weißt, wie sehr ich auf dich stehe.«

»Wie sehr?«, wisperte ich und zog sie an ihrer Taille näher zu mir und auf meinen Schoß. Sie drückte sich an mich, und ich spürte ihr wild klopfendes Herz in ihrer Brust.

»So sehr«, flüsterte sie. Als sie mich küsste, war ich kurz davor, ihr ebenfalls endlich zu sagen, wie sehr ich ihr verfallen war. Sie löste sich viel zu schnell von mir. »Aber ich muss dir noch etwas erzählen.« Sie spielte an den Knöpfen meines Hemdes. »Ich habe mit meiner Mom gesprochen. Sie möchte, dass ich nach Hause komme.«

Mein Körper spannte sich an. Da war der Moment, über den ich in den letzten Tagen sehr oft nachgedacht hatte. »Und was hast du vor?«

Sie zuckte mit den Schultern. »Ich muss auf jeden Fall mit ihr sprechen, am besten persönlich.«

Ich nickte, denn das klang vernünftig und sinnvoll. Wäre trotzdem nicht der Punkt mit ihrem zukünftigen Zuhause geklärt.

»Und ich habe mich gefragt, ob du mich nicht begleiten möchtest?«, brachte sie hervor.

»Wirklich?«

»Nur wenn du willst, du musst natürlich nicht, die Fahrt dauert ewig und es wäre San Francisco, ich weiß ja, dass du Städte …«

»Okay«, unterbrach ich ihren Redefluss.

Sie schaute mich eindringlich an. »Okay?«

»Okay«, wiederholte ich und zog sie erneut enger zu mir. »Ich würde überall mit dir hinfahren, und wenn es dann einfacher für dich ist, mit deiner Mutter zu sprechen, sowieso.«

»Ja, das wäre es«, flüsterte sie.

»Dann bin ich dabei.«

»Danke.«

»Nicht dafür.«

»Graham Campbell, lass dir endlich einfach mal danken«, sagte sie in gespielter Strenge und umfasste mein Gesicht. Ich erwiderte nichts, sondern wartete ab. »Also … Danke. Von ganzem Herzen.«

»Jederzeit«, antwortete ich, und ein Lächeln umspielte ihre Mundwinkel. »Wann soll es losgehen?«, fragte ich.

Sie ließ mich los und zuckte mit den Schultern. »Ich muss zuerst mit Becky sprechen, und du brauchst sicherlich erst mal Urlaub, oder?«

»Das wird kein Problem sein, ich hab noch nie welchen genommen.«

»Du hast … noch nie in deinem Leben Urlaub gehabt?«

»Quasi. In meinem Urlaub war ich immer im Park, meine Kollegen wissen das. Theoretisch bräuchte ich keinen.«

»Jeder braucht Urlaub!«

Über ihren geschockten Gesichtsausdruck musste ich grinsen. »Ich lebe in der kalifornischen Wildnis. Wohin sollte ich fahren, wenn ich alles vor der Tür habe?«

»Also wirst du den ersten Urlaub deines Lebens außerhalb des Parks mit mir verbringen?«

»Oh ja.«

»Ich werde dir alle meine Lieblingsplätze zeigen! Die *Golden Gate Bridge*, die *Lombard Street*! *Painted Ladies!*«

Ich spürte die Begeisterung, die sie durchfuhr, und hörte ihren aufgeregten Erzählungen zu, während ich mich fragte, ob es wirklich eine gute Idee war, wenn sie zurückfuhr. Doch ich konnte sie nicht hier bei mir festhalten. Sie musste von sich aus entscheiden und auf ihr Herz hören, was sie schlussendlich wollte. Ich konnte nur hoffen, dass es das Gleiche war, das ich mir mittlerweile wünschte.

»Aber vorher musst du mir noch ein Versprechen einlösen.«

»Welches?«, fragte ich.

Sie deutete nach oben in den Himmel. »Ich würde gerne einmal noch auf diesen Berg steigen und unter den wirklichen Sternen schlafen.«

»Von mir aus jede Nacht.« Und dieses Versprechen besiegelte ich mit einem innigen Kuss.

Kapitel 34

Liz

Es war ein wundervolles Gefühl, durch die Straßen von New Hope zu schlendern. Hier und da grüßte ich einige Leute, die ich mittlerweile kennengelernt hatte, besorgte mir endlich ein Eis bei Antoine, der mir eine zusätzliche Kugel schenkte, die nach Zuckerwatte schmeckte, und besuchte Midge in ihrem Café. Für Mr. Douglas und Mr. Butler nahm ich dort zwei Stück Apfelkuchen mit, die ich den beiden danach brachte, und machte mich auf den Weg zu Phils Supermarkt, um Proviant für unseren Ausflug auf den Berg und für die Nacht unter den Sternen zu besorgen. Während Graham arbeiten musste, hatte ich heute Vormittag frei und kostete die gesamte Zeit hier aus. Ich hätte es auch keine fünf Minuten mehr zu Hause ausgehalten, denn ich musste ständig an den bevorstehenden Besuch bei meiner Mutter denken.

Jetzt, wo sie wusste, dass ich wieder sprechen konnte, und Graham bereits seinen Urlaub beantragt hatte, gab es kein Zurück mehr. Ich musste da durch, aber wenigstens war ich dabei nicht alleine, was mir ein wenig Hoffnung gab.

Ich betrat den Supermarkt und sah Phil, wie er an einer der beiden Kassen mit einem Teenager stritt, der einen Kittel mit der Aufschrift *Phil's Supermarket Food & More* trug und eine braune Papiertüte in der Hand hielt. Der Arme. Lake hatte erzählt, dass sie einige Zeit hier gearbeitet hatte und Phil nicht gerade ein sehr verständnisvoller Chef war.

Ich lief weiter, schaute mir das frische Obst und Gemüse an, von dem mehr als die Hälfte von der Campbell-Farm kommen musste, und packte vier rote Äpfel und eine Handvoll wunderschön saftiger Tomaten in meinen Einkaufskorb. Graham hatte mir eine Liste geschrieben, denn nicht alles an Essen eignete sich für einen Campingtrip. Vor allem standen darauf Dosengerichte für den Campingkocher, Wasser hatten wir noch zu Genüge zu Hause und frisch würde ich uns noch eine Kanne heiße Schokolade kochen, bevor es losging. Ich freute mich wahnsinnig auf diesen Trip und die gemeinsame Nacht mit Graham in der Natur. Mein Körper war mit freudiger Aufregung erfüllt.

»Hallo, Liz!« Ich blickte von der Einkaufsliste auf und erkannte Fynns Mom.

»Hallo, Melanie!« Kurz nachdem es mir wieder besser gegangen war, hatte ich selbstverständlich auch Melanie darüber informiert. Sie freute sich für mich und schöpfte Hoffnung, dass ich die Leichtigkeit, die mich jeden Tag mehr aufatmen ließ, auch an Fynn weitergeben konnte, der langsam in der Tat wieder Vertrauen fasste. Irgendetwas war mit seinem Vater gewesen, dass den Kleinen dazu gebracht hatte, sich immer weiter zurückzuziehen, doch bisher wusste ich immer noch nicht genau, was vorgefallen war.

»Wie schön, dich hier zu treffen. Wie geht es dir?«, fragte sie mich.

Ich deutete auf den Einkaufskorb. »Sehr gut. Graham und ich haben einen Ausflug geplant. Und dir?«

»Auch gut. Fynn ist wahnsinnig aufgeregt wegen des Zeltlagers, das ihr mit den Kindern veranstaltet. Übrigens finde ich das eine ganz wunderbare Idee!« Sie nahm sich selbst einige Äpfel und legte sie in ihren Bastkorb.

»Weißt du schon, ob du dauerhaft hierbleibst?«, fragte sie.

Ich unterdrückte ein Seufzen. »Ich würde es gern. Bald muss ich noch mal für ein paar Tage nach San Francisco zurück, einige Dinge erledigen. Ich wünschte, ich könnte bleiben, aber ich bin mir noch nicht sicher.«

»Ja, das kann ich gut verstehen.« Wir liefen nebeneinander an dem Obst- und Gemüsestand in Richtung der Kühlschränke weiter. »Als ich mit Fynn letztes Jahr im Herbst hierhergezogen bin, habe ich alle Brücken vorher abgebrochen. Es wäre ein Fehler gewesen, die Vergangenheit nicht ganz hinter uns lassen zu können. Ich wollte nichts mehr damit zu tun haben.«

Ich blieb kurz stehen und nahm eine Glasflasche mit frischer Milch aus einem Kühlregal. »Darf ich fragen, was mit Fynns Dad ist?«

Melanie zögerte einen Moment, und ich erkannte den gehetzten Ausdruck in ihren Augen, der auch mir mehr als bekannt war. »Er war ein charmanter Mann. Zumindest am Anfang.« Sie presste die Lippen aufeinander, ehe sie mir ein trauriges Lächeln schenkte. »Als meine volle Aufmerksamkeit nicht mehr ganz auf ihm lag, weil Fynn da war, hat er sein wahres Gesicht gezeigt. Er sitzt wegen Körperverletzung an meinem Bruder für zwei Jahre im Gefängnis.«

»Oh Gott, Melanie, das tut mir leid!«

»Das muss es nicht. Meinem Bruder geht es wieder gut, das ist glücklicherweise Vergangenheit, doch alles, was uns passiert ist, hat Fynn traumatisiert. Er fasst zu niemandem Vertrauen, außer zu dir, Liz. Du kannst dir nicht vorstellen, wie schön es ist, dass er sich wieder öffnen kann. Du bedeutest ihm viel.«

»Fynn ist ein toller Junge! Er ist wahnsinnig klug, aufmerksam, und die anderen Kinder nehmen ihn immer mehr auf. Ich bin mir sicher, dass er die Erinnerungen hinter sich lassen kann.« Fynn tat mir unglaublich leid. Ein Kind sollte so etwas nicht erleben müssen. Ein Kloß setzte sich in meinem Hals fest, den ich nur mit Mühe und Not herunterschlucken konnte. Ich hoffte wirklich, die Vergangenheit würde Fynn nicht sein ganzes Leben belasten und hatte fest vor, ihm dabei zu helfen. Die Pfadfindergruppe, Graham, Levin und Becky waren die Besten, die ihm dabei zur Seite stehen konnten.

»Danke, Liz«, erwiderte sie lächelnd. Sie sah auf ihre Armbanduhr. »Oje, ich muss los, sonst komme ich zu spät zurück zur Arbeit. Meine Pause reicht gerade mal für ein schnelles Sandwich, sicherlich nicht für einen Wocheneinkauf. Wir sehen uns morgen, Liz, und danke noch mal!«

»Bis morgen!« Als Melanie den Gang in Richtung Kassen hinuntereilte, schaute ich ihr noch einen Moment nach. Eltern hatten eine unglaubliche Macht. Sie bedeuteten alles für ein Kind und konnten es deshalb am größten von allen Menschen auf der Welt enttäuschen. Mit dieser Enttäuschung, diesem Vertrauensverlust klarzukommen, konnte einen ein Leben lang begleiten. Ich hoffte sehr für Fynn, dass ihm die dunklen Erinnerungen nicht im Weg standen und er diese hier in New Hope mit einem Neuanfang und seiner Mom abschütteln konnte.

Graham

Diesmal hing nicht der Morgennebel zwischen den Nadelbäumen, als wir den Wanderweg entlanggingen und zum zweiten Mal den San Joaquin Mountain bestiegen. Es war dämmriges, unwirkliches Licht von der untergehenden Sonne, die hier, an einem der höchsten Punkte in der Gegend, am längsten schien. Während New Hope bereits in Dunkelheit versank, befanden wir uns noch im Licht.

Ich wäre fast poetisch geworden, wenn ich dafür einen Sinn hätte.

Erneut trug ich den Wanderrucksack, der diesmal vollgefüllt mit Proviant und Schlafsachen war. Das Zelt hielt ich eingerollt unter meinem Arm, während Liz einen Doppelschlafsack auf dem Rücken geschnallt hatte. Auch heute baumelte ihre Kamera um ihren Hals, und wir genossen den Aufstieg in seliger Ruhe. Wir brauchten nicht zu sprechen, um uns zu verstehen, das hatten wir von Beginn an nicht. Liz musste mich nur anschauen, und ich ahnte, wie sie sich fühlte. Im Moment ziemlich gut, würde ich behaupten.

Wir hatten die Bärenfamilie bei dem kleinen See gesucht, damit Liz ein paar Fotos schießen konnte, aber leider hatten wir sie nicht gesehen. Doch ich war mir sicher, die Bärin passte wunderbar auf die beiden Kleinen auf, und es ging ihnen prächtig.

Liz schirmte die Sonne mit ihren Händen über ihren Augen ab, als wir den letzten Schritt auf die Spitze des Berges setzten. Ich nahm ihr den Schlafsack ab und legte ihn mit dem Rucksack und dem Zelt auf einer passenden ebenen Stelle ab. Danach trat ich neben sie.

»Der Sonnenuntergang hier ist wunderschön«, stieß sie glücklich seufzend aus.

»Warte ab, wenn die ersten Sterne erscheinen.«

Sie schenkte mir ein Lächeln, das ich nie wieder in meinem restlichen Leben vergessen würde, dann legte sie ihren Arm um meine Hüften und drückte sich an mich. Wir genossen den Anblick des Schattens, der sich immer weiter über das Land ausbreitete und dabei aussah, als würde er das gesamte Gebiet verschlucken. So standen wir, bis die letzten Sonnenstrahlen fast verzweifelt hinter einer Bergspitze aufblitzten, bis sie ganz verschwanden und der Himmel sich tiefblau färbte.

Erst dann ließen wir uns los und bauten unter dem Licht einer Camping-Laterne unser Lager auf. Nachdem das Zelt endlich stand, breitete ich eine Decke auf einem flachen Stein daneben aus, und Liz nahm Platz. Ich ließ mich neben ihr auf dem Boden nieder und stellte den Campingkocher für ein spartanisches Abendessen auf.

»Das ist unglaublich. So etwas habe ich vorher noch nie gesehen«, sagte sie, und ich hörte, wie ehrfürchtig ihre Stimme klang. Genau das liebte ich an ihr, sie sah die Natur um uns herum mit den gleichen Augen, wie ich es tat.

Nachdem wir ein paar Dosenravioli gelöffelt und uns über die letzten Tage unterhalten hatten, wurde es immer düsterer. Irgendwann umhüllte uns nur noch die stockdunkle Nacht, und ich löschte die Laterne. Als es kein einziges Licht mehr gab, dass die Atmosphäre verschmutzte, tauchten zahlreiche Sterne auf dem nachtschwarzen Himmel auf. »Da ist die Milchstraße, da hinten der Mars.«

»Unglaublich«, flüsterte Liz und rückte noch ein Stückchen näher zu mir. Meine Schulter drückte gegen ihren Oberschenkel, und mein Herz hämmerte beständig gegen meine Brust. »Diesen Anblick werde ich nie wieder vergessen. Es ist unglaublich, dass die Sterne immer da sind, wir sie aber nicht immer sehen.« Sie rutschte zu mir nach unten, und ich zog sie auf meinen Schoß. Unter dem Sternenhimmel erkannte ich kaum ihr Gesicht. Ich strich ihre Schläfe entlang, und sie seufzte entspannt.

»Wohn bei mir«, stieß ich aus, ohne groß darüber nachzudenken. Es war ein heftiger Impuls gewesen, diese Worte auszusprechen, und auch jetzt bereute ich sie keine Sekunde.

»Was?«, fragte sie atemlos, als hätte sie sich verhört.

Ich umfasste ihre Oberschenkel und zog sie dichter zu mir. Für mich gab es kein Zurück mehr, das hatte es seit dem ersten Blick auf sie nicht gegeben. Sie war alles für mich geworden. Mein Ruhepol und alle Worte.

»Du müsstest Melvin für die alte Hütte keine Miete mehr bezahlen, wir verbringen ohnehin jede Nacht miteinander. Ich möchte morgens nicht mehr allein aufwachen und nur an dich denken können … Ich möchte dich neben mir haben, wissen, dass du bei mir bist.«

»Graham, ich … weiß nicht, was ich sagen soll.«

»Sag einfach nur Ja.«

»Ja!«

Ich runzelte die Stirn. »Was hast du gesagt?«

»Ja! Ja! Ich hab Ja gesagt!«, rief sie und schlang die Arme lachend um meinen Nacken. Ich zog sie an mich und küsste ihre weichen Lippen. Als unsere Zungenspitzen aufeinandertrafen, fuhr ein Blitz durch mich hindurch. Liz drückte sich so eng an mich, dass ich aufstöhnen musste. Als sie sich zurücksetzte, um mich einen Moment anzuschauen, bildete der Sternenhimmel einen glitzernden Rahmen für ihre wunderschöne Silhouette.

Ich umfasste sie an der Taille, und ihr entwich ein überraschter Laut, da ich sie hochhob und in Richtung des Zeltes lief. Ich wollte mich ducken und hineingehen, als sie mich stoppte. »Nicht.« Sie klammerte sich an mir fest, und ich verharrte. »Hol den Schlafsack raus. Ich will die Sterne sehen, während ich dich fühle«, wisperte sie, und ich konnte nicht beschreiben, was ihre Worte in mir auslösten. Ich ließ sie herunter und breitete zuerst die Decke aus, ehe ich den Schlafsack darauf ablegte. Liz legte sich hin und gemeinsam glitten wir zu Boden. Wir lagen auf der Seite und sahen uns an, während der Sternenhimmel über uns die einzige Lichtquelle war, die existierte. Langsam lehnte sich Liz vor und küsste mich. Ich spürte jeden Funken Gefühl und versuchte, ihr das Gleiche zurückzugeben, allerdings konnte ich weder in Worten noch mit Taten ausdrücken, was ich tief in mir für sie fühlte.

Ich ließ die Hand an ihrem Körper entlangwandern, glitt dann zwischen den Spalt zwischen ihrem Jeansbund und den Pullover, den sie sich nach dem Einbruch der Nacht übergezogen hatte. Es war immer noch eine laue Sommernacht, aber hier oben waren die Temperaturen ein paar Grad kälter als unten im Tal. Sie seufzte, während ich über ihre weiche Haut streichelte und den Ansatz ihres BHs erreichte. Langsam, gemächlich, quälend. Sie griff in meinen Nacken, zog mich enger zu sich, und unsere Küsse nahmen an Intensität zu, wurden leidenschaftlicher, inniger, bis ich nur noch meinen heftigen Herzschlag und ihre Nähe spürte.

Mir lagen Worte auf der Zunge, die ich nicht schaffte auszusprechen. Worte, die ich schon so lange sagen wollte, aber keine Ahnung hatte, wie man so etwas verpackte. Bisher hatte ich immer angenommen, es war die Angst, jemanden zu verlieren, die mich davon abhielt, mich wirklich zu verlieben. Doch in diesem Moment wurde mir klar, dass es mehr die Furcht vor dem Gefühl an sich war. Es war so groß, so stark, dass ich mit den guten Dingen auch die schlechten fühlte. Ich konnte nichts mehr verdrängen, alles prasselte in rasender Geschwindigkeit auf mich ein, und ich hatte noch nicht einmal Zeit, mich wegzuducken. Mit der Liebe kam der Schmerz, allerdings war es die Liebe, die größer war und gewann. Immer. Das war mir bisher nie klar gewesen.

Ich wollte Liz. Ich brauchte sie. Und es schien ihr ganz genauso zu gehen. Wir unterbrachen unsere Küsse nur in dem Moment, in dem ich ihr den Pullover über den Kopf streifte und danach rasch ihr Top. Unsere Berührungen hatten etwas Verzweifeltes an sich, als könnten wir uns niemals so nahe sein, wie wir wirklich wollten. Als könnten wir uns jeden Augenblick ineinander verlieren. Es fühlte sich an wie Fallen und Fliegen gleichzeitig, eine Achterbahnfahrt, die zu intensiv und dennoch zu schnell vorbei war. Ungeduldig strich ich ihr den BH von den Schultern, den sie sich selbst geöffnet hatte. Die kühle Nachtluft traf auf ihre Brustwarzen, die sich sofort aufstellten. Ich umschloss eine mit den Lippen, saugte und umkreiste sie mit meiner Zungenspitze, bis Liz sich mir entgegenstreckte und ihr Stöhnen lauter wurde. Die Geräusche, die sie ausstieß, gaben mir fast den Rest. Ich widmete mich der anderen Spitze, Liz krallte sich mit den Fingern in meine Schultern, als müsste sie sich an mir festhalten.

Ich genoss ihre Lust, ihren Duft, ihre Nähe, während sie sich in ihrem Verlangen auflöste. Sie griff den Saum meines Pullovers, und ich zog ihn mir ebenfalls aus. Haut traf auf Haut, warm und weich. Lippen trafen auf Lippen, und Herzschlag traf auf Herzschlag. Schnell und heftig.

Während sie ihre Jeans öffnete, und ich sie ihr von den Beinen schob, legte sie sich auf den Rücken und schaute nach oben. »Oh mein Gott, die Sterne«, brachte sie keuchend hervor. Fix streifte ich mir die Jeans ab. Ehe ich sie zur Seite schmiss, zog ich ein Kondom daraus hervor und streifte es mir über. Als ich mich über Liz schob, fanden ihre Hände sofort meinen Nacken, drückten mich enger an sie. Ihr Körper zitterte, und ich umschloss ihn mit meinem. Sie schlang die Beine um meine Hüften und als ich langsam in sie glitt, versuchte ich in der Dunkelheit, etwas von ihrem Gesichtsausdruck in mich aufzunehmen. Ich wollte jede Regung, die ich ihr entlockte, jedes Keuchen, jedes Stöhnen, jedes gehauchte Wort von ihren schönen Lippen.

Ich verharrte einen Moment, denn das Gefühl von ihr, die mich eng und heiß umschloss, war zu viel für meine Beherrschung. Je länger sie an meiner Seite war und ich sie halten durfte, umso stärker wurde mein Empfinden ihr gegenüber. Langsam stieß ich in sie, und wir stöhnten beide auf, während ich mich genauso gemächlich wieder zurückzog, es wiederholte und wiederholte, bis die Leidenschaft sich nicht mehr aufhalten ließ.

»Mehr«, flüsterte sie und fuhr mit ihren Fingernägeln über meinen Rücken nach unten. Ich stützte mich ein Stück auf die Hände und sah an ihrem Körper hinab auf die Stelle, an der wir eins waren. Heiße Schauer durchfuhren mich bei diesem Anblick, und ich fühlte mit allem, was ich hatte. Ich erfüllte ihr den Wunsch, stieß tiefer, stärker, und sie bäumte sich unter mir auf. Eine Hand führte ich unter ihren Po und senkte meinen Oberkörper erneut ab, sodass wir uns noch intensiver spüren konnten. Wieder und wieder bog sie sich mir entgegen, und ich spürte das Kribbeln, das mich noch härter werden ließ. Ich hielt es kaum noch aus. Schweiß stand mir trotz der Kälte, die uns umgab, auf der Stirn.

»Komm, Liz, bitte«, raunte ich keuchend. Sie glitt mit der Hand zwischen uns und berührte sich selbst. Ich küsste sie auf den Hals, spürte sie, ihre Bewegungen, ihre Enge, jede

Emotion war um ein Vielfaches intensiver. Bis ich das rhythmische Ziehen fühlte und ihr lautes, wunderschönes Stöhnen zwischen den Bergen widerhallte. Ich ließ los, fiel in sie und in diesen Moment, in dem wir uns aneinanderklammerten, als wäre dieser Augenblick der letzte, den wir hatten.

Kapitel 35

Liz

Ich war froh, dass Graham an meiner Seite war. Allein die Fahrt zurück nach San Francisco drückte mich, je näher wir der Stadt kamen, tiefer zu Boden.

Weil ich nicht genau wusste, wie lange mein Aufenthalt sein würde, bis ich alles geklärt hatte, und Graham aufgrund der aktuellen Hauptsaison nur drei Tage freigekriegt hatte, waren wir mit unseren beiden Autos gefahren. Alle zwei Sekunden warf ich einen Blick in den Rückspiegel, um zu checken, dass Graham mit seinem SUV noch hinter mir war. Glücklicherweise war er das.

Als die Mauthäuschen auf dem Highway in Sicht kamen, die man passieren musste, um auf die Oakland Bay Bridge fahren zu dürfen und nach San Francisco übersetzen zu können, spürte ich meinen Puls bis in meinen Hals. Und als ich die Hochhäuser im Augenwinkel einfing, hatte ich den Drang, einfach nur umzudrehen.

Wir durchquerten den dichten Stadtverkehr und nach unendlichen Minuten hatten wir den Stadtteil Forest Hill und das Heim meiner Mutter erreicht. Es war ein schmales

Reihenhaus mit einem eierschalenfarbenen Anstrich, einem perfekt gepflegten Vorgarten und Moms schwarzen Mercedes vor der Tür. Es war ein Abschiedsgeschenk von Dad gewesen, bevor die beiden sich getrennt hatten und er uns zurückgelassen hatte. Meine Mutter hegte und pflegte das Auto, und oft war es mir so vorgekommen, es wäre ihr mehr wert als ihre Tochter. Innerlich musste ich über meinen eigenen Sarkasmus bitter auflachen.

Ich parkte am Straßenrand ein und stieg aus. Mein Blick glitt über die waagerechten Holzpaneele an der Fassade und den geflochtenen Kranz aus Tulpen und Magnolien an der Eingangstür. Perfekt, so wie für meine Mutter alles sein musste. Graham kam zu mir, er hatte seinen SUV hinter mir abgestellt, der ungefähr so gut in die Großstadt passte wie ein frei laufender Grizzlybär. Ich spürte Grahams Unsicherheit und überlegte ebenfalls, ob es nicht doch besser wäre, zuerst in meine Wohnung zu fahren und einen Moment durchzuschnaufen. Aber ich wollte das Treffen mit meiner Mom so schnell es ging hinter mich bringen.

»Alles okay?«, fragte er und legte seine Hand auf meine Schulter, strich mit dem Daumen über meinen Hals. Ich nickte nur, weil mir erneut die Worte in der Kehle feststeckten. Alles in mir stand unter Anspannung, und ich spürte das leichte Zittern, das meinen Körper erfasste. »Hey, deine Mutter wird sich freuen, dass du es aus eigener Kraft geschafft hast, okay? Dich erwartet nichts Böses.« So gern würde ich Grahams Worten glauben, aber er kannte meine Mom noch nicht. Wobei ich nicht behaupten würde, dass sie wirklich böse war, sie war gebrochen, so wie wir alle. Und jeder fand seinen ganz eigenen Weg, damit umzugehen und sich selbst am Leben zu halten. Auch wenn man andere dabei übersah.

»Vielleicht hast du recht.« Meine Stimme klang rau und fremd. Graham schenkte mir ein schiefes Lächeln, allerdings erreichte es nicht seine Augen.

Ich nahm seine Hand und krallte mich an ihm fest. Dann liefen wir gemeinsam zum Eingang, und ich drückte auf den Klingelknopf. Es dauerte einen Moment, bis die Tür geöffnet wurde und meine Mutter dahinter erschien. Für den Bruchteil einer Sekunde spürte ich auch Moms Unsicherheit, als sie mir in die Augen schaute und zittrig ihre cremefarbene Bluse glattstrich. Doch schnell verschwand dieser Ausdruck hinter der kalten Maske, und sie ließ ihren Blick an meinem lockeren Sommerkleid entlanggleiten, ehe sie erneut bei meinem Gesicht endete. Sie hasste es, wenn ich meine Haare offen trug und sie nicht zusammensteckte, so wie sie es tat. Wir hatten uns nicht nur einmal aufgrund dessen gestritten. Im Grunde präsentierte sie mit ihrem Aussehen nur ihre Maske der Härte und Gefühllosigkeit, damit niemand dahinter erkennen konnte, wie es wirklich in ihr aussah.

»Elizabeth und …« Ihr Blick ruckte zu Graham, und sie wirkte verwirrt, obwohl ich ihr am Telefon gesagt hatte, dass ich ihn mitbrachte.

Ich holte tief Luft. Das alte Gefühl der Enge machte sich in meinem Hals breit, und innerlich schlug ich alle Türen zu, um mich selbst vor dem Schmerz zu schützen. Der Turm, in den ich mich flüchten könnte, stand bereit. Doch Graham drückte meine Finger, und ich atmete langsam wieder aus.

»Hi, Mom, das ist Graham«, sagte ich mit zittriger Stimme. Sie zuckte zusammen, als wüsste sie nicht mehr, wie ich klang. Ich sah ihr an, dass dieser Moment sie nicht kaltließ, doch sie war zu sehr mit sich selbst beschäftigt, als dass sie darauf reagieren konnte. Graham hielt ihr höflich die Hand entgegen.

Gegen sie, die noch einige Zentimeter kleiner war als ich, wirkte er tatsächlich wie ein Riese. Ihre Finger verschwanden in seinem Griff fast vollständig, sowie sie seine Geste erwiderte und sich von mir abwandte.

»Freut mich, Sie kennenzulernen, Ma'am«, sagte er fest, während er meiner Mutter immer noch die Hand schüttelte. Manieren hatte Alice ihm definitiv beigebracht, aber ich hatte auch nichts anderes vermutet. Doch selbst das würde bei meiner Mom nicht ankommen.

»Isabella«, antwortete sie kühl. »Kommt herein.«

Es wunderte mich, dass sie nicht wollte, dass Graham sie mit Mrs. River ansprach.

Wir folgten ihr ins Innere, und ich ließ den Blick über den steril eingerichteten Flur wandern. Nach Moms und Dads Trennung und zahlreichen Umzügen waren sie und ich irgendwann hier gelandet. Um ein neues, besseres Leben zu beginnen oder einfach nur den Schmerz zu verdrängen, der uns beide unwiderruflich verändert hatte. Es hatte nichts genutzt. Wir waren noch nie wie das typische Mutter-Tochter-Gespann gewesen, das sich gegenseitig die Nägel lackierte oder Geheimnisse anvertraute. Doch nach Lucas' Tod hatte unser Verhältnis einen Riss, der so tief war, dass man ihn niemals wieder kitten konnte. Meine Hoffnung war immer noch, ihn vielleicht so zu reparieren, dass wir uns wenigstens akzeptierten. Aber mit jeder Sekunde, die ich mit der kühlen Fassade meiner Mom verbrachte, schrumpfte dieser Wunsch zu einem winzigen Etwas, das in einer Ritze ihres hochpreisigen Sofas verschwinden konnte.

Die Absätze ihrer Pumps klackerten auf dem Fliesenboden im Flur, ehe der Teppich im Esszimmer sie schluckte. Wir folgten ihr, und auch hier musste ich feststellen, dass sich nichts verändert hatte. Der Raum war mit teuren glänzenden

Möbelstücken ohne Seele eingerichtet, an den Wänden hingen Nachdrucke von Kunstwerken. Kein privates Foto, keine Farbe, keine Liebe. Das Haus der Campbells war bunt, laut, warm und voller Leben. Das meiner Mom war ein trauriges Abbild ihrer Selbst, und in diesem Moment tat sie mir mehr leid als irgendwann anders zuvor. Zum ersten Mal konnte ich hinter ihre Fassade aus Ablehnung schauen und erkannte die gesamte Trauer ihres Daseins.

»Setzt euch«, sagte sie knapp und deutete auf den Esstisch, der mit altrosafarbenen Servietten und ihrem besten Geschirr eingedeckt war. Die raumhohe Standuhr tickte in einem gleichmäßigen Rhythmus.

Graham nahm neben mir Platz, und meine Mom setzte sich uns gegenüber. Sie faltete die Serviette auf und legte sie sich auf den Schoß. »Möchtet ihr ein Stück Kuchen?« Nicht ein Mal sah sie mich an oder fragte, wie es mir ging, geschweige denn wie die Fahrt hierher war. Ich ballte die Hände unter dem Tisch zu Fäusten. Sie hatte mich mein Leben lang eingeschüchtert, ich hatte immer den Eindruck gehabt, dass meine Worte keine Bedeutung für sie hatten. Doch jetzt merkte ich, dass sie sich selbst abgeschrieben hatte und mich einfach nur mit sich ziehen wollte, um nicht allein in der Dunkelheit zu versinken.

»Ich spreche, Mom, möchtest du nicht wissen, wie ich das geschafft habe?« Erneut zitterte meine Stimme, und ich hasste es, dass sie es hören konnte.

Kurz sah sie auf und seufzte, als hätte sie es mit einem störrischen Teenager zu tun. Graham tastete nach meinen Fingern unter dem Tisch und entkrampfte sie sanft, ehe er sie in seine Hand nahm.

»Wahrscheinlich ist endlich eine der teuren Therapien angeschlagen, die ich für dich organisiert habe. Ich bin froh, dass du dich besinnen konntest, da, wo du warst ...« Sie warf Graham einen Blick zu, den ich ganz und gar nicht gut fand. »Oder mit wem.«

»Es tut mir leid«, erwiderte ich.

Meine Mutter schnalzte mit der Zunge. »Du musst dich nicht entschuldigen, Liebes.«

»Ich meinte nicht dich, sondern Graham. Es tut mir leid, dass wir überhaupt hergefahren sind«, sagte ich und stand auf. »Wie bin ich nur auf die Idee gekommen, endlich das lösen zu können, was zwischen uns steht.«

»Was zwischen uns steht?« Das erste Mal erkannte ich in dem starren Gesicht meiner Mom eine Regung. Purer Schmerz verwandelte ihre Züge in eine Fratze. »Du meinst, Lucas' Tod? Sprich es ruhig aus, Liebes. Du warst an dem Tag da, ich weiß bis heute nicht, was eigentlich passiert ist«, stieß sie verächtlich aus.

Ich erschrak vor dem bitteren Tonfall ihrer Worte. Doch ich hatte es so gewollt, ich wollte eine Reaktion, nur irgendein Gefühl von ihr. Jetzt konnte ich keinen Rückzieher mehr machen.

Langsam nahm ich wieder Platz und spürte Grahams Anwesenheit, die mir Kraft gab. »Weil du es nie wirklich wissen wolltest«, flüsterte ich gebrochen, und meine Kehle fühlte sich rau und taub an.

»Ja, vielleicht hast du recht.« Sie zögerte einen Moment. »Aber es hätte nichts an dem Umstand geändert, dass er für immer fort ist.«

»Aber vielleicht hätte es zwischen uns etwas geändert.«

Sie zuckte mit den Schultern und tat, als würde sie all das nicht mitnehmen, aber das war falsch. Sie kämpfte mit ihrer Beherrschung, wahrscheinlich auch, weil sie vor einem in ihren Augen Fremden nicht ihre Kraft verlieren wollte. Ich sah

Graham an und drückte seine Hand, und er verstand, ohne dass ich irgendetwas aussprechen musste.

Er nickte, erhob sich und warf mir einen letzten Blick zu, ehe er sich an meine Mom wandte. »Es hat mich gefreut«, sagte er trotz allem, und ich war mir sicher, er meinte es auch so. Er konnte sehen, dass meine Mutter nicht nur aus Wut und Hass bestand, sondern aus Schmerz, viel früher, als ich es getan hatte.

Sie schaute kaum auf, als er aus dem Raum ging und ich die Eingangstür hinter mir zufallen hörte. Ich fühlte mich allein und kraftlos, aber ich wusste, ich musste diesen Besuch ohne fremde Hilfe hinter mich bringen. »Es ändert nichts, es tut nur weh«, sagte sie schwach und sah mich an.

Ich nickte, denn zum ersten Mal in letzter Zeit gab ich ihr recht. »Dad und du … dieses Leben … ist es wirklich das, was du willst?«, fragte ich vorsichtig.

Sie presste die Lippen aufeinander und atmete tief ein. »Das ist zumindest nicht das, was ich geplant habe.«

»Keiner von uns«, erwiderte ich leise. Als wir uns anschauten, war uns beiden klar, dass unser Verhältnis niemals normal sein würde, aber unter Umständen schafften wir es, uns zu respektieren. Wenn wir beide daran arbeiteten.

Das Ticken der Uhr war das einzige Geräusch, das viele schmerzvolle Sekunden im Raum hing, ehe meine Mom neuen Mut fasste. »Er wirkt nett«, sagte sie und deutete mit dem Kopf in Richtung Flur, in den Graham verschwunden war.

Ein winziges Lächeln zupfte an meinen Mundwinkeln, allerdings war es zu schwach, um sich durchzukämpfen. »Das ist er.«

»Wie lange bleibst du?«

»Ich weiß es noch nicht«, antwortete ich.

»Vielleicht sehen wir uns die nächsten Tage noch mal?«

Diesmal schaffte es mein Lächeln. Misstrauisch, abwartend. »Bestimmt.«

»Dann geh jetzt, Elizabeth, und lass mich dieses Durcheinander beiseiteräumen«, erklärte sie in ihrer gewohnten knappen Art, stand auf und begann die Tassen aufeinanderzustapeln. Ihre Hände zitterten, aber ich tat so, als würde ich es nicht bemerken. Obwohl es nur ein neues Zeichen war, dass meine Mom doch Gefühle hatte. Ich erhob mich ebenfalls.

»Danke, Mom«, sagte ich leise, und sie sah nur kurz auf, ehe sie mit dem Geschirr in die Küche ging. Ich erkannte, dass es das beste Gespräch war, das wir seit langer Zeit miteinander geführt hatten. Mehr würde ich heute von ihr nicht bekommen, das war allerdings in Ordnung. Wir waren wenigstens auf einem Weg in eine andere Richtung als direkt auf eine Klippe zu.

Kapitel 36

Graham

»Das ist mein bescheidenes Heim«, sagte Liz und warf ihre Reisetasche auf den Boden im Flur. Liz' Wohnung war deutlich gemütlicher eingerichtet als das Haus ihrer Mutter, und wenn ich ehrlich war, war ich froh, dass wir diesen Besuch hinter uns gebracht hatten. Ich merkte Liz deutlich an, wie sehr sie das Gespräch mit ihrer Mom immer noch beschäftigte, wie sehr sie darüber nachdachte, wie es abgelaufen war. Ich konnte mir nicht mal ansatzweise vorstellen, wie es sein musste, mit so einer Mutter zusammengelebt zu haben, die nicht den Schmerz ihrer Tochter gesehen hatte, sondern nur ihren eigenen.

Liz lief durch eine Tür, und ich folgte ihr. Ein kleines Wohnzimmer tat sich auf mit leeren Fensterbänken, auf denen ich mir viele bunte Blumen vorstellen konnte, gemütlichen Kissen auf einem mintgrünen Ecksofa und einem überfüllten Bücherregal an einer Wand. Ein breites Doppelbett mit einer gesteppten Tagesdecke stand auf der gegenüberliegenden Seite. Alles hier strahlte Liz so aus, wie sie war und sich langsam, aber sicher wieder ins Leben kämpfte. Sie war bunt und farbenfroh, sie hatte nur vergessen, wie man diese Farben sah.

Bevor sie weiter nervös durch ihr Apartment tigern konnte, zog ich sie an mich, und sie schmiegte sich in meine Arme. Ich legte das Kinn auf ihrem Scheitel ab und spürte ihren warmen Körper an meinem. Ihr aufgeregter Atem, der schnelle Schlag ihres Herzens.

»Du musst nicht darüber sprechen, atme einfach nur einmal durch«, sagte ich leise, und Liz stieß alle Luft aus ihren Lungen, während ihre Hände sich an mir festklammerten.

»Danke, dass du hier bist.« Sie löste sich von mir und schaute mich an. Mit dem Daumen strich ich sanft über ihre Wange und schenkte ihr ein Lächeln.

»Das ist selbstverständlich.« So oft wollte ich ihr sagen, was ich für sie empfand. Jedes einzelne Mal, wenn ich in ihre Augen sah. Aber irgendwie fühlte sich der Moment nie richtig an. Vielleicht gab es diesen gar nicht und ich musste einfach kopfüber ins kalte Wasser springen und abwarten, wie sie auf mein Geständnis reagierte. Ihr Blick war weich und voller Dankbarkeit, ihre Lippen einen Spaltbreit geöffnet, während mein Daumen immer noch an ihrer warmen Haut ruhte. Ich öffnete den Mund, setzte an, und ein Sturmklingeln unterbrach uns. Liz seufzte, als hätte sie gespürt, dass dieser Moment nur für uns gewesen war. Dann verdrehte sie die Augen und löste sich von mir.

»Sorry, das ist sicherlich meine beste Freundin Payton. Ich habe ihr vorhin geschrieben, dass wir hier sind.«

»Kein Problem, du hast sie lange nicht gesehen«, sagte ich und trat einen Schritt zurück. Sie lächelte mir zu, ehe sie im Flur verschwand. Ich wandte mich zum Fenster und hatte keine Ahnung, ob ich mich setzen oder warten sollte. Als ein lautes Kreischen aus Freudenschreien und wilden, ziemlich kreativen Flüchen durch die Wohnung schallte, zog ich die Augenbrauen hoch. Payton also. Ich war mir nicht sicher, ob ich bereit für dieses Treffen war.

Liz kam zurück und hinter ihr erschien jemand anderes, als ich bei der rauen Stimme vermutet hatte. Payton war schlank und recht groß, hatte schwarze glatte Haare, die ihr bis zum Beginn der Schultern reichten, und knallrot geschminkte Lippen.

»Heilige Scheiße, bist du groß!«, stieß sie aus und stemmte die Hände in die Hüften. Ich hatte keine Ahnung, was ich darauf erwidern sollte.

Liz musste lachen, und Payton kam auf mich zu, musterte mich, als wäre ich ein Pferd auf einem Markt, das sie kaufen wollte. Es wunderte mich, dass sie nicht mein Gebiss sehen wollte.

»Beth hat viel von dir erzählt, großer Mann, aber ich bin trotzdem positiv überrascht.« Sie warf Liz ein breites Grinsen zu und hob den Daumen, als könnte ich das nicht sehen.

Ich runzelte die Stirn, Gott, sie war das weibliche Pendant zu Brax. Was hatte Liz alles über mich gesagt?

»Das ist Payton«, meinte Liz, als müsste sie noch irgendetwas erklären. »Wir kennen uns seit dem letzten Jahr an der Highschool, und na ja, irgendwie wurde ich sie nicht mehr los.«

Payton zuckte mit den Schultern. »Als ob du mich loswerden wolltest.« Sie streckte mir die Hand hin, und ich ergriff sie. Wow, sie hatte einen kräftigen Händedruck.

»Freut mich, Graham«, sagte ich, als wäre das nicht schon längst klar.

»Ein Mann, der es schafft, meine Beth so zum Strahlen zu bringen, hat es verdient, dass man ihn zum Essen einlädt!«, plapperte Payton munter weiter. »Kommt, der Kühlschrank ist ohnehin leer, wir gehen ins *Pete's*! Ich hoffe, du magst Tacos, Graham!«

Ohne eine Antwort abzuwarten, war sie bereits im Flur verschwunden. Liz warf mir einen amüsierten Blick zu und zuckte mit den Schultern. »*Sorry*«, gebärdetet sie, und ich musste selbst lachen. Irgendwie würde ich diesen Abend schon überstehen, voller Menschen, in einer Großstadt und mit Payton, die definitiv einmalig war.

»Wusstet ihr, dass San Francisco voll von mexikanischen Restaurants ist, aber nur Pete die Mole Poblano so gut hinbekommt? Außerdem backt er die Tortillas selbst«, erklärte Payton begeistert und faltete ihre Serviette zu einem Schwan, ehe sie diese vor sich aufstellte und zufrieden auf ihr Werk sah.

Wir saßen an einem rechteckigen Tisch mitten im Raum, auf dessen Platte sich chinesische Zeichen befanden. Alles in allem wirkte die Einrichtung nicht nur komplett zusammengewürfelt, sondern wie mindestens dreißig Jahre alt und erinnerte mich ein wenig ans *Ginger's*.

»Lass dich von der Aufmachung nicht täuschen, die Küche ist einmalige Spitze«, sagte Liz.

»Und der Tequila, oder Beth?«, schob Payton augenzwinkernd in Liz' Richtung nach. »In einer Stunde gibt es Karaoke.«

Mir entwich ein Schnauben. »Du musst nicht mitmachen«, sagte Liz schnell und legte ihre Hand beruhigend auf meinen Arm.

»Oh doch, ich hab schon den perfekten Song für euch ausgewählt. *Sonny and Cher, I Got You Babe*.«

Ich verschluckte mich an meinem Wasser.

»War nur ein Spaß!«, erwiderte Payton und prustete los.

Liz verdrehte die Augen, musste aber ebenfalls lachen. »Pay, bitte.«

»Na gut«, erwiderte sie und hob die Hände. »Also erzählt, wie ist New Hope so? Wie habt ihr euch kennengelernt? Wieso verdammt noch mal wusste ich nichts davon, dass Adele und ihr Mann sich getrennt haben?«

»Wunderschön. Wir sind doch Nachbarn. Oh mein Gott, keine Ahnung, das höre ich zum ersten Mal!«

Es war faszinierend, wie die beiden kommunizierten. Ich konnte nur daneben sitzen und ihren Worten, die nur aus ihnen so heraussprudelten, versuchen zu folgen. Es musste nicht einfach für die beiden gewesen sein, als Liz ihre Stimme verloren hatte, doch so, wie es den Anschein machte, war ihre Freundschaft eng genug, dass sie auch das gemeistert hatten. Payton fasste über den Tisch und nahm Liz' Hände. Ich sah ihr an, dass sie den Spaß für einen Moment beiseiteschob und ihre wahren Gefühle zeigte. Ich war froh, dass Liz so eine Freundin hatte.

»Beth, es ist unglaublich, dass du wieder sprichst. Ich bin so stolz auf dich!« Man vernahm deutlich die Rührung in ihrer Stimme.

»Danke«, antwortete Liz. »Es tut gut, dich wiederzusehen.«

»Darauf müssen wir anstoßen!« Payton hob die Hand und winkte dem Mann zu, der vorbeilief. »Pete! Drei Tequila bitte!«

Ich erwiderte Liz' glücklichen Blick. Für sie würde ich heute sogar Karaoke singen, wenn sie es unbedingt wollte. Doch erneut drückte sich ein Gefühl in den Vordergrund, das ich nicht deuten konnte. Sie brauchte ihre beste Freundin, man spürte, wie sehr, konnte ich von ihr verlangen, dass sie wirklich zu mir zog und das aufgab?

Sie lehnte sich zu mir vor und hauchte mir einen Kuss auf die Lippen, verharrte einige Sekunden und schaute mir tief in die Augen, als sie sich zurückzog. Am liebsten hätte ich all den Lärm, all die fremden Menschen und ungewohnten Eindrücke hier hinter mir gelassen und wäre mit Liz irgendwo allein auf einem Berg. Doch würde ihr das genügen?

»Hier bitte und, Payton, zwei Lautstärken runter, okay? Ich habe noch andere Gäste«, sagte Pete, stellte die Tequila auf den Tisch und warf Payton einen mahnenden Blick zu, dann verschwand er wieder. Die verdrehte nur die Augen und formte ein »*Langweiler*« mit den Lippen.

Wir erhoben die Gläser, und ich ahnte, der Abend würde lang werden.

Kapitel 37

Liz

Ich spürte den Alkohol Kreise in meinem Kopf drehen. Das letzte Mal war ich auf Lakes und Wyatts Hausparty etwas beschwipst gewesen. Wenn ich an den Moment danach in Grahams Auto dachte, stahl sich ein aufgeregtes Kribbeln durch den leichten Schleier. Graham hielt mich in seinem Arm fest, während wir den Bürgersteig entlangliefen. Wir hatten uns dafür entschieden, kein Taxi in meine Wohnung zu nehmen, sondern zu Fuß zu gehen. Es dauerte von hier nur eine halbe Stunde, und die frische Luft tat uns beiden gut und klärte allmählich meine Sinne, denn Payton hatte Graham ebenfalls einige Shots vor die Nase gestellt. Auch wenn ich das Gefühl hatte, dass er diese besser wegsteckte als ich, wurde er gerade in der letzten Stunde noch ruhiger, als er ohnehin schon war.

»Hattest du auch Spaß?«, fragte ich, während wir den *Golden Gate Park* erreichten, durch den wir ein Stück hindurchmussten, um zu meinem Wohnblock zu gelangen. Ich versuchte, mein rasendes Herz zu beruhigen und mir einzureden, dass es nur am Alkohol lag, dass ich mich unruhig und rastlos fühlte. Allerdings stimmte das nicht. Es lag an diesem Park, der Nacht, dieser Situation. Doch diesmal war es anders. Graham war bei mir, was sollte mir da schon passieren? Mein Hirn wusste das, aber meine Angst hörte nicht auf diese Stimmen.

Nervös schaute ich mich um. Wir hatten den Park noch nicht durchquert. Die Straßenlaternen waren spärlich am Wegrand verteilt, viele Stellen befanden sich in völliger Dunkelheit. Hier bestand der Pfad hauptsächlich aus großen Bäumen, dichtem Gestrüpp, Orte, an denen man nicht mehr gefunden wurde, falls es jemand darauf anlegte.

Plötzlich tauchte eine dunkle Gestalt aus den Schatten der Nacht vor uns auf, lief durch einen Lichtkegel, der den Weg erhellte, auf uns zu und verschwand erneut in der Dunkelheit. Ich riss die Augen auf, um in den Lichtverhältnissen besser sehen zu können, während ich versuchte, meine Atmung zu kontrollieren. Natürlich waren Menschen auch um diese späte Uhrzeit hier unterwegs. San Francisco stand niemals still. Wieso sollten diese uns irgendetwas tun?

»Absolut. Payton ist … einmalig«, beantwortete er meine Frage und riss mich aus meinen wirren Gedanken. Auch ihm hörte ich die Schwere seiner Zunge und die Müdigkeit an.

»Sie mag dich sehr. Danke, dass du ihre Späße mitgemacht hast.«

»Eure Perfomance von James Blunt hätte Brax eifersüchtig gemacht.«

»Ganz bestimmt! Und ich fand es wirklich gut, dass du Paytons Flehen nicht nachgegeben hast.«

»Ich glaube, nicht mal du hättest mich auf die Bühne gekriegt«, erwiderte er lachend. Er zog an meiner Hand, und wir blieben stehen. Fragend schaute ich ihn an und spürte den dicken Kloß, der immer noch in meinem Hals saß. Unruhig sah ich mich erneut um, doch die dunkle Gestalt war verschwunden. In meinen Ohren rauschte mein Blut, das schnell und heiß durch meine Venen hetzte.

»Liz, ich möchte dir noch etwas …« Graham setzte an, allerdings legte er dann seine Hand auf meine Schulter, damit ich ihm wieder meine ganze Aufmerksamkeit schenkte. Er spürte, dass etwas nicht stimmte. »Was ist los?«

»Ich …« Meine Finger glitten zu meinem Hals, als würden die Male dort immer noch brennend meine Luft abschnüren. Mein Magen krampfte sich zusammen, schluckte alle Worte, die in mir feststeckten.

Graham schaute sich ebenfalls um, konnte jedoch nichts entdecken. Natürlich nicht, denn da war nichts außer meinen panischen Einbildungen.

»Der Überfall«, stellte Graham fest, ohne dass ich etwas erklären musste. Der Auslöser meines Stummseins. Der letzte Tropfen, der das Fass zum Überlaufen gebracht hatte.

»Ich hab nie wirklich darüber gesprochen«, begann ich, und meine Blicke glitten nervös über Grahams besorgtes Gesicht. »Ich habe ihn überhaupt nicht kommen hören, da hatte er schon meine Tasche gepackt und als ich mich wehren wollte, drückte er mir die Luft mit seinen Fingern ab …« Meine Stimme brach, und die Enge in meiner Brust wurde schlimmer.

»Ich bin hier bei dir, dir wird nichts mehr passieren«, meinte Graham sanft und umschloss mein Gesicht mit beiden Händen, damit ich ihn ansah. Doch der Drang war stärker, mich umzuschauen, zu prüfen, dass ich in Sicherheit war. Ich wandte den Kopf und wieder tauchte die Gestalt in die Helligkeit. Es war ein Mann, er hatte eine schwarze Kapuze tief ins Gesicht gezogen. Erinnerungsblitze schossen durch meinen Kopf. Ich schloss die Augen und öffnete meine Lider, suchte den Weg nach der Gestalt ab, allerdings war sie erneut verschwunden. Bildete ich mir das alles ein? Wurde ich verrückt, oder steckte der Alkohol dahinter?

»Liz, hey, alles ist gut!«, versuchte Graham mich zu beruhigen, aber die Angst lähmte alles in mir. Ich konnte nicht mehr atmen, nicht mehr flehen, endlich hier wegzugehen. Nach dem Gespräch mit meiner Mom und dem heutigen Abend mit Payton, den Tagen und Nächten in New Hope und mit Graham hatte ich gedacht, es überwunden zu haben. Ich hatte meine Stimme zurück, und jetzt brauchte es nur einen kurzen Spaziergang durch einen dunklen Park und die alte Panik erfasste mich mit voller Heftigkeit? Tatsächlich? Ich war frustriert, wütend auf mich selbst, ängstlich und gleichzeitig fühlte ich mich hilflos und schwach. Würde es ab sofort immer so werden? Ich brauchte nur das Geräusch eines heraufziehenden Gewitters zu hören, und die gewohnte Furcht erwachte von Neuem?

Graham hatte sich so viel Mühe mit mir gegeben, mir so viel Liebe und Hoffnung geschenkt, und diese zerstörte mein kaputtes Hirn in wenigen Minuten?

»Komm, wir gehen.« Er umfasste meine Schultern, blickte sich selbst noch mal um, als könnte auch er die dunkle Gestalt sehen, mein Schatten, der mich niemals wirklich loslassen würde. Doch er beschleunigte seine Schritte nicht oder stellte sich diesem Ding in den Weg. Er lief ruhig und langsam mit mir zurück zu meiner Wohnung, ohne ein einziges Wort zu verlieren. Denn es existierte nur in meinem Kopf und würde es wahrscheinlich immer tun.

Zu Hause angekommen schloss ich auf, und wir stiegen die Treppen nach oben. Als ich endlich mein Wohnzimmer erreichte, fiel die Schwere nicht von mir ab, wie ich es gehofft hatte. Sie drückte mich nur noch tiefer zu Boden. Ich konnte nicht schreien, nicht weinen oder dagegen ankämpfen. Ich konnte es einfach nur ertragen.

»Hey, sag doch etwas.« Graham lief zu mir und hielt mich an meinen Schultern fest. Ich hörte die Verzweiflung in seiner Stimme, die Angst, dass ich zurück in den Zustand fiel, in dem ich mich bei meiner Ankunft in New Hope befunden hatte. Ich wünschte, es wäre nicht so, doch es fühlte sich genauso an. Die Tür meines Turms schlug mit einem lauten Krachen zu. Langsam schüttelte ich den Kopf. Es ging nicht. Ich brauchte Zeit, Abstand, Ruhe, oder was auch immer mich aus dem Strudel holen könnte, in dem ich zu ertrinken drohte. Nicht einmal Graham schaffte es, mich aus der Vielzahl der Gefühle herauszuholen. Wie meine Mom war ich verdammt dazu, sie immer wieder zu fühlen, die Furcht, die Schuld, und konnte ich Graham das antun? Vielleicht durfte es mir gar nicht gut gehen und ich mich besser fühlen. Dieser Schmerz war mein Schicksal, und ich hatte ihn verdient. Jeden Tag könnte ein Rückfall passieren, jeden Tag müssten wir erneut dagegen ankämpfen, dass uns unsere Dämonen nicht packten und in die Dunkelheit zerrten, und ich war müde. So müde.

Ohne mich umzuziehen oder noch einmal ins Bad zu gehen, schleppte ich mich zu meinem Bett und rollte mich darauf zusammen. Graham legte sich leise hinter mich, breitete die Wolldecke von der Couch über mir aus, weil ich mich keinen Zentimeter mehr bewegen konnte, und hielt mich. Und ich wusste, er spürte es. Er spürte es ganz genau, dass ich ihm niemals dieses normale, schöne Leben bieten könnte, was er mir geschenkt hatte.

In dieser Nacht liebten wir uns zum ersten Mal nicht, wir lagen einfach nur da, starrten in die Dunkelheit und konnten beide hören, wie unsere Herzen Stück für Stück brachen.

Denn wenn eine Illusion zersprang, tat es immer weh, vor allem wenn sie Hoffnung gegeben hatte auf etwas, das niemals eintreffen würde.

Graham

Als ich aufwachte, wusste ich es. Es war mir bereits klar gewesen, sobald wir dieser Stadt nur eine Meile näher gekommen waren. Sie tat Liz nicht gut, die Erinnerungen und einfach alles an San Francisco.

Doch egal, wie sehr Liz von ihren alten Schatten verschlungen wurde, ich war nicht bereit, kampflos aufzugeben, was wir bis jetzt erreicht hatten. Sie hatte es geschafft, die Einsamkeit hinter sich zu lassen und auch mich in ihr neues, helles Licht gezogen. Ich wollte definitiv weiter für sie da sein, egal, wie dieser Besuch hier enden würde.

Langsam beugte ich mich über sie und strich ihr eine Haarsträhne aus dem Gesicht. Obwohl sie die Augen geschlossen hielt, war mir klar, dass sie wach war. Alles an ihrem Körper war angespannt.

Vorsichtig küsste ich sie auf die Stelle unter ihrem Ohr und zog sie dichter an mich, damit sie spürte, dass ich da war. Egal, was der Auslöser für diesen Rückfall gewesen war, es spielte keine Rolle. Es zählte nur, dass wir es gemeinsam wieder da raus schafften.

Am liebsten hätte ich ihre Sachen gepackt und sie zurück nach New Hope mitgenommen, in meine Hütte, zu unserem

See. Sie sollte diese Stadt und die Erinnerungen erneut in eine Kiste sperren, denn so wie es aussah, konnte sie diese niemals bekämpfen.

Langsam drehte sie sich auf den Rücken und schaute mich an. Ihre Augen waren rot vor lauter ungeweinter Tränen, und ihr Blick drückte Abschied aus.

»Lass uns zurückfahren«, sagte ich sanft.

Sie schüttelte den Kopf. *»Nein.«*

Ich runzelte die Stirn, und der Schmerz brach mein Herz in weitere Scherben. »Du kannst …«

Sie stieß mich zur Seite und stand ruckartig auf. Die Badezimmertür knallte hinter ihr zu. Ich konnte verstehen, dass sie wütend war, und sie das Gefühl gestern völlig überwältigt hatte, aber ich war auf ihrer Seite. Ich setzte mich an den Bettrand und strich mir mit den Händen durch die Haare, denn ich hatte keine Ahnung, was ich nun tun sollte. Ein schaler Geschmack lag auf meiner Zunge, und die Angst, sie zu verlieren, pochte heftig hinter meinen Schläfen. Sie schloss mich aus, und es fühlte sich an, als wäre alles, was zwischen uns passiert war, nie geschehen. Als würde sie es einfach verdrängen, weil sie es nicht schaffte, die guten Gefühle von den schlechten zu trennen. Irgendwann öffnete sich die Tür, und Liz stellte sich vor mich. Ich wollte nach ihr greifen, sie zu mir ziehen, doch irgendetwas sagte mir, dass dies keine gute Idee war.

»Es tut mir leid.« Kraftlos senkte sie die Hände nach dieser Gebärde.

»Was soll das heißen?« Ich sah zu ihr auf. »Danke für den netten Urlaub und das war's?« Verdammt, das hätte ich nicht sagen sollen. Sie verzog ihr Gesicht, als hätte sie Schmerzen und wandte den Blick ab. Ich stand auf. »Du kannst es nicht besiegen«, meinte ich fest, weil ich genau wusste, wie es sich anfühlte, wenn man es versuchte. »Du kannst damit leben, das hast du bewiesen. Lass es keine Kontrolle über dich haben. Komm mit mir zurück«, flehte ich, allerdings wich sie mir einen Schritt aus. Ich hatte keine Ahnung, was ich noch sagen oder fühlen sollte. »Du hast schon einmal die Flucht gewählt, und sie hat dir gutgetan. Du kannst es wieder tun.«

Resigniert schüttelte sie erneut den Kopf. *»Ich bleibe.«*

Ich hasste es, dass ich, wenn ich jetzt ging, nicht noch einmal ihre Stimme hören konnte. Ich hasste einfach alles an dem Gedanken, überhaupt zu gehen.

»Ich lasse dich jetzt nicht allein. Nicht so.«

»Payton«, buchstabierte sie mit den Fingern, was ich durch ihre Lektionen nun sehr gut verstand. Was nichts daran änderte, dass mir die Erkenntnis wehtat.

»Also soll ich einfach abhauen? Dich vergessen? Wäre dir das am liebsten, ja?« Ich wollte nicht wütend werden, allerdings konnte ich die Enttäuschung über ihre Entscheidung, wie sie die Situation handhaben wollte, nicht zur Seite drängen. Liz ging zu ihrem Schreibtisch und schrieb etwas auf einen Zettel, den sie mir danach hinhielt. Vorsichtig, als wäre er eine tickende Zeitbombe, nahm ich ihn entgegen.

Du bist auch nicht ehrlich zu mir.

Hart schluckte ich. »Ja, du hast recht«, gab ich leise zu. »Aber wenn man weiß, dass man etwas nicht besiegen kann, ist es besser, es zur Seite zu schieben. Damit zu leben. Ich kann es dir nicht erzählen, weil es rein gar nichts mit uns zu tun hat. Meinen Gefühlen für dich. Es würde verdammt noch mal nichts ändern.« Ich drückte meine Hand fest auf mein Herz. Die Worte steckten in meinem Hals fest. Die Worte, die vielleicht alles gerettet oder alles zerstört hätten.

Wir lieferten uns ein Blickduell, das keiner gewinnen konnte. Ich knickte zuerst ein. »Das ist nicht das Ende.« Vorsichtig trat ich einen Schritt auf sie zu, legte den Zeigefinger unter ihr Kinn, und sie schaute zu mir hoch. Immer noch erkannte ich ihre Gefühle für mich in ihren Augen, und das war das Einzige, das mich in diesem Moment nicht aufgeben ließ. »Das ist nicht das Ende, hörst du«, wiederholte ich leise. Es sollte nicht wie eine Drohung klingen, eher sprach ich mir selbst Mut zu, dass sie das alles mit uns nicht wegen eines Abends wegwarf. »Wenn du mich brauchst, melde dich. Ich bin immer noch da.« Ich lehnte mich zu ihr und küsste sie sanft. Ganz leicht drückte sie sich in meine Arme, und ich spürte, wie sie mir entgegenkam, als unsere Lippen sich zärtlich berührten. Ich inhalierte ihren Duft und nahm das Gefühl, das sie in mir hervorrief, tief in mich auf. Dann legte sie ihre Handflächen auf meine Brust und schob mich zögernd fort, als könnte sie diesen Kuss nicht mehr ertragen. Als wäre meine Nähe zu viel für sie. Ich nickte resigniert, sammelte meine wenigen Sachen ein, die ich überhaupt ausgepackt hatte, und steckte sie in meine Reisetasche. Dann schulterte ich mein Gepäck und warf Liz noch einen letzten Blick zu. Sie hatte das Gesicht zum Boden gesenkt und die Arme um ihren Oberkörper geschlungen, als müsste sie sich selbst halten. Warum ließ sie nicht mehr zu, dass ich es tat?

Ich presste die Lippen aufeinander und wandte mich ab, ehe ich zögernd ihre Wohnung verließ. Unten angekommen, setzte ich mich in meinen SUV und wartete, bis Payton eintraf, der Liz geschrieben hatte, und auf das Haus zustürmte. Als sie mich durch die Windschutzscheibe erkannte, nickte sie mir zu. Ihr Gesichtsausdruck war das komplette Gegenteil zu gestern, wo sie laut, glücklich und strahlend gewesen war. Wir machten uns beide Sorgen um Liz, und verdammt noch mal, ich war eifersüchtig, dass es Payton war, die für sie da sein durfte. Aber vielleicht war ich auch selbst schuld. Meine

Hände umfassten das Lenkrad fester, das Leder knackte unter meinen Fingern und am liebsten wäre ich wieder nach oben gestürmt und hätte Liz gesagt, dass ich nicht ging. Denn war es wirklich richtig, sie jetzt zu verlassen?

Ich war verwirrt, enttäuscht und wütend, doch nichts kam an den Schmerz des Verlustes heran, den ich spürte, während ich den Wagen anließ.

Nachdem Payton in dem Hauseingang verschwunden war, wartete ich noch weitere ewige Minuten, ehe ich dieser Stadt den Rücken kehrte, die mich von Anfang an abgestoßen hatte. Zu laut, zu schnell, hatte sie die Frau verschlungen, die ich liebte, ohne, dass ich das ihr tatsächlich gesagt hatte.

Kapitel 38

Liz

»Baby, ruf ihn an.« Paytons sanfte Stimme ließ mich zusammenzucken. Sie klang in mir nach wie ein Peitschenhieb. Seit anderthalb Wochen hatte ich mich nun in ihrem Apartment eingeschlossen und lebte auf ihrer Couch im Wohnzimmer. Ich fühlte mich selbst schlecht und unfassbar aufdringlich, aber ich konnte nicht zurück in meine eigene Wohnung. Die kurze Zeit mit Graham hatte ausgereicht, dass mich sofort der Schmerz überrollte, wenn ich sie nur betrat, daran dachte, wie ahnungslos und voller Glück wir dort angekommen waren oder wie verletzt er ausgesehen hatte, als er gegangen war. Und ich war die, die ihm diese Verletzung zugefügt hatte. Weil es keine Zukunft für uns gab, wenn uns die Erinnerungen niemals loslassen würden. Und das taten sie nicht. Sie waren hartnäckige kleine Biester, die ihre Krallen tief in unsere blutenden Herzen geschlagen hatten und sich an unserem Elend erfreuten. Es gab kein *Und sie lebten glücklich bis ans Ende ihrer Tage*. Doch es war nicht nur der Schmerz darüber, dass ich Graham nie wiedersehen würde, was war mit Fynn? Wie ging es ihm, wenn ich nicht mehr zurückkam?

Würde er es mithilfe der anderen schaffen? Er war ein starker Junge, allerdings war er noch ein Kind. Meine Schuldgefühle ihm gegenüber waren mindestens so groß wie der Berg, auf den Graham und ich gestiegen waren. Ich war ein riesiger Feigling, denn ich hatte Becky nur eine Nachricht geschrieben, dass ich krank war. Was wäre nächste Woche? Oder übernächste?

Payton seufzte. »Du weißt, dass das so nicht weitergeht, oder? Lass mich dir sagen, dass du einen Fehler machst, wenn du denkst, du kannst diese Dämonen hier besiegen. Das ist Bullshit!« Payton stellte den Fernseher aus, schlug die Beine unter und drehte sich zu mir um. Auf der Rückenlehne des Sofas streckte sie ihren Arm nach mir aus und berührte meine Schulter. Ich starrte auf den schwarzen Bildschirm, wo eben noch *Friedhof der Kuscheltiere* gelaufen war. Ein anderes Genre konnte ich momentan auch nicht ertragen.

Mit dem Fingernagel knibbelte ich am Etikett meiner Limonade.

Payton zeigte mit Zeige- und Ringfinger zwei Hörner, legte die Unterarme aneinander. *»Bullshit!«*, gebärdete sie und hielt mir ihre Finger vor die Nase. »Verdammt, jeder Mensch trägt irgendein Päckchen mit sich herum. Er hat dich glücklich gemacht, was ist falsch daran?«

»Ich werde ihn nicht glücklich machen können«, antwortete ich.

Payton seufzte erneut. Sie zog das Haargummi in ihren schwarzen Haaren fester und ließ die Hände resigniert in ihren Schoß fallen. »Das schreit nach etwas ganz Bestimmtem.« Sie stand auf und verschwand in der angrenzenden Küche. Ich hörte, wie sie Geschirr aus dem Schrank holte und in der Besteckschublade kramte. Als sie zurück ins Wohnzimmer kam, trug sie ein volles Tablett, das sie auf den Glastisch vor der Couch stellte. Ich schenkte ihr ein mattes Lächeln. Eiscreme, Oreos, M&Ms und Zuckerstreusel. Und das alles in einer Schüssel. Dann öffnete sie die Schokosoße, kippte sie darüber und hielt mir einen Löffel hin, den ich nahm. »Du wirst das jetzt mit mir essen, bis dir schlecht ist, danach rufst du ihn an!«

»Ich kann nicht.«

Payton zog sie Augenbrauen hoch und ließ sich neben mir auf die Couch fallen. »Was? Das essen oder ihn anrufen?«

»Ich muss es besiegen, nicht nur verdrängen. Vorher werde ich niemals frei sein können.«

Im gleichen Moment, in dem Payton etwas erwidern wollte, klingelte mein Handy, und mein Herz blieb für einen Atemzug stehen. Ich nahm es vom Tisch. Mom. War ich bereit, mir im Augenblick ihre Launen anzutun? Doch ich konnte den Schritt, den wir aufeinander zu gemacht hatten, nicht wieder zunichtemachen, indem ich sie erneut ignorierte. Vielleicht hatte auch ich meinen Anteil an unserem Verhältnis, das konnte ich nicht abstreiten. Also ging ich dran.

»Hallo, Elizabeth.« Ihre Stimme war vorsichtig, fast etwas nervös. Ich schloss die Augen und holte tief Luft. Wo waren meine Worte geblieben? Warum hatte ich erneut das Gefühl, das sie rein gar nichts ausrichten oder irgendetwas an meiner Situation ändern konnten. Dass sie nichts wert waren. »Lizzie?« Die Dämme brachen. Ein Schluchzen kämpfte sich aus meiner Kehle nach oben, und Payton nahm mir sanft das Smartphone ab. Ich hatte ihr an dem Abend bei *Pete's* noch erzählt, dass meine Mutter und ich uns wieder annäherten oder zumindest, dass der letzte Besuch gar nicht so übel gewesen war, wie ich vorher vermutet hatte.

»Isabella? Kommen Sie bitte, ich schicke Ihnen meine Adresse. Schnell.«

Meine Mom erwiderte irgendetwas, dann legte Payton auf.

Fragend schaute ich sie mit großen Augen an. »*Was soll das?*«, wollte ich schließlich von ihr wissen.

»Du wolltest deine Dämonen besiegen, dann bekommst du jetzt die Chance dazu.«

Mein Herz pochte heftig gegen meinen Brustkorb, und meine ungeweinten Tränen brannten in meinem Hals. Der Appetit auf Paytons Spezialmischung war mir spätestens jetzt vergangen. Payton wusste, es gab rein gar nichts, das sie sagen konnte, was es noch besser machte. Sie hatte recht. Ich musste dieses Gespräch ein für alle Mal hinter mich bringen.

Als es zwanzig Minuten später an der Haustür klingelte und meine Mom im Türrahmen vom Flur zu Paytons Wohnzimmer auftauchte, wusste ich nicht, ob ich auf sie zustürmen oder den Raum verlassen sollte. Zurückhaltend blieb sie einen Moment auf der Stelle stehen. Sie trug zwar wie immer eine Stoffhose und eine ihrer streng zugeknöpften Blusen, doch ihre Haare waren fahrig mit einem Haargummi nach oben gebunden.

»Ich lasse euch allein«, sagte Payton, schenkte mir ein aufmunterndes Lächeln und verließ den Raum.

Als meine Mom auf mich zuging und sich steif an das andere Ende der Couch setzte, wirkte sie genauso nervös wie ich. Sie sah sich um. »Nett hat es Payton hier.«

Wow, das war das erste Kompliment in Richtung einer meiner Freunde, das ich aus ihrem Mund hörte. Ich nickte, und meine Mom seufzte leise. Auch sie spürte die Schwere, die überall um uns herumhing.

»Wo ist Graham?«, fragte sie.

Ich presste die Lippen aufeinander, weil ich keine Ahnung hatte, was ich darauf antworten sollte. Sie senkte den Blick, und kurz dachte ich, dass ich mir nun eine Standpauke darüber anhören konnte, wie verkorkst ich war. So sehr, dass selbst ein großartiger, verständnisvoller Mann wie Graham mich verließ. Doch als sie den Kopf hob und mich anschaute, erkannte ich etwas anderes. Schmerz. Darüber, dass ich den gleichen Weg wie sie einschlug?

»Ich habe mir Gedanken über deine Worte gemacht. Ob das das Leben ist, das ich führen möchte …« Sie zögerte. »Nein, das ist es nicht. Du hattest recht mit dem, was du mir an den Kopf geworfen hast.«

Zum ersten Mal seit langer Zeit hörte ich so etwas wie Zuneigung von ihr.

»Und ich möchte mich auch nicht immer und immer wieder fragen müssen, ob es anders zwischen uns wäre, hätte ich gemerkt, dass auch du eine Mom brauchst«, erklärte sie. »Ich habe nur in meinem Schmerz gelebt und nicht gesehen, wie sehr du gelitten hast.«

Ich versuchte, die drohenden Tränen niederzukämpfen, doch es gelang mir nicht. Schnell strich ich die erste, die sich aus meinem Augenwinkel löste, von meiner Wange. War es ein gutes Zeichen, dass sich meine Gefühle wieder an die Oberfläche brachen?

»Mir ist bewusst, dass ich für viele deiner Entscheidungen verantwortlich bin und auch, dass du Probleme hast, deine Gefühle in Worte zu fassen. Das konnte ich ja selbst nie. Das tut mir leid, Lizzie. Aber verpasse nicht das Leben, das du leben könntest. Mach es nicht wie ich. Begehe nicht die gleichen Fehler.« Sie rutschte ein Stück zu mir und legte vorsichtig ihre Hand auf mein Bein. Ich war völlig überfordert, wie ich mit der Anzahl an Gefühlen umgehen sollte, die meine Mom mir entgegenbrachte. Ich sah seit vielen Jahren wieder die Version von ihr, die ich so lange vermisst hatte.

»Vielleicht können wir es ja noch mal neu versuchen?«, fragte sie unsicher, und ich nickte schnell, ehe ich meine Hand auf ihre Finger legte und sie mir ein scheues Lächeln schenkte.

Kapitel 39

Graham

Ich hatte noch nie so oft am Tag auf mein Handy geschaut wie die letzten zehn. Sie würde wieder zurückkommen, sie musste einfach, die Frage war nur, wann. Und ob ich es bis dahin schaffte, ihr alles über meine Vergangenheit zu offenbaren.

Ich war ein geduldiger Mensch, wirklich, aber gerade fühlte ich mich, als würde ich jeden Moment durchdrehen.

»Hey, pass doch auf!«

Ich spürte einen Widerstand und zwang mich, die trüben Gedanken abzustreifen und mich auf das Hier und Jetzt zu konzentrieren. »Sorry, Bud«, erwiderte ich halbherzig und half Buddy, die Heringe aufzusammeln, die durch meinen Zusammenstoß mit ihm ins Gras gefallen waren.

»Kein Problem, aber möchtest du vielleicht über irgendetwas reden?«

Ich gab ihm die Zeltnägel und machte eine abweisende Handbewegung. »Alles okay, aber danke.«

»Hat Liz sich gemeldet?«

Natürlich hatte auch er mitbekommen, dass ihre Krankmeldung nur ein Vorwand war und sie sich nicht mehr in

New Hope befand. Ich zögerte und presste die Lippen fest zusammen, ehe ich über das fertige Zeltlager auf der Lichtung in Nähe des Camps sah. Die letzten zwei Wochen hätten nur den Kindern und der Natur gehören sollen. Ich hatte mich darauf gefreut, das zusammen mit Liz zu erleben. Die Nächte unter den Sternen, die Tage draußen in den Wäldern. Doch statt die Zeit zu genießen, dachte ich nur darüber nach, wie alles so schieflaufen konnte. »Wir sind gut durchgekommen heute. Danke für deine Hilfe.«

Buddy schenkte mir ein trauriges Lächeln, weil er wusste, dass ich nicht mehr erzählen würde. Er sah sich selbst um und winkte Becky zu, die am anderen Ende des Platzes mit ein paar der Wiesel stand und die letzten Handgriffe an einem Zelt machte. Sie lächelte schüchtern zurück, und ich zog die Augenbrauen hoch. Mein Blick wanderte zu Buddy.

»Sie ist wunderschön«, platzte es aus ihm raus.

Nun musste ich lächeln. Zum ersten Mal, seitdem Liz fort war und mich alles an sie erinnerte. »Sag es ihr.«

»Wenn das mal so einfach wäre. Sie ist so wow und ich so …« Er verstummte.

Laut schnaubte ich. »Bud, du bist ein toller, loyaler, witziger Kerl, der die beste heiße Schokolade macht, die ich je getrunken habe. Außerdem bist du hier kurzfristig eingesprungen, ohne zu zögern. Glaub mir, Becky würde niemals Nein zu einem Date sagen.«

»Wow, Gray, du hast es drauf, jemanden aufzubauen. Danke. Vielleicht werde ich es gleich versuchen«, erwiderte er aufgeregt und warf Becky immer wieder einen Blick zu. Wenigstens meine Freunde schafften es, glücklich zu sein. Möglicherweise musste mir das in meinem Leben genügen.

Ich nickte ihm aufmunternd zu, ehe er über den Platz stürmte und Becky überrascht aufsah. Ich sah, wie er in der

Ferne mit ihr sprach und dabei von einem Fuß auf den anderen trat, während sie ihm aufmerksam zuhörte. Dann strahlte sie ihn an und Buddy sprang ein winziges bisschen in die Luft.

Mein Handy klingelte. Ich zog es aus der Hosentasche und wandte mich von den beiden ab. Ein Anruf von Melvin. Mein Herz zog sich zusammen, denn es hatte gehofft, einen ganz anderen Namen auf dem Display zu lesen.

»Hey, Graham! Wie geht es dir?«

»Was willst du, Melvin? Ich hab keine Zeit.«

»Na klar, weiß ich doch!« Er lachte, und ich war kurz davor, aufzulegen. Für seine Spielchen hatte ich gerade keinerlei Sinn.

»Könntest du mir einen allerletzten Gefallen tun? Ich bitte dich danach auch nie wieder um irgendetwas.«

Natürlich … Ich seufzte.

»Ich habe eine Nachricht der jetzigen Mieterin erhalten, dass sie ab nächsten Monat die Hütte wieder freigibt.«

Mein Herz schlug heftig gegen meinen Brustkorb. Melvin hatte *was*?

»Sie bat mich, dir zu sagen, ihre persönlichen Sachen da rauszuholen. Kannst du das tun, Kumpel?«

Zwischen meine Verzweiflung drängte sich Wut. Sie wollte also, dass es so endete? Wirklich? Ohne eine Erklärung oder einen neuen Versuch? Hatte sie dabei einmal auch an Fynn und die anderen Kinder hier gedacht?

Melvin quatschte weiter: »Sie hat mir geschrieben, dass es wohl nicht viel ist, das meiste kann ich für die nächsten Mieter behalten. Ein paar Sachen aus dem Bad und so was. Den Rest hat sie wohl bei ihrer Abreise mitgenommen. Von einem Tag auf den anderen, hast du das mitbekommen?«

Ohne zu antworten, legte ich einfach auf. In meinem Leben hatte ich gelernt, wie Schmerz sich anfühlte. Um Enttäuschungen aus dem Weg zu gehen, hatte ich mich von unsicheren Beziehungen ferngehalten. Und nun? Steckte ich mitten drin in meinen Gedanken an eine Frau, die es nicht mal für nötig hielt, mir eine Nachricht zu schreiben und mich darüber zu informieren, dass sie mit mir abgeschlossen hatte.

Ich lief los, tauchte aus der Sonne, die die Lichtung hell erstrahlte, ein in den dunklen Wald. Auch wenn ich es nicht schaffte, vor meinen Gefühlen davonzulaufen, musste ich irgendetwas tun. Sie anrufen? Zu ihr fahren? Doch sie hatte eine Entscheidung getroffen und mir das deutlich gezeigt.

Der weiche Waldboden dämpfte meine Schritte, die Stimmen der Kinder im Zeltlager wurden leiser und leiser, bis ich nur noch das Knarren und Knacken der Baumstämme im Wind hörte. Ich verringerte mein Tempo, meine Hände waren immer noch zu Fäusten geballt, und mein Kopf schrie mich an, irgendetwas zu unternehmen. Nicht wegzulaufen, sondern mich der Situation zu stellen. Doch mein Herz leckte sich alte Wunden, die neu aufgerissen waren, bluteten, schmerzten. Ich stieg über Wurzeln, quetschte mich durch dichte Brombeersträucher, deren Dornen sich an dem Stoff meines Shirts und meiner Haut festklammerten. Allerdings spürte ich die Stiche nicht, eine andere Qual überlagerte all das. Irgendwann wurde ich langsamer, und ich hatte keine Ahnung, wie weit ich überhaupt von dem Lager entfernt war. Ich sah auf und versuchte, mich zu orientieren, ehe ich etwas Weißes zwischen den Bäumen erkennen konnte. Verwaschene Schemen. Ich kniff die Augen zusammen und lief weiter. Plötzlich erkannte ich, was da vor mir war.

Langsam und vorsichtig, damit er sich nicht erschrak, ging ich auf ihn zu. Als er aufschaute, entdeckte ich den gleichen Schmerz, die gleiche Angst, die auch in meiner Brust heftig pochte.

»Hey, Kumpel, was tust du denn hier?«, fragte ich leise und setzte mich auf den Baumstamm neben Fynn. Er sah mich nicht einmal an, und ich wusste genau, was mit ihm los war und wen er vermisste. Er war weit vom Camp weg, von all den anderen, doch ich konnte ihm keinen Vorwurf machen, denn ich war ja selbst weggelaufen. Becky allerdings sollte nichts von seinem Alleingang erfahren, und ich war der Letzte, der ihn verpetzen würde. »Du denkst, sie hätte dich einfach vergessen, oder?«

Er nickte vorsichtig, und als er mich anschaute, war sein Blick gehetzt und misstrauisch. Liz war die Einzige, zu der er wirklich Vertrauen gefasst hatte. Ihr hatte er sich geöffnet. Ich fühlte mich enger mit ihm verbunden als mit irgendwem sonst. »Sie wird sich bei dir melden«, redete ich ihm gut zu, auch wenn ich insgeheim keinen Schimmer hatte, ob das tatsächlich stimmte. *»Sie denkt an dich«*, gebärdete ich, aber erhielt keine Reaktion. *»Du darfst nicht aufgeben, okay?«* Erneut erfasste mich Wehmut, als ich merkte, wie selbstverständlich ich in der Gebärdensprache kommunizierte und wie viel ich in all der Zeit darüber gelernt hatte. Nur wegen Liz.

Fynn ließ die Schultern hängen.

»Ich kann gut nachvollziehen, wie du dich fühlst«, gestand ich ehrlich. »Ich vermisse sie auch. Sehr sogar.«

Ein winziges Stückchen rutschte er näher zu mir, und ich atmete auf. Ohne noch etwas zu sagen, saßen wir nebeneinander auf dem Baumstamm und dachten an Liz, teilten die Gedanken an sie und die Hoffnung, dass sie vielleicht doch irgendwann zurückkam.

Ich warf Fynn einen Blick zu. Er packte wie die anderen Kinder seinen kleinen Rucksack am Lagerplatz, den wir inmitten der Zelte errichtet hatten, und wartete darauf, dass Becky das Startsignal für die anstehende Wanderung gab. Als ich zu ihm rüberging, schaute er hoch. »Alles okay, Kumpel? Brauchst du Hilfe?« Er schüttelte den Kopf. Zumindest kommunizierte er wieder mit mir. Nachdem schon eine Woche des Zeltlagers hinter uns lag und ich versucht hatte, besonders ein Auge auf ihn zu haben, hatte ich das Gefühl, er öffnete sich immerhin ein kleines bisschen. Auch wenn ich weiterhin den Schmerz des Verlustes in seinem Blick sah, weil Liz nicht zurückgekehrt war. »Wenn irgendetwas bei der Wanderung ist, sagst du mir Bescheid, okay? Du kannst direkt vorn mit mir laufen.« Er nickte verhalten, und ich verkniff mir ein Seufzen. So langsam drückte nicht nur der Schmerz mich auf den Boden, sondern auch die Wut darüber, dass Liz sich nicht einmal von Fynn wirklich verabschiedet hatte.

Mein Handy klingelte, und als ich es aus meiner Hosentasche zog, erkannte ich Buddys Nummer. Er musste selbst wieder zurück an die Arbeit im Touristenzentrum, nachdem er uns eine Woche im Camp ausgeholfen hatte. Wenn er nun wieder darüber sprechen wollte, dass wir aktuell deutlich zu wenig Betreuer waren oder nur das Wort Kosten in den Mund nahm, könnte ich für nichts mehr garantieren. Alles fiel über mir zusammen wie ein einstürzendes Haus nach einem Tornado. Mein ganzes Leben hatte aus Sicherheit bestanden, und nun drohte genau diese in rasendem Tempo einen steilen Berg hinunterzurutschen und mich zurückzulassen.

»Bud, was ist los?«, fragte ich und drückte mir das Smartphone ans Ohr.

»Es tut mir leid, ich weiß, dass ihr mit den Kindern unterwegs seid, aber Steve braucht dich. Bei Lake Rockwell gab es mit Anglern einen Unfall. Sie haben wohl die Hinweisschilder nicht beachtet. Steve ist noch unterwegs, aber du bist doch in der Nähe, kannst du dort bitte kurz vorbeifahren?«

Verdammt. Ich konnte hier nicht weg, andererseits hatte ich überhaupt keine andere Wahl. »Klar, Bud, ich kümmere mich drum«, antwortete ich.

»Danke.«

Wir verabschiedeten uns, und ich lief zu Becky, um die Situation zu klären.

»Kann nicht Lake kurz einspringen«, sagte sie, nachdem ich ihr alles erzählt hatte. »Sie kennt die Kinder doch auch, was meinst du?«

»Ich kann sie zumindest fragen.«

»Die Kinder freuen sich so auf den Ausflug, wer weiß, wann du zurück bist. Levin ist ja auch noch da, das wird kein Problem sein.«

Verdammt. Verdammt. Verdammt. So hatte ich mir das alles nicht vorgestellt.

Glücklicherweise sagte meine kleine Schwester sofort zu. Sie hatte heute Vormittag ohnehin nur einen Kurs, den sie verschieben konnte, außerdem wusste sie als Einzige, was wirklich in San Francisco vorgefallen war und hatte Verständnis. Den Fragen meiner restlichen Familie bei den letzten Sonntagsessen, bei denen Liz nicht dabei gewesen war, war ich ausgewichen und deutete nur an, dass sie bei ihrer Mom und Freundin war. Vielleicht auch, weil ich die Hoffnung bis zum heutigen Tag noch nicht aufgegeben hatte und immer noch hoffte, Liz würde zurückkommen – bis zu Melvins Anruf.

Als Lake sich auf den Weg machte, verabschiedete ich mich von den Kindern, Becky und Levin und stieg dennoch mit einem unwohlen Gefühl in meinen SUV. Wir mussten die

Situation im Camp in den Griff kriegen. Jetzt, wo Liz wohl nicht mehr hier auftauchen würde, umso mehr. Erneut erfasste mich eine Welle aus Bitterkeit, Verlust und Schmerz.

Bevor ich den Wagen anließ, warf ich Fynn einen letzten Blick zu. Der Junge saß allein und mit gesenktem Kopf auf einem der Baumstämme. Auf seinen Schultern befand sich bereits sein kleiner Wanderrucksack, und seine Beine baumelten in der Luft.

Morgen würde ich mir den Tag mit den Kindern durch nichts und niemanden vermasseln lassen.

Kapitel 40

Liz

Die Erinnerung an das Gespräch mit meiner Mom ließ mich immer noch nicht los und auch nicht, was für ein Gefühlschaos mich danach heimgesucht hatte. Allerdings hatte ich sehr wohl gemerkt, dass auch meine Entscheidungen nicht immer die besten gewesen waren. Graham von mir zu stoßen und ihn allein fortzuschicken, das Leben aufzugeben, das mich glücklich gemacht hatte, war die falscheste von allen. Meine Finger umgriffen das Lenkrad fester, und mein Fuß drückte das Gaspedal bis zum Anschlag durch. Auch wenn mein Fiat schon am Limit lief, ging es mir nicht schnell genug. Ich hatte noch eine Stunde Fahrtzeit vor mir, und selbst wenn ich in New Hope ankam, hatte ich keine Ahnung, ob Graham mich nach fast zwei Wochen Funkstille überhaupt sehen wollte. Ich war so eine Idiotin gewesen, ihm das anzutun.

Ich hatte Melvin angeschrieben und ihn darüber informiert, dass er die Hütte neu vermieten könnte – mit der blanken Hoffnung, dass ich nach meiner Ankunft bei Graham unterkommen konnte. So, wie es geplant gewesen war. Selbst meine Wohnung in San Francisco hatte ich gekündigt. *Ganz oder gar nicht* war mein neues Motto. Ich brauchte kein Backup, ich wollte das Leben mit Graham mit jedem kräftigen Schlag meines Herzens. Und das wollte ich ihm nun persönlich sagen und ihm nicht über irgendeine Nachricht oder einen bloßen Anruf mitteilen. Ich wollte in seine sanften Augen schauen, wenn ich mich für meine Entscheidung entschuldigte und ihn bat, mir noch eine Chance zu geben, glücklich zu werden. Das hatte er verdient.

Mein Handy, das auf dem Beifahrersitz lag, klingelte, und ich griff nach dem Kabel des Headsets. Ich räusperte mich. Immer noch war es eine Überwindung zu sprechen, doch gerade nach dem Gespräch mit meiner Mom fiel es mir wieder leichter, aus meinem Turm in die Wirklichkeit zu treten. »Hallo?«

»Liz? Gut, dass du drangehst!« Lakes Stimme hörte sich aufgebracht an, als wäre etwas Schlimmes passiert. »Ich weiß, dass du gerade deine Zeit brauchst, aber es ist wichtig!«

Sofort dachte ich an Graham und ob es ihm gutging. »Was ist los?«

»Ich bin für Graham im Camp eingesprungen, wir wollten mit den Kindern eine Wanderung machen und …« Sie zögerte, rang um Worte. »Fynn ist weg. Er lief ganz hinten bei Levin, der hat nur eine Sekunde nicht aufgepasst, weil er Ruby geholfen hatte, und auf einmal war er weg.«

Fynn. Ich hatte an ihn gedacht, genauso oft wie an Graham. Aber ich hatte gehofft, ich könnte auch das irgendwie wiedergutmachen. Ich war so naiv, dumm und egoistisch gewesen.

»Seitdem du weg bist, hat er niemanden wirklich an sich rangelassen. Ich glaube, du bist die Einzige, der er vertraut. Liz, du musst schnell kommen, egal, was zwischen dir und Graham vorgefallen ist, du …«

»Ich bin schon unterwegs!«, unterbrach ich sie hastig. Verdammt, wieso fuhr mein Fiat nicht schneller? »Ich brauche nur noch eine Stunde, ich hatte sowieso vor, zu euch zu fahren.«

»Wirklich?« Sie klang überrascht, aber auch so, als freute sie sich über den Umstand, dass ich bereits auf dem Weg war. »Komm ins Camp, ich habe Graham noch nicht erreicht. Ich warte auf dich, bis du eintriffst.«

»Ich komme, so schnell ich kann.«

Als ich nach knappen fünfzig Minuten den Waldweg zum Camp entlangfuhr, waren meine Finger feucht, und mein Herz sprang förmlich aus meiner Brust. Nicht nur, dass ich besorgt darüber war, wie Graham reagieren würde, viel wichtiger war die Frage, wo Fynn war! Wenn ihm irgendetwas passierte, war ich schuld daran. Ich hätte ihn nicht so im Stich lassen sollen, vor allem nicht, nachdem ich erfahren hatte, wie sein Verhältnis mit seinem Dad aussah. Ein schwarzer SUV mit mehreren Blinklichtern stand neben Grahams Wagen auf dem Parkplatz, weitere andere Autos waren überall auf dem Gelände verteilt. Haufenweise Menschen, von denen ich nur die Hälfte jemals gesehen hatte, hatten sich um die Feuerstelle versammelt. Ich fuhr in eine freie Lücke, und als ich ausstieg, eilte bereits Lake auf mich zu. Ihre Augenbrauen waren vor Sorge zusammengezogen, und ich spürte den Ernst der Lage an der Stimmung, die jeder hier ausstrahlte. Als ich Grahams Blick suchte, erkannte ich die Überraschung darin, doch er sah nur halb so begeistert aus, wie ich gehofft hatte. Er wandte sich ab und redete weiter mit dem Sheriff und einem jungen Mann in Feuerwehruniform.

Lake und ich umarmten uns. »Es tut mir so leid, ich bin so schnell gefahren, wie ich konnte. Wie ist die Lage?«, fragte ich.

Müde fuhr sich Lake übers Gesicht. »Wir stellen gerade mehrere Suchtrupps auf, um Fynn zu finden. Er muss irgendwo im Umkreis von den Stellen sein, die wir mit den Kindern abgelaufen sind. Gott, ich mache mir solche Vorwürfe!«

»Wir finden ihn, okay?« Ich legte die Hand auf Lakes Schulter, und sie schenkte mir ein trauriges Lächeln. »Und du bist nicht schuld daran!«

»Komm.« Sie nahm meine Hand und zog mich zu den Menschen. Ich versuchte, Blickkontakt mit Graham aufzunehmen, doch er weigerte sich strikt. Wyatt und Brax nickten mir knapp zu, während wir zu ihnen gingen. Ruby kam zu mir, und auch sie umarmte ich fest.

»Er ist ganz allein da draußen«, flüsterte sie mir schniefend ins Ohr.

»Wir werden ihn finden, okay?«

Sie nickte traurig und lief wieder zu Brax, der sie auf den Arm nahm und an sich drückte.

»Wir sollten uns hier in diesem Bereich in kleine Teams aufteilen, damit unsere Chancen höher sind. Er kann nicht weit sein, wenn er allein zu Fuß unterwegs ist«, sagte Graham und tippte mit dem Finger auf eine Karte, die er den anderen zeigte. »Haben Sie schon den Helikopter angefunkt, Sheriff Mitshell?« Etwas schwang in Grahams Stimme mit, das ich nicht deuten konnte. Ein Konflikt, so etwas wie unterdrückte Wut, aber vielleicht lag es nur an der gesamten Situation. Trotzdem war die Art, wie die beiden miteinander sprachen, nicht nur aufgrund der aktuellen Lage angespannt. Ich kannte Graham und wusste, dass irgendetwas dahintersteckte. Ich suchte seinen Blickkontakt, um ihm zu signalisieren, dass ich ebenfalls da war, aber er tat mir nicht den Gefallen, einmal zu mir zu sehen.

»Wir arbeiten daran«, sagte der Sheriff knapp.

Deutlich konnte ich Graham ansehen, dass er mit seiner Beherrschung kämpfte. Seine dichten Brauen waren zusammengezogen, der Muskel an seinem Hals angespannt und fest. Ich ging zu Fynns Mom, die besorgt am Rand stand. »Liz!«, rief sie und umarmte mich ebenfalls. Ich strich beruhigend über ihren Rücken, dann löste sie sich von mir. Ihre Augen waren rot umrandet, tiefe Ringe befanden sich darunter.

»Es tut mir so leid, dass ich fortgegangen bin!«, sagte ich.

Traurig lächelnd schaute Melanie mich an. »Du bist nicht dafür verantwortlich. Ich weiß, wie es sich anfühlt, Dinge klären zu müssen.«

»Wir werden ihn finden!«

»Er ist ganz allein da draußen«, stieß sie schluchzend hervor.

Ich konnte nicht in Worte fassen, wie leid mir das alles tat. Fynn musste fürchterliche Angst im Wald haben. Was war passiert, dass er sich von der Gruppe entfernt hatte? Becky kam zu uns.

»Becky«, sagte ich und begrüßte sie.

»Ich wünschte, wir hätten uns unter schöneren Umständen wiedergesehen.«

»Das wünschte ich ebenfalls.«

Sie blickte nach oben und deutete in den Himmel. »Graham sagt, es rauscht ein Gewitter an, wir müssen uns unbedingt beeilen und ihn finden, bevor es runterkommt.«

Ich nickte und sah zu ihm. Er war zu seinem SUV gegangen und funkte etwas durch das Funkgerät in seiner Mittelkonsole.

»Ich sage ihm kurz Hallo«, erwiderte ich, verabschiedete mich von Melanie und Becky und ging mit klopfendem

Herzen auf ihn zu. Er stand mit dem Rücken zu mir, dennoch konnte ich die Anspannung spüren, die sein ganzer Körper ausstrahlte. Als er das Funkgerät zurücksteckte und sich umdrehte, sah er überrascht auf.

»Hallo«, erwiderte ich vorsichtig.

Er zog die Augenbrauen hoch und runzelte die Stirn.

»Ich würde gern mit dir sprechen«, meinte ich, ohne mich von seinem Gesichtsausdruck abschrecken zu lassen.

Er knallte die Autotür zu und lief an mir vorbei wieder in Richtung des Feuerplatzes. »Jetzt ist nicht der richtige Zeitpunkt, Liz.«

»Es tut mir leid! Aufrichtig! Ich möchte nur die Chance bekommen, es zu erklären. Irgendwann …«

Er blieb stehen und drehte sich zu mir um. Als er mich ansah, hätte ich am liebsten die Arme um ihn geschlungen und ihn damit um Verzeihung gebeten.

»Was? Dass du mich von dir gestoßen hast, oder Melvin vorgeschickt hast, damit ich dir deine Sachen schicke und du nie wieder mit mir sprechen musst?«, stieß er hervor. »Mir keine Möglichkeit gegeben hast, noch mal irgendetwas zu erklären. Ich hab es verstanden, Liz.«

»Das war nicht so gemeint …«, begann ich. So wütend hatte ich ihn noch nie erlebt

»Nein? Ich sagte, jetzt nicht, Liz.«

Mit diesen schneidenden Worten wandte er sich um und ließ mich stehen. Ich konnte wirklich verstehen, dass er verletzt war, und hoffte, ich würde die Chance bekommen, mit ihm allein darüber zu sprechen. Aber er hatte recht, unsere Aussprache war zweitrangig, es ging nur darum, Fynn zu finden.

Ich eilte erneut zu Lake, als die Teams eingeteilt wurden. Wie ich anhand der Uniformen erkennen konnte, arbeiteten die meisten mit Graham zusammen, dazu ein paar Angehörige, Freunde, Becky und Levin vom Camp.

»Es wäre das Beste, wenn Liz mit Graham geht!«, warf Lake ein, und Graham schenkte ihr einen wütenden Blick, der mich mitten in den Magen traf. »Ich meine, Graham kennt das Gebiet hier am besten und Fynn vertraut Liz! Anders ergibt es keinen Sinn!«

»Gut«, blaffte Graham. »Weiß jeder, wo er suchen soll und mit wem?«

Ich atmete tief ein. Dann verteilten Graham und der Sheriff die Karten und Taschenlampen an alle, die welche brauchten. Schnell fanden sich die Teams zusammen, und die ersten verschwanden im angrenzenden Wald, bis nur noch Graham und ich übrig waren. Ein Grollen baute sich über uns auf, und ich schloss kurz die Augen. Als ich sie öffnete, begegnete ich Grahams Blick. Doch er strahlte nur kurz Besorgnis aus, danach erschienen erneut der Schmerz und die Wut mit all ihrer Größe, die ich zu verantworten hatte.

Kapitel 41

Graham

Ich war wütend und erleichtert und alles auf einmal. Doch es gab keine Zeit, darüber nachzudenken. Die höchste Priorität hatte es, Fynn zu finden.

Erinnerungen drängten sich an die Oberfläche. Das blinkende Licht eines Polizeiwagens zwischen den Schatten der Bäume. Das Gewitter, das die Erde überflutet und es unmöglich gemacht hatte, meinen Freund Noah und mich aufzuspüren. Es durfte nicht wieder passieren! Nicht noch ein einziges Leben, vor allem nicht das eines Kindes, durfte ein Ende in dieser Natur finden.

Was hatte Fynn sich dabei gedacht, als er abgehauen war? Wahrscheinlich wollte er wie beim ersten Mal, als ich ihn im Wald gefunden hatte, einfach allein sein und hatte angenommen, den Weg zurück zum Lager zu finden. Allerdings war er noch ein Kind und hatte keine Ahnung, wie gefährlich es da draußen wirklich war. Genauso wie Noah und ich es damals nicht gewusst hatten.

Meine Kehle schnürte sich zu, während ich mich mit Liz durch den Wald zu der Stelle kämpfte, an der Fynn verschwunden war. Wir redeten nicht, und ich spürte die Schwere aller ungesagten Worte und der stummen Entschuldigungen. Nebeneinander kletterten wir über umgestürzte Baumstämme, wuchtige Steine und durchquerten einen schmalen Fluss, der in der sommerlichen Hitze fast ausgetrocknet war.

Der Donner wurde lauter, und die Wolken hingen immer tiefer am Himmel. Die angespannte Atmosphäre bescherte mir eine heftige Gänsehaut. Wir stiegen eine kleine Anhöhe nach oben, und ich versuchte, etwas zwischen den immer dichter beieinanderstehenden Bäumen zu erkennen. Ein Wasserfall rauschte im Hintergrund, und plötzlich flog ein Helikopter über unsere Köpfe hinweg. Also hatte Mitshell endlich einmal richtig entschieden und aus seinen Fehlern gelernt. Das Verschwinden eines Kindes nicht als dummen Streich abgetan und abgewartet. Hoffentlich würde uns die Unterstützung zu Luft etwas bringen.

»Fynn!«, rief ich laut und Liz tat es mir nach. Ihre Stimme war klar und so kräftig, wie ich sie noch nie gehört hatte. »Hier ist Liz, Fynn, wo bist du?«

Etwas raschelte in einem entfernten Gebüsch, und ich hielt die Luft an. Aus Reflex nahm ich Liz' Handgelenk und zog sie ein Stück hinter mich. So weit hier draußen war es gut möglich, dass wir auf Bären trafen, auch wenn diese sich in der Regel von Menschen fernhielten. Ich spürte Liz' Nähe in meinem Rücken und fixierte angespannt die Stelle vor uns. Das Geweih eines Weißwedelhirsches schob sich langsam durch das Gestrüpp, und ich atmete auf, als ich sein braunes Fell erkannte. Ruckartig schaute er uns an, und kaum dass ich mich entspannte und die Schultern sacken ließ, sprang er blitzartig davon und verschwand erneut im Unterholz. Liz stieß ein erleichtertes Seufzen aus.

»Verdammt«, murmelte ich, und Liz trat an meine Seite. Als ich sie ansah, klopfte mein Herz wie jedes einzelne Mal schneller. »Alles okay?«

Sie nickte. »Und bei dir?«

Was sollte ich darauf antworten, ohne die Mauern, die mich schützten, erneut einreißen zu lassen. »Wir sollten weitersuchen. Das Gewitter kommt näher, und es wird bald dunkel.«

Enttäuschung spiegelte sich auf ihrem Gesicht wider, während ich weiterlief und sie mir folgen musste. Mittlerweile war ich immer noch verletzt, aber längst nicht mehr so wütend über den Umstand, dass sie so getan hatte, als wäre nie etwas Tiefes zwischen uns entstanden. Wir würden uns später damit befassen.

Unsere Schritte wurden schwerer und langsamer, unsere Rufe schwächer. Ich hatte keine Ahnung, wie lange wir unterwegs waren, aber es waren sicherlich Stunden. Auch die anderen hatten Fynn nicht gefunden, und man konnte spüren, wie die Hoffnung der Verzweiflung wich. Allerdings war ich noch lange nicht bereit, aufzugeben. Liz war müde, doch auch sie kämpfte sich weiter, suchte unter Sträuchern und massiven Felsen. Es war, als hätte Fynn sich einfach in Luft aufgelöst. Auch in mir wuchsen Panik und Angst gleichermaßen, aber ich ließ sie nicht zu. Noch nicht. Selbst nicht in dem Moment, in dem wir uns der Stelle näherten, die mich immer noch in meinen Albträumen heimsuchte.

Als die ersten dicken Tropfen auf die Erde trafen, tickte die imaginäre Uhr in meinem Kopf schneller. Ein Donner hallte zwischen den umliegenden Bergen wider, und sein Krachen war ohrenbetäubend laut. Ich nahm ein Regencape aus dem Rucksack und gab es Liz, die nur eine Jeansjacke trug. Sie bedankte sich und zog es sich über. Schon jetzt wurde der Regen von Sekunde zu Sekunde stärker.

»Wir müssen weiter. Schaffst du das?«

Liz nickte tapfer, und ich schenkte ihr ein kleines Lächeln. Der Wunsch, sie zu halten und ihre Ängste fortzuwischen, wurde größer, doch diesmal war es anders. Sie war anders. Sie hob den Kopf und ging an mir vorbei, rief immer wieder Fynns Namen, wobei der Regen mittlerweile erbarmungslos auf uns niederprasselte. Vielleicht hatte sie die Zeit bei Payton doch gebraucht, um auch das letzte fehlende Teil ihrer selbst zu finden.

Ich folgte ihr, und wir liefen weiter, während sich der Boden um uns herum in eine rutschige Fläche aus Schlamm und Matsch verwandelte. Die Kiefern bogen sich im aufbrausenden Sturm von links nach rechts, die Regentropfen fielen fast senkrecht vom Himmel, und Liz' langes Haar wurde hin und her gepeitscht. Mein Hemd war schon lange durchnässt, und ich senkte den Kopf gegen den Regen. Großer Gott, wenn Fynn tatsächlich immer noch hier draußen war, musste er fürchterliche Angst haben. Ich zog das Funkgerät sowie mein Handy aus der Tasche und checkte, ob sich jemand der anderen gemeldet hatte. Lake hatte mir eine Nachricht geschrieben.

Der Sturm ist zu stark, wir mussten abbrechen, weil wir nicht mehr weitergekommen sind. Wyatt ist gestürzt und hat sich fast das Bein gebrochen. Ich mache mir Sorgen um euch, melde dich!

Als ich Liz an der Schulter antippte, blieb sie stehen und sah meinem Finger nach, mit dem ich auf einen Felsvorsprung deutete. Ich wusste genau, dass es dort oben eine kleine Höhle gab, in der wir uns einen Augenblick unterstellen konnten, denn abzubrechen und zurück zum Camp zu gehen war keine Option. Selbst wenn ich vorgehabt hätte, die Suche nach Fynn einzustellen, brauchten wir Stunden zurück.

Ich half Liz nach oben und zog mich selbst die breiten Felsen hoch, ehe wir die Höhle betraten. Kurz rauschten Erinnerungen durch mein Hirn, die mir die Luft zum Atmen nahmen. Liz stand am Rand der Höhle und schaute nach draußen.

»Das Wetter ist furchtbar. Der arme Fynn …«, murmelte sie, und ich stellte mich neben sie. Der Regen schickte eisige Schauer in das Innere der Höhle, und so langsam begann auch ich, vor Kälte zu zittern. Liz' Turnschuhe und ihre Jeans, die knapp über ihrem Knöchel endete, waren voller Schlamm. Ich trug wenigstens wasserdichte Wanderschuhe, aber auch diese trieften vor Matsch.

»Wir werden ihn finden«, brachte ich heiser hervor und versuchte mich selbst mit diesen Worten zu beruhigen. Wir mussten es einfach. »Komm, du frierst.«

Wir gingen tiefer in die Höhle, und mein Blick blieb an dem dunklen Eingang hängen. Kurz vorher legte ich meinen Rucksack an den Rand und kramte einen Pullover daraus hervor. »Hier, zieh den an.« Liz hatte die Arme um ihren Körper geschlungen, da auch sie zitterte. Trotz des Capes waren ihre Klamotten nicht optimal, bei diesem Wetter draußen herumzulaufen.

»Du bist pitschenass und trägst nur ein kurzärmeliges Hemd. Zieh du es an.«

»Liz«, mahnte ich. »Bitte.«

Sie presste die Lippen aufeinander, als müsste sie das herunterschlucken, was sie sagen wollte, dann nahm sie mir das Sweatshirt ab, streifte sich das nasse Cape ab und den warmen Pullover über. »Was machen wir jetzt?«, fragte sie, während ich einige meiner Kollegen anfunkte.

Ein kleiner Junge wartete da draußen darauf, dass wir ihm halfen, und was taten wir? Nichts. Das konnte ich nicht akzeptieren. Was wäre gewesen, wenn ich damals nicht hier gewartet, sondern Hilfe gerufen hätte? Ich war kein Kind mehr, heute hatte ich völlig andere Möglichkeiten, die ich unbedingt nutzen musste. Die anderen meldeten sich über Funk, aber keiner hatte Erfolg gehabt. Jeder von ihnen musste aufgrund des Wetters abbrechen. »Du bleibst hier«, erwiderte ich ruppig, weil ich das Gefühl hatte, nicht genug unternommen zu haben. Das Zeitfenster wurde kleiner und kleiner, und ich musste jede Sekunde davon nutzen. Eine Nacht hier draußen und dann noch bei so einem Sturm … Ich wollte nicht weiter darüber nachdenken.

»Was soll das heißen?«

Als ich vor zum Höhleneingang trat, sah ich die Wassermassen, die aus dem nahegelegenen Fluss herausgetreten waren und an uns vorbeirauschten. Verdammt! »Dass ich gehe und du hierbleibst, solange es noch so regnet.« Ich hielt Liz mein Funkgerät entgegen, und sie starrte es mit großen Augen an.

»Auf gar keinen Fall! Du kannst nicht allein gehen!« Sie deutete auf das Wasser unter uns. »Willst du schwimmen?«

»Fynn hat auch keine andere Wahl!« Meine Stimme wurde lauter und triefte vor Bitterkeit. »Ich muss es versuchen!«

Liz umfasste meinen Arm. »Du kannst dich verletzen oder noch Schlimmeres! Wir müssen zusammenbleiben, das hast du den anderen Teams doch auch gesagt! Was ist daraus geworden?«

Ich senkte den Blick, suchte nach einem Weg aus dieser Katastrophe. Irgendwann musste der Regen doch aufhören. Alles in mir zog sich zusammen, schnürte meine Brust zu und weckte das Gefühl von Hilflosigkeit, dem ich einfach nicht entkam. Liz trat vor mich und umfasste mein Gesicht. Ihre Finger auf meiner Haut verursachten brennende Spuren.

»Fynn ist ein schlauer Junge, er wird sich wie wir irgendwo untergestellt haben. Ihm wird nichts passieren, das verspreche ich dir!«

»Wie willst du das versprechen?«, wisperte ich mit halber Kraft.

Es tut mir leid, Noah hat es nicht geschafft. Die tragischen Worte von Sheriff Mitshell damals hallten in meinem Kopf wider und wider und wider, verursachten ein dumpfes Pochen, das mich innerlich zum Schreien brachte. »Das kannst du nicht! Ich muss gehen!«

»Nur wenn wir zusammen gehen. Wenn du es riskierst, tue ich es auch.«

»Liz …«, flehte ich, fand aber keine weiteren Worte, ihr zu erklären, wie gefährlich es tatsächlich da draußen war.

»Glaubst du, Fynn ist geholfen, wenn dir irgendetwas bei dem Versuch, ihn zu finden, passiert? Du bist der Einzige, der sich in diesem Gebiet so gut auskennt. Fynn hat mehr Chancen, wenn wir abwarten, bis der Regen aufhört und es dann noch einmal versuchen.«

Ich wandte mich aus ihrer Berührung und stürmte in Richtung Höhleninneres. Dort fuhr ich mir mit den Händen durch den Nacken und ließ einen Schrei los, der an den Höhlenwänden widerhallte. Sanft spüre ich Liz' Arme um mich und drehte mich zu ihr um, ohne die Berührung, die ich so sehr brauchte, zu beenden.

»Was ist hier passiert?«, fragte sie vorsichtig, und ich hatte keine Ahnung, ob jetzt der richtige Zeitpunkt war, ihr mein Herz ganz zu öffnen. Ihre Augen drückten aus, dass sie ganz genau wusste, wie es mir ging. »Verdräng es nicht, lass es zu. Es tut weh, ich weiß, wie sehr, aber du kannst es nicht für immer in dir einschließen. Es frisst dich auf.« Sie hatte recht. Es verbrannte mich von innen heraus, und trotzdem fand ich keine Worte, die es besser machen würden. »Du kannst mir vertrauen, ich höre dir zu.«

»Auch ich habe jemanden in meiner Kindheit verloren.

Auch ich kenne das Gefühl, wenn einem Schuldgefühle die Luft zum Atmen rauben.« Ich wich ihrem Blick aus und schaute in Richtung Höhleneingang. »Ich liebe den Nationalpark, die Natur, einfach alles, aber ...« Ich zögerte, ehe ich Liz anschaute und mich selbst vor der Heftigkeit des plötzlichen Schmerzes in mir erschrak. »Manchmal hasse ich sie auch. Und ich schäme mich für diese Gedanken, weil ich doch jemand sein sollte, der die Natur schützen muss.«

»Diese Gedanken sind in Ordnung«, sagte sie leise und griff nach meiner Hand. Ich holte mehrmals tief Luft, um mich zu sammeln.

»Ich war acht und ständig in der Natur unterwegs. Ich kannte jeden Stein, jeden Grasbüschel im Umkreis unserer Farm. Irgendwann kamen mein Freund Noah und ich auf die Idee, weiter zu gehen als jemals zuvor. Wir hatten kein Essen dabei, kein Wasser, nichts, wir dachten, wir wären am Abend wieder zu Hause. Ein Gewitter kam auf. Wir waren viel zu weit weg von irgendeinem Ort, an dem wir uns auskannten, und hatten keine Ahnung, wie wir wieder zurückkommen sollten. Ich entdeckte eine Höhle, etwas weiter oben auf einem Felsvorsprung und habe geglaubt, es wäre eine gute Idee, dorthin zu klettern und das Gewitter dort abzuwarten. Besser als unter den Bäumen war es auf jeden Fall. Noah rutschte auf dem Weg dorthin ab ...« Meine Stimme brach, und ich schloss die Augen, atmete wieder tief ein und rang um meine Beherrschung. »Ich konnte ihm nicht helfen. Ich konnte ihm nicht helfen und habe die ganze verdammte Nacht in dieser Höhle verbracht. Was wäre, wenn ich den Mut gehabt hätte, Hilfe zu holen? Hätten sie Noah retten können? Das frage ich mich seitdem jeden einzelnen Tag.« Als ich Liz ansah, erkannte ich all die Gefühle, die mich selbst lähmten und an den Rand meines Verstands trieben.

»Es war nicht deine Schuld«, flüsterte sie die Worte, die auch ich zu ihr gesagt hatte. »Du warst acht, vielleicht wärst du ebenfalls abgerutscht oder niemals daheim angekommen. Es gibt Bären und andere Wildtiere in den Wäldern und dann das Gewitter …« Sie umfasste mein Gesicht und zwang mich, sie anzuschauen. »Es war nicht deine Schuld«, wiederholte sie. »Auch wenn du dieses Gefühl niemals ablegen kannst, du hast mir gezeigt, dass ich damit leben kann. Dass es mich gleichzeitig geben kann. Graham, niemand hätte in der Situation anders reagieren können«, flüsterte sie. »Es war nicht deine Schuld.« Ihre Berührung wurde fester. »Es ist nicht wie damals, und du bist nicht schuld, genauso wenig wie ich es gewesen war, hörst du? Ich bin für dich da. Es tut mir so leid, dass ich mich nicht gemeldet und dich fortgeschickt habe. Ich kann gar nicht beschreiben, wie sehr. Es war dumm zu glauben, dass ich an einen Ort zurückmuss, der mich krank und unglücklich gemacht hat. Ich hätte bei dir bleiben sollen.« Meine Arme hingen nutzlos an meinen Seiten hinab, während sie auf den Zehenspitzen stand und ihre Hände meine Schultern nach unten strichen. Gott, wie sehr hatte ich sie vermisst. Der Blick auf ihr wunderschönes Gesicht bereitete mir zusätzliche körperliche Schmerzen. »Ich bin für dich da, Graham«, wiederholte sie. »Weil ich dich liebe und wir mit Fynn heil aus dieser Situation herauskommen, okay?«

Da waren die Worte, die ich ihr die gesamte Zeit selbst sagen wollte, aber nicht wusste, wie. Die Worte, die ich von ihr hören wollte, immer und immer wieder. Das Gefühlschaos in meinem Innern erreichte nun seinen Höhepunkt, und ich hatte keine Ahnung, was ich zuerst fühlen sollte. Ich senkte meinen Kopf und küsste Liz voller Verzweiflung. Sie bog sich mir entgegen, spürte meinen Schmerz und teilte ihn mit mir. Nahm mir die Schwere des Moments so lange ab, wie unsere

Lippen sich berührten. Schwer atmend löste ich mich von ihr und versank in ihren Augen, konnte nicht in Worte fassen, was ich fühlte. Meine Hände glitten wie von selbst zu ihren Hüften, und ich hielt sie fest. Als der Donner erneut über den Himmel grollte, wusste ich, ich hatte gar keine andere Möglichkeit, als ihr zu folgen und zu glauben. Doch ich war zu tief in meiner Angst gefangen, als dass ich meiner Liebe zu ihr Ausdruck verleihen konnte. Das schien sie zu spüren und drückte sich an mich. Ich schlang meine Arme um ihren Körper, fühlte ihre Wärme und hoffte, sie hatte recht, dass Fynn in dieser Nacht nichts passierte.

Kapitel 42

Liz

Zuerst spürte ich die Sonne auf meinem Gesicht, die mich wärmte, und den harten Boden unter mir. Starke Arme, die mich umfassten und hielten. Ich öffnete die Augen und versuchte herauszufinden, wo ich mich befand. Das Gewitter. Die Höhle. Fynn.

Ruckartig stand ich auf. Als ich nach draußen schaute, war ein neuer Tag angebrochen. Vögel zwitscherten, die Bäume standen völlig still, als wäre nie irgendetwas geschehen. »Wir müssen los!«

Graham war genauso blitzartig wach wie ich. Über das, was gestern vorgefallen war und was wir uns gestanden hatten, würden wir uns später noch unterhalten. Ich würde nun ganz bestimmt nicht mehr abhauen und mich dem entziehen, was ich schon die ganze Zeit gewusst hatte. Dass ich Hals über Kopf in Graham verliebt war und ab sofort ebenso für ihn da sein würde wie er die gesamte Zeit für mich. Sein Geständnis und seine Ehrlichkeit über das Erlebnis mit seinem Freund Noah hatten mich nur darin bekräftigt, dass wir es gemeinsam schaffen konnten. Es war egal, wie groß oder stark er war, auch er durfte zerbrochen und schwach sein. Wir wussten beide, dass wir diese Schuldgefühle niemals loswerden würden, allerdings hatte mir mein Aufenthalt in New Hope gezeigt, dass wir es vielleicht schafften, damit zu leben. Vielleicht, auch wenn der Weg bis zu einem wirklich unbeschwerten Leben schwer werden würde. Und obwohl ich keine Ahnung hatte, ob ich stark genug für uns beide war. So stark, wie Graham es für mich war, war ich in diesem Moment auch für ihn.

Feuchtschwüle Luft ließ mich augenblicklich in Schweiß ausbrechen, als ich das Regencape in Grahams Rucksack stopfte, während er versuchte, jemanden über Funk zu erreichen. Die Suche ging weiter, Graham half mir, aus der Höhle zu klettern, und meine ohnehin klammen Schuhe standen erneut im feuchten Matsch. Solche Gewitter wie hier hatte ich noch nie in meinem Leben erlebt. Es war, als würde die Zeit angehalten, während die Welt unterging, um sie kurz darauf wieder in blühendem Leben erstrahlen zu lassen. Außer dem aufgewühlten Boden und dem reißenden Fluss, in dem nun randvoll bis zum Ufer die Wassermassen Richtung Tal strebten, war nichts mehr von dem heftigen Unwetter zu sehen.

Mein Magen knurrte, und mein Mund war trocken vor Durst, dennoch liefen wir so lange weiter, bis wir die Höhle weit hinter uns gelassen hatten. Wir riefen Fynns Namen, warteten auf ein Lebenszeichen, dass er aus seinem Versteck herauskam, aber wieder packten uns die Angst und die Verzweiflung. Wir hatten nicht mehr viel Zeit.

Zwischen den Baumstämmen tauchte ein rauschender Wasserfall auf, dessen Wassermassen mit rasender Wucht in die Tiefe stürzten. Das Gewitter hatte auch diesen erneut gefüllt. Daneben verlief eine gewaltige Steintreppe einen kleinen Berg hinauf, wahrscheinlich wurde sie irgendwann einmal für

Touristen errichtet. Wir riefen erneut nach Fynn und stiegen die ersten Stufen nach oben, bis wir die Sicht auf eine tiefe Einbuchtung in dem Berg erhielten, die gerade einmal groß genug für einen Menschen war. Etwas Blaues tauchte in meinem Blickfeld auf. »Da! Was ist das?« Ich deutete hoch, und Graham beschleunigte sofort seine Schritte. Wieder rief ich Fynns Namen, und als die kleine blaue Kugel sich bewegte, durchflutete mich Erleichterung. Wir hatten es geschafft. Auch ich rannte mit Graham die Stufen nach oben, bis wir den Jungen erreichten, der sich zitternd und durchnässt gegen die Wand des Berges presste.

»Großer Gott.« Graham sank auf die Knie und zog Fynn an sich, der das Gesicht vor Schmerzen verzog.

Ich stürmte zu den beiden. *»Ist alles okay?«*, gebärdete ich, und über Fynns Gesicht liefen Tränen, und er zeigte auf seinen Knöchel. »Hey, jetzt ist alles gut, wir sind da, wir haben dich gefunden«, sagte ich und strich ihm beruhigend über den Rücken. Als ich Graham ansah, erkannte ich auch in seinen Augen Tränen der Erleichterung und der Freude. Ich schenkte ihm ein Lächeln, und er erwiderte es, während er den Jungen auf die Arme hob und ich die anderen mit seinem Smartphone anrief und über Funk Bescheid gab, dass wir Fynn gefunden hatten. Wir hatten es geschafft. Grahams Befürchtung hatte sich nicht wiederholt, und wir konnten erlöst dieses Kapitel abschließen. Jetzt mussten wir nur vollständig ehrlich zueinander sein, um in eine Zukunft blicken zu können.

»Können wir reden?« Wir sahen dem letzten Auto nach, das aus dem Camp in Richtung Straße fuhr. Nachdem wir Fynn zurück zu seiner Mom gebracht hatten, was uns noch einen halben Tag Wanderung gekostet hatte, waren wir unendlich müde, erschöpft, allerdings auch voller Glück und Erleichterung angekommen. Fynns Mom stürzte auf uns zu und drückte ihren kleinen Jungen an sich, während ich spürte, wie die Erschöpfung nach uns allen griff und sich ausbreitete. Glücklicherweise war sie nicht sauer auf Becky und die anderen gewesen, die auf der Wanderung dabei waren. Es kam heraus, dass Fynn schon mehrmals abgehauen war. Kurz nachdem sein Dad zum ersten Mal seine Hand gegen seine Mutter erhoben hatte. Sie hatte angenommen, das Weglaufen hatte mit ihrem Umzug ein Ende, doch Fynn musste erst etwas anderes kennenlernen, etwas, das ihm das Bedürfnis gab, zu bleiben und nicht zu gehen. Ich konnte ihn noch besser als vorher verstehen und würde ihn ganz sicher nicht mehr im Stich lassen.

Bevor seine Mom mit ihm in den bestellten Rettungswagen stieg, der sie in das nächste Krankenhaus nach Carson City brachte, hatte Fynn Graham und mich noch einmal fest umarmt. Ich versprach ihm flüsternd, nie wieder wegzugehen, und Fynn nickte mit Tränen in den Augen, ehe er mit seiner Mom und den Sanitätern losfuhr.

Graham strich sich durch die dunklen Haare, tiefe Furchen schimmerten bläulich unter seinen Augen. »Wir reden. Nach einer Dusche, okay?«

Ich nickte und schaute zu meinem Auto. »Ich fahr dich.«

»Da drin?« Er zog die Augenbraue hoch und schüttelte den Kopf. »Nein, das brauchst du nicht.«

»Du bist völlig fertig, nimm bitte diese Hilfe an.«

Er zögerte und sah abwechselnd von mir zu meinem Fiat. Daraufhin gab er ein kraftloses Schnauben von sich, zog seine Autoschlüssel aus der Tasche und hielt sie mir hin. »Okay, dann aber damit.«

»Mit deinem Wagen?« Er nickte und lief zur Beifahrerseite. Graham hatte mir einmal erzählt, dass er ungern Beifahrer war, vor allem bei Brax, und lieber gern selbst fuhr. Weil er die Kontrolle brauchte und sie ihm Sicherheit gab. Aber dass er mir vertraute und mich sein Auto fahren ließ, weckte Hoffnung in mir.

Ich stieg ein und zögerte kurz. Hier war alles doppelt so groß wie in meinem Fiat. Zuerst stellte ich den Sitz ein, weil ich nicht einmal mit den Fußspitzen an die Pedale kam. Endlich hatte ich genug Mut, um zumindest den Motor anzulassen. Als ich Graham ansah, schwoll mein Herz in meiner Brust an. Er hatte den Arm auf der Türverkleidung abgestützt und hielt damit seinen Kopf. Seine Augen waren geschlossen und sein großer Körper tief in den Sitz gesackt. Er hatte eine Ruhepause definitiv verdient. Vorsichtig strich ich ihm mit den Fingerknöcheln über die Wange und seinen Bart, der die letzten beiden Wochen wieder länger und wilder geworden war. Ich musste lächeln. Dieses Gefühl in seiner Gegenwart konnte mir niemand mehr nehmen.

Sacht fuhr ich an und lenkte den SUV über die Schlaglöcher zurück auf die Straße. Graham war so müde, dass er selbst durch das Gewackel nicht aufwachte. Erst als ich wieder vor seiner Hütte einparkte und die Handbremse mit einem lauten Krachen zog, zuckte er zusammen und blinzelte gegen die Sonne.

»Wir sind da«, sagte ich vorsichtig, und Graham rieb sich mit den Handballen die Augen, ehe er seine Tür öffnete. Seine Schritte waren schwer und langsam, als ich ihm folgte. Natürlich war seine Eingangstür auch heute nicht abgeschlossen. Drinnen angekommen, schlurfte er zu seinem Sofa, auf das er sich fallen ließ. Seine Schuhe verteilten den angetrockneten Matsch auf dem Boden, und auch meine Klamotten waren nicht in allerbester Verfassung. Doch auch mich überfiel eine bleierne Müdigkeit, und ich setzte mich zu ihm. Bevor ich noch irgendetwas sagen oder nur denken konnte, hatte der Schlaf mich bereits in der Hand und schickte mir einen wirren Traum von Regen, Donnergrollen und dem Glück, das ich tief in meinem Herzen spürte.

Irgendwann wachte ich von Geschirrgeklapper auf. Schläfrig versuchte ich, die Lider zu heben, was mir aber erst nach dem dritten Versuch gelang. Gähnend richtete ich mich auf und stellte fest, dass ich noch immer auf Grahams Sofa lag, doch von ihm keine Spur zu sehen war. Als ich mich umsah, woher das Geräusch stammte, entdeckte ich ihn in der Küche. Er trug ein frisches, weißes T-Shirt, seine Haare waren nass und ein wenig nach hinten gekämmt. Sowie er bemerkte, dass ich wach war, hob er den Blick und schaute mich an. Sobald seine Augen meine trafen, spürte ich das Kribbeln durch meinen Körper schießen.

»Hi«, krächzte ich noch rau vom Schlaf.

Vorsichtig lächelte er. »Hi.«

In diesem Moment wusste ich nicht so recht, was ich sagen oder tun sollte. Ich hatte mir meine Worte so gut zurechtgelegt, während ich auf dem Weg nach New Hope gewesen war, bis der Anruf von Lake kam, der mir den Boden unter den Füßen weggerissen hatte. Graham schien meine Nervosität zu teilen. Er hob zwei Tassen an und kam zu mir. Als er mir eine übergab und ich erkannte, was darin war, musste ich ebenfalls lächeln.

»Danke, das ist jetzt genau das Richtige.«

Er setzte sich neben mich, und der Abstand zwischen uns war deutlich zu groß. Ich hielt den warmen Becher in meinen Fingern und stützte ihn auf meinem Oberschenkel ab. Immer noch trug ich die dreckige Jeans und Grahams übergroßen Pullover, in den ich beim Schlaf meine Nase vergraben hatte.

»Danke, dass du trotz allem gekommen bist«, meinte er, ohne mich anzusehen.

»Ich war schon auf dem Weg«, erwiderte ich, und meine Stimme versagte, als er mich überrascht ansah. Ich räusperte mich. »Als Lake mich wegen Fynn angerufen hat, war ich nur eine Stunde von New Hope entfernt. Ich wollte zu dir«, flüsterte ich den letzten Satz. Grahams Blick und seine Nähe hatten eine überwältigende Wirkung auf mich, trotzdem riss ich mich zusammen und suchte nach den richtigen Worten. Immer noch dachte ich bei jedem Satz, den ich von mir gab, vorher nach, doch diesmal war es anders. Ich ließ mein Herz sprechen. »Es war mir klar, dass ich falsch reagiert habe. Ich hätte mit dir zurückfahren sollen, dich nicht dafür verantwortlich machen, was mir an diesem Abend Angst gemacht hat, aber ich konnte nicht mehr klar denken. Das mit uns hat mich völlig überrannt, ich hatte keine Zeit, meine Gefühle richtig zu ordnen.« Ich setzte die Tasse auf dem Couchtisch ab und rutschte näher zu Graham. »Du hast mir gar keine andere Wahl gelassen, als mich in dich zu verlieben.« Ein Lächeln zupfte an seinen Mundwinkeln, aber er zögerte immer noch. Ich hatte ihn mit meiner Zurückweisung verletzt, das merkte ich ihm an. Dennoch stellte auch er den Becher ab und kam mir entgegen. »Und wenn du sauer bist, kann ich das total verstehen, ich möchte nur, dass du weißt, dass es für mich keine andere Zukunft als die mit dir gibt. Hier, an diesem See, in unserem Heim.« Tränen brannten in meinen Augen. Ich hatte alles auf eine Karte gesetzt und nun lag es an ihm. Er nahm meine Hand und drückte mir einen Kuss auf die Handfläche, ehe er sie auf seine Brust legte und ich sein wild klopfendes Herz unter meinen Fingern spürte.

»Für mich gab es niemals eine andere Zukunft, und das, seitdem ich dich zum ersten Mal gesehen habe«, gestand er leise. »Ich will dir schon so lange sagen, dass ich dich liebe, Liz, aber mir fehlte der Mut. Vielleicht musstest du mir erst zeigen, wie sehr ich bereue, es nicht getan zu haben, damit ich nie wieder zögere, es dir zu sagen.« Vorsichtig fand seine Hand meine Wange. »Ich liebe dich. Bleib bei mir.«

Lachend strich ich mir die Freudentränen aus den Augen und schlang die Arme um Grahams starken Körper. Er drückte mich an sich und vergrub sein Gesicht an meiner Halsbeuge. »Ich liebe dich auch«, wisperte ich, dann fanden sich unsere Lippen. Und ohne Worte versprachen wir uns ein *für immer*.

Kapitel 43

Graham

Ruby reckte stolz die Brust vor, während Becky ihr feierlich das Verdienstabzeichen für ihren neuen Rang überreichte. Ab sofort prangte nicht nur ein Zeichen für Freundschaft an ihrem Arm, sondern auch ein großes Wiesel an ihrer Brust. Die Menge vor der provisorischen Bühne, die aus Leuten des Camps, Eltern und Freunden bestand, jubelte. Brax schloss Ruby in seine Arme, als sie mit dem breitesten Grinsen, das ich jemals an ihr gesehen hatte, auf ihn zu rannte.

Ich drückte Liz' Finger, die an meiner Seite auf der Bühne neben Levin und Buddy stand, während Becky das nächste Kind aufrief. Fynns Mom umarmte ihn fest, ehe er die schmalen Stufen hinaufstieg und bei Becky sein Abzeichen entgegennahm. Auf seinen Weg an uns vorbei verstrubbelte ich ihm sein Haar, worauf er mich strahlend anlächelte. Dann umarmte ihn Liz, und auch Levin sowie Buddy beglückwünschten ihn. Nachdem wir Fynn wiedergefunden hatten, hatten wir beschlossen, das Sommercamp die letzte Woche weiterzuführen. Er hatte einen verstauchten Knöchel gehabt und konnte ohne Probleme wieder zurückkommen, denn wir hatten nun ganz besondere Rücksicht auf ihn genommen. Fynns Mom hatte toll reagiert und uns keine Vorwürfe gemacht, und durch den Tumult, den sein Verschwinden aufgewirbelt hatte, hatten sich einige Leute aus New Hope gemeldet, die uns einige Male in der Woche als ehrenamtliche Betreuer unterstützen wollten. Die Probleme des Camps hatten sich herumgesprochen, und die Leute hatten sich so sehr dafür eingesetzt, dass wir bleiben konnten, dass die Parkverwaltung gar keine andere Möglichkeit hatte, als zuzustimmen. Wyatt hatte sogar Oliver überredet, bei seinem anstehenden Konzert im *Ginger's* aufzutreten, und beide wollten den kompletten Erlös dem Camp spenden. Ich konnte nicht sagen, wie froh ich darüber war. So lange hatten wir versucht, alles allein zu regeln, anstatt uns auf New Hope und seine Bewohner zu verlassen, die uns niemals im Stich lassen würden. Nun war mir klar, dass ich viel früher etwas hätte sagen müssen und man nicht immer jedes Problem allein lösen musste, um stark zu sein. Das Gegenteil war der Fall. Es war stark und manchmal schwierig, um Hilfe zu bitten, doch immer richtig.

Liz hatte neben ihrer wiedererweckten Leidenschaft der Fotografie ein pädagogisches Fernstudium begonnen, was sie ganz schön auf Trab hielt, aber dafür war sie in zwölf Monaten so weit ausgebildet, dass sie Becky noch mehr unterstützen konnte. Sie ging genauso in dem Job auf wie wir anderen, und es hätte keine passendere Wahl für den Posten geben können. Ab sofort konnten wir also noch mehr Kindern einen Aufenthalt bei uns anbieten, was uns natürlich mehr als freute. Mir fielen keine besseren Gründe ein, um das alles zu feiern. Midge hatte einige Kuchen und Getränke spendiert, und während die Kinder ihre Ränge und Abzeichen erhalten hatten, wollten wir mit dem Festmahl starten. Becky trat zum Mikrofon.

»Unsere oberste Regel: Wiesel sind immer füreinander da.« Ich nahm an, sie schloss die offizielle Abzeichenvergabe nun mit einer kurzen Rede ab, doch sie drehte sich um und deutete in Liz' und meine Richtung. »Bevor wir Midges wunderbare Kuchen schlemmen können, haben wir noch zwei letzte Abzeichen zu vergeben. Graham, Liz, kommt ihr mal eben vor.«

Überrascht schauten wir aneinander an, dann stellten wir uns neben Becky. Alle Kinder des Camps kamen breit grinsend auf die Bühne. »Was passiert hier?«, flüsterte Liz.

Ich zuckte mit den Schultern. »Ich hab keine Ahnung.«

Fynn trat nach vorn und hielt etwas in der Hand, das ich nicht erkennen konnte. Becky machte Platz für ihn, und er stellte sich neben uns.

»Diese Abzeichen sind für euch«, gebärdete er und streckte uns zwei selbst gebastelte Aufnäher entgegen. Wir gingen beide in die Hocke.

»Wir danken dir vielmals«, erwiderte Liz in Gebärdensprache, und ich spürte, dass sie vor Rührung mit den Tränen kämpfte, als Fynn die Abzeichen stolz an meine Rangeruniform und Liz' Bluse heftete.

Erste Hilfe und Leben retten stand in krakeliger Kinderschrift auf der Pappumrandung und selbst ich musste stark gegen das Brennen in meinen Augen kämpfen.

Die Menge vor der Bühne jubelte, und wir drückten Fynn noch einmal an uns, ehe wir auch den anderen Kindern dankten und endlich von der Bühne und aus dem Mittelpunkt der ganzen Menschen heraustreten konnten.

Liz

»Geht es zum *Ginger's* nicht da lang?«, fragte ich und deutete den Canyon Boulevard hinunter.

»Hm«, brummte Graham und parkte seinen SUV am Straßenrand, direkt gegenüber des kleinen Parks in der Innenstadt. Es war ein herrlicher Sommerabend. Warmes, orangefarbenes Licht hing über den Kiefern und Häusern. Antoines Eisladen war umzingelt von Menschen, und auch Curtis Restaurant und Blumenladen hatte Tische und Stühle draußen auf die Straße gestellt, die alle belegt waren.

»Willst du noch ein Eis mit mir essen gehen?«, fragte ich grinsend, und Graham lehnte sich auf dem Fahrersitz zu mir rüber. Sein Gesicht befand sich nur wenige Zentimeter von meinem, und sofort kribbelten meine Lippen.

»Niemals«, wisperte er und löste meinen Sicherheitsgurt. Dann lehnte er sich lachend zurück. »Wir legen nur einen kurzen Zwischenstopp ein.«

»Das Konzert beginnt in ein paar Minuten«, gab ich zu bedenken, aber Graham stieg in aller Seelenruhe aus, umrundete den Wagen und half mir hinaus. Seine Hand hielt fest und warm meine, während er mich auf den Bürgersteig führte.

»Hallo, ihr Turteltauben«, begrüßte uns Mr. Butler breit grinsend.

»Da seid ihr ja endlich«, sagte Mr. Douglas.

Ich runzelte die Stirn und suchte in Grahams Augen nach einer Antwort. Er lächelte mich an und schlang den Arm um meine Taille, ehe er mich zu den beiden Männern schob, die auf ihrer Lieblingsbank auf uns warteten.

»Hallo, Mr. Butler, Mr. Douglas«, sagte ich, als wir vor ihnen stehenblieben. »Könnten Sie mir wohl erklären, was hier vor sich geht, denn mein Freund …« Mir entging nicht, wie Grahams Lächeln bei dieser Bezeichnung noch ein wenig breiter wurde. »… ist heute sehr geheimnisvoll.«

»Liebend gern. Wie wäre aber zuerst ein Spaziergang durch die Stadt?«

»Unsere alten Knochen tragen uns nicht mehr sehr weit, aber ihr jungen Hüpfer seid bestimmt schnell wieder zurück«, schloss sein Freund Mr. Douglas.

»Ich verstehe wirklich rein gar nichts«, murmelte ich.

»Komm«, sagte Graham nur sanft und nickte den beiden Männern zu, die hinter unseren Rücken zu murmeln begannen.

»Wie fühlst du dich?«, fragte Graham, und ich drückte mich noch ein wenig enger an seine Seite. Wir ließen den Park hinter uns und schlenderten die Ladenstraße entlang. Ich erkannte Midges Café, hinter dessen Scheiben es nun dunkel war, denn auch sie und Josh waren sehr wahrscheinlich bereits im *Ginger's* und warteten auf den Beginn des Konzerts. Easton stand mit seiner Babysitterin Charly in ihrer Wohnung oben am Fenster und winkte mir zu. Ich erwiderte lächelnd die Geste und wandte mich erneut an Graham.

»Abgesehen davon, dass ich noch ein Stückchen verwirrter bin, sehr gut.« Ich warf ihm einen Blick zu, und er erwiderte mein Grinsen. Es war unglaublich, wie schön unsere Tage hier waren. Der Sommer neigte sich dem Ende zu, aber ich spürte, dass unser gemeinsames Leben gerade erst begann.

Plötzlich blieben wir stehen, und Graham drehte mich sanft zu sich, sodass ich ihn anschauen konnte. Mein Herz schlug heftig, und ich konnte so viele Dinge in seinen Augen lesen, ohne dass er sie aussprechen musste.

»Du erinnerst dich an unseren Besuch bei Willa in der *New Hope Art Gallery*?«

»Selbstverständlich.« Meine Stimme klang piepsig, und die Aufregung machte mich ganz kribbelig. Seitdem wir das erste Mal dort gewesen waren und ich die wunderschönen Fotografien und Gemälde betrachten durfte, überlegte ich, meinen Mut zusammenzunehmen und Willa auf meine eigenen Bilder anzusprechen. Obwohl sie es damals gesagt hatte, dass sie meine Fotos gern sehen wollte und vielleicht auch ausstellen würde, hatte ich mich bisher noch nicht getraut, aktiv etwas zu unternehmen. Und nun brachte Graham genau das zur Sprache?

Er umfasste meine Schultern und drehte mich sanft in Richtung eines der Bäume, die am Straßenrand standen.

»Ich weiß, wie sehr du das Fotografieren liebst, und jeder sollte New Hope mit deinen Augen sehen können.« Grahams Worte klangen in mir nach, während ich zu verarbeiten versuchte, was ich da vor mir sah. Eine meiner Fotografien hing in einem großen Ausstellungsformat auf einem weißen Brett am Stamm der Kiefer. Ganz leicht drehte mich Graham, sodass ich die Straße bis zu den alten Herren blicken konnte, die mir aufgeregt zuwinkten. Bei unserem Spaziergang waren mir die Fotos an fast allen Bäumen überhaupt nicht aufgefallen. Meine Fotos. Meine Sicht auf die Welt. Die gesamte Stadt hing voll davon.

Langsam wandte ich mich zu Graham und konnte nicht beschreiben, was ich für diesen großen, ruhigen Mann, der mir sein Herz geöffnet hatte, empfand.

»Du bist verrückt.«

Er zuckte mit den Schultern. »Ich hatte Hilfe. Sie gefallen allen, du musst dein Talent nicht verstecken.«

Jubelnd fiel ich ihm um den Hals, und er drückte mich eng

an sich, während ich ihn mit Dankesbekundungen überschüttete.

Nachdem wir über eine halbe Stunde damit verbracht hatten, durch die Stadt zu laufen und alle meine Bilder zu finden, schafften wir es auch endlich, bei den anderen im *Ginger's* anzukommen.

Wyatt stimmte sich bereits auf seinen Auftritt auf der kleinen Bühne ein, während die anderen zwischen haufenweise Menschen dicht gedrängt davor standen und die gesamte Atmosphäre vor Aufregung aufgeladen war. Graham hielt fest meine Hand, während wir uns zwei Bier bei Ginger an der Theke bestellten und zu der Gruppe aus Familie und Freunden traten, die uns glücklich begrüßten.

Ich wusste, Graham war nur meinetwegen hier, und rechnete ihm das hoch an. Das Konzert begann und ich musste zugeben, dass Wyatt wirklich grandios war. Er hatte die gesamte Menge komplett im Griff, und jeder war ihm und seiner sagenhaften Stimme verfallen. Lake ganz besonders, und er schien auch von ihr kaum den Blick während eines langsamen Liedes abwenden zu können.

Ich schlang meine Arme um Graham und zog ihn dicht an mich. Unsere Körper bewegten sich am Rand der Tanzfläche gemeinsam in einem gemächlichen Tempo, während das Kribbeln mich erfasste und wir uns tief in die Augen sahen. Ich formte Danke mit meinen Lippen und konnte selbst nicht aufrechnen, für was ich mich bei ihm bedankte. Dass er hier mit mir war, mir Sicherheit gab, ich glücklich und zufrieden jeden Morgen neben ihm aufwachen durfte. Verlegen lächelte er schief, und ich hob mich auf die Zehenspitzen und setzte meinen Mund an sein Ohr.

»Komm, es wird Zeit, zu gehen«, flüsterte ich und schenkte ihm ein verwegenes Lächeln. Er schaute kurz zu den anderen, die immer noch völlig versunken Wyatts Konzert lauschten und sicherlich nichts dagegen einzuwenden hatten, wenn wir gingen.

Graham fasste mich an der Hand und zog mich nach draußen. Frische Luft füllte meine Lungen, ehe er mich unvermittelt gegen die Wand neben der Tür drückte. Überrascht keuchte ich auf und strich ihm sanft durch seine schwarzen Strähnen, die ihm dichter in seine Stirn fielen.

»Lass uns nach Hause fahren«, erwiderte ich atemlos, und es dauerte nicht lange, ehe wir im Auto saßen und den Weg zu dem kleinen Waldstück antraten, das ganz allein uns gehörte. Melvin hatte endlich zugestimmt, Graham die Hütte zu verkaufen, und nun konnten wir ungestört und allein unsere Tage und Abende dort verbringen.

Lachend stieg ich aus dem Wagen, nachdem Graham geparkt hatte, schnappte mir seine Hand und führte ihn hinunter zum See. Noch im Gehen schob ich mir mein Sommerkleid über den Kopf und schaute Graham herausfordernd an, der sich selbst das Shirt vom Oberkörper riss. Seine Jeans lag bereits am Ufer. Niemals würde ich mich an seinem Anblick sattsehen können, und als ich langsam auf ihn zuging und seine Augen diesen einen bestimmten Ausdruck annahmen, der mich verrückt werden ließ, wusste ich, dass alle meine Entscheidungen richtig gewesen waren.

Er hob mich hoch, und während er ohne zu zögern loslief und das eiskalte Wasser unsere Haut traf, entwich mir ein lautes, glückliches Lachen, das ich nie wieder zurückhalten würde. Der See umspielte unsere Körper, meine Beine waren dicht um Grahams Hüften geschlungen, und ich legte ihm die Arme um den Nacken. Dabei schauten wir uns tief in die Augen, und unsere Blicke versprachen uns gegenseitig hundert und tausend Dinge.

Doch eines musste ich unbedingt aussprechen, denn Graham hatte jedes meiner Worte verdient.

»Ich liebe dich, Graham Campbell, und ich werde dir das jeden einzelnen Tag sagen.«

Lächelnd senkte er die Lippen auf meine und stieß sich vom Ufer ab, sodass unsere Körper schwerelos und aneinandergeklammert tiefer in die Mitte trieben und nicht nur Grahams starke Arme mir Kraft und Zuversicht gaben. Auch dieser See tat es, denn ich hatte nicht nur gelernt, mich selbst zu akzeptieren und mich einem anderen Menschen anzuvertrauen, sondern auch das Wasser wieder zu lieben.

Danksagung

Ich habe letztens einen ganz wundervollen Spruch gelesen, den ich hier gerne zitieren würde:

Schreiben ist wie ein Banküberfall.
Ohne die richtigen Komplizen wird das nichts!

Und da ist so viel Wahres dran! Zurück nach New Hope zu dürfen, fühlt sich mittlerweile wie Heimkommen an. Als würde man bei jeder Abreise ein Stück seiner eigenen Familie an diesem Ort lassen.

Je mehr Zeit ich in dem kleinen Städtchen verbringe, umso mehr wächst mir alles davon ans Herz.

Und nicht nur die Bewohner von New Hope, Lake & Wyatt, Graham & Liz, Brax & Payton, Cassie & Jackson oder alle anderen sind zu einem Teil dieses Heimkommens geworden. Auch jedes einzelne gute Herz, das an den Geschichten rundherum mitwirkt, sie verbessert oder Zeit und Energie investiert!

Buddy Numero uno, die Komplizin aller Komplizinnen: Sarah.

Auch wenn ich supercool getan habe, als du mir zur Veröffentlichung von Band eins deine Zeichnung geschickt hast, hab ich auch echt ziemlich geheult. Ich konnte es nicht glauben, dass es endlich so weit war und nach all den Mails, WhatsApp-Aufbau-Nachrichten und deinem ersten Moodboard zu »New Hope – Das Gold der Sterne«, das du mir geschickt hast, jetzt tatsächlich ein Buch erschienen ist. Danke für deine Begleitung auf diesem Weg, den ich ohne dich und die gesamte Agentur Thomas Schlück wohl niemals so gegangen wäre. Ein großes Dankeschön!

Buddy Numero due (und ja, ich musste jetzt schon zu dem Begriff googeln) Mareike.

Egal ob Zeitdruck, Hektik oder Stress, du lässt es dir und vor allem den Geschichten, in die du deine Energie steckst, niemals anmerken, hast immer ein offenes Ohr und bist mehr als eine Lektorin. Mit dir zu arbeiten ist auch jetzt wieder eine Freude gewesen, denn du hast das goldene Händchen (oder den roten Finger?), der einfach das Letzte aus einer Story herausholen kann. Es gab mal wieder so viele Momente, in denen ich mich einfach nur gefreut habe, dich als Lektorin an meiner Seite zu haben! Danke dir dafür!

Auch Jenny, danke für deine Begeisterung, großartigen Ideen und Unterstützung! Ich hab mich zu keinem einzigen Zeitpunkt alleine gefühlt, sondern immer wertgeschätzt!

Danke an das gesamte Team von Mira Taschenbuch – ihr seid wirklich ganz großartig!

Die Bande infernale wäre nichts ohne Juliane.

Trotz Coronaschließzeiten, schlaflosen Babynächten und selbstkritischen, verzweifelten Autorinnen lässt du dich nicht aus der Ruhe bringen und liest eine Geschichte so oft, wie es nötig ist. Jede Anmerkung von dir ist Gold wert und ohne dich schreibe ich kein Buch mehr, das ist ja wohl klar! Danke für die beste Testleserin, wobei dieses Wort nicht mal annähernd beschreibt, wie wertvoll du bist!!

Alle Leserinnen und Leser meiner Geschichte, ein Danke ist immer so schwierig rüberzubringen, dass ich das Gefühl habe, es drückt überhaupt nicht das aus, was ich fühle! Ohne euch würde es meine Bücher nicht geben, ohne euch könnte ich meinen Traum nicht leben.

Ich danke euch, und gleichzeitig wünsche ich euch jeden Tag Sonnenschein, ich wünsche euch immer das größte Stück Torte, dass ihr jeden Tag einen Glückscent findet, nie in einen Hundehaufen tretet, nie in einer Warteschleife hängt und euch kein einziges Mal mehr eure Zahnpasta herunterfällt!!

Ein Juchheee an die #bestbaumisever, ohne die ich oft (seeehr oft) weder ein Wort noch eine Seite zustande bringen würde. Nicht nur eure Motivation hilft mir ungemein, auch dass ihr einfach da seid! Danke an Sarah, Emily, Anya, Kate!!!

Übrigens hat eine Danksagung zu schreiben auch immer etwas Trauriges. Nicht, weil ich mich nicht bei allen bedanken möchte, sondern weil es bedeutet, dass man die Geschichte gehen lassen muss. Das war's. Over. Du hast deine Änderungen gemacht, jetzt darf die Story endlich frei sein.

Empfangt Graham und Liz also mit offenen Armen und Herzen und habt hoffentlich viel Spaß bei ihrer Reise!

Dieses Werk wurde vermittelt durch die Literarische Agentur
Thomas Schlück GmbH, 30161 Hannover.

Lesen Sie auch:

Rose Bloom

New HOPE

DAS SCHIMMERN DES GLÜCKS

Ab Mai 2022 im Buchhandel

12,99 € (D)

ISBN:978-3-7457-0296-5

Kapitel 1

Braxton

Noch bevor ich einen Fuß auf den asphaltierten Weg setzen konnte, der wie eine Schlange durch einen Vorgarten auf das zweistöckige Haus führte, kam mir nicht nur eine ganze Armada an chinesischen Schimpfwörtern entgegen, sondern auch ein weiteres Möbelstück flog auf den getrimmten Rasen. Autsch. Meine Schreinerseele jaulte innerlich auf, als das Holz eines antiken Hockers sich krachend dem Aufprall ergab. Neben bunten Stoffen lagen Stifte und Schnickschnack wie Tischuntersetzer mit einem furchtbar hässlichen Muster aus Ocker und einem undefinierbaren Grün-Gelb-Orange. Das Gras war übersät von ausgemusterten Dingen, und nicht nur ich wusste, dass es nun nicht mehr lange dauern würde, bis Mrs. Wang einen ihrer berühmten Straßenflohmärkte eröffnete. Nur, damit sie den ganzen Plunder ihres Mannes, den er aus allen Winkeln New Hopes auftrieb, auf ein Neues loswerden konnte.

Mr. und Mrs. Wang führten ein Restaurant nicht weit entfernt meiner Schreinerei *Woodworker*, und es war das Stammlokal meiner Angestellten und mir. Nicht nur in den Mittagspausen holten wir uns dort Essen, sondern mindestens einmal im Monat trafen wir uns im Restaurant, um ein ziemlich lässiges Meeting abzuhalten. Aber ich war schließlich auch ein ziemlich lässiger Chef. Mrs. Wangs helle Stimme wurde lauter, erhob sich über die sonst ruhige Wohngegend wie eine Welle, die irgendwann an dem Punkt angelangt war, an dem sie brach. Ich krempelte meine Ärmel über meine tätowierten Unterarme nach oben, umfasste meine Werkzeugtasche fester, atmete tief durch und sammelte meine Entschlossenheit, dem armen Mr. Wang aus seiner misslichen Lage zu helfen. Jetzt konnte ich mir zumindest vorstellen, wieso ich gerufen worden war. Reparaturarbeiten oder ein paar neue Möbel gefällig? Kein Problem!

Mutig und immer noch auf der Hut lief ich auf die offene Haustür zu, nur um kurz innezuhalten und erleichtert aufzuatmen, als ein Katzenwecker dicht an mir vorbeisauste und mich glücklicherweise verfehlte. Verdammt. Mrs. Wang hatte aber auch Temperament. Deshalb konnten ich und viele andere Bewohner unserer Kleinstadt New Hope auch nicht verstehen, weshalb Mr. Wang einfach nichts aus seiner Situation lernte und ständig neuen Kram anschleppte. Doch vielleicht war das auch ihr ganz persönliches Ding, sich auf Touren zu bringen. Okay. Stopp. Darüber sollte ich ganz und gar nicht nachdenken, wenn ich jemals wieder unsere Firmenbesprechung im Restaurant Wang abhalten wollte, ohne dabei zu kichern wie ein Schuljunge.

»Hallo?«, rief ich vorsichtig in das Haus, sowie ich die Tür erreicht hatte. »Braxton Campbell hier. Wir haben einen Termin.« Langsam steckte ich den Kopf ins Innere und klopfte mit den Fingerknöcheln gegen den Türrahmen, dessen weiß lackiertes Holz mal wieder einen neuen Anstrich vertragen konnte.

Ich zuckte zusammen, als Mrs. Wang wie von Geisterhand im Flur auftauchte. »Großer Gott«, murmelte ich. Auch wenn sie mir mit ihren gerade mal ein Meter fünfzig nur bis knapp unter meine Brustmuskeln reichte, konnte ich verstehen, weshalb sich Mr. Wang ergab. In seiner Haut, wenn er irgendwas ausgefressen hatte, wollte ich nicht stecken. Das Singleleben hatte in dieser Hinsicht definitiv etwas Gutes.

»Mr. Campbell, kommen Sie, kommen Sie!«, ordnete sie an, ohne Zeit zu verlieren. Bei den meisten Jobs in New Hope dauerte der eigentliche Auftrag nur ein Bruchteil meines Aufenthaltes. Mehrmals in der Woche konnte ich Selbstgebackenes abstauben, wurde zu einem Mittagessen eingeladen oder erhielt den neusten Stadttratsch auf einem Silbertablett serviert. Meine zwei Geschwister und ich waren hier, dank unserer alternativen Eltern sogar direkt in unserem Farmhaus, geboren. Dadurch kannten wir so gut wie alle Menschen in jedem Winkel unserer Kleinstadt am Rande des Yosemite-Nationalparks in der kalifornischen Sierra Nevada. Meine Kunden waren nicht nur Kunden, sie waren Freunde, Bekannte meiner Eltern oder kauften auf ihrer Farm regelmäßig selbst angebautes Obst, Gemüse und Kräutertinkturen meiner Mom ein. Sie gingen zu den Kursen meiner kleinen Schwester Lake in ihrem Yogastudio oder brachten ihre Kinder zu der Pfadfindergruppe der *flinken Wiesel* meines älteren Bruders Graham. Man kannte sich hier, was Gutes wie Schlechtes hatte, aber für mich definitiv eher Ersteres. Vor allem, wenn ich an meine in wenigen Tagen elfjährige Tochter Ruby dachte, die in dieser Idylle genau wie ich in Ruhe aufwachsen konnte.

»Kommen Sie!«, ermahnte mich Mrs. Wang wieder.

Ich beschleunigte meine Schritte und folgte ihr durch das unterste Stockwerk. Unauffällig suchte ich mit den Augen alle Ecken ab, in denen sich Mr. Wang versteckt haben könnte und leise um Hilfe rief, allerdings entdeckte ich ihn nirgendwo. Seltsam, doch ich konnte mir auch nicht vorstellen, dass Mrs. Wang ihrem Mann wirklich mehr als Beschimpfungen antun würde. Meine Fantasie als großer Halloween- und Horrorfilmfan war in dieser Hinsicht wahrscheinlich hundertmal spannender als die Realität.

»Das hier muss weg!« Wir blieben im Wohnzimmer vor einer gigantischen Schrankwand aus dunklem Nussbaumholz stehen, dessen lackierte, glänzende Oberfläche aussah, als würde Mrs. Wang sie jeden Tag mit Fett einreiben. Die Ecken waren mit messingfarbenen Beschlägen eingefasst, die ganz und gar nicht zu der Holzfarbe passten. Ich hätte gerne behauptet, dass der Schrank antik war, aber wow. Das Ding war einfach nur hässlich.

»Alles klar, das lässt sich erledigen. Was soll stattdessen an den Platz?« In meinem Kopf ergaben sich zig Möglichkeiten, die ich allerdings an diesem Punkt noch für mich behielt. Zuerst musste ich wissen, was meine Kunden wollten, um ihnen dann etwas zu bauen, das um ein Vielfaches besser war. Die Zufriedenheitsquote der Schreinerei *Woodworker* lag bei hundert Prozent, und das nicht nur, weil mir nichts so sehr lag, wie mit Holz zu arbeiten. Meine beiden Angestellten Haddie und Jacob waren zwei der Besten ihres Fachs, und ich war froh, dass sie mich mittlerweile seit einigen Jahren unterstützten.

Mrs. Wang holte Luft, und zusammenhanglose Wörter prasselten auf mich ein wie Platzregen. Rot, groß, geräumig, Gold und noch einige andere Dinge, die ich mir notierte. Ich liebte Herausforderungen, und Mrs. Wang ein zufriedenes Lächeln zu entlocken, würde eine Megachallenge werden.

»Verstanden. Ich messe die Stelle aus und mache einen Entwurf in der Schreinerei fertig.«

»Einverstanden.« Sie verschränkte die Arme vor der Brust, und ihre schwarzen, kinnlangen Haare wippten vor und zurück, als sie nickte.

»Dann melde ich mich in ein paar Tagen.«

»Nein.«

Ich zog die Augenbrauen hoch. »Nein?«

»Das muss weg.« Sie deutete auf den Schrank.

»Das habe ich verstanden, aber ich dachte …«

»Ich habe Sie nicht gerufen, damit sie zeichnen. Der Schrank muss weg.«

Erneut sah ich die über drei Meter hohe Schrankwand an und unterdrückte ein Seufzen. In den meisten Fällen kümmerten sich die Kunden selbst darum, ihre alten Möbel loszuwerden, doch Mrs. Wangs Charme konnte ich einfach nichts abschlagen.

»Okay«, erwiderte ich langgezogen. Mit den Fingern fuhr ich über meinen Werkzeuggürtel. Immerhin musste ich nicht zurück in die Schreinerei und noch etwas holen. »Ich kümmere mich darum.« Auf mein freundlichstes Lächeln hin nickte sie nur mit dem Kopf und verschwand durch die Tür zum Flur. Ich zog mein Handy aus der Tasche und wählte die Nummer der Schreinerei.

»*Woodworker*, am Apparat Haddie, wie kann ich helfen?«

»Haddie, hier ist Brax.« Ich senkte die Stimme. Mrs. Wang war zwar nicht mehr im Raum, aber wer wusste, von wo aus sie mich noch hören konnte. »Ich brauche hier noch ein wenig länger.«

»Jacob, du schuldest mir ’nen Fünfer!«, rief Haddie, woraufhin ich im Hintergrund ein Seufzen hören konnte.

»Hey, habt ihr gewettet?«

Förmlich sah ich Haddies Grinsen vor mir und wie sie unschuldig mit den Schultern zuckte, die Schutzbrille in die blonden Haare geschoben.

»Was musst du diesmal tun? Den Dachspeicher aufräumen oder den Keller ausmisten?«, ertönte Jacobs Stimme.

»Was soll das denn heißen?«, fragte ich und schnappte nach Luft.

Haddie lachte. »Nichts, Boss. Nur, dass du einfach zu weich für Außenaufträge bist.«

»Das bin ich garantiert nicht!«, erwiderte ich empört wie ein Kleinkind. »Ich kann nichts dafür, dass die Menschen mich eben mögen und Zeit mit mir verbringen wollen.«

»Ja, während du ihre Arbeit erledigst, auf die sie keine Lust haben.«

»Hadley Ericson, du weißt immer noch, dass ich dein Boss bin, oder?«

»Selbstverständlich«, erwiderte sie, und ich hörte definitiv das Grinsen aus ihrer Stimme. Doch genau das machte unser perfektes Arbeitsklima aus. Wir zogen uns gegenseitig auf und konnten uns jederzeit aufeinander verlassen. »Trotzdem kannst du nicht Nein sagen. Dafür kann ich nichts!«

Ich gab ein Knurren von mir. »Wartet ab, bis ich zurück bin! Und keine Wetten mehr!«

»Aye Aye, Boss!«, sagte sie frech. Ich konnte den beiden gar nicht böse sein. Aber als ich auflegte und mein Blick über den Schrank wanderte, sollte ich wirklich daran arbeiten, mich nicht immer für solche Sachen einspannen zu lassen. Auch wenn ich niemals offen zugeben würde, dass es tatsächlich so war und ich den Menschen hier nichts abschlagen konnte. New Hope war eben mein Zuhause, und ich liebte es, hier zu leben.

Kapitel 2

Payton

Das Gitarrensolo von Greta van Fleets *Highway Tune* dröhnte aus den Boxen durch die Halle. Mein Arbeitskollege Hugo drehte sich im Kreis und hielt den Schraubenzieher vor sich, als wäre er eine Elektrogitarre, während seine dunklen Locken sich im Takt seines wippenden Kopfes bewegten. Meine anderen Kollegen stimmten mit ein, doch ein wenig verhaltender. Mit einem Satz war ich bei Hugo und sang mit ihm in mein provisorisches Mikrofon, das aus einem rechteckigen Holzstück bestand.

Ich riss meine dicke Schutzbrille von meinem Kopf und hielt sie in die Höhe, als würde vor uns eine Menge kreischender Fans stehen und nur darauf warten, dass ich sie hineinschmiss. Mein Herz raste, und ich bekam kaum noch Luft, aufgrund unserer Tanzeinlage und dem Lachen, das mich erfüllte. Als das Finale abebbte, verbeugten wir uns vor den anderen, die sich das Grinsen nicht verkneifen konnten.

Hugo schlang seinen Arm um meine Schultern, zog mich an sich und drückte mir grinsend einen Kuss auf die Schläfe.

»Es war mir eine Ehre, mit Ihnen aufzutreten.«

»Ganz meinerseits!« Mit seinen schwarzen dichten Locken und den langen Wimpern über dunklen Augen musste selbst ich zugeben, dass er ein Hingucker war. Doch wir würden ganz und gar nicht zusammenpassen und hatten außer freundschaftlichen Gefühle noch nie etwas anderes empfunden. Er war mein Fels in der Brandung, in einem Job, den ich liebte, an einem Arbeitsplatz, den ich hasste. Denn ihm ging es ganz genauso. Nicht nur unsere restlichen vier Arbeitskollegen in der Schreinerei *Roberts Carpentry* waren ziemliche Langweiler, unser Chef war ein noch größerer Chauvinist als mein Vater, und das musste etwas heißen. Ich war mir sicher, dass Mr. Roberts mich nur eingestellt hatte, um eine gewisse Frauenquote halten zu können und so besser vor unseren Geschäftspartnern und Kunden dazustehen. Dass ich härter und länger als die meisten meiner Kollegen arbeitete, spielte für ihn keine Rolle.

Doch wenigstens teilten wir einen gemeinsamen Grundsatz: Ließ er mich in Ruhe, machte ich ihm keinen Ärger. Zumindest so gut ich das konnte. Spaß während der Arbeit zu haben, fiel für mich nicht in die Kategorie Ärger, doch anscheinend hatte ich da die Rechnung ohne Roberts gemacht.

Ein Räuspern erklang hinter mir, und ich schloss seufzend die Augen. Shit.

Langsam löste Hugo seinen Arm von meinen Schultern, und wir drehten uns um. Mit verschränkten Armen und zusammengekniffenen Augen stand unser Chef vor uns. Sein Fuß wippte rhythmisch im Takt, allerdings nicht aufgrund der Musik, denn diese war plötzlich verstummt. Alle unsere Kollegen widmeten sich wieder hastig ihrer Arbeit, als würden sie das Gewitter nicht mitbekommen, das sich gerade über unseren Köpfen zusammenbraute.

»Mrs. Stokes, Mr. Pérez, Sie sind sich schon bewusst, dass Sie hier an Ihrem Arbeitsplatz sind und nicht in einer billigen Kaschemme im SoMa District.«

»Mr. Roberts, wir …«

Er hob die Hand, und diese Geste erinnerte mich an meinen Dad, wenn er mir eine seiner Standpauken darüber hielt, was eine Frau zu tun und zu lassen hatte. Wenn es nach ihm ging, vor allem keinen Spaß in ihrem Leben haben.

»Ich habe Sie nicht um Ihre Meinung gebeten.«

Ich senkte den Kopf, doch die Wut darauf, dass kein einziges meiner Worte eine Bedeutung für ihn zu haben schien und das auch noch nie hatte, wurde immer größer. Aber es war nicht nur, dass ich eine Frau war. Auch Hugo hatte nicht nur ein Mal einen Witz über seine mexikanischen Wurzeln über sich ergehen lassen müssen.

»Kommt nicht wieder vor«, sagte dieser nun hastig, doch meine Hände ballten sich zu Fäusten. Ich hatte genug davon, mir mit siebenundzwanzig Jahren etwas von einem Mann sagen zu lassen, der sich selbst als den König bezeichnete.

»Es war nur ein Song, Mr. Roberts.«

Die dichten Brauen über seinen kalten Augen senkten sich immer tiefer hinab und hätte er Superkräfte, wäre ich nun zu Eis erstarrt.

»Auch wenn Musik in ihrem Leben anscheinend keine Rolle spielt. Oder gute Laune«, nuschelte ich und erkannte genau den Moment, in dem sich ein Schalter in Mr. Roberts Kopf umlegte.

»Was haben Sie gesagt, Mrs. Stokes?«

»Nichts! Sie hat nichts gesagt!« Hugo fasste mich an der Schulter und wollte mich wegdrücken. »Komm, Pareja … Wir gehen sofort wieder an die Arbeit!«

»Nein!«, schoss es plötzlich aus meinem Mund, und dieses

Wort traf meinen Chef wie ein spitzer Pfeil. »Ab sofort werde ich aussprechen, wie idiotisch ich es finde, dass wir noch nicht mal Musik während der Arbeitszeit hören dürfen! Wir sind ein verdammt fähiger Haufen Leute hier, und wenn nicht alle so viel Angst vor Ihnen und sogar ein wenig Spaß bei der Arbeit hätten, wären unsere Ergebnisse noch besser!«

»Das hat sie nicht so gemeint«, wisperte Hugo, doch Mr. Roberts würdigte ihn nicht eines Blickes. Seine Augen brannten sich immer noch in meine.

»Sie wollen also sagen, dass Sie nicht alles während der Arbeit geben, Mrs. Stokes?«

»Nein …« Jetzt geriet ich doch ins Stocken. »Das wollte ich nicht damit sagen. Ich …«

Ein kühles, überlegenes Lächeln wie das eines Superbösewichts breitete sich auf Mr. Roberts Gesicht aus. Auch wenn er ein Arsch war, mit dem maßgeschneiderten Anzug, den perfekt gestylten grauen Haaren und seiner Körpergröße machte er Eindruck. Bis man hinter seine glänzende Fassade sah, und genau diese ließ mich meinen Mut noch nicht ganz wegwerfen.

»Ich wollte damit sagen, dass …«

»Meinen Sie wirklich, dass ich, der dieses Unternehmen von Beginn an aufgebaut hat und es allein geschafft hat, dass *Roberts Carpentry* der erste Ansprechpartner in ganz San Francisco zum Thema Schreinerarbeiten und Innenausbau geworden ist, auf jemand wie Sie hören muss? Eine …« Selbst er wurde für einen Moment unsicher.

»Sie meinen, eine Frau?«, stieß ich hervor und imitierte seine Geste, indem ich ebenfalls die Arme vor der Brust verschränkte.

»Ich möchte ehrlich zu Ihnen sein, Payton.« Er nannte mich nie beim Vornamen, wenn ich das richtig deutete, war das kein gutes Zeichen. »Ich hatte angenommen, der Apfel fällt nicht weit vom Stamm, als Sie sich hier vorgestellt hatten. Aber ich lag tatsächlich falsch. Ich kann Fehler eingestehen. Denn nur, weil Ihr Vater einer der bekanntesten Architekten des Landes ist, wird aus Ihnen keine großartige Schreinerin, die einen besonderen Platz in meinem Unternehmen verdient hat. Sie sind höchstens mittelmäßig und werden es nie zu etwas bringen, außer mittelmäßige Möbelstücke mit einem mittelmäßigen Stil zu entwerfen.«

Mr. Roberts hatte den Pfeil umgedreht und genau auf die Wunde gerichtet, die bereits mein gesamtes Leben heiß und heftig in mir pulsierte. Mich nie vergessen ließ, dass ich nur die Tochter von jemanden war und in dieser Stadt niemals etwas Eigenes aufbauen könnte.

»Bei allem Respekt, Sie haben keine Ahnung. Payton ist verdammt großartig und wenn Sie richtig hinschauen würden, würden Sie das genauso erkennen wie ich!« Hugo stellte sich vor mich und nahm meine Hand. Ich dankte ihm, doch wieder hatte ich das Gefühl, Dinge nicht allein regeln zu können.

»Wie nett«, kommentierte Mr. Roberts.

Ich trat einen Schritt auf ihn zu. »Ich kündige.«

Es war nicht so, als hätte ich vermutet, dass Mr. Roberts mich aufhalten würde, aber auch nicht, dass er nur mit den Schultern zuckte und mir das Gefühl gab, die letzten sechs Jahre meines Lebens verschwendet zu haben. Doch das hatte ich. Wenn Mr. Roberts mir eines zeigte, dann, dass es endlich an der Zeit war, diesem Hamsterrad zu entfliehen.

Ich spürte Hugos überraschten Blick.

»Und Sie, Mr. Peréz? Was sagen Sie dazu?«, fragte mein nun Ex-Chef, und ich hielt die Luft an. Hugo sollte nicht meinetwegen diesen sicheren Job wegschmeißen. Als ich ihn anschaute und er meinen Blick erwiderte, schüttelte ich leicht mit dem Kopf. Auch wenn Mr. Roberts ein Arschloch war, die Stelle war sicher, wir hatten geregelte Arbeitszeiten und eine Krankenversicherung. Hugo schaute zu Boden.

»Nichts, Mr. Roberts«, sagte er leise, und ich sah ihm an, dass er sich fühlte, als hätte er mich im Stich gelassen. Doch das war absolut nicht der Fall. Egal, was meine Zukunft bringen würde, wir blieben immer Freunde.

»Ich gebe Ihnen zehn Minuten, um sich von Ihren Kollegen zu verabschieden und Ihre Sachen zu packen.« Mit diesem Befehl drehte sich Mr. Roberts um und verließ die Werkstatt. Man konnte förmlich hören, wie alle aufatmeten, doch keiner der anderen sagte auch nur ein Wort zu uns.

Sofort schlang ich die Arme um Hugo und drückte ihn an mich. »Du hast richtig entschieden!«

»Ich lasse dich im Stich, ich bin ein schlechter Freund.«

»Das bist du überhaupt nicht!« Ich schob ihn von mir und schaute ihm in die Augen. Er war kaum größer als ich, denn ich war als Frau recht groß, weshalb ich in der Schule oft gehänselt wurde und mir auch deshalb ein ziemlich dickes Fell und die Fähigkeit angeeignet hatte, alles mit einem flapsigen Spruch übergehen zu können. »Du musst hierbleiben! Ich finde schon was, du weißt doch, dass ich mich nicht unterkriegen lasse! Wir bleiben auf jeden Fall in Kontakt.«

Traurig nickte er. »Was soll ich nur machen ohne dich hier?«

Ich zwinkerte ihm zu und lächelte ihn an. »Definitiv weniger Rocksongs performen.«

Als ich meine Sachen gepackt und auch den anderen in einer etwas kühleren Verabschiedung Bye gesagt hatte, betrat ich die belebte Straße draußen mit einem schweren und leichten Herzen zugleich. Nun gab es kein Zurück mehr! Ich musste sofort meine beste Freundin Liz anrufen und ihr erzählen, dass ich mich selbstständig machen wollte. Denn genau das hatte ich vor.

Niemals mehr würde ich unter so einem Typen wie Mr. Roberts arbeiten!

Mein Blick fiel auf den Pizza-to-go-Stand auf der anderen Seite, und mein Magen gab ein Grummeln von mir. Bevor mein neues Leben begann, würde ich mir ein riesiges Stück Artischockenpizza mit Oliven holen und meinen Sieg mit mir selbst feiern.

Ich schulterte meine Tasche und wollte gerade einen Fuß auf die Straße setzen, da hörte ich, wie die Tür von *Roberts Carpentry* mit einem lauten Knall zufiel.

»Warte!«

Breit grinsend wandte ich mich um und schüttelte den Kopf, als Hugo mit seinem Rucksack in einer Hand auf mich zurannte und mich dann stürmisch in die Arme schloss. Lachend und jubelnd drehte er mich im Kreis, und ich konnte nicht anders, als mit einzustimmen.

»Komm, lass mich runter, du drückst mir die Luft ab!«, erwiderte ich grinsend, und Hugo setzte mich auf dem Bordstein ab. »Was hat das zu bedeuten?«

»Dass ich verrückt bin!«

»Das wusste ich auch schon vorher.« Ich wurde ernster. »Aber willst du wirklich für mich den sicheren Job aufgeben?«

»Du und ich, wir hatten einen Deal, hast du den vergessen?«

»Nein, aber das war doch nur eine Spinnerei!«

Hugo schob den Rucksack nach vorn und kramte darin herum. Er gab mir ein ziemlich zerfleddertes Stück Papier. Kaum dass ich es in die Hand nahm und auseinanderfaltete, stockte mir der Atem. Ich zeigte nicht oft Emotionen, die nichts mit meiner Rolle als immer gut gelaunte Payton Stokes zu tun hatten. Doch in diesem Moment musste ich schlucken.

»Das, *pareja*, das ist die Zukunft«, erklärte Hugo.

Ich fuhr mit dem Zeigefinger über die gemalten Linien, die unsere Traumschreinerei darstellen sollten. Na gut, die Eismaschine und der Entspannungsbereich mit Videospielen und Snacks waren vielleicht wirklich Spinnerei, aber alles andere fühlte sich gut an. Richtig.

Langsam schaute ich auf und erkannte enorme Begeisterung und völlige Überzeugung in Hugos Augen, sodass er mich damit ansteckte. Vorsichtig faltete ich das Papier und hielt es ihm hin. »Okay, Amigo. Lass es uns durchziehen.«